코스모스

Kosmos

세계문학전집 335

코스모스

Kosmos

비톨트 곰브로비치

최성은 옮김

민음사

차례

코스모스   7

1

이제 나는 당신에게 조금 더 괴상스러운 모험에 관해 이야기하려고 한다……

땀, 푹스가 걷고 있다, 그 뒤를 따르는 나, 바짓가랑이, 구두굽, 모래, 우리는 발을 질질 끌며 걷고 있다, 걷고 또 걷는다, 토양, 바퀴 자국, 유리알처럼 빛나는 조약돌, 광채, 폭염의 웅웅거림, 이글대는 열기, 태양 아래 사방이 온통 시커멓다, 작은 집과 담장 들, 평야, 나무, 이 도로, 저 행렬, 어디서 왔는지, 무슨 목적인지, 할 말은 많지만, 솔직히 말해서 나는 아버지와 어머니 때문에, 아니 실은 가족 탓에 지칠 대로 지쳐 있었다, 게다가 나는 적어도 한 과목의 시험 정도는 뒤로 늦추어 제대로 치르고 싶었고, 변화 속에서 안도감을 맛보고 싶었으며, 어딘가 먼 곳에 가서 지내고도 싶었다. 그래서 자코파네로 오게 되었고, 크루푸프키 거리를 지나다가 어떡하면 저렴하게 묵을 펜션을 찾아낼 수 있을까 고민하던 중에 푹스를, 그의 빛바랜 옅은 금발과 불그레한 면상을, 튀어나온 눈과 무감각한 시선을 맞닥뜨리게 되었다, 하지만 그는 몹시 기뻐했고, 나 또한 반가웠다, 잘 지냈어, 여기서 뭘 하고 있는 거야, 방을 찾고 있어, 나도 그래, 나한테 주소가 있어, 멀리 떨어진 시골구석이라 가격이 저렴하다고 그가 말했다. 그래서 우리는 함께 걷게 되었다, 바짓가랑이, 모래 속으로 빠지는 구두 굽, 도로, 폭염, 바닥을 내려다본다, 토양과 모래, 조약돌이 반짝인다, 하나, 둘, 하나, 둘, 바짓가랑이, 구두 굽, 땀, 간밤에 기차에서 잠을 거의 못 자서 무겁게 내려앉은 눈꺼풀, 그리고 계속되는 행군 또 행군. 그가 멈췄다.

"우리 좀 쉴까?"

"아직 멀었어?"

"아냐, 그리 멀지 않아."

나는 주위를 둘러보았다, 하도 지겹게 봤기에 딱히 보고 싶은 마음은 없지만 어쩔 수 없이 시야에 들어오는 풍경, 소나무와 담장, 가문비나무와 작은 집 들, 잡초와 초원, 오솔길과 도랑, 벌판과 굴뚝…… 그리고…… 공기를 보았다…… 햇살을 받아 빛났지만, 시커먼 빛깔이었다, 나무의 검은빛, 대지의 회색빛, 땅바닥에 움터 있는 식물의 녹음(綠陰)조차도 모조리 검은빛이었다. 개가 짖기 시작했다, 그가 잡목 숲 쪽으로 방향을 틀었다.

"여기가 좀 더 서늘하군."

"어서 가자."

"잠깐. 여기서 잠시 쉬었다 가는 건 어때."

그는 잡목 숲 안쪽, 뒤엉킨 개암나무와 가문비나무 가지가 차양처럼 드리워져 어둠이 도사리고 있는, 후미진 곳으로 성큼성큼 걸어 들어갔다. 나 또한 잎사귀와 잔가지, 빛의 얼룩들, 덤불과 공터, 펼쳐짐과 기울어짐, 구부러짐과 휘어짐, 기울어짐과 모아짐이 뒤섞인 복잡한 혼돈 속으로 시선을 던졌다. 돌진하다가, 물러서다가, 잠잠해졌다가, 시끄러워지는, 그러다 다시 갈라졌다가 펼쳐지기도 하는, 도무지 정체를 알 수 없는, 이 얼룩덜룩한 공간으로…… 길을 잃고서 땀으로 뒤범벅이 된 채로 나는 있는 그대로의 검은 토양을, 그 기운을 바닥에서부터 온몸으로 느꼈다. 그런데 분명치는 않았지만 나뭇가지 사이로 뭔가가 고정되어 있는 것이, 낯설고도 괴상한 물체가 불거져 나와 있는 것이 보였다. 나의 동행 또한 그 대상을 유심히 살펴보았다.

"참새야."

"아하!"

참새였다. 참새가 철사에 매달려 있었다. 머리는 한쪽으로 기울이고, 부리는 크게 벌린 채. 나뭇가지에 묶어 놓은 가느다란 철사에 매달린 상태였다.

놀라운 일이다. 목매달린 새. 목매달린 참새. 이 기이한 광경은 커다란 비명을 외치면서, 덤불을 헤치고 지나갔을 누군가의 손을 가리키고 있었다. 하지만 과연 누구일까? 누가, 무엇 때문에 매달았을까, 대체 무슨 이유로? …… 나의 생각은 백만 가지 조합이 뒤엉킨 무성한 과잉 속에서 혼돈에 빠져 허우적댔다, 흔들리는 기차 여행, 덜컹대는 소음이 유달리 크게 울려 퍼지던 밤, 불면의 시간, 공기, 태양, 이곳에서 푹스와의 행군, 그리고 야시아와 어머니, 편지로 인해 불거진 시끄러운 소동, 냉담해진 아버지와의 관계, 로만, 사무실에서 상사와 충돌을 거듭했다는 푹스의 고민(이 사건은 그가 직접 내게 이야기 해 준 것이다.), 바퀴 자국, 먼지구름, 구두 굽, 바짓가랑이, 돌멩이, 잎사귀, 이 모든 것들이 갑자기 한꺼번에 참새 앞에 내던져진 듯했다, 마치 무릎을 꿇은 거대한 군중의 무리처럼, 그리고 참새는, 이 기이한 광경은 바야흐로 군림하는 중이었다…… 이 외딴 구석에서 당당하게.

"과연 누가 참새를 매달았을까?"

"어린아이 짓이겠지."

"아냐. 그러기엔 너무 높이 매달려 있는걸."

"어서 가자."

하지만 그는 꿈쩍도 하지 않았다. 참새의 목은 철사에 매달려 있었다. 토양은 거의 헐벗은 상태였지만 드문드문 짧은 잔디가 솟아난 곳도 있었다, 이곳에는 꽤 많은 사물들이 뒹굴고 있었다, 구부러진 판금 조각, 막대, 또 다른 막대, 닳아 빠진 판지, 더 작은 막대기, 거기엔 또한 딱정벌레도 있었다, 개미, 또 다른 개미, 정체불명의 벌레, 쪼개진 나뭇조각, 그리고 덤불 뿌리에서 자라난 넝쿨에 이르기까지 기타 등등 다양한 잡동사니들…… 푹스 또한 나처럼 그것들에 눈길을 던지고 있었다. "어서 가자." 하지만 그는 여전히 그 자리에 선 채로 참새가 나뭇가지에 매달려 있는 광경을 쳐다보고 있었다, 나도 거기 서서 참새를 바라보았다. "가자." "그래 가자." 하지만 우리는 둘 다 꿈쩍도 하지 않았다, 어쩌면 너무 오랫동안 서 있었기 때문에 길을 떠날 적절한 타이밍을 놓쳐 버린 탓일지도 모른다…… 이제 와서 떠난다는 것이 새삼스럽고, 어색하게 느껴졌는지도…… 그렇게 우리 둘은 덤불 속에서 목매달린 참새와 함께 있었다…… 여기서 훌쩍 떠나 버린다면, 그건 어쩐지 균형을 깨는 일이거나 아니면 분별없는 무례한 행동인 듯 여겨졌던 것이다…… 그러다 마침내 졸음이 밀려왔다.

 "자, 그럼 이제 길을 떠나자!" 나는 그렇게 말했고, 우리는 그곳을 떠났다…… 잡목 숲 속에 참새를 홀로 남겨 둔 채로.

 뙤약볕 아래 이어지는 행군은 살갗을 뜨겁게 달구었고, 우리를 지치게 만들었다, 나는 열 걸음 남짓 걷다가 불만이 치밀어 올라 걸음을 멈췄고, 얼마나 더 가야 하는지 물었다, 그러자 그가 담장에 걸려 있는 간판을 손가락으로 가리키면서 대답했다. "여기도 숙박 시설이 있네." 시선을 옮겨 본다. 정원. 그 안에 세워진 집, 그 뒤로 울타리, 아무런 장식도 없고, 발코니도 없다, 초라하고 따분한 싸구려 건물, 허름한 현관, 목조 건축, 전형적인 자코파네 양식, 1층과 2층에 각각 다섯 개씩 2열로 배치된 창문들, 정원에는 부실하게 자란 나무 몇 그루, 화단에는 말라비틀어진 팬지꽃 몇 송이, 그리고 자갈이 깔린 오솔길들. 하지만 그는 확인 한번 해 보는 게 뭐 어떠냐면서 때로는 이런 칙칙한 곳에서 생각지도 못한 저렴한 가격으로 손가락에 묻은 양념까지 핥아먹고 싶을 만큼 맛있는 음식을 즐길 수도 있다고 나를 부추긴다. 나 역시 집 안을 둘러볼 준비가 되어 있었다, 비록 이전에도 비슷한 간판을 몇 개 그냥 지나치긴 했지만, 지금은 온몸에 땀이 줄줄 흐르고 있었으므로. 작열하는 무더위. 그가 작은 대문을 열었고, 우리는 햇볕에 반짝이는 유리창으로 향하고 있는 자갈투성이의 보도(步道)를 따라 안으로 들어섰다. 그가 벨을 눌렀다, 우리는 잠시 동안 현관에 서 있었다, 문이 열리더니 젊다고는 할 수 없는 한 여인이 나타났다, 사십 대 정도의 나이에 가정부 같은 인상, 풍만한 가슴을 지닌, 살집이 꽤 좋은 여인이었다.

"방을 좀 보고 싶은데요."

"잠시만 기다리세요, 주인마님을 모셔 오겠습니다."

우리는 현관에서 기다렸다, 기차의 굉음, 여행, 전날에 벌어진 사고, 군중의 무리, 연기와 소음이 내 머릿속을 꽉 채웠다. 인공 폭포, 귓속이 숨 막힐 듯 윙윙거린다, 방금 전 그 여인에게서 내가 당혹감을 느낀 건, 밝은색 눈동자에 맘씨 좋은 하녀다운 표정을 띤 얼굴과는 대조적으로 입술에 흉터가 나 있었기 때문이었다. 입술 한쪽 끝이 찢어져 있었는데, 고작 1밀리미터 정도에 불과한 그 조그마한 상처로 인해 윗입술 구석이 한쪽으로 치켜 올라가 있었고, 그 흉터는 거의 양서류의 껍질처럼 반들반들해져 무척 생소하게 보였다, 거의 자취를 감출 듯 미세하게 남아 반들거리는 그 부위는 마치 양서류의 냉기처럼, 개구리처럼 내게 혐오감을 불러일으켰지만, 동시에 어둠의 통로처럼, 나를 갑자기 달아오르게 만들고, 흥분시키면서, 그녀를 두고 성적이고 음탕한 상상을 하도록 만들었다.

그녀의 목소리 또한 나를 적잖이 당황케 했는데, 그런 입술에서는 어떤 목소리를 기대해야 좋을지 미처 판단하기도 전에 중년의 나이에 뚱뚱한 몸집을 가진, 지극히 평범한 가정부의 목소리가 흘러나왔기 때문이었다. 집 안에서 또다시 그녀의 목소리가 울려 퍼졌다. "마님! 신사분들이 방을 구하러 왔어요!"

잠시 후 마치 반죽용 밀방망이처럼 구르듯이 짧은 다리를 뒤뚱거리며 나타난 주인마님은 토실토실한 체격이었다. 우리는 몇 마디 대화를 주고받았다, 그래요, 물론이죠, 마침 식사가 제공되는 2인용 하숙방이 있답니다, 이리로 오세요! 갈아 놓은 커피 원두 향이 집 안에서 확 풍겨 왔다, 작은 복도, 골방, 목재 계단, 신사분들께서는 얼마 동안이나, 아, 네, 공부를 하시겠다고요, 이곳은 조용하죠, 적막해요…… 위층에 또다시 복도와 몇 개의 문, 집은 비좁은 편이었다. 그녀는 복도 제일 끝에 있는 방문을 열었는데, 모든 임대용 방이 그렇듯이 한눈에 보기에도 어둠침침한 방이었다, 창문에 내려진 블라인드와 침대 두 개, 옷장과 옷걸이, 쟁반에 놓인 물 주전자, 침대 맡에는 전구가 없는 램프 두 개, 때 묻은 틀 안에 끼워진 녹슨 거울, 방은 보기 흉했다. 블라인드 너머에서 햇살이 새어 들어와 바닥에 반점을 만들었다, 쇠파리가 윙윙대는 소리와 더불어 담쟁이덩굴의 향기가 실내로 스며 들어왔다. 다만 한 가지…… 의외의 장면이 우리를 기다리고 있었으니, 당연히 비어 있어야 할 침대 위에 묘령의 여인이 누워 있었던 것이다, 아니 누워 있는 자세가 어딘지 모르게 부적절한 것처럼 느껴졌는데, 물론 그러한 부적절성이 대체 무엇에서 기인한 것인지, 그러니까 침대에 시트가 씌워져 있지 않고 매트리스만 깔려 있었기 때문인지, 아니면 그녀의 다리가 침대의 철망에 걸쳐져 있었기 때문인지(매트리스가 옆으로 약간 밀려나 있었기 때문에 철망이 들여다보였다.) 나도 정확히는 알 수 없었지만, 아무튼 다리와 철망의 조합은 그 무덥고, 피로하고, 쇠파리 소리가 요란하던 날, 나를 몹시도 놀라게 했던 것이다. 자고 있었던 걸까? 그녀는 우리를 보더니 침대에 벌떡 일어나 앉아 머리를 매만졌다.

"레나, 얘야, 여기서 뭐 하는 거니? 대체 무슨 짓이니? 신사분들, 이 애는 제 딸이랍니다."

그녀는 우리의 인사에 대한 화답으로 고개를 숙이고는 자리에서 일어나 조용히 방에서 나갔는데, 그 고요한 동작은 비정상적인 일들로 인해 복잡해진 내 머릿속을 단번에 가라앉혀 주었다. 우리는 옆방도 둘러보았는데, 구조는 똑같았지만, 욕실과 바로 연결되지 않은 관계로 가격은 좀 더 쌌다. 푹스는 침대에 걸터앉았고, 안주인은 의자에 앉았다, 결국 저렴한 방을 빌리는 쪽으로 합의가 되었고, "여러분이 직접 확인해 보시라니까요."라며 안주인이 권한 식사 제공 서비스도 선택하기로 했다.

아침과 점심 식사는 방에서, 저녁은 아래층에서 가족들과 함께하기로 결정되었다. "자, 가서 짐을 갖고 오세요, 그동안 저는 카타시아와 함께 모든 걸 다 준비해 놓을게요."

우리는 짐을 가지러 도시로 갔다.

우리는 짐을 갖고 다시 돌아왔다.

우리는 짐을 풀었다, 푹스는 저렴한 가격에 방을 구해서 다행이라면서, 자신이 점찍었던 곳은 틀림없이 훨씬 더 비쌀 거라고…… 게다가 거리도 여기보다 훨씬 더 멀다고 설명했다…… 두고 봐, 식사는 틀림없이 훌륭할 거야! 나는 물고기를 닮은 그의 얼굴에 점점 넌더리가 났다, 그리고…… 졸음이 밀려왔다…… 자고 싶다…… 나는 창가로 다가가서 밖을 내다보았는데, 초라하기 짝이 없는 정원이 뙤약볕 아래 이글거리며 타고 있었고, 그 너머에는 울타리와 도로가, 그 뒤로는 참새가 매달려 있는 잡목 숲으로 들어가는 길을 암시하는 가문비나무 두 그루가 서 있었다. 나는 침대에 몸을 던졌고, 이리저리 뒤척이다 잠이 들었다. 입술에서 입술로의 미끄러짐, 입술은 입술다움이 덜했기 때문에 더욱더 입술다워졌다…… 하지만 나는 더 이상 자고 있지 않았다, 나는 잠에서 깨어났다. 가정부가 나를 내려다보고 있었던 것이다. 아침이었지만, 밤과 같이 어두웠다. 알고 보니 아침이 아니었던 것이다. 그녀가 나를 깨웠다. "보이티스 부부께서 저녁 식사를 하자십니다." 나는 몸을 일으켰다. 푹스는 벌써 신발을 신고 있었다. 저녁 식사. 식당으로 사용되는 비좁은 방, 한쪽 벽면에는 거울이 걸려 있다, 사워밀크[1], 래디시[2], 그리고 전직 은행원 출신에 인장 반지를 끼고, 금으로 만든 커프스 단추로 치장한 집주인 보

---

1) 우유에 유산균을 넣어서 신맛이 나게 한 발효유.
2) 순무와 비슷한 모양의 붉고 동그랗고 작은 무.

이티스의 화려한 언변.

"친애하는 신사분들, 저는 제 배우자의 명에 따라 움직이는 사람입니다, 제게는 통상 특별한 임무가 주어지는데요, 이를테면 수도꼭지나 라디오가 고장 났을 때 그렇죠…… 래디시에는 버터를 더 많이 곁들여 드시면 좋을 것 같은데요, 최상품 버터거든요……"

"감사합니다."

"이 폭염도 폭우와 함께 곧 끝날 겁니다, 저와 제 부하들에게 은총을 내리신 거룩하신 분의 이름을 걸고 맹세합니다."

"아빠, 숲 저편, 멀리서 천둥 치는 소리 들었어요?"(그건 레나의 목소리였는데, 나는 아직 그녀를 제대로 쳐다보지 못했다. 사실 내가 여기서 본 건 극히 일부분이었다. 아무튼 전직 은행원이자 전직 경영인은 자신을 매우 장황하게 드러내려 애쓰고 있었다.)

"사워밀크를 조금만 더 드셔 보시라고 권하고 싶군요, 제 아내야말로 사워밀크의 특별한 권위자거든요, 그렇다면 그녀의 걸작은 과연 어떻게 탄생된 걸까요, 친애하는 여러분! 그 비결은 바로 단지랍니다! 우유를 발효시켜 신맛을 내는 과정에서 관건은 바로 우유 단지의 적합성에 달려 있거든요."

"당신이 뭘 안다고 그래요, 레온!"(안주인이 끼어들었다.) "저는 브리지 게임 애호가예요, 존경하는 여러분, 전직 은행원인 제 남편 또한 현재 브리지 게임 애호가랍니다, 저이는 아내에게 특별히 할당받은 오후 시간과 일요일 밤에만 게임을 하곤 해요. 신사분들은 공부를 하러 여기 오셨다고 했죠? 완벽합니다, 마침 이곳은 아주 조용하고 적막하거든요. 지성이란 마치 콩포트[3] 속에서 졸여진 과일처럼 모름지기 푹 젖어 들어야 하는 법이니까요……"

하지만 나는 그 말에 별로 귀를 기울이지 않았다. 레온의 머리는 난쟁이처럼 조그맣고 둥그랬는데, 노골적으로 벗겨진 그의 대머리가 테이블을 압도했고, 코안경에서 반사되는 적나라한 광채 탓에 머리카락이 없다는 사실이 더욱 두드러져 보였다. 그 옆에는 레나가 있고, 호수가 있고, 그리고 예의 바른 레온 부인이 통통한 살집을 포갠 채 앉아 있다가 갑자기 지금껏 내가 미처 감지하지 못했던 헌신적인 태도를 보이며, 저녁 식사를 관장하기 위해 몸을 벌떡 일으켰다. 푹스가 힘없이, 창백하게, 그리고 무기력하게 뭔가를 중얼거렸다. 나는 피에로기[4]를 먹었고, 여전히 졸음을 느꼈다. 그들은 먼지에 대해서 떠들어 댔고, 아직 바캉스 시즌이 시작되지 않았다고 말했다. 나는 밤이 되면 기온이 좀 서늘해지는지 물었다. 우리는 피에로기를 다 먹어 치웠다. 그러자 콩포트가 나왔고, 콩포트를 마신 뒤에는 카타시아가 레나를 향해 재떨이를 밀어 놓았다. 그 재떨이는 철사를 엮어 만든 망으로 싸여 있었다. 그건 일종의 메아리, 그러니까 침대에 있던 또 다른 그물의 희미한 메아리였다. 내가 방 안으로 들어섰을 때 철망 위에 그녀의 다리가 놓여 있던 침대, 그 순간, 침대의 철망 위에 있던 건 발이었고, 어쩌면 정강이의 일부였고, 그리고 또한 기타 등등. 미

---

3) 과일을 설탕에 졸여서 만드는 음료.
4) 만두와 비슷한 폴란드 전통 요리.

끄러지듯 찢어진 카타시아의 입술은 레나의 입술 근처에 자리 잡고 있었다.

나는 이 모든 것들 위에서 서성거리고 있었다, 그곳, 바르샤바에서 떠나온 뒤, 강제로 이곳에 내던져진 나, 이제 뭔가를 시작하려 한다…… 나는 잠시 동안 허공에서 맴돌고 있었다, 카타시아는 방을 나갔고, 레나는 재떨이를 테이블의 한가운데로 밀어 놓았다, 그리고 나는 담배를 피웠다, 그들이 라디오 주파수를 맞췄다, 보이티스 씨는 손가락으로 테이블을 두들겼고, 멜로디를 나직하게 흥얼거렸다, 티-리-리, 하지만 갑자기 멈췄다, 그러다 다시 테이블을 두들겼고, 또다시 멜로디를 흥얼대다가 느닷없이 멈췄다. 그곳은 비좁았다. 방이 너무 작았던 것이다. 닫혔다가 또다시 반쯤 열리는 레나의 입술, 그 수줍음…… 이젠 그만, 안녕히 주무세요, 우리는 위층으로 올라갔다.

우리는 옷을 벗었고, 푹스는 또다시 자신의 상사인 드로즈도프스키에 대한 푸념을 늘어놓기 시작했다, 그는 손에 셔츠를 든 채 창백하고 새하얀, 그러다 다시 불그레하게 상기된 얼굴로 투덜거렸는데, 드로즈도프스키와는 처음에는 이상적인 관계였으나, 언제부터인지 둘 사이가 점점 나빠지기 시작했다는 것이다, "어쩌다 보니 내가 그의 신경을 건드리게 되었지, 너, 상상이 돼, 내가 그의 신경을 건드린 거야, 내가 손끝 하나만 까딱해도 견딜 수 없게 된 거라고, 상사의 신경을 건드린다는 게 어떤 건지 너는 이해할 수 있어, 매일같이 일곱 시간 동안이나 참을 수가 없는 나와 같이 있자니 얼마나 괴로웠겠어, 그 사람이 아예 날 쳐다보지 않으려 애쓰고 있다는 걸 알 수 있었지, 무려 일곱 시간 동안이나 말야, 어쩌다 내게로 시선이 쏠리게 되면 마치 불에 데기라도 한 것처럼 황급히 눈을 떼곤 했지, 무려 일곱 시간 동안이나!" 그는 자기 구두를 내려다보며 말을 이었다, "어떡하면 좋을지 나도 몰랐어. 때로는 무릎이라도 꿇고, 엎드려 소리치고 싶었어, 드로즈도프스키 씨, 죄송합니다! 용서해 주십시오! 하지만 뭐가 죄송하다는 거지? 게다가 그가 악의가 있어서 그러는 것도 아니잖아, 난 정말로 그를 짜증나게 했거든. 친구들이 내게 충고하길, 차라리 입 다물고 죽은 듯이 있으라고 하더군, 최대한 그의 눈에 띄지 말라고 말야." 푹스는 마치 물고기처럼 멍한 눈으로 우울하게 나를 쳐다보았다, "하지만 하루에 일곱 시간이나 사무실에 함께 있으면서 어떻게 계속해서 그의 눈에 띄지 않을 수가 있겠어? 내가 헛기침만 해도, 팔만 들어 올려도, 이미 그는 폭발 일보 직전인걸. 나한테서 고약한 냄새가 나기라도 하는 걸까?" 상사에게 거부당한 푹스의 한탄은 경멸과 조롱 속에서 마지못해 바르샤바를 떠나오게 된 내 이력과 묘하게 통하는 구석이 있었다, 우리 둘, 그와 나, 원치 않았지만…… 거기에서 쫓겨났다…… 그리고 지금 여기 이 낯선 하숙방에서, 어쩌다 우연히 찾아낸 이 집에서 우리는 마치 두 명의 표류자처럼 옷을 벗고 있다. 그리고 우리는 보이티스 가족에 대해서, 그 가족의 분위기에 대해서 이야기를 나누다가 잠들었다. 잠에서 깨어났다. 밤. 어두웠다. 옷장과 테이블, 물 주전자가 있는 방에서 이불을 덮고 있는 나 자신을 인식하기까지 몇 분이 흘렀다, 나는 창문과 문의 위치를 통해 내가 있는 지점이 대충 어디쯤인지를 깨달았다, 끊임없이 조용히 지속되고 있는 대뇌의 움직임 덕분이었다. 나는 잠을 자야 할지, 말아야 할지 오랫동안 망설였다…… 자고 싶지 않았지만, 일어나고 싶지도 않았다, 그래서 어쩔 줄 몰라 전전긍긍했다, 일어날까, 잘까, 누워 있을까, 그러다 마침내 다리를 앞으로 쭉 내밀어 침대에 걸터앉았다, 침대에 앉아 있는데 창문에 드리운 블라인드의 허연 얼룩이 내 눈길을 끌었다, 나는 맨발로 그 얼룩 근처로 다가가 블라인드를 살짝 젖혔다. 거기, 정원 너머, 담장 너머, 도로 저편, 참새가 뒤엉킨 나뭇가지들 속에서 매달려 있던 그곳, 아래에 검은 토양이 있는 곳, 땅 위에 판지와 철판 조각, 불쏘시개용 나뭇조각이 널려 있는 곳, 가문비나무의 뾰족한 잎사귀들이 밤하늘의 별빛 속에서 반짝거리며 빛나는 그곳이 있었다. 창문의 블라인드를 내렸다, 하지만 푹스가 날 쳐다보고 있을지 모른다는 생각이 들어서 곧바로 창가를 떠나진 않았다.

실은 그의 숨소리가 들리지 않았다…… 만약 그가 잠든 상태가 아니었다면, 내가 창밖을 내다보고 있었다는 걸 알았을 것이다…… 만약 지금이 밤이 아니고, 새만 없었더라면, 한밤중의 그 새만 아니었다면, 하필이면 새와 밤이 함께 맞물리지만 않았더라면, 내 행동이 특별히 수상쩍게 여겨질 이유도 없었으리라. 하지만 지금 이 시각, 창가에 서서 밖을 내다보는 내 행동은 틀림없이 새와 관련지을 수밖에 없는 상황이었다…… 그러한 사실이 나를 부끄럽게 만들었다…… 하지만 침묵이 필요 이상으로 길게 지속되는 바람에 나는 제법 빨리

다음과 같은 확신에 이르게 되었는데, 그것은 바로 그가 방 안에 없다는 사실이었다, 그는 아예 이 방에 없고, 그의 침대에는 아무도 누워 있지 않다고 되뇌었다. 나는 다시 창문의 블라인드를 열어젖혔다, 그러자 무수히 많은 별들의 광채 속에서 내가 확인한 것은 마땅히 푹스가 있어야 할 자리가 텅 비어 있다는 사실이었다. 그는 어디로 갔을까?

욕실에? 그러나 그쪽에서 물소리 따위는 전혀 들려오지 않았다. 그렇다면…… 참새에게 간 것일까? 어째서 갑자기 그런 생각이 들었는지는 모르겠지만, 충분히 그럴 수도 있으리라고 여겨졌다, 푹스는 그곳에 갔을 수도 있다, 참새는 분명히 그의 관심을 끌었으니까, 만약 그랬다면 잡목 숲 속에서 그럴듯한 이유를 찾으면서 사방을 헤매고 다닐 것이다, 푹스의 불그스레하고, 무기력한 낯짝은 이런 식의 조사에 집착하는 그의 성향을 여실히 드러내고 있다, 푹스라면 충분히 그러고도 남을 것이다…… 누가 매달았을까, 왜 매달았을까, 이리저리 고민하고, 머리를 굴리면서…… 아! 어쩌면 그가 이 집을 선택한 건 참새를 염두에 두었기 때문일 수도 있다는 생각이 들었다(이러한 생각이 좀 더 깊이 진전되려는 찰나, 이것은 부수적인 제2의 가능성에 불과하다는 결론에 이르면서, 그 단계에서 생각이 멈추고 말았다.), 아무튼 그가 잠에서 깼다는 사실만으로도 충분하다, 아니 어쩌면 그는 아예 잠들지 않았었는지도 모른다, 아무튼 호기심이 발동했고, 침대에서 일어났고, 어디론가 갔다, 어쩌면 뭔가 세부적인 사실을 확인하기 위해서, 아니면 한밤중에 주변을 둘러보기 위해서…… 어쩌면 그는 숨바꼭질 놀이를 하고 있는 걸까? …… 내 생각은 줄곧 이런 방향으로 기울고 있었다. 그리고 그러한 생각은 점점 더 확고해져 갔다. 궁극적으로 그로 인해 내가 입은 피해는 아무것도 없었다, 하지만 나는 보이티스 가족의 집에서 우리가 체류하게 된 첫날을 이렇게 한밤중의 수색 소동으로 시작하고 싶지는 않았다, 두 번째 문제는 참새가 다시금 등장해서 우리의 여정에 끼어들었다는 사실에 화가 치밀어 올랐다는 점이다, 마치 그 참새가 자신의 깃털을 한껏 세우고, 온몸에 공기를 불어넣은 채 실제 자신보다 더 중요한 존재가 된 양 뽐내기라도 하듯이 말이다, 게다가 만약 정말로 그 어리석은 바보가 참새에게 갔다면, 참새는 이미 누군가의 방문을 허락하게 되는 인격체로 탈바꿈하게 되는 것이다! 나는 미소를 지었다. 이제 어떡한단 말인가? 뭘 해야 할지 몰랐지만, 침대로 돌아가고 싶지도 않았다, 바지를 입고, 복도를 향해 난 방문을 열고는 고개를 빠끔히 밖으로 내밀었다. 복도는 텅 비어 있고, 서늘했다, 계단이 시작되는 왼편에는 창백한 어둠이 도사리고 있었고, 바로 그곳에 작은 창문이 있었다, 귀를 기울였지만, 아무 소리도 들리지 않았다…… 복도로 나가 보았지만, 불과 얼마 전에 그가 몰래 밖으로 나갔고, 이제는 내가 또다시 은밀하게 빠져나가려고 한다는 사실이 영 마음에 들지 않았다…… 이 두 번의 외출이 그다지 떳떳한 일은 아니니까…… 방을 나서면서 나는 머릿속으로 집의 구조와 방의 배치와 벽의 배열과 알코브[5]와 통로와

---

5) 방이나 복도의 벽면을 우묵하게 파서 만든 공간. 벽감(壁龕)이라고도 한다.

가구를, 그리고 사람들과…… 심지어는 내가 아직 만나지 못한 이들과, 오늘 간신히 만나게 된 사람들을 다시 한 번 되새겼다.

하지만 한밤중에 바지와 셔츠 바람으로 여기, 낯선 집 복도에 서 있으려니 관능적인 욕구가 은밀히 고개를 들었다, 그건 어쩌면 카타시아의 입술이 갖고 있는 미끌거림처럼 그녀를 향해 미끄러지듯 나아가고 있는지도 모른다…… 그녀는 어디에 잠들어 있을까? 자고 있긴 한 걸까? 이렇게 스스로에게 질문을 던지는 순간, 어느새 나는 그녀의 방으로 향하는 복도 한가운데에 서 있었다, 한밤중에, 맨발로, 셔츠와 바지만 입은 채로, 그녀의 입술 위, 말려 올라간 반들거림, 양서류와 같은, 그렇게 조금씩, 천천히, 가까스로, 힘겹게…… 바르샤바에서 겪은 냉대와 불화, 그리고 그곳에 남겨 두고 온 사람들에 대한 내 차가운 거부 반응이 결합되면서 무언가가 나를 여기, 이 잠들어 있는 집 어딘가에 도사리고 있을 그녀의 방탕한 욕정을 향해 차갑게 내몰고 있었다…… 그녀는 어디서 자고 있을까? 몇 발자국 옮기자 계단에 이르렀다, 나는 복도에 하나밖에 없는 창문을 통해 밖을 내다보았다, 그 창문은 도로와 참새가 있는 곳의 반대편에 해당하는, 집의 다른 쪽을 향하고 있었다, 거기, 담벼락으로 둘러싸인 채 수많은 별 무리로 환히 밝혀진, 제법 널찍한 공간에는 반대편에 있는 것과 유사한 작은 정원이 있었는데, 자갈이 깔린 통로들로 연결되어 있고, 가냘픈 나무들이 늘어서 있었다…… 하지만 좀 더 멀리 가면 벽돌 더미가 쌓여 있고, 작은 초소가 있는 공터만 있을 뿐이었다…… 집

왼편으로는 일종의 별채가 있었는데, 아마도 부엌과 세탁실인 듯했다, 어쩌면 카타시아는 그곳에서 자신의 작은 입이 가진 익살스러운 끼를 곤히 잠재우고 있을지도 모른다.

달도 없이, 놀랄 만큼 많은 별들로 가득 채워진 밤하늘, 그 별 무리 속에서 내가 알고 있는 몇몇 별자리들이 나타났다, 북두칠성, 큰곰자리, 그 별자리들을 찾아냈다, 하지만 내가 알지 못하는 다른 별자리들 또한 중요한 별자리로 자리매김하기 위해 때를 기다리기라도 하듯 자취를 감춘 채 웅크리고 있었다, 나는 선을 이어 가며 모양을 연결하려고 애써 보았다…… 하지만 모양을 식별해 내고, 별자리를 그리는 일에 갑자기 극심한 피로감을 느꼈다, 그래서 나는 정원으로 시선을 돌렸다, 하지만 이곳에서도 또다시 너무 많은 대상들이 나를 지치게 만들었다, 굴뚝과 파이프, 부서진 배수관, 처마의 돌림띠, 작은 관목, 아니면 더욱 복잡하고 골치 아픈 조합체들, 이를테면 꺾어졌다가 사라져 버리는 오솔길이라든지, 그림자의 리듬과 같은 것들이 금방 나를 지치게 했다…… 역시 여기서도 마지못해 형태와 패턴을 찾기 시작할 수밖에 없었다, 하지만 나는 정말 그러고 싶지 않았다, 지겨웠고, 참을 수가 없었으며, 변덕이 났다, 그러다 문득 이것들이 내 주의를 끌게 된 궁극적인 요인이 무엇인지 깨닫게 되었다, 내 마음을 사로잡은 것은 '~의 뒤에' 혹은 '~의 너머에' 무언가가 있다는 점이었다, 그러니까 어떤 대상이 다른 대상의 '뒤에' 있다는 사실, 굴뚝 뒤에 파이프가 있고, 부엌의 귀퉁이 너머에는 담벼락이 있고, 그건 마치…… 마치…… 마치…… 카타시아의 입술이 레나의 작은 입술 뒤에 있는 것과 비슷했다, 저녁 식사 때 카타시아가 레나를 향해 몸을 숙이면서 철망이 둘러진 재떨이를 앞으로 밀었을 때, 그 반들거리는 입술은 아래를 향해 하강하면서 또 다른 입술에 가까워졌다…… 나는 도를 넘어설 정도로 당혹스러웠고, 혼란스러웠다, 본래 나한테 이렇게 과장스러운 성향이 있었던가, 뿐만 아니라 별자리들, 저기 밤하늘의 북두칠성과 같은 것들이 내게는 뭔가 두뇌 회전을 요구하는, 지적이면서 동시에 피곤한 대상으로 전락해 버리고 말았다, 나는 생각했다. "뭐야? 입? 그것도 둘이 함께?", 무엇보다 나를 경악하게 만든 건, 그 두 개의 입이, 그러니까 그녀들의 두 입이 지금의 내 상상 속에서, 내 기억 속에서는 실제로 저녁 식탁에서 봤을 때보다 더욱더 긴밀하게 서로 연관되어 있다는 점이었다, 나는 정신을 차려 보려고 머리를 좌우로 흔들었다, 하지만 레나의 입술과 카타시아의 입술 사이의 연관성은 점점 더 명백해져 갔다, 그래서 나는 웃음을 터뜨렸다, 왜냐하면 실제로 카타시아의 위로 말려 올라간 선정성, 음란한 욕정을 향한 그녀의 미끄러짐은 풋풋하게 반쯤 벌어진, 그리고 순결하게 꼭 다물어진 레나의 입술과는 아무런 유사점도 없었던 것이다, 그러니까 그건 그저 하나의 입이 또 다른 입과의 '비교 항목'으로서 존재한다는 점에서만 그 연관성을 찾을 수 있을 뿐이었다, 그건 마치 지도의 경우와 비슷한데, 그러니까 마치 지도 속에서 한 도시가 다른 도시 옆에 위치하는 것과 유사한 경우라고 할 수 있다, 그러자 지도에 대한 생각이 다시 내 머릿속을 파고들었다, 하늘의 지도, 그리고 도시가 그려져 있는 일반적인 지도 등등. 이 모든 '연계성' 실은 적절한 연계라고 볼 수 없다, 이건 단지 하나의 입을 또 다른 입의 관점에서 살펴보는 과정일 뿐이기 때문이다, 그러니까 이건 그 두 대상 간의 '거리', 예를 들자면 방향이나 위치와 관련된 문제라고 볼 수 있는 것이다…… 그 이상도 이하도 아니다…… 하지만 내가 지금 카타시아의 입이 부엌 근처(그녀가 자고 있는 곳)에 있으리라고 추측하면서 동시에 그 입에서 어느 쪽에, 그리고 얼마만큼 멀리 떨어진 곳에 레나의 작은 입이 있을까를 동시에 헤아려 보고 있다는 것만큼은 틀림없는 사실이었다. 그래서 지금 이 복도에 도사리고 있는 카타시아를 향한 나의 차갑고도 탐욕스러운 욕망은 레나의 입술이 부수적으로 끼어드는 바람에 길을 잃고 헤매고 있었다.

그런 와중에 머릿속이 점점 몽롱해졌다. 그리 놀랄 일도 아닌 것이, 한 가지 대상에 지나치게 몰두하다 보면 이런 식의 혼란을 겪는 것은 당연한 일이기 때문이다, 그리고 그 한 가지 대상이 나머지 모든 걸 전부 가려 버리는 수가 있다, 마치 지도에서 한 개의 지점만 뚫어지게 들여다보면, 다른 지점들을 놓쳐 버리는 것과 마찬가지다. 나는 정원을, 하늘을, 그리고 그 '너머에' 있는 두 개의 입술을 응시하다가 갑자기 깨닫게 되었다, 뭔가를 놓쳐 버렸다는 사실을…… 뭔가 아주 중요한 것을 말이다……푹스! 그는 어디에 있지? 숨바꼭질이라도 하자는 건가? 그렇다면 그것이 너무 큰 소동으로 끝나지는 말기를! 나는 별로 잘 알지도 못하는, 물고기를 닮은 푹스와 함께 방을 빌렸다는 사실이 사뭇 불쾌했다…… 하지만 내 앞에는 작은 정원이, 키 작은 관목들이, 그리고 벽돌 더미가 쌓여 있는 공터를 지나 믿기지 않을 만큼 새하얀 담장으로 이어진 보도(步道)가 몇 개 있었다, 그러자 이번에는 이 모든 것들이 내게는 집의 반대편, 이곳과 비슷하게 작은 정원이 있고, 그 너머에 담장이, 도로가, 그 뒤로 잡목 숲이 있던 그곳에서는 발견하지 못했던 것들을 드러내 보이는 명백한 신호로 해석되었다…… 그리고 별빛에서 뿜어져 나오는 긴장감은 목매달린 새의 긴장감으로 서서히 동화되었다. 푹스는 과연 참새가 있는 그곳으로 갔을까?

참새! 참새! 실제로 푹스도, 참새도, 내 관심을 끌지는 못했다, 입이, 그 단순한 대상이, 내게는 훨씬 더 흥미로웠다…… 혼란스러운 몽롱함 속에서 그런 생각이 들었다…… 그러므로 나는 입에 집중하기 위해 참새를 떠나 보내고자 한다, 그러다 보니 매우 힘든 테니스 경기가 떠올랐다, 왜냐하면 참새는 나를 입에게 보냈고, 입은 다시 참새에게로, 그렇게 나는 참새와 입 사이를 하릴없이 왔다 갔다 하고 있었기 때문이다, 하나는 나머지 다른 하나의 뒤편에 모습을 감추고 있었다, 그리하여 내가 마치 잃어버린 물건을 되찾기라도 하듯 맹렬하게 입을 향해 달려들었을 때 나는 깨달았다, 집의 이쪽 편 너머에는 저쪽 편이 있다는 걸, 입의 저편에는 참새가 외롭게 매달려 있다는 걸…… 하지만 가장 고약한 건, 참새는 입과 함께, 공동의 지도에 위치할 수 없다는 사실이었다, 그것은 완전히 '너머에' 존재하고 있다, 전혀 다른 영역에 말이다, 하긴 참새가 여기 있었던 건 우연이었고, 나아가 터무니없는 일이었다, 그렇다면 무엇 때문에 내 앞에 불쑥 나타났단 말인가, 그럴 권리도 없으면서!…… 아하, 그래, 참새에게는 권리가 없다! 그런데 과연 권리가 없을까? 정당화의 근거가 줄어들수록 뿌리치기는 힘들어지고, 더욱더 성가시고, 부담스러운 일이 되어 버리는 법이다, 만약 참새에게 권리가 없다면, 나를 이렇게 애먹이고 있다는 사실이 더욱 중대한 의미가 된다!

나는 참새와 입 사이에서, 잠시 동안 더 복도에 서 있었다. 방으로 돌아왔고, 침대에 드러누웠다, 그리고 내가 기대했던 것보다 훨씬 빨리 잠들었다.

、다음 날 우리는 책과 노트 들을 꺼내고, 당장 공부를 시작했다 — 나는 그에게 어젯밤에 뭘 했는지 묻지 않았다 — 내키지는 않았지만 나는 복도에서 겪은 간밤의 모험을 푹스에게 털어놓았다, 어젯밤 나는 과대망상을 즐기는, 어떤 다른 사람이 된 것 같았다, 그리고 지금 나는 뭔가 표현하기 힘든 어색함을 느꼈다, 그렇다, 어색하고 거북했다, 하지만 푹스 또한 애매모호한 표정을 지으며 말없이 복잡한 계산에 몰두하고 있었다, 그는 대수(代數)까지 등장하는 수많은 종이 뭉치에 파 묻혀 있었는데 그 계산의 최종 목표는 룰렛 게임의 시스템을 개선하는 데 있었다, 물론 그 시스템이 엉터리이자 헛수고라는 사실에 한 치의 의구심도 품고 있지 않았지만, 그래도 딱히 할 일이 있는 것도 아니고, 보다 나은 일거리를 찾을 수도 없었기에 자신의 온 힘을 계산에 쏟아붓고 있었다, 상황은 매우 절망적이었다, 이 주 후면 휴가가 끝나게 되고, 또다시 사무실로, 그리고 자신을 쳐다보는 일에 초인적인 노력을 기울

여야만 하는 드로즈도프스키에게로 돌아갈 일만 기다리고 있었기 때문이다, 이 문제에 관해서는 아무런 해결책도 없었다, 그가 자신의 업무를 아무리 열심히 처리한다 해도, 드로즈도프스키에게는 여전히 참을 수 없는 일이 될 수밖에 없기 때문이다…… 푹스의 입에서 하품이 새어 나오고, 눈이 감길 듯 가느다래졌다, 이제 불평을 늘어놓는 것도 멈추었다, 그저 있는 그대로의 그일 뿐이었다, 아무래도 상관없었다, 이제 그가 할 수 있는 일이라곤 가족과 불화하며 지내는 내 이력을 들먹이며 내게 냉소를 보내는 것뿐이다, 이것 봐, 모두가 다 자신만의 골칫거리를 갖고 있다고, 너도 그들 때문에 성가시잖아, 제기랄, 내 말이 맞지, 아주 끔찍해, 모든 게 다 엉터리라니까!

우리는 오후에 버스를 타고 크루푸프키 거리로 가서 몇 가지 문제를 처리했다. 저녁 식사 시간이 되었다, 엊저녁 이후로 레나와 카타시아, 그러니까 레나와 함께 있는 카타시아를 보고 싶어 그렇게도 애타게 고대하던 순간이 드디어 온 것이다, 그녀들에 대한 이 모든 생각이 내 머릿속을 떠나지 않는 이상, 한 번만 더 그녀들을 바라보자, 그러고 나서 다시 생각하자. 하지만 이 모든 계획이 엉망진창 수포로 돌아갈 줄이야!

그녀는 유부녀였던 것이다! 우리가 이미 음식을 들기 시작했을 때 그녀의 남편이 나타났다, 그러고는 접시 위로 자신의 기다란 코를 숙였다, 나는 그녀의 성적인 파트너를 불쾌한 호기심으로 바라보았다. 당황스러웠다 — 그건 내가 질투심을 느꼈기 때문이 아니었다, 단지 그녀가 갑자기 다른 존재가 되었기 때문이었다, 남편으로 인해 완전히 이질적으로 변모해 버린 것이다, 그는 내게는 완전히 낯선 인물이면서 동시에 세상에서 가장 비밀스럽게 닫힌 그녀의 작은 입술과 은밀히 연루된 인물이었다, 그들이 결혼한 지 불과 얼마 안 된 부부라는 사실은 한눈에도 알 수 있었다, 그는 한 손으로 그녀의 손을 감쌌고, 그녀의 두 눈을 뚫어져라 응시하고 있었다. 그는 어떤 사람이었던가? 키는 꽤 컸고, 체격도 괜찮은 편이었으며, 살짝 육중한 몸집에, 나름대로 지적인 데다, 직업은 호텔 건설에 고용된 건축가였다. 말수가 적었고, 래디시를 먹기 위해 손을 뻗고 있었다 — 하지만 그는 과연 어떤 사람이었던가? 그는 어땠지? 함께 있을 때 그들은 어떻고, 혼자 있을 때는 또 어떨까, 그가 그녀와 함께 있을 때, 그녀가 그와 함께 있을 때, 그들이 둘이 같이 있을 때? …… 아! 관심이 가는 여인의 곁에 있는 한 남자와 맞닥뜨린다는 것은 정말 유쾌하지 못한 일이다…… 하지만 더욱더 괴로운 것은 완벽하게 낯선 이 남자가 갑자기 막무가내로 우리 관심의 대상으로 부상했다는 사실이다, 이제 우리는 그의 은밀한 취향과 기호에 대해서 고민을 해야만 한다…… 그것이 비록 역겨운 일이라 하더라도…… 우리는 여인을 통해 그를 느끼고 경험해야 한다. 사실 내가 무엇을 더 선호하는지, 나 자신도 알지 못했다. 그녀처럼 매혹적인 여인이 남편으로 인해 혐오스러운 존재로 전락하기를 바라는지, 아니면 자신이 선택한 남편 덕분에 여전히 매력적이기를 바라는지 — 두 개의 가능성 모두가 끔찍했다!

그들은 사랑하는 사이일까? 그것은 정열적인 사랑일까? 이성적인 사랑일까? 로맨틱한 사랑? 쉬운 사랑? 어려운 사랑?

그들은 서로 사랑하지 않는 걸까? 여기, 식탁에, 가족들이 함께 모인 자리에, 젊은 부부의 애정 관계가 단편적으로 드러나고는 있지만, 단지 스쳐 가는 곁눈질을 통해 그것을 제대로 파악한다는 것은 어려운 일이다, '경계선에' 서서, 설정된 한계를 건드리지 않으면서, 고도의 책략을 발휘하여야만 한다…… 나는 그의 눈을 제대로 쳐다볼 수가 없었다, 열정적이면서 동시에 역겨운 나의 탐구심이 내 앞에 놓인, 그리고 그녀의 손바닥에서 가까운 곳에 놓인 식탁 위, 그의 손으로 향했다, 크고, 말끔한, 하지만 짧게 깎인 손톱으로 인해 손가락은 별로 마음에 들지 않는 그의 손을 응시했다…… 계속해서 그 손을 쳐다보았고, 그 손에 담긴 선정적인 가능성을 꿰뚫어 보면서 (내가 마치 레나가 된 것처럼) 점점 더 격분에 휩싸였다. 내가 알아낸 건 아무것도 없었다. 그렇다, 그 손은 제법 품위 있게 보였지만, 그 생김새는 마치 모든 것이 그 손의 접촉에 의해 좌우되는 것처럼 느껴지게 했다, 그 손은 어떻게 그녀를 만질까, 나는 완벽하게 상상할 수 있었다, 그들 사이의 품위 있는 혹은 품위 없는, 방탕하고 거친, 광적인 혹은 부부 사이의 정상적인 접촉들을 말이다 ── 그리고 또한 아무것도, 정말 아무것도 알 수가 없었다, 전혀 아무것도. 왜냐하면 흔히 보기 좋은 손들은 기괴한 방법으로, 아니 나아가 정숙하지 못한 방법으로 서로를 만질 수는 없다고 생각되어지기 때문이다. 하지만 과연 그렇다고 장담할 수 있을까? 건강하고 품위 있는 손이 그런 식의 돌출 행동을 허용할 수 있다고 상상하는 건 어려운 일일까? 사실 그렇다, 그러나 '역시나' 허용할 수 있다고 생각하는 것도 얼마든지 가능했다, 왜냐하면 바로 그 '역시나' 가 이런 경우 또 하나의 타락 행위를 야기하는 원동력이 되어 주기 때문이다. 만약 이 손에 대해 아무런 확신도 갖지 못한다 면, 제대로 보이지도 않는 배경 속에 있는 사람들에 관해서는 과연 무슨 말을 할 수 있단 말인가? 그리고 나는 깨달았다, 그 의 손가락이 그녀의 손가락을 살며시 끌어당기는 매우 은밀 하고, 거의 눈에 띄지 않는 광경만으로도 그 두 인물이 헤아 릴 수 없을 만큼 방탕한 존재가 되어 버리기에 충분하다는 사 실을 말이다, 하필이면 그 순간에 루드빅이 약속했다, 아주 잘 찍은 사진을 가져왔는데 저녁 식사가 끝나면 보여 주겠노라 고……

"매우 우스운 현상이죠." 이곳으로 오는 길에 잡목 숲에서 참새를 발견한 이야기를 끝마치면서 푹스가 말했다. "목을 매 달린 참새! 참새를 매단다! 이건 마치 바르시치[6] 안에 들어간 두 개의 버섯과 같다니까요![7]"

"두 개의 버섯이라, 맞아요, 두 개의 버섯이네요!" 레온이 정중하게 고개를 끄덕이면서 기꺼이 동의했다. "두 개의 버섯 을 상상해 보시구려, 메롱, 얼마나 가학적인가요!"

"이런 불한당 같은 양반!" 포동포동 안주인이 남편의 소맷 자락에 붙은 실밥을 떼어 주면서 대화에 끼어들어, 짤막하게 의견을 피력하자 남편 또한 즐거이 동의했다. "그래, 불한당."

---

6) 래디시를 넣은 폴란드식 수프.

7) 폴란드에서 사용하는 관용적 표현. 서로 어울리지 않는 두 개의 요소를 한꺼 번에 사용해서 요리를 망쳤다는 의미로 과한 것은 좋지 못하다는 뜻.

그러자 포동포동 안주인이 대답했다. "당신은 늘 내 말을 부정하는군요!"

"하지만 여보, 나는 불한당이라고 말했는걸."

"내가 말했잖아요, 불한당이라고!" 그녀는 마치 그가 다른 말을 하기라도 했다는 듯 소리쳤다.

"그래 맞아, 불한당, 내가 불한당이라고 했다고……"

"당신은 자신이 무슨 말을 하는지 모르고 있어요!"

그녀는 남편의 재킷 주머니에 삐져나와 있는 행커치프 끝자락의 매무새를 고쳐 주었다.

카타시아가 접시를 닦기 위해 조리대 너머에서 모습을 드러냈다, 그녀의 위로 말려 올라간, 반들거리는, 한쪽 끝이 어디론가 달아나 버릴 듯한 입술이 내 맞은편에 있는 입 주변에서 모습을 드러냈다, 바로 이 순간을 나는 극도의 긴장 상태 속에서 기다려 왔던 것이다, 하지만 나는 기대감을 애써 억누르면서 반대편으로 몸을 돌렸…… 그 무엇에도 영향을 끼치지 않기 위해, 그 무엇에도 휘말리지 않기 위해…… 그리하여 이 실험이 객관적으로 마무리되도록 하기 위해. 입은 즉시 또 다른 입과 '관련되어지기' 시작했다…… 그리고 나는 동시에 남편이 그녀에게 뭔가를 이야기하는 것을 보았다, 그 와중에 레온이 끼어들었고, 카타시아는 그 주변을 분주히 돌아다녔다, 입은 입에 관련되어졌다, 마치 별들이 별들에게 그런 것처럼, 그리고 이러한 입의 별자리는 지워 버리고 싶은 내 지난밤 소동을 다시금 확인시켜 주었다…… 하지만 입과 함께 있는 입, 어디론가 빠져나가려는 듯 말려 올라간 입술의 미끄러질 듯한 역겨움과 반쯤 벌어졌다 닫히는 부드럽고 순결한 입 사이에는…… 정말로 유사한 공통점이 있었다! 그 무엇과도 연관성이 없는 두 입들이 실은 서로 뭔가 공통점을 갖고 있다는 사실에 온몸이 떨리는 경이로움을 느꼈다, 이 사실은 나를 전율케 했고 무엇보다, 믿을 수 없는 몽롱한 혼돈 손으로 빠져들게 만들었던 것이다 ― 그리고 이 모든 것은 밤으로 둘러싸여 있었다, 마치 어제의 암흑에 잠겨 있는 것처럼.

루드빅은 냅킨으로 입을 닦고는 다시 그것을 차곡차곡 개켜 놓았다(겉보기에 그는 매우 단정하고, 말끔하게 보였으나, 그것은 어쩐지 더러울 수도 있는 말끔함이었다……), 그는 베이스와 바리톤이 섞인 목소리로 대략 일주일 전쯤, 길가에 서 있는 가문비나무 한 그루에 목이 매달린 병아리를 보았다고 말했다 ― 하지만 그는 그 광경에 별다른 주의를 기울이지 않았으며, 며칠 후 그 병아리는 사라져 버렸다는 것이다.

"정말 놀랄 일이군요." 푹스가 경악을 금치 못했다. "목매달린 참새, 목매달린 병아리, 어쩌면 세상의 종말을 뜻하는 징조가 아닐까요? 그 병아리는 얼마나 높은 곳에 매달려 있었죠? 도로에서 얼만큼 떨어진 곳이었죠?"

그가 물었다, 왜냐하면 드로즈도프스키가 그를 견딜 수 없이 싫어했기 때문에, 그가 드로즈도프스키를 증오했기 때문에, 뭘 해야 좋을지 몰랐기 때문에…… 그는 래디시를 한 개 먹었다.

"불한당 같으니라고……" 포동포동 안주인이 되풀이했다. 그녀는 훌륭한 안주인이자 동시에 식사를 제공하는 담당자

다운 몸짓으로 바구니 안에 담긴 빵의 배열을 정돈했다. 그녀는 입으로 불어 빵 부스러기를 날려 버렸다. "불한당들! 주변에 아이들은 얼마든지 있어, 그 애들은 내키는 대로 뭐든 하지!"

"바로 그거야!" 레온이 동의했다.

"하지만 핵심적인 건 참새와 병아리가 어른의 손이라야 닿는 높이에 매달려 있었다는 사실입니다." 푹스가 가냘픈 목소리로 지적했다.

"뭐라고? 불한당들 짓이 아니라면, 대체 누구 짓이죠? 그럼 우리 신사 양반 생각에는 정신병자 짓이라는 건가? 이 동네에 미친 사람이 있다는 말은 듣도 보도 못했는데?"

레온이 "티-리-리" 콧노래를 부르면서 고도의 집중력을 발휘하여 빵을 뭉쳐 덩어리를 만들기 시작했다 — 그는 그 동그란 덩어리들을 식탁보 위에 일렬로 죽 늘어놓고는, 유심히 살펴보았다.

카타시아는 철망으로 싸인 재떨이를 레나를 향해 밀었다. 레나는 손가락으로 가볍게 재를 털었다, 침대의 철망 위에 놓인 그녀의 다리가 내 안에서 반응했다, 정신이 산란해졌다, 입 위의 입, 새와 철사, 병아리와 참새, 남편과 그녀, 배수관 뒤의 굴뚝, 입술 뒤의 입술, 입과 입, 작은 관목과 오솔길, 나무와 도로, 너무 많다, 너무 많았다, 배열의 규칙이나 질서도 없이, 파도 너머의 파도, 혼란 속의 광대함, 분산. 정신의 산란함. 피로한 당혹감, 저기 구석의 선반 위에 병 하나가 서 있고 무언가의 조각이 보인다, 어쩌면 유리병의 목에 들러 붙어 있는 건 작은 코르크 조각일지도 모른다……

…… 나는 그 코르크에 온 신경을 집중시켰다, 그리고 우리가 잠자리에 들 때까지 그 코르크와 더불어 휴식을 취했다, 잠과 꿈, 그리고 그 후 며칠 동안, 아무 일도 없었다, 정말 아무 일도, 행위의 수렁, 말, 음식, 계단 오르내리기, 내가 알아낸 것 중에 으뜸가는 소식은 레나가 외국어 교사라는 것, 그리고 루드빅과 불과 두 달 전에 결혼식을 올렸다는 것, 둘이서 헬[8] 반도로 여행 갔었고, 지금은 루드빅이 자신들이 살 집을 다 지을 때까지 이곳에 잠시 머물고 있다는 사실이었다 — 이 모든 것은 카타시아가 유쾌하고도 상냥하게, 가구 사이를 오가며, 걸레질을 하면서 이야기해 주었다.

두 번째 소식은 포동포동 안주인에게 들은 이야기이다, "다시 한 번 잘라서 꿰매야 한다고, 레온의 오랜 친구인 외과 의사가 그랬어요, 내가 비용을 부담하겠노라고 그 애에게 몇 번이나 말했는지 몰라요, 왜냐하면 그 애는 내 조카니까요, 그로예츠 근교 시골 출신의 촌뜨기이긴 하지만요, 나는 가난한 친척들을 나 몰라라 하고 지내는 그런 위인은 아니거든요, 게다가 미적인 관점에서도 보기에 영 좋지 못하니까요, 미적인 감수성에 위배되는 일이죠, 분명 상스러운 일이에요, 지난 여러 해 동안 얼마나 여러 차례 그 애에게 권했는지 몰라요, 그러니까 벌써 오 년 전부터요, 아실지 모르겠지만, 버스가 나무를 들이받았던 그 사고 말예요, 더 끔찍한 일이 안 일어난 게 그나마

---

8) 폴란드 북쪽, 발트 해 연안에 있는 반도.

다행이었죠, 내가 카타[9]에게 얼마나 자주 말했다고요, 두려워하지 마, 무서워하지 마, 외과 의사에게 가자, 수술을 받아, 네 얼굴을 좀 보라고, 가서 네 외모를 고치자, 하지만 그 애는 가지 않았어요, 게을렀고, 망설였고, 두려워했던 거예요, 그렇게 하루하루가 흘렀죠, 그 애는 항상 말했어요, 숙모, 갈게요, 곧 간다고요, 그러고는 안 갔어요, 우리도 그럭저럭 그 애의 상태에 익숙해져 버렸어요, 누군가 다른 사람이 상기시키면, 그제야 그 애의 얼굴을 들여다보곤 했죠, 비록 내가 미적으로 꽤 예민하긴 하지만 말예요, 한번 상상해 보세요. 고된 노역, 청소, 이것저것 레온의 시중을 들다 보면, 레나는 이걸 원하고, 루드빅을 위해서는 또 저것을 해야만 하고, 아침부터 저녁까지, 하나가 끝나면 다른 일이, 그게 끝나면 또 다른 일이 기다리고 있고, 그러니 이 일을 할 시간이 없고, 루드빅과 레나가 자신들의 작은 집으로 이사를 나가면, 그제야 시간이 나려나, 하지만 그 와중에 레나가 좋은 사람을 만난 건 다행스러운 일이죠, 만약 그 자식이 그 애를 불행하게 만든다면, 맹세하건대, 죽여 버리고 말 거예요, 칼을 집어 들고, 당장 찔러 죽일 거라고요, 하지만 지금 이 순간 나쁜 일이 없으니 신에게 감사해야죠, 단지 저 애들이 혼자 힘으로는 아무것도 하지 않으려 한다는 거, 그게 문제예요, 그도, 그 애도, 마치 레온처럼, 그 점은 아빠를 쏙 빼닮았어요, 내가 일일이 모든 걸 신경 쓰고, 기억하고, 챙겨 줘야만 해요, 뜨거운 물, 커피, 속옷 빨랫감, 양말, 바느질, 다림

---

9) 카타시아를 일컫는다.

질, 단추, 손수건, 샌드위치, 종이, 이것은 광택을 내야 하고, 저것은 땜질해야 되고, 아침부터 늦은 밤까지, 게다가 투숙객들, 제가 아무 말 안 해도 선생님은 잘 아실 거예요, 그래요, 그들은 돈을 지불하고, 방을 빌리죠, 하지만 나는 모든 걸 다 신경 써야만 해요, 이건 이 사람에게, 저건 저 사람에게, 모든 게 일일이 시간 맞춰 원활하게 진행될 수 있도록, 일 하나가 끝나기 무섭게 또 다른 일을 시작할 수밖에 없는 거죠……"

…… 그리고 나로 하여금 정신을 빼앗기게 만드는, 무수히 많은, 다른 일들이 일어났다, 마치 달이 떠오르듯 매일 저녁이면 어김없이 준비되는 저녁 식사, 카타시아의 동그랗게 말린 입술 맞은편에 마련된 레나의 자리. 레온은 항상 빵 부스러기를 뭉쳐 작은 덩어리를 만들었고, 일렬로 그것들을 늘어놓곤 했다, 심혈을 기울여서 — 그리고 주의 깊게 그것들을 응시했다 — 잠시 후 덩어리 하나를 집어 이쑤시개로 찔렀다. 때로는 오랜 명상이 끝나면, 칼끝에다 약간의 소금을 묻힌 뒤, 코안경을 통해 그것을 의아한 듯 들여다보면서, 덩어리를 향해 뿌리기도 했다.

"티-리-리!"

"내 싸~랑하는 그라지나[10]! 거기 아삭아삭 래디시, 이 파파한테 좀 던져 주지 않으련? 자아, 던져랑~!"

이것은 레나에게 래디시를 달라는 말이었다. 하지만 그의

---

10) 폴란드의 민족 시인 아담 미츠키에비치(Adam Mickiewicz)가 쓴 서사시의 제목이자 여주인공. 여기서는 아버지가 딸을 부르는 애칭으로 쓰였다.

횡설수설은 좀처럼 의미를 이해하기 힘들었다.[11] "오호, 나의 그라지나, 이 아빠의 예쁜이 공주니임~!", "우리 오동통통 귀염둥이 다아알링, 뭘 그렇게 꾸물거리시낭? 내가 지금 뭘 원하는지, 쩝쩝, 안 보이낭?" 물론 그가 항상 '뒤죽박죽 말장난'을 사용하는 것은 아니었다, 때로는 정신 나간 듯한 말투로 시작을 했다가 정상적으로 끝맺을 때도 있고, 그 반대인 경우도 있었다 — 둥글게 빛나는 대머리와 그 밑으로 이어진 얼굴, 그리고 두개골에 걸린 코안경, 이 모든 것들이 테이블 위로 풍선처럼 두둥실 떠오르곤 했다 — 그는 기분이 자주 고조되곤 했는데, 그때마다 우스갯소리나 농담을 늘어놓곤 했다, 오, 맙소사, 살살 좀 하라니까⋯⋯ 혹시 세발자전거이면서 동시에 두발자전거인 어떤 자전거에 관한 이야기를 알고 있나요, 이치클[12]이 두발자전거에 올라탔는데, 그게 알고 보니 세발자전거였단 이야기 말예요[13], 야호!⋯⋯ 포동포동 안주인이 그의 귀 부근을 어루만지거나, 또는 셔츠 깃을 매만져 주름을 폈다. 그는 깊은 몽상에 잠기곤 했는데, 그럴 때면 냅킨의 끝자락에 달린 술 장식을 손가락으로 비비 꼬거나 아니면 이쑤시개를

---

11) 우리말로는 그대로 옮길 수 없으나 레온에게는 대화 도중에 기존의 폴란드어 단어에 다양한 접미사를 붙여서 조어를 만들어 사용하는 버릇이 있다. 이러한 조어를 통해 레온은 그 단어의 의미를 지나치게 강조한다든지 아니면 상대에 대한 애정을 과장되게 드러내거나 자신의 박식함을 과시하고 있다.

12) Icykl. 이삭(Issac)이란 이름의 변형으로, 자전거를 뜻하는 폴란드어 단어인 바이치클(Bicykl)과 각운을 맞춰서 이치클로 부른 것이다.

13) 자전거는 속어로 매춘부를 뜻한다.

테이블보 위에 꽂아 놓곤 했다 — 물론 아무데나 꽂아 놓은 것이 아니라 아마도 오랜 몽상이 끝난 후, 미간에 주름을 잔뜩 잡은 채, 다시 현실로 돌아올 지점들에 박아 놓은 것이리라.

"티-리-리."

레온의 행동이 내 신경을 건드린 건 순전히 푹스 때문이었다, 푹스로 하여금 드로즈도프스키에 대해 이것저것 지껄일 수 있는 빌미를 제공해 줄 테니까, 아침부터 밤까지, 그를 괴롭히는 장본인, 드로즈도프스키에 대해 말이다, 푹스는 아무리 늦어도 삼 주 뒤에는 드로즈도프스키가 마치 순교자와 같은 표정을 지으며 이글이글 타는 시선으로 자신을 응시할 수 있도록 꼼짝없이 사무실로 돌아가야만 하기 때문이다, 언젠가, 푹스가 말했다, 그 인간은 심지어 나와 옷깃만 스쳐도 두드러기가 난다고 했어, 그 정도로 내게 넌더리를 내는 거지, 할 수 없어, 넌더리가 난다는데, 뭐…… 레온의 괴상한 습관은 어떤 면에서는 푹스의 취향에 잘 맞는 듯했다, 푹스는 언제나 그가 하는 짓을 누렇게, 창백하게, 불그스름하게 지켜보고 있었다…… 그리고 이것은 부모님에 대한 나의 반감과 저기, 바르샤바에 있는 모든 것들에 대한 적개심을 더욱더 부채질했다, 그리하여 나는 딱히 크게 신경 쓰이지는 않지만, 나를 밀쳐 내고, 괴롭히고 있는, 그리고 그 안에 담긴 에로틱한 가능성을 나로 하여금 꿰뚫어 보게 보게 만드는 그의 손을 건성으로 쳐다보면서 마지못해서, 적대적으로 그곳에 앉아 있었다…… 그러자 또다시 포동포동 안주인이 나타났다, 나는 그녀가 여러 가지 일을 처리하면서 분주하게 움직이는 것을 지켜보았다, 세탁, 비질, 수선, 정돈, 다림질, 기타 등등, 기타 등등. 정신의 몽롱함. 윙윙대는 소음과 어지러운 현기증. 나는 병에 들러붙어 있는 코르크 조각을 발견했다, 나는 병목과 코르크를 유심히 살펴보았다, 어쩌면 그 밖에 다른 모든 것을 보지 않기 위함이었으리라, 코르크 조각은 내게 대양 위를 떠다니는 조각배와 같았다, 비록 대양에서 내게 전해진 건, 멀고도 희미한 윙윙거림뿐이었지만, 꽤 보편적이고, 일반적이지만, 또렷한 윙윙거림, 그게 다였다. 며칠간의 시간은 이렇게 모든 것의 부분들로 가득 채워졌다.

폭염은 계속해서 기승을 부렸다. 얼마나 기진맥진한 여름날이었는지! 손들과, 입들과, 푹스와, 레온과 더불어 여름은 그렇게 오랫동안 질질 끌며 지속되었다, 마치 폭염 속에 도로 한복판을 걸어가는 것처럼 그렇게 뜨거운 열기 속에서…… 나흘인가 닷새째 되는 날, 시야가 가물거리기 시작했다, 하긴 처음 있는 일도 아니었다, 방에 틀어박혀 차를 마셨고, 담배를 피웠고, 코르크 조각에서 눈을 떼어, 선반 옆, 벽에 박힌 못 하나를 뚫어지게 응시했다, 그리고 못에서 다시 붙박이장으로 시선을 옮겼다, 장롱의 널빤지 숫자를 세기 시작했다, 피로와 졸음에 취한 나의 시선은 장롱 위, 접근이 매우 힘들고, 벽지가 너덜너덜 닳아 빠진 곳으로 돌진해 들어갔다, 그러고는 거의 천장에까지 다가갔다, 거기 새하얀 사막으로, 하지만 지루한 백색은 계속해서 그 모습을 바꾸었다, 창문 부근에서, 거칠고, 어둡고, 습기에 오염된 구역에서, 그리고 대륙과, 만(灣), 섬, 반도, 그리고 달의 환상산(環狀山)을 연상케 만드는 괴상한 동심원(同心圓)들 속에서, 그리고 기울어지고, 한쪽으로 빠져나갈 듯 미끄러지는 또 다른 선들이 만들어 내는 복잡한 지형 속에서 —— 그것은 마치 군데군데 농가진(膿痂疹)에 감염된 것처럼 곪아 있었고, 또 다른 곳은 고삐가 풀린 것처럼 완전한 야생 구역으로 존재하기도 했으며, 그러다 소용돌이와 만곡(彎曲)의 출현으로 급격히 지세를 바꾸기도 하고, 종말의 공포에 떨기도 했으며, 돌아오지 못할 아주 먼 곳에서 길을 잃기도 했다. 그리고 반점들, 어디서 생겨났는지 알 수 없으나 아마도 파리는 아니라고 추정되는 그것들은 그 기원을 짐작할 수조차 없었다…… 나는 그것들을 뚫어지게 응시하면서, 그 속에, 그리고 나의 고유한 복잡함 속에 함몰되어 있었다, 특별히 애쓰지는 않았지만, 매우 끈질기게 응시하고, 또 응시했다, 그러다 결국에는 마치 문지방을 넘어선 것과 같은 상태에 이르렀다 —— 그리고 잠시 후 나는 '건너편에' 도달해 있었다 —— 차를 한 모금 들이마셨다. 푹스가 물었다.

"뭘 그렇게 흘끔거리는 거야?" 나는 아무 말도 하고 싶지 않았다, 숨이 막혔다, 차 한 모금. 내가 대답했다.

"저 선(線) 말야, 저기, 구석에, 섬의 뒤편에, 그리고 마치 삼각형처럼 생긴…… 저기 지협 옆에 말야."

"뭐라고?"

"아무것도 아니야."

"저건 어때?"

"글쎄……"

한참 후 내가 물었다.

"저걸 보니 뭐가 생각나는데?"

"저 얼룩과 선 말야?" 그는 흔쾌히 동참했다, 그가 왜 그렇게 기꺼운 태도를 보이는지 나는 알고 있었다, 자신의 주의를 드로즈도프스키로부터 딴 데로 돌릴 수 있게 해 주기 때문이었다. "저거 말야? 당장 대답하지. 저건 갈퀴야."

"어쩌면 갈퀴일 수도 있겠군."

레나가 대화에 끼어들었다, 마침 우리는 실내에서 하기에 적당한 연상 게임을 하는 중이었고, 그녀가 수줍은 성격에도 불구하고, 쉽게 어울릴 수 있을 정도로 딱히 어려운 게임도 아니었기 때문이었다.

"갈퀴는 무슨! 작은 화살이에요."

푹스가 반대했다. "말도 안 돼. 화살이라니!" 몇 분 동안 뭔가 다른 일들이 벌어졌고, 루드빅이 레온에게 물었다. "장인어른, 저하고 체스나 한 판 두시겠어요?", 마침 나는 손톱이 깨져서 성가시다고 느끼던 찰나였다, 신문이 밑으로 툭 떨어졌고, 개들이 창밖에서 짖어 댔다(두 마리의 작고, 어리고, 수선스러운 개들이 밤에는 줄에서 풀려나 있었다, 그리고 고양이 한 마리도 섞여 있었다), 레온이 말했다, "한 판만 더 하지", 푹스가 말했다. "어쩌면 화살일지도 모르겠군."

"화살일 수도 있고, 화살이 아닐 수도 있죠." 내가 논평했다, 그리고 신문을 집어 올렸다, 루드빅이 자리에서 일어섰다, 길 위로 버스 한 대가 지나가고 있었다, 포동포동 안주인이 물었다. "전화했었어요?"

2

나는 이것을…… 그러니까 이 이야기를…… 어떻게 풀어놓아야 좋을지 모르겠다, 왜냐하면 내가 지금 이야기하는 건 '엑스 포스트'[14]이기 때문이다. 화살을 예로 들어 보겠다…… 예를 들어, 화살은…… 그때 저녁 식사에서 거론되었던 그 화살은 그 당시에는 레온의 체스나 신문, 차(茶)보다 더 중요한 건 아니었다, 모든 것이 동일선상에 놓여 있었고, 모든 것이 주어진 순간을 차곡차곡 구성하고 있었다, 일종의 화음처럼, 벌 떼의 윙윙거리는 합창처럼. 하지만 지금, '엑스 포스트'의 시점에서 나는 알고 있다, 화살이 무엇보다 중요하다는 것을, 그러므로 이 이야기를 하면서 나는 무수한 획일적 사실들 가운데, 화살을 선두에 놓고, 미래의 윤곽을 뽑아내 본다. 어떻게 하면

_____

14) ex post. 라틴어로 사후(事後)를 뜻한다.

'엑스 포스트'를 배제한 채 이야기를 전달할 수 있을까? 그렇다면 자신의 고유한 익명의 상태를 고스란히 유지하면서 표현되고, 전달되는 것은 정말 아무것도 없는 걸까? 탄생의 순간, 그 서투른 옹알거림을 있는 그대로 고스란히 전달할 수 있는 사람은 없는 걸까? 혼돈 속에서 태어난 우리가 그 혼돈과 다시는 마주할 수 없다는 아이러니를 어떻게 설명할 수 있을까? 혼돈을 인지하는 바로 그 순간, 곧바로 질서와…… 형태가…… 만들어지고 만다…… 아무래도 상관없다, 될 대로 되어라. 카타시아는 아침마다 식사를 갖고 와서 나를 깨웠다, 나는 잠에서 막 깨어난 졸린 눈으로, 내 위에 있는 그녀의 입술이 갖고 있는 부적절함을, 시골 아낙네의 얼굴에 그어져 있는 그 반들반들한 미끌거림을, 푸른 눈동자의 상냥한 시선을 포착하곤 했다. 그녀가 사 분의 일 초만 더 빨리 내 침대에서 물러설 순 없었을까? 그녀가 일 초의 반의 반만이라도 더 오랫동안 내 위에서 몸을 구부리고 있을 순 없었을까? …… 그럴수도 있고…… 아닐 수도 있으리라……불확실함…… 다시 말해 가능성은 그녀와 연관된 한밤의 은밀한 작전에 관한 내 기억을 자꾸만 파고들었다. 다른 한편으로 생각해 보면…… 과연 그녀는 단순히 호의로만 내 위에 서 있었던 것일까? 사람을 쳐다본다는 것은 내게는 확실히 힘겨운 일이었다, 그것은 우리가 마음 놓고 쳐다보아도 되는, 생명이 없는, 사물들의 경우와는 달랐으므로. 아무튼 나는 아침마다 그녀의 입 아래에서 죽은 듯 누워 있었고, 때문에 끈질기게 나를 얽매어 버린 입술의 모양과 배열에 대한 생각이 하루 종일 내 머릿속을 떠나지 않았다. 나와 푹스가 공부에 전념하기에는 날씨가 너무 더웠고, 우리는 지쳤다, 푹스는 따분해했고, 조바심을 냈고, 우울해했으며, 사납게 으르렁대는 개처럼 굴었다, 그렇다고 정말 짖은 건 아니고, 그저 짜증을 냈던 것이다. 천장. 어느 날 오후 우리는 침대에 반듯하게 누워 있었다, 창문에는 블라인드가 드리워져 있었고, 오후 내내 쇠파리의 윙윙거림이 계속되었다 ─ 그의 목소리가 들려왔다.

"어쩌면 마이지에비치가 나를 고용할지도 몰라, 하지만 나는 지금 있는 직장을 떠날 수가 없어, 연수 경력을 인정받으려면 말야, 안 그러면 일 년 반이라는 시간을 낭비하는 게 되거든, 뭐, 당연한 일이지, 그러니 난 그렇게 할 수가 없다고……어, 저기 좀 봐, 천장에……"

"뭘 말이야?"

"천장을 보라고. 저기, 벽난로 옆."

"뭘?"

"뭐가 보이지 않아?"

"아무것도 안 보여."

"그의 낯짝에다 침이라도 뱉을 수 있다면 좋겠어. 하지만 그럴 수는 없지. 무슨 명목으로 그런 짓을 하겠어? 그가 나쁜 의도로 그런 건 아니잖아, 그저 내가 정말로 신경을 건드리니까, 나를 볼 때마다 발톱을 세우는 것뿐인데…… 천장에 있으니 더욱 잘 보이는걸. 정말 아무것도 안 보여?"

"뭘 보라는 거야?"

"우리가 식당의 천장에서 본 것과 비슷한 화살표 모양이잖

아. 아니, 오히려 더 또렷한데."

나는 아무런 대답도 하지 않았다. 일 분, 이 분, 그가 다시 말을 걸었다.

"저 표시는 분명 어제는 없었다고." 침묵, 폭염, 베개 위에 무겁게 놓인 머리, 체력 저하, 하지만 오후의 기류 속을 둥둥 떠다니는 자신의 단어들에 대해 반감이라도 있는 듯, 그가 또다시 내게 말을 걸었다.

"저건 어제는 없었다고, 분명 어제 저 자리에는 거미가 기어 내려오고 있었고, 나는 그 거미를 쳐다보고 있었거든, 만약 저 자리에 무슨 표시가 있었다면 내가 못 알아봤을 리가 없어 ─ 그러니 어제는 분명 없었던 거야. 저 가운데에 있는 중심선이 보이지, 저 중심축 말야, 어제는 없었다니까, 나머지, 뾰족한 끝, 그리고 곁가지들은, 짐작건대, 오래된 자국들일 거야, 하지만 중심축, 저 중심축은…… 정말로 없었다고……" 그는 한숨을 내쉬면서 몸을 반쯤 일으켜, 팔꿈치를 세우고, 턱을 괴었다. 블라인드의 빈틈으로 새어 들어오는 빛줄기 속에서 먼지가 빙글빙글 돌고 있었다. "저기 저 중심축은 분명 없었어." 나는 그가 침대 밖으로 기어 나가는 소리를 들었고, 그가 팬티 바람으로 서서 목을 길게 빼고, 천장을 관찰하고 있는 것을 보았다 ─ 나는 깜짝 놀랐다 ─ 어쩜 저렇게 부지런할까! 눈을 저토록 열심히 부릅뜬 채로! 그는 얼굴을 천장에 고정시킨 채 소리쳤다. "피프티, 피프티[15]. 그럴 수도 있고, 아닐

---

15) Fifty, fifty. 영어로 50대 50, 즉 반반이라는 뜻.

수도 있겠군. 대체 누가 알겠어.” 그러고는 침대로 돌아왔다, 하지만 그가 여전히 그쪽을 응시하고 있다는 걸 느낄 수 있었고, 그 사실이 나를 따분하게 만들었다.

잠시 후 나는 그가 다시 일어나서 천장을 보기 위해 분주히 움직이는 소리를 들었다, 제발 그냥 좀 내버려 두었으면…… 하지만 그는 그러질 못했다.

“저 중앙을 관통하고 있는 긁힌 자국을 좀 보라고, 중심축을 형성하고 있잖아, 유심히 좀 봐…… 내 예감으로는 마치 불과 얼마 전에 꼬챙이로 막 새겨 놓은 것 같아, 약간 도드라져 있는 걸 보면. 분명 어제는 없었다니까…… 있었다면 내 눈에 띄었을 거야…… 게다가 저 자국은 마침 식당 방에 있던 것과 같은 방향을 가리키고 있어.”

나는 그대로 계속 누워 있었다.

“만약 이게 화살표라면, 뭔가를 가리키고 있는 거라고.”

내가 대답했다. “만약 화살표가 아니라면, 아무것도 가리키지 않겠지.”

어제, 저녁 식사 때 역겨운 호기심으로 루드빅의 손을 — 또다시! — 쳐다보면서 나는 역시 식탁 위에 놓인 레나의 손을 곁눈질로 흘끔거렸다, 그때 그 작은 손이 살짝 떨렸고, 살짝 오므라들었다, 물론 확신할 수는 없다, 하지만 피프티, 피프티…… 폭스에 관해 이야기하자면, 나는 그가 정말 마음에 들지 않았다, 어쩌면 그가 하고 있는 짓이, 하고 있는 말이, 나를 격분하게 만들었는지도 모르겠다, 어쨌든 그의 말과 행동은 드로즈도프스키가 그를 좋아하지 않고, 존중하지 않고, 받아

들이지 않은 데서, 그러니까…… 그 모든 부정(不定)에서 비롯
된 것이다…… 나 역시 바르샤바에서 부모님과 아무런 문제
도 겪지 않았더라면 어땠을까, 하지만 두 문제는 서로 뒤섞여
버렸다, 그의 문제가 나의 문제와 뒤엉켜 버린 것이다, 그가
다시 말을 이었다.

그는 방 한가운데에 팬티 바람으로 서서 말했다. 그는 내
게 화살표가 뭔가를 가리키고 있는지 함께 조사해 보자고 했
다 — 사실 아무것도 가리키지 않는다는 걸 확인해 보는 것이
무슨 큰 문제겠는가, 그렇게 되면 최소한 평화로운 오후는 보
장될 테니 말이다, 누군가가 나서서 뭔가를 가리키도록 의도
적으로 화살표를 새겼을 리가 없다는 것은 뻔한 사실이다, 그
건 그저 환영(幻影)에 불과하다 — 하지만 그것이 화살표인지
아닌지, 단언할 수 있는 다른 방법이 없었다. 나는 조용히 그
의 이야기에 귀를 기울이면서, 어떻게 하면 그의 제안을 거절
할 수 있을지 궁리했다, 그의 권유는 그다지 강하지 못했지만,
나 또한 마음이 약했다, 전반적으로 약한 기운이 내게 만연해
있었던 것이다. 나는 그에게 만약 이 일이 그렇게도 중요하다
면, 혼자서 확인해 보라고 충고했다 — 하지만 그는 정확한
방향을 설정하려면 나의 도움이 꼭 필요하다며 조르기 시작
했다, 누군가는 이 방의 밖으로 나가, 복도와 정원에서 방향을
표시해야만 한다는 것이다 — 마침내 그가 말했다 "두 사람이
머리를 맞대면, 혼자 하는 것보다는 나은 법이잖아." 그러자
갑자기 나는 선뜻 동의를 했다, 심지어 곧바로 침대에서 몸을
벌떡 일으켰는데, 지정된 선(線)을 따라 일사불란하게 움직이

는 것이 차가운 물을 한 잔 마시는 것보다 더 짜릿하리라는 생각이 들었기 때문이다.

우리는 바지를 입었다.

우리 방은 어느새 명확하고, 단호한 움직임으로 가득 찼다, 하지만 그 움직임들은 권태와 무기력함, 변덕으로부터 생성된 것이기에 그 안에는 여전히 어리석은 기운이 감돌고 있었다.

임무는 그리 쉽지 않았다.

화살표가 가리키는 대상이 우리 방 안에는 없다는 사실이야 한눈에 알 수 있었다, 그렇기 때문에 그 화살표의 방향을 벽 바깥으로 연장시켜 볼 필요가 있었다, 혹시 복도에 있는 뭔가와 연결되어 있는 것은 아닐까, 아니면 그 선은 정원에 있는 어떤 대상과 용의주도하게 이어져 있는 것은 아닐까 — 이것은 만약 내가 개입하지 않았더라면, 그의 힘으로는 혼자서 수행할 수 없는, 꽤 복잡한 작전을 요구하는 임무였다, 나는 정원으로 내려갔고, 작은 헛간에서 갈퀴를 하나 꺼냈다, 그 갈퀴로 푹스가 계단 근처에 나 있는 창문에서 빗자루를 들고 보내는 신호에 따라 잔디밭에 선을 표시하기 위해서였다. 벌써 5시가 되었다 — 조약돌은 뜨겁게 달궈졌고, 아무런 그림자도 드리우지 못하는 작은 관목 주변의 잔디는 모두 바싹 말라 있었다 — 이건 아래에서 벌어지는 일이었다 — 하지만 위에서는 커다랗고, 둥근 구름들의 새하얀 소용돌이가 잔인하리만치 푸른 하늘 위를 유유히 떠다니고 있었다. 집은 1층과 2층, 2열로 이어진 창문들을 통해 뭔가를 응시하고 있었다 — 유리창이 반짝거렸다……

어쩌면 그 유리창 가운데 하나가 인간의 눈으로 나를 쳐다보고 있었을지도? 이 시각, 사람들은 아마도 아직 낮잠에 빠져 있을 것이다 — 사방이 조용한 것으로 미루어 보건대 — 하지만 유리창 뒤에서 누군가가 우리를 지켜보고 있을지도 모른다는 가능성도 완전히 배제할 수는 없었다 — 레온? 포동포동 안주인? 카타시아? — 또한 유리창을 통해 밖을 내다보고 있던 그 사람이 바로 우리 방으로 몰래 들어와서, 아마도 새벽 시간에, 화살표를 완성하는 중앙의 선을 천장에 새겨 놓았다는 추측도 성립될 수 있다 — 하지만 무엇 때문에? 우리를 조롱하려고? 장난 삼아? 뭔가를 이해시키기 위해? 아니다, 그런 가정은 개연성이 전혀 없다! 그래, 그건 정말 아니다, 부조리함이란, 그러니까 서로 다른 양쪽 끝을 가진 지팡이와 같다, 나와 푹스는 그 부조리함의 한쪽 끝에서부터 움직이기 시작했고, 매우 논리적으로 작전을 수행했다 — 그리고 지금 힘든 작전을 열정적으로 수행하고 있는 나는 한편으로는 (나 스스로가 주어진 임무를 그르치고 싶어 하지 않는다는 가정하에) 눈이 아플 정도로 반짝거리는 저 휘황찬란한 유리창 너머에서 누군가가 은밀하게 내다보고 있을지 모른다는 가능성을 완전히 배제할 수가 없었다.

그리하여 나는 그러한 가능성을 염두에 두고 움직였다. 그리고 이런 내게 위에서 나를 주시하고 있는 푹스의 시선은 상당한 도움이 되었다. 나는 의심을 불러일으키지 않도록 조심스럽게 움직였다, 나는 잔디의 여기저기에 아무렇게나 써레질을 하고는 마치 무더위에 지쳐서 포기한 것처럼 보이도록 갈퀴를 내던졌다, 그러고는 적절한 방향을 향하도록 발로 미세하게 갈퀴의 방향을 바꾸어 나갔다. 그러자 이러한 조심성과 용의주도함으로 인해 내가 의도했던 것보다 훨씬 더 많이, 더욱 긴밀하게 푹스와 협력해야만 하는 상황이 발생했다, 이곳에서 나는 거의 그의 하수인처럼 움직일 수밖에 없었다. 마침내 우리는 화살표의 방향을 확정지었다 ─ 그 선은 담장 옆, 도구들이 쌓여 있는 헛간을 지나서, 군데군데 벽돌과 돌멩이들이 널려 있는 곳, 집터가 끝나고, 마당과 맞닿는 곳까지 이르렀다. 우리는 그쪽을 향해 천천히 나아갔다, 꽃과 허브를 감상하느라 짐짓 바쁜 척하면서 일부러 돌아가기도 하고, 이야기를 나누거나 이따금 손짓까지 곁들이기도 했지만, 한편으로는 뭔가 중요한 것을 놓칠까 봐 사방을 주의 깊게 둘러보면서 움직였다. 고랑에서 고랑까지, 나뭇가지에서 돌멩이까지, 우리의 시선은 끊임없이 움직였다, 우리는 눈앞에 펼쳐진 잿빛의, 누르스름한, 암녹색의, 따분한, 복잡한, 졸린, 단조로운, 황폐한, 그리고 딱딱한 토양에 온통 정신을 빼앗기고 있었다. 나는 땀으로 뒤범벅이 된 얼굴을 닦았다. 이 모든 게 시간 낭비였다!

우리는 담장 근처에 이르렀다…… 하지만 거기서 멈춰야만 했다, 무기력한 상태로…… 여남은 걸음을 더 가야만 한다는 것이 무척이나 힘들게 느껴졌다, 게다가 우리는 지금 거의 노출된 상태였다! 유리창 너머의 시선을 감수해 가며 정원을 가로질러 온, 지금까지의 우리의 행군은 상대적으로 쉬운 일임이 드러났다 ─ 평지에서 수십 미터를 가는 것 ─ 하지만 갑자기 마치 산을 오르기라도 하듯, 숨겨진 난관이 우리에게 닥쳤다 — 점점 더 가파르고, 점점 더 어지러운 등반을 하는 것처럼 우리는 녹초가 되어 갔다, 마치 높은 정상을 향해 산을 타고 오르는 중인 것처럼. 왜 이렇게 높은 걸까! 푹스는 마침내 벌레를 들여다보는 척하면서 바닥에 주저앉고 말았다, 그러고는 마치 벌레를 쫓아가기라도 하듯 땅바닥을 기어서 간신히 담벼락에 이르렀다, 나는 우회로를 통해 그와 합류하기 위해서 진로를 바꿔서 구불구불한 옆길로 빠졌다. 결국 우리는 담벼락 옆, 집터의 제일 끝, 헛간의 한 귀퉁이에 다다랐다.

무더웠다. 군데군데 무성하게 자란 잔디가 미풍을 받아 살랑거렸다, 땅 위에서 풍뎅이들이 무리지어 행진을 했고, 담장 아래에는 새똥이 즐비했다 — 폭염, 하지만 뭔가 달랐다, 마치 오줌 냄새 같은 뭔가 다른 냄새, 나는 먼 곳으로 떠나는 백일몽을 꾸었다, 마치 우리가 몇 달 동안, 수십만 킬로미터나 떨어진, 지구의 끝에서 헤매고 있는 것처럼, 멀고도 먼 곳이었다, 갑자기 뜨거운 부패물 냄새가 풍겨 온다, 멀지 않은 곳에 쓰레기 더미가 쌓여 있다, 담장 아래 고인 빗물이 배수로를 만들었다 — 꽃자루, 줄기, 암석 — 흙덩이, 돌멩이 — 뭔가 누르스름한 물질…… 또다시 폭염, 하지만 뭔가 다르고, 어딘지 모르게 낯설다…… 그래, 그렇다…… 개별적으로 존재하는 이 모퉁이에 우리가 도달한 것은 거기, 판지와 쇳조각이 널려 있는 어둡고 서늘한 잡목 숲과 — 그러니까 참새와 — 연관된 일이었다, 마치 먼 곳에 있는 미지의 어떤 힘이 우리에게 신호를 보내어 이곳에서 우리로 하여금 수색 작업을 하도록 조종이라도 한 것 같았다.

　이것은 어려운 임무다…… 왜냐하면 거기, 우리 방, 천장 위에 새겨진 화살표가 가리키고 있는 뭔가가 이곳 어딘가에 감춰져 있다 하더라도 과연 어떻게 이 난장판에서, 덤불 속에서, 자질구레한 잡동사니와 쓰레기 더미 속에서, 벽이나 천장에서 일어날 수 있는 일들보다 수적으로 압도적으로 많은 일들이 벌어지고 있는 이곳에서 그것을 찾아낼 수 있단 말인가? 관계와 연관성의 결정적인 우세…… 알파벳 스물네 자를 가지고 만들어 낼 수 있는 문장이 얼마나 무수한가? 수백 개의 잡초와 흙덩이와 그 밖에 사소한 대상들에서 포착해 낼 수 있는 의미 또한 얼마나 많은가? 헛간의 널빤지들에서, 그리고 담벼락에서도 이루 다 헤아릴 수 없을 만큼 많은 의미들이 분출되고 있다. 싫증이 났다. 나는 몸을 곧게 펴고, 집과 정원을 바라보았다 ── 그 거대하고, 종합적인 형체를, 현실 세계의 거대한 마스토돈[16]은 질서를 되돌려주었다 ── 나는 휴식을 취했다. 돌아가자. 나는 폭스에게 이 말을 하려고 했으나 오로지 한 지점을 향해 고정되어 있는 그의 얼굴은 나로 하여금 그 말을 멈추게 했다.

　우리의 머리보다 조금 위쪽, 여기저기 깨지고 부서진 담벼락에는 우묵한 벽감(壁龕)이 생겨나 있었는데, 그 형상이 마치 크기가 점점 작아지는 세 개의 동굴로 이루어진 것처럼 보였

---

16) 코끼리와 비슷한, 고대의 대형 포유동물. 체구가 큰 사람이나 거대한 사물을 비유할 때 사용하기도 한다.

다 — 그리고 그 동굴 가운데 하나에 뭔가가 매달려 있었다. 막대기였다. 길이 약 2센티미터가량. 새하얀 실에 대롱대롱 매달려 있다, 막대기와 비슷한 길이의 그 실은 삐죽삐죽 튀어 나온 벽돌에 걸려 있다.

그게 다였다. 우리는 다시 한 번 근처를 샅샅이 훑어보았다. 아무것도 없었다. 나는 몸을 돌려서 유리창으로 인해 반짝이는 집을 바라보았다. 선선한 기운이 곧 다가올 저녁을 예고했다, 무더위로 인해 마비 상태였던 잎사귀와 풀 들이 해방이라도 된 듯 숨을 내쉬었다. 새하얗게 칠해 놓은 말뚝에 의지하여 나무들이 열을 지어 서 있고, 거기에 매달린 잎사귀들이 가늘게 몸을 떨었다.

우리는 방으로 돌아왔다.

푹스는 침대에 주저앉았다. "결국 화살표는 뭔가를 가리키는 거였어." 그가 조심스럽게 말했다, 나는 그보다는 덜 조심스럽게 중얼거렸다. "예를 들면 어떤 거 말야?"

하지만 아무것도 모르는 척하는 건 어려운 일이었다. 목매달린 참새 — 매달아 놓은 막대기 — 담벼락에서 발견된 매달린 막대기는 잡목 숲의 매달림의 반복이다 — 그것은 참새의 강렬함을 갑작스럽게 배가시켜 주는 괴이한 결과였다.(우리가 아무리 참새에 관해 잊어버린 척을 해도 실은 그것이 우리의 뇌리에 얼마나 뿌리 깊이 박혀 있었는지를 드러내 보였으므로.) 막대기와 참새, 막대기로 인해 더욱 강렬해진 참새! 그러므로 누군가가 참새와 연관 짓도록 하기 위해 화살표를 통해 우리를 막대기가 있는 곳으로 인도했다는 생각을 부정하는 것은 오히려 힘

든 일이었다…… 하지만 무엇 때문에? 어떤 목적으로? 장난
으로? 농담으로? 누군가가 계략을 써서 우리를 조롱하고, 비
웃고, 바보로 만들면서 즐기고 있는 걸까…… 나는 확신을 가
질 수 없었고, 그건 푹스도 마찬가지인 듯했다, 그렇기 때문에
우리는 조심스럽게 행동할 수밖에 없었다.

"누군가가 우릴 놀리려는 게 틀림없어, 내기를 해도 좋아."

"누가?"

"저들 중 한 사람이겠지…… 내가 참새에 관해 이야기를 하
고, 우리가 식당의 천장에서 화살표를 발견했을 때, 그 자리에
있던 사람 중 하나. 우리를 거기로 인도한 화살표를 우리 방에
새겨 놓은 사람과 동일 인물이겠지? 실에 매달린 막대기에게
로 말야. 일종의 희롱인 거지. 손님을 골탕 먹이기 위한."

하지만 그건 정말 말도 안 되는 이야기였다. 그런 복잡하
고 정교한 농담을 즐길 사람이 누가 있을까? 게다가 무슨 이
유로? 우리가 화살표를 알아차리고, 또 이렇게까지 관심을 갖
게 되리라는 걸 과연 누가 짐작할 수 있었겠는가? 불가능한
일이다, 그건 그저 순수한 우연의 일치일 뿐이다 ─ 그러니까
실에 매달린 막대기와 철사에 매달린 참새 사이에 벌어진 아
주 명백하면서, 실은 별반 대수롭지도 않은 우연이었던 것이
다. 하지만 실에 매달린 막대기, 그건 날마다 볼 수 있는 광경
은 아니라는 데 동의할 수밖에 없었다…… 하지만 그 막대기
가 하필이면 거기에 걸려 있던 데에는 참새와는 아무런 상관
없는, 수천 가지 이유가 있을 수 있다, 그런데 우리는 그 의미
를 지나치게 확대 해석했다, 왜냐하면 우리 앞에 막대기가 모

습을 드러낸 시점이 공교롭게도 우리의 수색 작업 막바지 무렵이었기 때문이다, 그러니까 수색 작업의 성과물로서 말이다 — 하지만 실제로 그건 그 어떤 성과물도 아니었다, 그저 실에 매달린 막대기였을 뿐…… 그렇다면 이 모든 건 우연의 일치였을까? 물론이다…… 하지만 이 연쇄적인 사건들에서는 마치 희미하게 연결되어 있는 일종의 고리처럼, 모든 것이 어떤 합일점을 향하고 있는 듯한 성향이 느껴진다 — 목매달린 참새 — 목매달린 병아리 — 식당의 화살표 — 우리 방의 화살표 — 실에 매달린 막대 — 이것들은 분명 일종의 제스처 게임[17]처럼, 어떤 의미를 획득하기 위해 돌파구를 찾고 있는 것이다, 철자가 한 자 한 자 모여 완결된 하나의 단어를 만들어 내듯이 말이다. 그렇다면 그것은 과연 어떤 단어일까? 그렇다, 이 모든 것은 어떤 생각의 작용에 의해 일사불란하게 움직이고 있는 것이다…… 그것은 어떤 생각일까?

그 생각은 어떤 것일까? 누구의 생각일까? 만약 그것이 어떤 생각의 작용에 의한 것이라면, 틀림없이 그 생각을 추종하는 누군가가 있을 것이다 — 그렇다면 그게 누구란 말인가? 누가 과연 그런 성가신 일을 도맡으려 했을까? 만약에…… 푹스가 나를 골탕 먹이기 위해 꾸민 일이라면…… 잘 모르겠다, 어쩌면 권태를 못 이겨 그랬을 수도 있지 않았을까…… 하지만 아니다, 도대체 그가 무엇 때문에 그런 짓을 하겠는가…… 이런 바보 같은 장난을 위해 그렇게 많은 수고를 기꺼이 감수

---

17) 몸짓으로 나타내는 말을 알아맞히는 놀이.

한다? …… 그럴 리가 없다, 이것 역시 말도 안 되는 이야기다. 그렇다면 결국 우연의 일치란 말인가? 만약에 이러한 비정상적인 현상과 연결되는 성향을 지닌 또 다른 비정상적인 현상이 발생하지만 않았더라면, 아마도 나는 이 모든 것이 완전히 우연의 일치라는 판단에 결국 동의를 했을 것이다…… 만약 막대와 관련된 이 괴상함이 내가 푹스에게 말하고 싶지 않았던 또 다른 괴상함과 관련되어 있지 않았다면 말이다.

"카타시아."

변화무쌍한 스핑크스의 얼굴 가운데 적어도 하나가 푹스에게서 모습을 드러냈다 — 그는 머리를 숙인 채 침대에 걸터앉았다, 그러고는 바닥으로 늘어뜨린 두 다리를 천천히 흔들었다.

"뭐라고?" 내가 물었다.

"망가진 부리처럼 생긴 입을 가진 사람이 또 누가 있겠어……" 그가 잠시 생각에 잠겼다가 교활하게 덧붙였다. "결국은 끼리끼리 어울려서 자신의, 자신에 의한, 자신을 위한 것만 챙기는 법이지!" 그는 자신의 말이 마음에 들었는지, 확신에 차서 반복했다. "날 믿어도 좋아, 그저 끼리끼리 어울려서 자신의, 자신에 의한, 자신을 위한 것만 챙기는 법이라고."

사실이었다…… 입술과 막대기는 서로 어느 정도 관련이 있다고 볼 수 있었다, 입술과 참새도 뭔가 섬뜩하다는 점에서 연관을 지어 볼 수 있다…… 하지만 그래서? 카타시아가 그처럼 교묘하고 복잡한 계략을 꾸몄다는 건가? 터무니없는 일이다. 그러나 둘 사이에는 뭔가 기묘한 공통점이 있다…… 그리고 그 공통점은, 그 연관성은 마치 캄캄한 동굴처럼, 어둡지만, 나를 끌어당기고, 빨아들일 것만 같은 그런 동굴처럼 내 앞에 모습을 나타냈다, 카타시아의 입술 뒤에서 레나의 입술이 벌어졌다, 다물어졌다 하면서 어렴풋이 그 모습을 드러냈을 때 나는 심지어 뜨거운 충격마저 경험했던 것이다, 왜냐하면 잡목 숲 속 참새와 관련된 그 막대기는 일종의 첫 번째 (하지만 어찌나 희미하고, 불확실하던지) 신호였기 때문이다, 카타시아의 입술과 '관련되어진' 레나의 입술, 그리고 그 입술과 '관련된' 내 환영을 똑똑히 확인할 수 있는, 이 객관적인 세상에서 말이다 — 그것은 어렴풋하고, 몽환적인 유사성이다, 하지만 '관련되어짐' 그 자체가 이미 하나의 패턴을 형성하면서 이 게임에 벌써 개입하고 있지 않은가. 푹스는 레나와 카타시아 사이의 관련성과 입술의 연관성에 대해서 뭔가를 알고 있었던 것일까? — 그 역시 나와 같은 상상을 하고 있었던 걸까? — 아니면 그건 단지 내게만 일어난 일이었을까? …… 하지만 무슨 일이 벌어져도 나는 그에게 한마디도 물어보지 않으리라…… 수치심 때문만은 아니었다. 드로즈도프스키로 하여금 평정심을 잃게 만든 목소리와 흐리멍덩한 눈을 가진 그에게 이 문제를 떠맡길 생각은 추호도 없었다, 그와 드로즈도프스키의 문제, 나와 내 부모님들의 문제가 나를 나약하게 했고, 숨 막히게 했고, 고통스럽게 했다, 나는 그를 친구로서도, 동료로서도 원치 않았다! 정말로 원치 않았다 — '아니다.'라는 단어는 본래 우리 둘 사이의 관계에서 핵심적인 단어가 아니었다. 아니다, 그리고 아니다. 하지만 그가 '카타시아'라고 이야기했을 때 나는 흥분했다 — 그리고 내가 아닌 다른 누군가가 그녀의 입술과 막대기, 그리고 새 사이에 발생할 수 있는 연관성의 가능성을 감지했다는 사실에 나는 거의 희열마저 느꼈다.

"카타시아", 그가 천천히, 그리고 신중하게 말했다. "카타시아……" 하지만 그리 길지 않은 도취 상태가 끝난 뒤, 나는 그의 시선이 또다시 창백하고 흐리멍덩한 상태로 돌아가는 것을 볼 수 있었다, 드로즈도프스키가 지평선에 모습을 드러낸 것이다, 이제 푹스는 단지 시간을 죽이기 위해 서투른 추리를 이어 나갔다. "그러니까 내가 그녀를 보자마자…… 그녀의 입술에 있는 그것 말인데…… 내 생각에는…… 하지만…… 그러니까 아무튼 간에…… 한쪽은 이렇고, 다른 쪽은 저렇고…… 네 생각은 어때?"

3

희미함, 불확실성, 무실체(無實體)는 우리를 후퇴하게 만들었다, 나는 내 필기 노트로, 그는 자신의 메모로 돌아갔다, 하지만 내 머릿속 혼란스러움은 가시질 않았고, 저녁 무렵이 되면 더욱 커졌다, 정원의 끝, 그리고 도로 저편의, 그 두 지점에 도사리고 있던 어둠이 우리가 켜 놓은 램프의 밝은 빛 속에 투영되었다. 우리의 머릿속에 또 다른 가능성이 떠올랐다. 우리가 발견한 화살표 말고도 다른 신호들이 벽이나 그 밖의 다른 곳에 숨겨져 있지 않다고 과연 누가 장담할 수 있겠는가, 예를 들어 세면대 위나 찬장 옆에 묻어 있는 얼룩들의 조합이라든지 아니면 바닥에 나 있는 긁힌 자국 같은 것들 말이다…… 그렇다면 정말 우연히 하나의 표시에 담긴 암호를 해독했다고 해도, 만물의 자연적 체계 속에서 미처 발견되지 못하고, 그냥 묻혀 버리는 신호들이 얼마나 많겠는가? 나는 이따금 내 종이 뭉치에서 시선을 돌려 방 안 깊숙한 곳을 응시하곤 했다. (틀림없이 나와 마찬가지로 그쪽을 향해 시선을 던졌을 푹스에게는 들키지 않게 조심하면서.) 하지만 나는 이 문제에 관해 지나친 걱정은 하지 않았다, 막대기로 인한 그 일련의 에피소드는 환상적일 만큼 빨리 휘발되어 버렸고, 끊임없이 사라지고, 희미해졌기 때문에 결국 아무것도 허용하지 않은 채, 앞으로의 모든 가능성을 자신처럼 덧없이 만들어 버렸던 것이다.

아무튼 주변의 현실은 다양한 의미의 가능성에 오염되었고, 나를 격리시켜 버렸다, 나로 하여금 모든 것에서 떨어져 나가게 했던 것이다, 게다가 막대기와 같은 존재가 내게 이와 같은 영향을 미쳤다는 사실이 문득 우스꽝스럽게 느껴졌다. 저녁 식사, 떠오르는 달처럼 피할 수 없는 일과(日課) — 내 앞에 또다시 레나가 있다. 푹스는 저녁을 먹으러 내려가기 전에 "이 모든 것에 대해 이야기하는 건 가치 없는 일이다."라고 단정 지었다, 그가 옳다, 우리가 얼간이나 정신 이상자로 취급받기를 원치 않는 이상 그가 내린 판단은 지극히 합당한 것이다. 그날의 저녁 식사. 레온 씨는 래디시를 썰어 먹으면서 몇 해 전, 은행에서 그의 상사이자 은행장이었던 크리신스키 씨에 대해서 이야기해 주었다, 그 은행장은 스스로 '요령' 혹은 '반전'이라고 칭한, 여러 가지 처세술을 레온에게 가르쳐 주었는데, — 은행장의 판단에 따르면 — 높은 공직에 오를, 자긍심 강한 인물은 바로 이런 처세술에 능통해야 한다는 것이다.

그는 이제는 고인이 된 크리신스키 씨의 거칠고도 단조로운 목소리를 그대로 흉내 냈다. "레온, 내가 말하는 것을 마음에 새겨 두게, 결국은 모든 게 처세의 문제라는 걸 말야, 알겠나? 만약 자네가 직원 중 하나를 징계해야 하는 상황에 놓였다고 가정해 보세, 그러면 자네는 어떻게 해야 할까? 이보게, 물론 담뱃갑을 꺼내어 그에게 담배를 권해야겠지. 이게 바로 반전일세, 기억해 두게나, 요령이란 이런 거야. 만약 고객에게 엄격하고, 불쾌한 이야기를 해야만 할 때는, 미소를 짓게나, 그에게 대놓고 그렇게 할 수 없다면, 그의 비서에게라도 말이지. 만약 이런 요령이 없다면, 그와의 거래가 끊기게 되고, 관계도 경직되어 버릴 거야. 그렇다면 이와는 반대로 늘 상냥하게 대해 온 고객의 경우에는 이따금 거친 말을 내뱉을 필요가 있지, 혹시 나중에 서먹서먹해질 때를 대비해서 말야, 만약 자네에게 딱딱하고 어색하게 굴면, 그땐 어쩔 건가?" 다시 자신의 목소리로 돌아온 레온이 턱 밑에 냅킨을 받쳐 놓고, 허공을 향해 손가락을 뻗으며 말했다. "친애하는 신사분들, 하루는 은행 대표가 감사(監査)를 위해 갑자기 들이닥쳤는데, 그때 이미 지점장이었던 나는 그 대표를 아주 극진하고 명예롭게 맞이했답니다, 하지만 점심 식사 때 그만 실수를 저지르고 말았으니, 레드 와인 반 병 정도를 은행 대표에게 엎질렀던 거예요. 그러자 그가 이렇게 말했습니다. "보아하니 자네는 크리신스키 은행장의 훈련소 출신인 것 같군!"

그는 래디시를 잘게 자른 뒤, 그 위에 버터를 바르고, 소금을 뿌리면서 미소를 지어 보였다…… 그러고는 입에 집어넣기 전에 래디시 조각을 유심히 들여다보았다. "어이쿠, 이런, 이런! 은행에 관해서라면 아마 일 년 정도는 쉬지 않고 떠들

어 댈 수 있을 것 같군요. 사실 이런저런 생각들을 제대로 표
현하고, 말로 풀어낸다는 건 쉬운 일이 아니에요, 때로는 생각
이 그냥 흘러가도록 내버려 둘 때도 있죠, 좀처럼 그것들을 잡
을 수가 없으니 말입니다, 너무 많고, 너무 복잡하니까, 너무
많은 나날과 너무 많은 시간이니 말입니다. 하느님 맙소사, 너
무 많은 달〔月〕과 해〔年〕와 초(秒)를 거기다 바쳤군요, 그러다
어쩌다 보니 은행장의 비서와 다투게 되었고, 우리는 마치 개
와 고양이처럼 으르렁거리는 사이가 되었어요, 그 비서는 어
리석었고, 게다가 맙소사, 고자질쟁이였답니다, 하루는 은행
장에게 쪼르르 달려가서 내가 휴지통에 침을 뱉었다고 일러
바쳤죠, 그래서 내가 말했어요, 당신 제정신이오?…… 뭐, 이
미 소용없는 일이긴 하지만, 그때 그 침과 관련해서는 내가 왜
그랬는지, 어쩌다 그랬는지, 어떻게 그럴 수 있었는지, 무엇
때문이었는지 정말로 할 말이 많답니다, 그 뒤로 몇 달, 아니
몇 년 동안 그녀와 나의 반목이 얼마나 더 심해졌는지에 관해
할 말이 아~주 많은 것처럼 말이죠…… 하지만 이제 와서 누
가 그런 일 따위를 기억이나 할까요? 수다 벌창, 왁자지껄, 잡
담이나 되풀이하는 건 아~무짝에도 쓸모없는 짓이겠죠!"그
는 생각에 잠겨 있다가 속삭이듯 덧붙였다. "그때 그녀가 무
슨 블라우스를 입고 있었더라? 아무리 애써도 기억이 나질 않
아요…… 어떤 블라우스였는지…… 그 수놓인 블라우스였
나?"또다시 회상에 잠기느라 말을 멈췄던 레온이 포동포동
안주인을 향해 힘차게 외쳤다.

"사랑스러운 우리 통통이 여보, 무슨 일이 있었건, 아무 일

도 없었건, 까꿍, 내 귀염둥이 토실토실 마누라!" 포동포동 안주인이 말했다. "당신 셔츠 깃이 접혔어요." 그녀는 들고 있던 단지를 옆에다 놓고는 남편의 셔츠 깃을 매만졌다. 레온이 말을 이었다.

"우리는 삼십칠 년 동안이나 부부 생활을 해 왔어요, 우리 신사분들만 괜찮으시다면, 이야기 좀 할까나요, 뭐 싫어도 할 수 없고요, 아무튼 간에, 사랑하는 우리 통통이 마나님, 당신과 내가 비스와 강가에서, 그 검푸른 비스와 강에서 말야, 하루는 비가 내렸는데, 어이쿠, 그로부터 얼마나 많은 시간이 흘렀는지, 그 새콤달콤한 하드 캔디[18], 내가 하드 캔디를 좀 샀었지, 그 문지기 말야, 그때 그 문지기, 그리고 지붕에서 물이 샜었잖아, 어이, 이봐, 아이 엄마, 그로부터 얼마나 많은 세월이 흘렀느냐 이 말이지, 그 작은 카페에서, 그런데 그게 어떤 카페였더라, 아무튼 거기, 흔적도 없이 말~끔하게 사라져 버린 곳 말예요, 바이, 바이…… 이런, 생각이 잘 모아지질 않는군요. 삼십칠 년이나 함께 지냈으니! 그게 뭐 어쨌다고…… 이봐, 어이!" 그는 잠시 동안 기뻐서 어쩔 줄 몰라 하더니 갑자기 입을 꾹 다문 채 깊은 생각에 빠져들었다, 그러고는 손을 뻗어 빵을 집어 들고는 그 빵을 떼어 천천히 덩어리를 만들었다, 그리고 그것을 들여다보았고, 다시 침묵했고, 콧노래를 불렀다, 티-리-리.

그는 빵을 한 조각 썰더니, 사각형을 만들기 위해 가장자리를 떼어 냈다, 거기에 버터를 골고루 바르고, 나이프로 가볍

_____

18) 설탕액을 고온에서 졸여 만든 설탕 과자.

게 두드리더니, 물끄러미 들여다봤다, 잠시 후 소금을 뿌리고, 입에다 넣고는 ─ 꿀꺽 삼켰다. 마치 자신이 다 먹어 치웠다는 사실을 확인이라도 하듯. 나는 천장에 펼쳐져 있는, 천장을 뒤덮고 있는 화살표를 쳐다보았다, 대체 저 화살표는 무엇일까, 우리는 왜 흔적을 화살표로 인식했던 걸까?! 나는 또한 식탁을, 식탁보를 쳐다보았다, 고백하건대, 우리가 눈으로 볼 수 있는 가능성에는 한계가 있다 ─ 그러니까 그 식탁보 위에는 휴식을 취하고 있는, 긴장이 풀린, 그리 크지 않은, 커피 색깔의, 따뜻하면서도 차가운, 손목을 지나 더 멀리 뻗어 있는 어깨의 새하얀 피부와 연결되어 있는(물론 어깨의 색깔은 내가 미루어 짐작한 것이다. 나는 감히 그녀의 어깨에 시선을 던질 수 없었으므로.) 손이 놓여 있었는데, 그 손은 고요하고, 또 한가로웠다, 하지만 가까이에서 관찰해 보면 그 안에 담긴 미세한 전율을 감지해 낼 수 있었는데, 그건 이를테면, 약지의 끝 부분이 미세하게 떨린다든지 아니면 중지와 약지, 두 손가락이 서로 가볍게 맞닿는다든지 하는 것이었다 ─ 그건, 일종의 동작의 배아(胚芽)와도 같은 것이었지만, 이따금씩 실질적인 동작으로 전환되는 경우도 있었다, 예를 들면 검지로 테이블보를 건드린다거나, 주름을 펴기 위해 손톱으로 문지르는 동작 따위로 말이다…… 이러한 동작들은 있는 그대로의 레나에게서 훨씬 동떨어져 있었다, 나는 그녀를 일종의 거대한 왕국으로 인식하고 있었다, 조종당하지 않고 자유로우며, 통계의 법칙에 충실한, 내면의 동작들로 가득한 왕국으로…… 하지만 무수히 많은 동작들 가운데 한 가지 동작, 손바닥을 천천히 오므리면서, 손가락을 느릿느릿 손바닥으로 끌어당기는 저 동작은 매우 은밀하고도, 수치스러웠다…… 이미 예전에 나는 그 동작을 간파했었다…… 하지만 그러한 동작이 나와 아무런 상관도 없다고 단정 지을 수 있을까? …… 매우 흥미롭게도 그녀가 자신의 두 눈(물론 나는 그 눈을 거의 본 적이 없다.)을 아래로 내리깔 때 주로 이런 동작이 수반된다는 사실을 과연 누가 알고 있을까, 그녀가 이런 동작을 취할 때는 단 한 번이라도 눈을 위로 치켜든 적이 없었다. 그녀 남편의 손, 에로토-논에로토-에로틱-논에로틱한 혐오감의 대상, 그 기묘한 존재는 '그녀에 의해' 강요당한 에로티시즘으로 인해 커다란 부담을 떠안고 있었다, 하지만 동시에 그녀의 손과의 연관성으로 인해 그 손은 위풍당당하게 위용을 드러내고 있었다…… 마찬가지로 여기, 이 식탁보 위에서, 그녀의 손과 아주 가까운 곳에서…… 그렇기 때문에 너무나 당연하게도 두 손을 천천히 오므리는 그녀의 동작은 그의 손과 연관 지을 수 있는 '가능성'이 충분했다, 하지만 깜빡이는 눈꺼풀 아래, 그 두 손을 향해 고정되어 있는 내 시선과 아주 미세하게 연관 지을 수 있는 '가능성' 또한 배제할 수 없는 것이었다, 비록 그러한 가능성이 실제로는 거의 전무하고, 백만 분의 일의 확률도 안 된다는 사실을 인정한다 하더라도 말이다, 가설이란 그 미약한 기반에도 불구하고, 점화된 작은 불꽃처럼, 회오리바람을 부르는 입김처럼, 폭발력을 내포하는 법이다! …… 왜냐하면 두려움 때문에 제대로 쳐다보고 싶지도 않고, 나로서는 그저 주변을 기웃거릴 수밖에 없는 저 남자, 내가 그녀에 대해 아는 것이 많지 않듯 제대로 알지 못하는 저 남자를 사실은 그녀가 증오하고 있을 '가능성'도 있기 때문이다…… 만약 그녀가 남편의 바로 옆에서 내가 지켜보는 가운데 손바닥을 오므리는 일이 벌어졌다고 가정한다면, 그건 그녀의 순결함과 단정함(여기서 순결함과 단정함은 보다 고차원의 곡해(曲解)에 해당된다.)에 사소한 죄를 덧씌우게 되는 또 다른 '가능성'이 발생할 수도 있음을 의미한다. 빈약한 사고(思考)에 내포된 야성의 힘이여! 광포하게 휘몰아치는 미풍이여! 저녁 식사가 한창 진행 중이었다, 루드빅은 뭔가가 생각났다면서, 노트를 꺼냈다, 푹스는 어린애처럼 재잘거리며, 레온에게 말했다, "그 여자는 정말 잔소리가 심했군요." 또는 "그렇게 오랫동안 은행에서 일하셨단 말예요, 하느님 맙소사!", 레온은 미간에 주름을 잡고, 대머리에 안경을 뒤집어쓴 채로 무엇이, 어떻게, 왜 그런지 시시콜콜 늘어놓았다, "한번 상상을 해 보세요."…… 또는 "아니요, 왜냐하면 그녀는 화장지를 사용하지 않거든요."…… "거기 테이블 위에 말이죠……." 푹스는 드로즈도프스키에 대해 생각하지 않기 위해 그의 말에 열심히 귀 기울이고 있었다. 나는 '그녀가 나 때문에 오므린 거라면'이란 생각에 줄곧 사로잡혀 있었다, 물론 그런 종류의 생각이 아무짝에도 쓸모없다는 건 스스로도 잘 알고 있었다, 아, 그런데 이게 뭐란 말인가, 뒤엉킴, 흔들림, 동요…… 포동포동 안주인이 느닷없이 자신의 뚱뚱한 몸집을 이끌고 테이블 밑으로 돌진했고, 잠시 동안 테이블은 포동포동 안주인과 더불어 광란 상태가 되었다…… 무슨 일일까? 고양이였다. 그녀는 주둥이에 쥐를 물고 있는 고양이를 테이블 밑에서 끄집어냈다.

우리가 식탁에 머무는 동안, 고여 있던 물이 냄비 속에서 급류처럼 격렬히 끓어오르며 무수히 많은 단어의 거품이 되어 뿜어져 나오고 분출된 뒤, 그 휘몰아치던 강물은 강바닥으로 되돌아갔다, 고양이는 쫓겨났다, 다시 식탁, 식탁보, 램프, 유리잔, 포동포동 안주인은 냅킨의 찌그러진 부분을 반듯하게 펴고 있다, 레온은 다시 손가락을 뻗으며 잠시 후 시작될 농담을 예고하는 중, 푹스가 자리에서 일어나 문을 열었다, 카타시아, 포동포동 안주인이 레나를 향해 말한다 "샐러드 볼을 이리 주렴.", 공허, 영원, 무(無), 평온, 그녀가 그를 사랑하는지 증오하는지 실망했는지 매료당했는지 행복한지 행복하지 않은지 나는 다시 생각한다, 아마도 이 모든 걸 동시에 할 수 있는 '가능성' 또한 존재하리라, 하지만 그것은 명백하게도 그녀가 이 모든 것 중에 아무것도 할 수 없음을 뜻하기도 한다, 그 이유는 지극히 간단하다, 그녀의 손이 너무도 작기 때문이다, 그건 그냥 손이 아니라, 작은 손이었다, 그런 작은 손을 갖고서 그녀가 무엇이 될 수 있겠는가, 그녀는 그 무엇도 될 수 없는 것이다, 그러니까 그녀는⋯⋯ 그녀는⋯⋯ 그녀는 겉보기에는 강한 듯했지만, 실제로는, 전혀 그렇지 못했던 것이다⋯⋯ 혼란⋯⋯ 혼란⋯⋯ 혼란⋯⋯ 성냥, 안경, 걸쇠, 바구니, 양파, 피에르닉[19]⋯⋯ 피에르닉⋯⋯ 이 모든 걸 한 걸음 떨어진 구석에서 바라볼 수 있다면, 구석에서, 곁눈질로,

---

19) 생강과 견과류를 넣어 구운 폴란드 케이크.

거기 손이 놓여 있는 곳, 소매, 어깨, 목, 언제나 주변에서만 어슬렁거리지, 얼굴과 얼굴을 맞대는 것은 그저 이따금, 아주 드물게, 서로 쳐다보아도 되는 구실이 생겼을 때만, 뭔가를 봐도 되고 알아내도 되는 그런 특별한 경우에만, 하지만 만일 내가 그저 마음 내키는 대로 시선을 마구 던진다면…… 그건 말도 안 되는 일이다…… 하, 하, 하, 웃음, 내가 웃는다, 일화, 레온의 일화, 포동포동 안주인이 빽빽거린다, 푹스는 경련을 일으키고 있다, 레온이 손가락을 허공으로 뻗으며 외친다, "내 명예를 걸고"…… 그녀 또한 웃는다, 하지만 그건 단지 자신의 웃음을 더함으로써 우리 모두의 전반적인 웃음을 포장하기 위해서다, 이 모든 걸 그녀는 그저…… 포장하기 위해서…… 하지만 내가 아무렇게나 마음 가는 대로 쳐다보았다 해도 알 수 없기는 마찬가지였으리라, 그래, 알 수 없었으리라, 왜냐하면 그러한 간격 사이에도 모든 것이 일어날 수 있는 '가능성'은 존재하므로.

"실과 작은 막대기가 필요해."

푹스가 내게 말했다. 또 무슨 일인가? 내가 물었다.

"뭐에 쓰려고?"

"제도용 컴퍼스를 가져오는 걸 깜빡 잊었어…… 젠장…… 나는 동그라미를 그려야만 하거든, 그래프 작성에 필요하다고. 실과 작은 막대 하나만 있으면, 해결될 텐데…… 작은 막대와 실만 있다면."

루드빅이 정중하게 말했다. "2층에 아마도 컴퍼스가 있을 거예요. 기꺼이 빌려 드리죠."

푹르가 그에게 감사 인사를 했다(술병과 코르크, 그 코르크 조각), 그렇다, 아하, 이제야 알겠다, 이런 교활한 인간 같으니라고, 아하……

그건 어딘가에 있을지도 모를 그 못된 장난꾼에게 우리가 천장에 있는 화살표를 발견했고, 실에 매달린 막대기를 찾아냈다는 것을 은밀하게 알려 주기 위한 일종의 작전이었다. 다시 말해 만약의 경우를 대비한 것이다 — 만약 누군가가 신호를 보내서 우리의 관심을 끌면서 재미를 느끼려고 했다면, 그래, 우리가 그 신호를 감지했다는 것을…… 그리고 다음 신호를 기대하고 있다는 것을 알려 주마. 가능성은 희박했지만, 뭐, 몇 마디쯤 더 한들 무슨 대수겠는가? 나는 기묘한 가능성 — 원인 제공자가 이 사람들 가운데 있을지도 모른다는 — 의 불을 밝힌 채, 불현듯 가족의 얼굴을 쳐다보았다, 그러자 그 순간, 막대기와 새가 모습을 드러냈다, 잡목 숲의 새, 정원의 제일 끝, 작은 굴 속에 있던 막대기. 새와 막대기 사이에 놓인 나는 마치 북극과 남극 사이를 떠돌고 있는 것만 같았다, 그리고 지금 여기, 식탁에, 등불 아래 모인 이 사람들은 새와 막대기와 '관련을 맺고 있는' 또 다른 조합의 특별한 작용에 의해 내 앞에 나타난 것처럼 느껴졌다, 나는 그 새와 막대기를 굳이 거부하지 않았다, 왜냐하면 그것들에 내포되어 있는 섬뜩함은 또 다른 섬뜩함으로 이어지는 길로 나를 인도했고, 비록 나를 고달프게 만들긴 했지만, 다른 한편으로는 매료시키기도 했던 것이다. 아뿔싸! 새에 대해서, 그리고 막대기에 대해서 고민하다 보면, 어쩌면 결국 입에 대해서 알게 될지도 모른다.(무엇 때문에? 어떻게? 이 얼마나 부조리한 일인가!)

극도의 집중력은 정신의 혼란을 가져왔다…… 그래서 나는 둔하게 움직였다, 그 혼란스러운 상태는 나로 하여금 지금 이곳에 있지만, 동시에 다른 곳에 있을 수도 있게끔 해 주었다, 그것이 내게 여유를 주었다…… 카타시아의 음탕함이 고개를 들고, 그녀가 여기, 저기, 가까이, 멀리, 레나의 위에서, 레나의 뒤에서, 부산하게 움직이기 시작하자 나는 그녀를 진심으로 환영했다, 마치 누군가가 질식 상태에서 소리조차 내지 못하고, 속으로 '음!' 하고 신음하는 것처럼. 또다시, 이번엔 전보다 더 강렬하게, 한쪽 구석에 각인된 우발적인 미세한 손상이 육안으로 명백히 확인되는 또 다른 입술이 나를 사로잡았다 — 뻔뻔스럽게도! — 단순하면서도 매혹적인 자태로 꽉 닫혀 있는, 내 정면에 있는 작은 입술과 더불어 말이다, 미약해지다가 혹은 강렬해지기도 하는 이 두 입술의 결합은 배열의 위치에 따라 서로 모순된 모습을 보였다, 마치 음탕한 처녀성이나, 야만적인 수줍음, 활짝 열린 폐쇄, 뻔뻔한 부끄러움, 차가운 열정, 맑은 정신의 취기처럼.

"장인어른은 이해 못하세요." 루드빅이 말했다.

"뭘 이해 못한다는 거냐? 대체 뭘?!"

"조직 말이에요."

"무슨 조직을 말하는 거야! 대체 그게 뭔데!"

"이성적인 사회 및 국제 조직이에요."

레온은 테이블 너머에서 자신의 대머리를 루드빅에게 들이밀며 따져 물었다.

"대체 자네가 조직하고 싶은 게 뭔데? 어떻게 조직하겠다는 건데?"

"과학적으로요."

"과학적이라고!"

레온은 눈으로, 안경으로, 주름살로, 두개골로 사위에 대한 멸시의 감정을 적나라하게 드러내면서, 목소리를 낮추고는 속삭였다. "이보게!" 그가 은밀하게 물었다. "머리는 폼으로 달고 다니는 건가? 조직을 만든다고! 자네는 꿈을 꾸고 있어, 몽상을 지어내고 있다고, 자네는 모든 게 자네 손바닥 위에서 그냥저냥 굴러갈 수 있다고 믿는 건가, 응?" 그러고는 루드빅 앞에서 손가락을 할퀴듯이 구부린 채, 춤을 추듯 마구 흔들어 댔다. 그리고 나서 손가락을 쫙 펴더니 거기에 대고 입김을 불었다. "후우우우~! 이제야 사라졌군. 후우, 후우, 빰, 빰, 빠바밤, 워우…… 이해가 되나? 푸우, 푸우, 그래서 자네가 뭘 할 수 있는데, 그게 자네와 무슨 상관인데…… 사라졌군. 손가락 틈으로 빠져나갔어. 이제 아무것도 없다고."

그는 샐러드 볼을 뚫어지게 쳐다보았다.

"장인어른과는 더 이상 토론을 할 수가 없군요."

"어째서? 이봐! 이유가 뭔데?"

"아버님에게는 예비지식이란 게 없으니까요."

"무슨 예비지식?"

"학문적인 예비지식이요."

"학문적…… 이라고……" 그가 천천히 읊조렸다. "내게 털어놓아 봐, 어서, 내 새하얗고, 순결한 젖가슴에 털어놓아 보라고, 그 잘난 과학적인 예비지식으로 어떻게 조-직-할-건-지 말야, 대체 어떻게 할 건데, 내가 묻잖아, 이건 어떻게 하고, 저건 어떻게 할 거냐고, 말해 봐, 대체 무엇을, 어떤 목적으로, 어디에다, 어떤 방법을 동원해서, 어떻게 조직할 건지, 이것저것, 여기저기, 다 어떻게 처리할 거냐고⋯⋯" 레온은 꼼짝 않고, 말없이 사위를 노려보았다, 그사이 루드빅은 접시에다 감자를 조금 덜었다, 그 모습에 레온이 침묵을 깨고 소리를 버럭 질렀다. "대체 네가 아는 게 뭔데?!" 그는 비통하게 소리를 질렀다. "학업! 학업! 나는 비록 학업은 못 마쳤지만, 대신 오랜 세월 생각이란 걸 해 왔다고⋯⋯ 그리고 여전히 생각하고, 또 생각한다고⋯⋯ 은행을 그만둔 후부터 나는 생각하는 일 말고는 아무것도 안 했어, 생각으로 인해 머리가 터져 버릴 것 같다고, 그런데 너 말야, 원하는 게 뭐야, 뭐가 문젠데, 뭣 때문에 그 일에 관심을 갖는데⋯⋯ 제발 날 좀 내버려 둬, 내버려 두라고⋯⋯!"

루드빅은 말없이 양상추 잎사귀를 우걱우걱 씹어 먹었고, 결국 레온은 기력을 잃은 채 입을 다물고 말았다, 카타시아는 찬장 문을 닫았고, 푹스는 기온이 몇 도인지 물었다, 이런, 폭염이군, 토실토실 안주인이 카타시아 앞으로 식기를 밀어 놓았다, 스웨덴의 왕, 스칸디나비아 반도, 그리고 그다음엔 폐결핵, 주사. 테이블은 이제 훨씬 넓어졌다, 커피 혹은 차가 담긴 찻잔들, 빵 바구니, 이미 차곡차곡 개켜진 몇 장의 냅킨 ─ 오직 하나, 레온의 냅킨만 펼쳐져 있다. 나는 차를 마셨다, 졸음, 아무도 움직이지 않았다, 의자를 살짝 뒤로 빼 놓은 채 모두가 편히 앉아 있다, 루드빅이 신문을 집어 든다, 포동포동 안주인이 차갑게 굳어진다. 이따금 그녀에게는 이런 식의 경직이 찾아온다, 완전히 텅 빈 상태, 아무런 표정도, 감정도 없는 그 경직 상태는 어느 순간, 물에 던져진 돌멩이가 사방에 물을 튀기듯, 갑작스럽게 찾아오는 자각과 더불어 끝을 맺곤 한다.

레온의 손에는 몇 개의 털이 달라붙어 있는 뿌리혹[20]이 들려 있다, 그는 그 뿌리혹을 유심히 살펴보다가 이쑤시개를 들고, 그 뿌리혹의 털을 이쑤시개로 빙빙 돌렸다 ─ 그리고 다시 들여다본다 ─ 그는 식탁보에 떨어져 있던 약간의 소금을 그 털 사이에다 뿌리고는 또다시 살펴본다. 그가 미소를 짓는다. 티-리-리.

레나의 손바닥이 찻잔 옆, 식탁보 위에 출몰했다. 사건들과 끝도 없이 이어지는 팩토이드[21]의 거대한 야단법석, 마치 연못에서 개골거리는 개구리 떼 같다, 모기 떼, 별 무리, 구름이 나를 에워싼다, 나를 지워 버린다, 나와 함께 흘러간다, 천장에는 다도해(多島海)와 반도 들, 창가의 블라인드 위쪽까지 따분한 백색을 위협이라도 하듯 번져 있는 얼룩과 반점 들……세부 항목들의 풍성함, 어쩌면 그것은 푹스와 나의 흙덩어리, 우리의 막대기와 관련 있을지도 모른다…… 그리고 어쩌면 그것은 레온의 소소한 항목들과 연결되어 있는지도 모른

---

20) 박테리아나 방선균이 뿌리에 침입하여, 뿌리의 조직 군데군데 크고 뚱뚱하게 만든 혹 모양. 주로 콩과 식물에 나타난다.

21) 근거가 없는데도 일반적으로 사실인 것처럼 여겨지는 것. 의사(擬似) 사실이라고도 한다.

다…… 잘은 모르지만, 아마도 나 자신이 평소에 세부 항목들에 치우치는 경향이 있다고 생각해 왔기 때문은 아닐까…… 잘게 부서졌다…… 아, 그래, 나는 그렇게 부서져서 산산조각이 났다……!

카타시아가 레나를 향해 재떨이를 밀었다.

그 차갑고 볼품없는, 반들거리는 입술이 입술과 부딪친다, 꺼져 버려, 마치 견고한 그물에 엉켜 버린 발처럼, 입술은 입술에서 헤어 나올 수가 없다, 그리고 죽은 듯한 침묵 동굴의 침묵. 공(空)…… 혼란으로부터, 아수라장으로부터 (카타시아가 자리를 뜬 뒤) 헤아릴 수 없이 밝은 광채를 내뿜으며 입 모양의 별자리가 모습을 드러냈다. 모든 의구심을 뒤로 한 채로. 그렇다, 입은 입과 연관되어 있다!

나는 시선을 아래로 떨어뜨렸다, 그러자 또다시 식탁보 위에 놓인 한 개의 손만 보였다, 이중의 입과 이중의 입술로 된, 그리고 어느 쪽이든 모두 순결하게 불결한 깨끗한 반들거리는 손에 두 눈을 고정시킨 채 기다렸다, 갑자기 식탁이 손들로 우글거렸다, 이게 무슨 일일까, 레온의 작은 손, 푹스의 작은 손, 포동포동 안주인의 손, 루드빅의 손, 허공에 이렇게 많은 손들이 있다니…… 아, 말벌이다! 말벌이 방 안으로 날아들었다. 밖으로 나갔다. 손들이 잠잠해졌다. 또다시 ― 파도가 잠잠해지고, 고요가 밀려온다, 나는 방금 전 손들의 움직임에 대해서, 대체 무슨 일이 벌어진 건지 생각에 잠긴다, 레온이 레나에게 말을 건다. "오, 내 애물단지!"

"애물단지야, 아버지에게 불을 붙이는 인(燐)을 주렴." (성냥) "애물단지." 그는 이따금 그녀를 이렇게 불렀다, 혹은 "꽃사슴-당나귀." 혹은 "꾸러기-느림보." 아니면 또 다른 이름으로 부를 때도 있다. 포동포동 안주인이 허브 잎을 우렸다, 레온은 옆에서 그 모습을 지켜보고 있다, 나는 생각에 잠겼다, 어떻게 된 일이었을까, 손들이 갑자기 떼를 지어 움직였고, 대소동이 벌어지게 된 원인은 말벌 때문이었을까, 아니면 식탁 위에 놓여 있던 그 작은 손 때문이었을까…… 엄밀히 말해서, 손들의 우글거림은 말벌의 출현 때문이라는 건 의심의 여지가 없다…… 하지만 그녀의 작은 손과 연관을 맺으며, 손들이 갑자기 위로 올라간 것에 대한 평계를 대기 위해 일부러 말벌을 끌어들인 게 아니라고 과연 누가 장담할 수 있단 말인가…… 의미의 이중성…… 이러한 이중성은 어쩌면(아무도 모를 것이다.) 카타시아-레나의 입술의 이중성과…… 그리고 참새-막대기 사이의 이중성과 관련 있을지도 모른다…… 나는 길을 잃었다. 나는 인근을 산책했다. 램프의 불빛 속에 길 건너편 잡목 숲의 어둠이 도사리고 있다. 잠이 온다. 코르크는 병에 붙어 있었다. 병목에 들러붙어 있는 코르크 조각이 모습을 드러내면서 뭔가를 암시하기 시작했다……

4

이튿날이 밝았다, 혼란스럽고, 건조하고, 반짝거리고, 아른
거리는 도저히 집중이 안 되는 그런 날이었다, 창공의 푸른빛
속을 티 하나 없이 새하얀 뭉게구름이 빙글빙글 유영하고 있
었다. 나는 원고에 파묻혀 있었는데, 왜냐하면 어제 다소 과했
던 모험 이후에 내 안에서 엄격한 자제력이 고개를 들었고, 엉
뚱한 행동에 대한 거부감과 더불어 금욕주의적인 사고가 싹
텄기 때문이다. 막대기가 있는 곳으로 가 볼까? 혹시 뭔가 새
로운 일이 벌어지진 않았을까, 더구나 어제, 저녁 식사 때, 푹
스가 막대기와 실이 우리에게 발견되었다는 사실을 넌지시
알렸으니 그 후에 무슨 일이라도 생기진 않았을까?…… 하지
만 마치 유산된 태아처럼 기묘한 이 사건에 대한 혐오감이 내
궁금증을 틀어막았다. 나는 두 손으로 머리를 움켜쥔 채 필기
노트에 몰두했다, 왜냐하면 머지않아 푹스가 나 대신 막대기

가 있는 곳에 가 볼 거라는 사실을 알고 있었기 때문이다, 물론 폭스가 그런 의도를 내게 드러낸 적이 전혀 없음에도 불구하고 말이다 — 우리는 이미 이 문제에 관해 넌더리를 내고 있었다 — 하지만 나는 그가 내적인 공허감으로 인해 결국 거기, 담벼락이 있는 곳으로 가게 되리라는 사실을 알고 있었다. 나는 원고에 집중했고, 그는 방 안을 이리저리 돌아다녔다, 그러다 마침내 밖으로 나갔다. 그리고 돌아왔다, 우리는 점심 식사(카타시아가 항상 날라다 주었다.)는 항상 우리 방에서 함께 들곤 했는데, 그는 아무 말도 하지 않았다…… 오후 4시, 낮잠에서 깨어난 뒤에야 비로소 침대에 누운 채로 내게 말을 걸었다. "따라와 봐, 뭘 좀 보여 줄게."

나는 아무런 대답도 하지 않았다 — 나는 그에게 뭔가 굴욕감을 안겨 주고 싶었다 — 무응답이야말로 가장 고통스러운 대답이기에. 자존심이 상한 그는 입을 다물었고, 더 이상 조를 용기를 내지 못했다, 하지만 몇 분 지나지 않아, 나는 벌떡 일어나 면도를 하기 시작했고, 결국 그에게 묻고 말았다. "뭔가 새로운 거라도 있는 거야?"

그가 대답했다. "그렇기도 하고, 그렇지 않기도 해."

내가 면도를 끝내자 그가 말했다. "이리 와 봐, 보여 줄 테니."

우리는 유리창을 통해 우리를 주시하고 있는 이 집에 대해 늘 그렇듯 경계의 태세를 늦추지 않으면서 조심스럽게 밖으로 나가 막대기가 있는 곳까지 갔다. 후끈 달아오른 담벼락과 오줌 냄새 혹은 사과 냄새가 우리를 맞이했다, 여기서 멀지 않은 곳에 하수구가, 그리고 누렇게 변한 나무줄기들이 있다……

외진 곳, 집터의 끝, 뜨거운 침묵 속의 또 다른 삶, 윙윙거림. 막대기는 우리가 전에 보았던 그대로, 실에 매달려 있었다.

"이걸 좀 봐." 그는 열린 문틈으로 빼곡히 보이는 헛간의 쓰레기 더미를 손가락으로 가리켰다. "뭐가 좀 보여?"

"아무것도 안 보여."

"아무것도?"

"그래, 전혀."

"정말 아무것도?"

"그렇다니까."

그는 내 앞에 서 있었고, 내게, 그리고 자신에게 짜증을 냈다.

"이 끌채²²⁾를 좀 봐."

"뭐?"

"어제 이거 본 기억이 나?"

"아마도."

"하지만 여기에 이렇게 놓여 있었나? 어제 이후로 위치가 바뀐 것 같지 않아?"

그는 넌더리를 내고 있었다 ── 그리고 끌채에 대해 환상을 갖고 있지도 않았다 ── 그저 무료함에 얽매인 인간 특유의 운명론을 보여 주고 있을 뿐이었다, 그는 담벼락 아래 서 있었고, 이 모든 것은 정말 쓸모없고, 무의미한 일에 불과하다. 그가 강하게 밀어붙였다. "잘 생각해 봐." …… 하지만 나는 그의 주장이 지루함에서 비롯되었다는 걸 잘 알고 있었고, 그것

─────────────

22) 마차나 수레의 양쪽에 대는 긴 채. 앞에 멍에목을 가로 댄다.

이 또한 나를 지겹게 만들었다. 노란색 개미 한 마리가 부서진 끌채 위에서 기어가고 있었다. 담벼락 위에는 이름 모를 식물의 줄기들이 줄지어 윤곽을 그리며 창공을 향해 뻗어 있었다, 기억이 나질 않았다, 내가 어찌 기억하겠는가, 끌채는 어쩌면 위치를 바꾸었는지도 모른다, 아니 어쩌면 바꾸지 않았는지도 모른다…… 노란색 꽃 한 송이.

그는 자신이 틀렸다는 것을 인정하려 들지 않았다. 그는 내위에 서 있었다. 유감스러웠던 것은 이처럼 멀리 떨어진 외딴곳에서 우리의 권태가 빚어낸 공허함이 이 가상의 신호들이 만들어 낸 공허함과 서로 맞닥뜨렸던 사실이다, 아무 증거도 되지 못하는 명백한 증거로서, 그리고 완전히 터무니없이 말이다 ─ 두 개의 공허함, 우리는 그 사이에 서 있었다. 나는 하품을 했다. 그가 말했다.

"이걸 좀 보라고, 이 끌채가 무얼 가리키고 있는지."

"뭘 가리키고 있는데?"

"카타시아의 방."

그렇다. 끌채는 집에 딸린 별채의 부엌 옆에 있는 그녀의 방을 노골적으로 가리키고 있었다.

"아하!"

"그렇다니까. 만약 끌채가 움직이지 않았다면, 뭐, 그건 아무것도 아닌 거지, 전혀 의미 없는 일에 불과한 거야. 하지만 만약 누군가에 의해 움직여진 거라면, 왜 하필 카타시아에게로 향하도록 바꾸어 놓았겠어…… 이건 말야, 어제 저녁 식사 때, 내가 막대기와 실에 대해 넌지시 암시했을 때, 그 자리에 있던 누군가가 우리가 흔적을 좇고 있다는 사실을 알아차렸고, 그래서 한밤중에 여기에 와서 끌채를 카타시아의 방이 향하는 쪽으로 맞춰 놓았다는 얘기라고, 그렇게 생각지 않아? 이건 그러니까 일종의 새로운 화살표인 거야. 그자는 알고 있었던 거지, 뭔가 새로운 표시가 없는지 확인하기 위해 우리가 다시 이곳에 올 거라는 사실을."

"하지만 너는 끌채가 움직였다는 걸 어떻게 알았는데?"

"확신할 순 없어. 하지만 왠지 내게는 그래 보여. 예전에는 달리 놓여 있었을 것만 같은 희미한 자취를 느꼈다고 할까…… 그리고 저기 저 세 개의 돌멩이를 좀 보라고…… 저 세 개의 바퀴도…… 그리고 저기 뿌리째 뽑힌 세 개의 잡초들도…… 그리고 저기 뒹굴고 있는 단추 세 개도, 아마 틀림없이 안장에서 떨어진 걸 거야…… 정말 아무것도 안 보여?"

"뭘 말야?"

"저것들은 삼각형을 이루면서, 끌채를 가리키고 있다고, 마치 누군가가 끌채를 향해 우리의 주의를 돌리기 위해 애쓴 것처럼 말야…… 그러니까 저것들은 모두 끌채를 지칭하는 일종의 각운(脚韻) 같은 것이지…… 아마도…… 네 생각은 어때?"

나는 가죽 채찍 사이에서 왼쪽으로, 오른쪽으로, 뒤로, 앞으로 부지런히 움직이며, 나타났다 사라졌다 하는 노란색 개미에서 시선을 거두었다, 나는 폭스의 말을 거의 듣고 있지 않았다, 한 귀로 듣고 한 귀로 흘렸다, 얼마나 바보 같은지, 빈곤, 처량한 궁핍, 굴욕, 우리의 속 쓰린 상태, 그 메스꺼운 맛, 난센스, 돌 더미와 쓰레기 더미 위로 솟아오르는 모든 것, 담벼락 아래, 게다가 그의 벌그스레한 낯짝, 딱부리 눈에 경멸스러운 면상. 나는 다시 차근차근 설명하기 시작했다. "과연 누가 그런 짓을 하려고 할까? 그렇게 눈에 띄지도 않는 암호들을 애써 고안해 낼 사람이 누가 있겠으며, 또한 우리가 끌채의 방향이 바뀌었다는 사실을 포착하리라고 미리 계산을 했다는 것도 말이 안 돼…… 그런 정신 나간 짓을 하는 사람은 아마 아무도 없을 거야." 하지만 그가 내 말을 막았다. "이게 정신 나간 짓이라고 누가 그래? 그리고 또 한 가지. 그자가 만들어 놓은 표시가 과연 몇 개나 되는지 네가 어떻게 알 수 있지? 우리가 발견한 건, 무수히 많은 암호 가운데 일부에 불과할지도 모른다고……" 푹스는 정원과 집을 향해 팔을 크게 벌렸다. "어쩌면 이곳 전부가 암호로 채워져 있을 수도 있어……"

우리는 그 자리에 그렇게 서 있었다 ─ 먼지 덩어리, 거미집 ─ 하지만 우리가 이 모든 것들을 그냥 내버려 두지는 않으리라는 사실이 분명해졌다. 하긴 그렇다고 뭐 달리 할 일이 있는 것도 아니지 않는가? 나는 벽돌 조각을 들어 올려 이리저리 살펴보았다, 그리고 그것을 내려놓으며 말했다. "그럼 이제 어떡할 거야? 끌채가 가리키는 방향을 따라가 보려고?"

그는 어쩔 줄 몰라 하면서 웃음을 터뜨렸다.

"다른 방법이 없으니까. 너도 이미 알잖아. 마음이 편해지려면 어쩔 수 없다고. 내일은 일요일이야. 카타시아는 내일 비번이지. 그때 그녀의 방을 수색해야 돼, 거기에 우리가 미처 보지 못한 뭔가가 있는지 확인해 봐야 한다고…… 만약 아무것도 없다고 해도, 최소한 우리를 성가시게 하는 이 모든 일들을 끝낼 수 있을 테니까!"

나는 돌덩이를 뚫어져라 응시했다, 푹스도 그렇게 했다——마치 그 돌덩이에서 입술에 어려 있던, 음탕하고 뾰로통한, 어딘가로 달아나 버릴 듯한 미끄러운 기운을 읽어 내기라도 하려는 듯이, 그리고 실제로 돌덩이와 끌채, 가죽 채찍과 헛간은 그 주변을 맴돌고 있는 미끄러운 기운으로 인해, 손상과 부패의 윤곽으로 인해 요동치고 있었다…… 재떨이와, 침대의 철망과, 입술의 열림과 닫힘과 더불어…… 이 모든 것이 레나를 향해 뻗어 나가면서 흔들리고, 진동하고, 소용돌이치고 있었는데, 사실 나는 두려웠다, 왜냐하면 도대체 우리가 이 모든 일들을 어떻게 헤쳐 나가게 될지, 구체적으로 어떻게 행동에 옮기게 될지, 그리고 그것이 다시금 어떤 결과를 초래하게 될지 통 알 수가 없었기 때문이다…… 우리는 이제 저 끌채를 중심으로 본격적인 행동에 돌입할 것이다, 그리고 나는 지금, 이제——나를 매료시킨——이 돌덩이의 관점에서 입술에게 접근하게 될 것이다, 나는 생각했다, 아하, 이제 우리는 작전에 돌입하게 되겠구나, 그리고 이 작전 덕분에 우리는 마침내 이 수수께끼의 핵심을 향해 돌진하게 된다, 그래, 그래, 우리는 카타시아의 작은 방으로 들어가리라, 찾으리라, 보리라, 확인하리라! 두 눈으로 직접! 아, 명백한 작전! 아, 키메라[23]로

---

23) 사자의 머리에 염소 몸통에 뱀 꼬리를 단 그리스 신화 속 괴물을 말하며, 때로는 불가능한 생각이나 희망을 상징하는 단어로 쓰이기도 한다.

향하는 칠흑 같은 밤에 벌어지게 될 은밀한 작전!

그러자 이 모든 복잡한 감정에도 불구하고 기분이 한결 나아졌다 — 우리는 조약돌이 깔린 보도를 따라 돌아왔는데, 그건 마치 두 명의 탐정이 귀환하는 길 같았다 — 모든 세부 항목까지 다 고려해서 계획을 수립하고 나니 적어도 다음 날까지는 떳떳하게 지내도 괜찮다는 명분을 얻을 수 있었기 때문이다. 저녁 식사 시간은 평화롭게 지나갔다, 내 시선의 영역은 점점 더 식탁보로 고정되었고, 고개를 들어 저들을 향해 눈길을 보내는 일이 점점 더 힘겹게만 느껴졌다, 그래서 나는 레나의 작은 손이 놓여 있는 식탁보만 계속해서 바라보았다……그녀는 오늘 따라 더욱 조용했다, 눈에 띄는 전율 따위는 없었다.(하지만 이것이야말로 그녀가 끌채를 옮겨 놓았다는 증거인지도 모른다!) …… 그리고 다른 손들, 이를테면 레온의 손은 나른하게 늘어져 있었다, 아니면 레온의 손은 에로토-논에로토 상태였고, 포동포동 안주인의 작은 손은…… 마치 래디시 위에 올려놓은 감자처럼, 뭔지 모를 불쾌감을 불러일으키는 늙고 주름진 어깨와 팔에서 뻗어 나온 그 작은 주먹은…… 붉게 튼 자국이 또 다른 우묵한 곳을 향하고 있는 검푸른 빛과 보랏빛의 우묵한 만(灣)과 맞닿는 팔꿈치 부분에 이르면, 그 불쾌감은 더욱더 고조되었다. 얽히고설킨 구조, 손의 권태롭고 지루한 배열, 천장과…… 벽…… 그리고 어디에나 도사리고 있는 복잡한 배열…… 레온의 손은 두드림을 멈추었다, 그는 왼손가락 하나와 오른 손가락 두 개를 들어 올려 서로 맞닿게 한 뒤, 꿈꾸는 듯한 표정으로 그것을 뚫어져라 응시했다. 물론 거기, 손의 위편, 위쪽에서 벌어지는 대화는 쉼 없이 계속되었다, 하지만 그건 그저 단순한 재잘거림으로 내 귀에 들어올 뿐이었다, 그들은 다양한 주제에 관해 이야기를 나누었는데, 어느 순간 갑자기 루드빅이 물었다. "장인어른은 어떻게 생각하세요? 만약 열 명의 군인이 일렬종대로 행군하고 있다고 상상해 보세요, 이 군인들을 동원해서 가능한 모든 배열을 전부 만드는 데 얼마나 많은 시간이 소요될까요? 예를 들면 세 번째 군인이 첫 번째 군인의 자리로 이동한다든지, 그런 식으로 말예요······ 만약 우리가 하루에 단 한 번의 변화만 허용한다고 치면, 전부 며칠이나 걸릴까요?" 레온은 망설였다. "석 달 정도?"

"1만 년이나 걸린 답니다. 확률적으로 계산이 다 되어 있거든요." 루드빅이 대답했다.

"이보게." 레온이 말을 이어 갔다. "이보게, 루드빅······ 루드빅······" 루드빅은 침묵에 잠긴 채 등을 꼿꼿이 펴고 앉아 있었다. 루드빅이 사용한 '배열'이란 단어에는 내게 벌어졌던 일련의 '배열들'과 긴밀하게 연관 지을 수도 있는 가능성이 존재했다, 그러니까 그가 하필 군인들의 배열에 대해 언급한 것은 내가 이처럼 복잡한 배열들의 늪에서 허덕이고 있다는 점에서 매우 특별한 우연의 일치일 수도 있는 것이다 ── 그것은 거의 내가 겪고 있는 불안과 근심을 소리 내서 말로 표현한 것처럼 보일 수도 있다 ── 아하, '거의', 이 '거의'가 그동안 얼마나 여러 차례 내 인생을 비참하게 만들었던가 ── 하지만 군인들에 관한 그의 이야기가 유독 내 마음을 사로잡은 것은 그것이 내 불안한 심정과 연관되어 있기 때문이며, 그리하여 그들이 나눈 수많은 이야기들 중에 특히 그 이야기를 귀담아들을 수밖에 없었다는 점에 주목할 필요가 있다. 그렇다, 이러한 우연의 일치는 나 자신이 직접 유발한 사건 가운데 그저 일부에 해당할 뿐이다.(그래, 단지 일부였다!) ─ 내 주변에서 일어나고 있는 일련의 배열에서 과연 나 스스로가 얼마만큼의 비중으로 그 배열을 주도하고 있는지 알지 못한다는 사실이 끔찍했고, 힘들었고, 혼란스러웠다, 그래, 범죄자는 반드시 범죄 현장으로 돌아오기 마련이다! 우리가 존재하는 매 순간마다 얼마나 많은 수의 소리와 형태가 우리에게 주어지는지 고려해 보자…… 수많은 무리, 요란한 굉음, 강(江)…… 배열보다 더 쉬운 일은 없다! 배열하다! 이 단어는 마치 어두운 숲 속에서 맹수를 만난 것 마냥, 잠시 동안 나를 놀라게 했다, 하지만 자리에 앉아, 떠들어 대며, 음식을 먹고 있는 일곱 명의 시끌벅적 속에서 그러한 놀라움은 금세 가라앉았다, 저녁 식사는 계속 이어졌다, 카타시아는 레나에게 재떨이를 건네주었다.

"우리는 이 모든 것의 진상을 밝히고, 원인을 규명해야만 해."…… 하지만 방 안을 뒤져 보는 것이 뭔가를 규명하는 데 도움이 되리라는 생각은 조금도 들지 않았다, 그저 우리가 세운 내일의 계획이 입술과 입술, 도시와 도시, 별과 별 사이의 괴상한 연관성을 어느 정도 견뎌 낼 수 있게 해 주었을 뿐이다…… 나로 하여금 괴상함을 느끼게 만든 궁극적인 원인은 입술이 내게 입술을 보내고 있다는 사실에 있었다, 그리하여 끊임없이, 계속해서 하나의 사물이 또 다른 사물을 내게로 보내고 있었다, 그건 마치 무언가의 뒤에 또 다른 것이 숨어서 기다리고 있는 것과 같았다, 루드빅의 손 뒤에 레나의 손이, 찻잔 뒤에 유리잔이, 천장의 줄무늬 뒤에 섬이 도사리고 있다, 세상은 일종의 병풍과도 같아서, 그렇게 무언가가 또 다른 무엇을 내게 끊임없이 전달해 주는 방식으로 자신의 현존을 입증했다 ─ 사물들은 그렇게 나와 공놀이를 하고 있다!

갑자기 어디선가 두드리는 소리가 났다.

마치 막대기로 또 다른 막대기를 두드리는 것 같은 그런 소리였다 ─ 짧게, 건조하게 ─ 그리고 별로 강하지 않게, 그건 매우 색다른 소리였다, 다른 모든 소리들을 뚫고 솟아오르는 독특한 소리였다. 누가 두드렸을까? 무엇을 두드렸을까? 순간 내 몸이 굳어 버렸다. "이제 시작이다."라는 신호를 내게 보내는 게 아닐까 하는 생각이 머릿속을 스치고 지나갔다. 나는 무감각해졌다, 서둘러라, 허깨비여, 어서 나와라! …… 하지만 소리는 시간 속에서 길을 잃었고, 그리하여 아무 일도 일어나지 않았다, 어쩌면 그것은 의자 가운데 하나가 삐걱대는 소리였는지도 모른다…… 대수롭지 않은 일이다……

대수롭지 않은 일. 다음 날은 일요일, 지금까지 살아온 우리의 삶의 방식에 일대 혼란을 예고하는 날, 그렇지만 실제로는 여느 날과 다름없이 카타시아가 나를 깨웠고, 순수한 호의로 나를 내려다보며 잠시 동안 서 있었다, 하지만 방 청소는 보이티스 부인이 직접 했다, 그녀는 방 안 구석구석을 걸레질하면서 이런저런 이야기를 늘어놓았다, 그들 부부는 드로호비츠에서 '현대적인 설비를 갖춘 아름다운 빌라의 1층'에 살았는데, 그때 그녀는 식사가 포함된, 아니 어쩌면 식사 제공은 제외된 방을 다른 사람들에게 임대했었다, 그러고 나서는 푸우투스크에서 육 년 동안 '매우 편리한 설비를 갖춘 아파트의 3층'에서 살았는데, 아파트에 정착한 입주민들 외에도 그녀는 무려 여섯 명이나 되는 '도시에서' 온 세입자들과 함께 살았다, 그런데 그들 대부분은 만성 질환을 앓고 있는 노인들이었다, 이 노인에게는 부드러운 오트밀을, 저 노인에게는 따뜻한 수프를, 또 다른 노인에게는 신 음식은 절대 안 되고, 그렇게 시중을 들다가 결국 나 자신에게 이렇게 말했어요, 안 돼, 더 이상은 못해, 이제 질렸어, 안 한다고, 그러고는 이러한 결심을 노인들에게 알렸지요, 그런데 그들이 얼마나 절망스러워했는지 당신이 봤어야만 해요, 오, 친애하는 부인, 그럼 이제 누가 우릴 돌봐 주나요, 그래서 제가 그들에게 말했죠, 난 지금이 일에 너무 많은 시간과 정성을 빼앗기고 있다고요, 뼛골이 빠질 지경이에요, 내가 왜 이 짓을 해야만 하죠, 나더러 죽으란 말인가요, 근데 이게 끝인 줄 아세요, 레온은 평생 동안 내가 옆에서 지켜봐 줘야 하는 남자라고요, 당신은 아마 상상도 못할 거예요, 이것, 저것, 항상 뭔가를 챙겨 줘야만 하죠, 만약 내가 없으면 저 인간이 대체 어떻게 살아갈지 난 정말 모르겠어요, 한평생 커피를 침대에 갖다 바쳤답니다, 매일같이요, 그나마 내가 일 없이 빈둥거리는 걸 혐오하는 사람이니 다행인거죠, 아침부터 밤까지, 밤부터 아침까지, 그렇지만 뭐, 우리에게는 나름 즐거운 시절도 있었답니다, 누군가를 방문하기도 하고, 손님을 초대하기도 하면서 말이죠, 아실지 모르겠지만, 레온의 이모는 코지에브로츠키 백작과 결혼을 했답니다, 하지만 세상에나, 내가 레온에게 시집 왔을 때 그의 가족은 나를 노골적으로 무시했어요, 게다가 레온은 자신의 이모인 백작 부인을 어려워한 나머지 이 년 동안이나 나를 그녀에게 소개시키지도 않았답니다, 내가 레온에게 말했죠, 어려워하지 말아요, 여보, 내가 당신의 이모님에게 세상 물정을 톡톡히 가르쳐 드릴 테니까요, 하루는 신문을 보다가 자선 무도회가 열릴 예정인데, 코지에브로츠키 백작 부인이 후원회를 조직한다는 기사를 읽었죠, 나는 레온에겐 아무 말도 하지 않고, 그저 무도회에 가자고만 했어요, 그러고는 어떻게 되었는지 당신에게만 전말을 얘기해 드리죠, 나는 두 주 동안이나 비밀리에 무도회 준비를 했답니다, 두 명의 재단사와 미용사를 고용하고, 마사지를 받고, 자신감을 북돋기 위해 페디큐어까지 하고, 보석은 텔라에서 빌려 왔죠, 레온은 저를 보는 순간, 너무 놀라 아무 말도 못 했어요, 나는 아주 태연하게 굴었어요, 우리는 함께 무도회장에 들어섰죠, 음악, 나는 레온의 팔짱을 끼고 곧장 백작 부인에게로 다가갔어요, 그런데 그녀가 어쨌는지 아세요, 우리를 보자마자 곧바로 등을 돌리더군요! 내게 모욕을 줬다고요! 내가 레온에게 말했죠, 레온, 당신 이모는 오만 방자하군요, 그러고는 바닥에 침을 뱉었어요, 레온은 한마디도 하지 않았어요, 그이는 평소에는 그렇게 떠들어 대길 좋아하고, 수다스럽다가도 막상 뭔가를 정말로 해야 될 순간에는, 꿀 먹은 벙어리가 되어 버리거나, 요리조리 책임을 회피하거나, 뺀질거리며 물러서곤 하죠, 그 후에 우리가 키엘체에 살

때였어요, 나는 과일 절임을 만들었죠, 그 무렵 꽤 많은 이웃들이 우리 집을 방문하곤 했어요, 그들은 내게 몇 달 동안이나 먹을 과일 절임을 미리 주문했어요, 갑자기 그녀가 입을 다물었다, 마치 그 전에 단 한 마디도 하지 않았던 것처럼, 먼지를 닦으면서 침묵했다, 그러자 푹스가 참지 못하고 물었다.

"그래서 어떻게 되었는데요?"

그러자 그녀가 대답했다, 푸우투스크에 사는 주민 가운데 하나가 폐결핵 환자였는데, 나는 그에게 하루에 세 번씩이나, '구역질이 날 때까지' 크림을 갖다 줘야 했답니다…… 그 말을 남기고 그녀는 방을 나갔다. 이 모든 건 무슨 뜻이었을까? 어떤 의미일까? 그 안에는 무엇이 숨겨져 있을까? 그렇다면 유리잔은? 무엇 때문에 나는 어제 거실의 창문 아래, 탁자 위 두 개의 실감개 옆에 놓인 유리잔에 주목했던 걸까? — 그 옆을 지나치면서 나는 왜 하필이면 그것을 쳐다보았을까 — 과연 그것은 주의를 기울일 만한 가치가 있었을까? — 아래층에 내려가서 다시 살펴보고, 확인해 볼까? 푹스 또한 나름대로 이것저것 점검해 보고, 연구하고, 고민해 봐야 마땅했다, 하지만 그의 의식 또한 뿔뿔이 흩어져 있었던 것이다, 어리석을 정도로 산만하게 말이다. 푹스, 그렇다…… 하지만 그는 내가 가진 이유의 백 분의 일도 갖고 있지 않았다.

레나는 마치 혈액과도 같이 이런 난센스 속에서 빙글빙글 순환하고 있었다!

나는 이 모든 것 뒤에 레나가 도사리고 있다는 느낌을 떨쳐 버릴 수가 없었다, 나를 향해 다가오고 있는, 전력을 다해 돌진하고 있는 그녀, 수줍게, 은밀하게…… 나는 이제 거의 그녀를 볼 수 있었다. 집 근처를 헤매고 다니며, 천장에 그림을 그리고, 끌채를 움직여 놓고, 막대기를 실에다 매달고, 벽을 따라서, 모퉁이를 돌면서, 쏜살같이 달리면서, 물건들의 형태를 다시 배열하고 있는 그녀…… 레나…… 레나…… 나를 향해 침범해 들어오고 있는 그녀…… 어쩌면 그녀는 도움을 청하고 있는지도 모른다! 난센스! 그래, 이건 난센스다, 하지만 다른 한편으로 생각해 보면, 과연 이 두 가지 변칙적인 경우 — 입과 일련의 암호들 사이의 '조합' — 을 놓고 생각해 볼 때, 상호 간에 아무 연관이 없다고 단언할 수 있을까? 난센스! 그래, 이건 난센스다! 하지만 카타시아의 입술로 인한 레나의 타락만큼 강렬하게 내 안에서 꿈틀대고 있는 이 뭔가를 그저 환각이라고 단정 지을 수 있을까? 우리는 포동포동 안주인과 단 셋이서 저녁 식사를 했다, 레나는 남편과 함께 지인을 만나러, 레온은 브리지 게임을 하러 밖에 나갔고, 카타시아는 일요일에는 비번이라 점심을 먹자마자 외출했기 때문이다.

쉼 없이 떠들어 대는 포동포동 안주인의 목소리가 양념으로 곁들여진 저녁 식사 — 레온이 곁에 없으면, 그녀는 곧바로 수다쟁이로 변했다 — 그리하여 그녀의 이야기는 다시 계속되었다, 세입자들, 그 세입자들과 그녀는 자신의 일생을 함께해야만 했다, 당신들은 아마 모를 거예요, 이 사람에겐 먹을 걸 갖다 줘야 하고, 저 사람은 침대 시트를 갈아 줘야 하고, 관장 약은 다른 사람에게, 난로는 또 다른 사람에게, 그러고는 난로에 관한 이야기가 이어졌다…… 나는 간신히 듣고 있었다, '매춘부에 관한' 무슨 이야기가 간간이 들려왔다……"침대 뒤에 유리병이 한 개 놓여 있었는데…… 그녀는 거의 죽어가고 있었어요, 그런데 그 유리병들이 말이죠…….""내가 그에게 말했죠, 그건 변덕이라고, 일시적인 변덕, 하지만 스카프가 어디에 있는지 당신은 알고 있죠."……"나는 필사적으로 싸웠어요, 뼛골이 빠질 때까지 말이죠, 나는 통뼈가 아니라고요."……"이건 못된 짓이에요, 신이여 도와주세요."……"이것은 인간의 타락에 대한 신의 저주예요, 맙소사."…… 그녀의 조그만 눈은 우리가 음식을 먹어 치우는 모습을 예의 주시하고 있었고, 그녀의 가슴은 테이블에 얹혀 있었다, 팔꿈치에는 피부가 벗겨져 나가 분홍빛과 보랏빛이 뒤섞인 색깔로 변한 흉터가 있었는데, 그건 마치 천장 위, 한가운데 있는 만(灣)의 고름이 창백하고, 누르스름한 발진이 되어 나타난 것 같았다……"만약 내가 아니었다면, 그들은 모두 이미 죽었을 거예요."……"한번은 한밤중에 그가 끙끙거리며 신음을 하는데."……"레온이 전근을 가게 되는 바람에 우리는 임대를 하게 되었죠."…… 그녀는 마치 천장과 같았다, 귀 뒤에는 딱딱한 물집과도 같은 뭔가가 있었고, 그 너머로 숲이 시작되었다, 그녀의 머리카락, 처음에는 머리카락을 엮어 만든 두서너 개의 동그란 반지 같은 모양이었지만, 뒤로 갈수록 새치가 뒤섞인 검은색의 그 머리카락은, 빽빽해졌다가, 둘둘 말렸다가, 구불구불해졌다가, 여기저기 엉켰다가, 군데군데 헝클어졌다가, 다시 매끄러워지면서 아래를 향해 떨어져 내렸다, 그녀의 목덜미 피부는 매우 보드라웠고, 새하얀 빛이었다, 손톱에 긁힌 듯한 작은 생채기, 어깨에는 얼룩과도 같은 붉은 반점, 블라우스의 끝자락에서는 부패의 기운이 시작되고 있었다, 마치 블라우스 안쪽에서 소멸과 마모의 작용이 벌어지고 있는 것처럼, 그리하여 거기, 블라우스 안쪽에서는 또 다른 뾰루지들이, 모험들이 계속해서 돋아나고 있었다……

그녀는 마치 천장과 같았다…… "우리가 드로호비츠에 살았을 때 말예요."…… "편도선염, 그다음엔 류머티즘, 간 결석(結石)."…… 그녀는 마치 천장과 같았다, 품을 수 없는, 결코 소멸되지 않는, 헤아릴 수 없이 많은 섬과 군도와, 영토를 그 안에 품고 있는…… 저녁 식사 후 우리는 그녀가 자러 갈 때까지 기다렸다, 그리고 밤 10시경, 마침내 작전에 돌입했다.

우리의 작전으로 마침내 일련의 현상들이 밖으로 모습을 드러낼 수 있을까?

카타시아의 방문을 몰래 여는 것은 그리 어려운 일이 아니었다, 그녀가 담쟁이덩굴이 무성하게 뒤덮인 창문 옆에 열쇠를 놓아둔다는 사실을 우리는 이미 알고 있었기 때문이다. 난관은 다른 데 있었으니, 그건 혹시라도 우리를 마음대로 자기 손아귀에 쥐고 흔들려는 어떤 작자가 — 그러니까 우리를 쥐락펴락하려는 작자가 존재한다는 가정하에 말이다 — 몰래 숨어서, 우리를 염탐하지 않는다고 장담할 수 없었기 때문이다. 심지어 우리가 뭔가를 알고 있다는 이유로 분노를 터뜨리며 소란을 피울지도 모른다. 우리는 우리를 엿보는 사람이 없다는 사실을 확인할 때까지 부엌 근처에서 꽤 많은 시간을 지체했다 — 하지만 집과 창문들, 정원은 여전히 평화롭게 제

자리를 지키고 있었다, 헝클어진, 두터운 구름들이 휘몰아치듯 흐르고 있고, 그 사이를 초승달이 경주하듯 헤엄쳐 다니고 있는 캄캄한 밤하늘 아래에서. 개들이 작은 관목들 사이로 서로를 쫓아다니고 있었다. 우리는 남들의 비웃음이 두려웠다. 푹스가 손에 들고 있던 작은 상자를 내게 보여 주었다.

"이게 뭐야?"

"개구리야. 살아 있어. 내가 오늘 잡은 거야."

"그래서 이건 또 뭔데?"

"만약 누군가에게 발각된다면, 이렇게 말하는 거지. 우리는 그녀의 침대에 이 개구리를 풀어 놓기 위해 방에 몰래 들어간 거라고…… 일종의 장난처럼 말야!"

드로즈도프스키에게 퇴짜를 맞은, 새하얗고-불그스레하고-물고기 같은 그의 얼굴. 개구리라, 그래, 영리한 생각이다! 개구리가 상황에 어울리지 않는다고는 할 수 없었다, 카타시아의 미끌거림 주변을 맴돌고 있는 그 미끌거림…… 그가 개구리를 내놓았다는 사실이 놀라웠고, 또 불안했다…… 게다가 개구리는 참새와 그리 동떨어져 있지 않다 ─ 참새와 개구리 ─ 개구리와 참새…… 그 속에 뭔가가 감춰져 있는 건 아닐까? 이건 과연 아무 의미도 없는 일일까? 푹스가 말했다.

"가서 참새에게 무슨 일이 일어났는지 살펴보고 오자. 어차피 아직 좀 더 기다려야 하잖아."

우리는 길을 따라 걸어갔다. 문 밑에서, 덤불 속에서, 낯익은 어둠, 낯익은 향기, 우리가 알고 있는 장소를 향해 다가갔다, 하지만 우리의 시선은 헛되이 어둠을 향해 부딪쳤다, 아니 그건 어둠이라기보다 모든 것을 지워 버리는, 무수히 많은, 어둠의 다양한 모습들과 부딪쳤다고 해야 옳을 것이다 ─ 거기에는 함몰된 검은 동굴들이 있었고, 그 옆에는 미완의 존재에 의해 중독된, 또 다른 구덩이와 구멍, 지층 들이 있었다, 그리고 이 모든 것들은 내구성과 저항력을 가진, 일종의 단단한 혼합물을 형성했다. 나는 손전등을 갖고 있었으나, 사용하지 않는 편이 낫다는 걸 알기에 자제했다. 참새는 분명 우리 앞에 있었다, 바로 코앞에, 심지어 우리는 그것이 어디에 있는지도 알고 있었다, 하지만 존재를 부정하는 뭔가가, 어둠이 시야를 삼켜 버렸기 때문에, 두 눈으로 참새를 포착할 수가 없었다. 그러다 마침내…… 배열의 중앙이라도 되는 것처럼, 배 한 알의 크기와 맞먹는 밀도로…… 참새가 어렴풋이 그 모습을 드러냈다.

"여기 있네!"

고요한 어둠 속에서, 우리와 함께 있던 개구리가 응답하기 시작했다, 그건 소리를 내기 위함이라기보다는 일종의 존재 증명이었다, 참새의 존재로 인해 스스로의 현존을 자각한 존재가 자신을 알리기 위한 신호였다. 우리는 개구리와 함께 있었다…… 개구리는 여기에 있었다, 참새의 현존 속에서, 개구리-참새의 영역에서 개구리와 참새는 서로 한패거리였다, 그리고 이곳에서 개구리는 미끄럽게 달아나는 입으로 나를 인도했다…… 그리하여 참새-개구리-카타시아로 이루어진 삼중주는 나를 그녀의 입속 동굴로 밀어 넣었다, 덤불숲의 검은 동굴은 입술에 손상된 익살스러움을 더해 주는…… 한쪽 끝이 달아날 듯 찢어진, 면상 위의 넓게 벌려진 구멍으로 바뀌었다…… 성적 충동. 음탕함. 나는 우두커니 그 자리에 서 있었다, 푹스는 어느 틈에 덤불에서 물러섰다, "별거 없네." 그가 속삭였다, 그리고 우리가 귀로에 올랐을 때, 밤은 하늘과, 달과, 가장자리에 은색 띠를 두른 무수히 많은 구름과 더불어, 휘황하게 빛나고 있었다. 행동 개시! 내 안에서는 작전 수행에 대한 열망과 공기를 정화시켜 주는 맑은 바람에 대한 열망이 동시에 싹트고 있었다, 나는 모든 일에 힘차게 달려들 준비가 되어 있었다!

하지만 우리의 작전은 한심스럽기 짝이 없었다, 신이여, 자비를 베푸소서 — 두 공모자가 개구리와 함께 끌채가 가리키는 선(線)을 따라가다니. 우리는 다시 한 번 작전의 현장을 둘러보았다. 집, 그리고 희미하게 보이는 나무의 줄기들, 석회의 백색, 잡목 숲 깊숙한 곳의 거대한 나무들, 넓게 펼쳐진 작은 정원 — 나는 창가의 넝쿨 속을 더듬어 열쇠를 찾아냈다, 그리고 그 열쇠를 자물쇠에 넣어 돌리면서 문의 돌쩌귀가 삐걱대지 않도록 위로 살짝 들어 올렸다. 그 순간 상자 속의 개구리는 더 이상 중요한 존재가 아니었다, 개구리는 배경 너머로 자리를 옮겼다. 반면에 문이 열리자마자 작고, 천장이 낮고, 마치 세탁실 또는 빵이나 허브에서 풍기는 것 같은 쏩쏩하면서도 답답한 향기가 떠돌고 있는 그 방의 동굴은 나를 흥분시켰다, 서투르게 망가진 그 입은 내 모든 걸 빨아들였다, 입에 넣고 나를 빨아들였다, 그리하여 나는 푹스가 흥분으로 거칠어진 내 숨소리를 눈치채지 못하도록 각별히 주의를 기울여야만 했다.

그는 손전등과 개구리를 손에 든 채 방 안으로 들어섰고, 나는 망을 보기 위해 반쯤 열린 문 옆에 서 있었다.

손수건으로 싸매서 더욱 침침해진 손전등의 불빛이 침대를, 옷장을, 탁자를, 쓰레기통을, 선반을 빠르게 훑고 지나갔다, 그렇게 차츰 다른 장소가, 구석이, 일부분이, 속옷이, 걸레가, 부러진 빗이, 손거울이, 동전이 담긴 작은 접시가, 잿빛 비누 조각이, 모습을 드러냈다, 마치 영화에서처럼 사물들이 잇따라 차례차례 어둠을 뚫고 나타났다, 그 순간 바깥에는 구름이 구름을 따라 흘러가고 있었고 — 나는 문간에서 두 행렬, 사물들과 구름들의 행렬 사이, 한가운데에 서 있었다. 비록 이 작은 방에 있는 모든 물건들은 그녀, 카타시아의 것이지만, 그것들이 그녀를 표현할 수 있는 힘을 갖는 건, 개별적인 대상이 아닌 하나의 전체로서 그녀의 현존을 대체하는 파생물을 생성하는 그 순간뿐이었다. 하지만 나는 한쪽 구석에 서서 주시하면서, 푹스를 통해 — 그의 손전등으로 — 그 파생적인 현존을 망가뜨리고 있었다. 나는 천천히 그것을 부수었다. 움직이고, 여기저기 뛰어다니던 빛의 얼룩이 명상에라도 잠긴 듯 잠시 뭔가에서 멈췄다, 다시금 탐색하고, 뒤지고, 수색하면서, 음탕함을 향한 끈질긴 추적을 계속하기 위해서 — 우리가 찾고 있던 것, 우리가 킁킁거리며 냄새를 좇아 온 것은 바로 이것이었다. 음탕함! 음탕함! 개구리는 푹스가 탁자 위에 놓아 둔 상자 속에 들어 있었다.

더럽고 들쭉날쭉한 빗, 기름투성이 거울, 축축하고 질 나쁜

수건에서 비롯된, 노예와 같은 열등함 ── 하녀의 소유물, 이미 도시화되었지만, 여전히 촌스러운, 태생적으로 수수하고, 간소한 그 소유물들을 우리는 더듬거리며 뒤졌다, 여기, 이 입을 닮은 동굴 속에 흔적을 지운 채, 은밀히 숨어 있는, 미끄럽게 위로 말려 올라간 사악함에 접근하기 위해서. 우리는 타락과 탈선과 악행을 더듬고 있었다. 분명 여기 어딘가에 있으리라! 그 순간 손전등의 불빛이 옷장의 뒤편, 한쪽 구석에 세워져 있는 커다란 사진을 비추었다, 그러자 액자 밖으로 카타시아가 나타났다······ 흉터가 없는 깨끗한 입을 간직한 채로! 아, 이럴 수가!

그것은 순결하고, 정직한 입이었다, 시골의 순박함을 간직한!

얼굴은 훨씬 더 젊고, 통통했다! 화려한 데콜테[24]를 자랑하며, 멋지게 차려입은 카타시아가 야자수 나무 아래 벤치에 앉아 있다, 그 뒤로 뱃머리가 보인다, 옷깃을 빳빳이 세운 채, 콧수염을 기른, 뚱뚱한 기술자가 그녀의 팔짱을 끼고 있다······ 카타시아는 기쁜 듯 미소 짓고 있다······

한밤중에 잠에서 깨어났을 때, 우리는 창문이 오른쪽에 있고, 문이 머리 뒤에 있다는 걸 확신할 수 있다, 아주 작은 표시만 있어도 충분히 방향을 가늠할 수 있기 때문이다, 예를 들어 창문을 통해 들어오는 미세한 불빛이라든지 아니면 시계의 재깍거리는 소리는 우리로 하여금 즉각적이고, 결정적인

---

24) 옷깃을 깊이 파서 목과 어깨를 많이 드러낸 예복.

방법으로 머릿속에서 모든 걸 배치할 수 있게 만들어 준다. 그렇다면 지금은 어떤가? 현실이 빛의 속도로 개입했다 — 모든 것이 정상으로 돌아갔다, 마치 질서를 준수하라는 명령을 받은 것처럼. 카타시아. 자동차 사고로 윗입술에 상처를 입은, 고결한 가정부, 우리. 두 명의 정신 이상자……

잔뜩 실망한 나는 푹스를 바라보았다. 그는 이 모든 것에도 불구하고, 여전히 뭔가를 찾아 헤매고 있었다, 손전등이 또다시 탐색을 시작했다, 탁자 위의 계산서, 스타킹, 성화(聖畵), 예수 그리스도, 꽃다발을 든 성모상 — 하지만 이러한 수색이 과연 무슨 의미가 있을까? 그는 그저 주어진 상황에서 최선을 다할 뿐이었다.

"자, 이제 그만." 내가 속삭였다. "가자."

음탕한 욕망의 모든 가능성이 손전등에 비춰진 사물들에서 사라졌다, 반면에 손전등을 비추는 행위 그 자체가 음탕해지고 말았다 — 손으로 더듬거리고, 킁킁거리며 냄새를 맡으면서, 자멸적인 성향을 띠게 되었던 것이다 — 방 안의 우리 두 사람은 마치 음란한 두 마리의 원숭이 같았다. 그는 무감각한 미소를 지으며 나와 시선을 주고받았다, 그러고는 여전히 손전등을 비추며 방 안을 휘젓고 다녔다, 이미 머릿속이 완전히 텅 비어, 아무것도, 정말 아무것도 남아 있지 않음에 틀림없었다, 마치 자신이 가져온 모든 것을 잃어버렸음을 깨달았지만, 그래도 계속해서 갈 길을 가고 있는 사람처럼…… 그리고 드로즈도프스키에게서 맛본 실패의 경험은 이제 오늘의 실패와 서로 어우러지면서 모든 것이 하나의 실패로 귀결되었다……

그는 저속하면서, 외설적인 미소를 지으며 카타시아의 리본을, 솜을, 때 묻은 스타킹을, 선반을, 짧은 커튼을 들여다보았다, 나는 어두운 그림자 속에 서서 그가 하는 짓을 똑똑히 지켜보았다…… 그의 행동은 일종의 보복이자, 별 이유 없는 장난과도 같은 것이었고, 그녀가 더 이상 음탕한 존재가 되지 못한 데 대해 자신의 음탕함으로 앙갚음하려는 것에 불과했다. 어둠 속의 더듬거림, 불빛의 얼룩이 빗 주변에서, 구두 굽 주변에서 춤을 추고 있었다…… 하지만 아무 소용없는 짓이다! 헛된 일이다! 모든 것이 의미를 상실했고, 마치 포장을 끌러 버린 소포 뭉치처럼 천천히 붕괴되어 버렸다, 사물은 이제 무관심의 대상으로 전락했고, 우리의 욕정은 수그러들었다. 그리고 우리가 과연 뭘 해야 좋을지 알 수 없는 위태로운 순간이 다가왔다.

바로 그때 나는 뭔가를 발견했다.

그건 어쩌면 아무것도 아닐 수도 있었지만, 반면에 아무것도 아닌 게 아닐 수도 있었다. 필경 대수롭지 않은 것이겠지만…… 그래도 혹시나……

그러니까 그게 뭐냐 하면, 손전등의 불빛이 바늘을 비추며 멈추었는데, 하필이면, 테이블의 표면에 박혀 있는 바로 그 바늘을 비추었던 것이다.

어쩌면 별로 주목할 만한 일이 아닐지도 모른다, 만약 내가 조금 전에 이보다 더 이상한 것, 그러니까 레몬 껍질에 박힌 펜촉을 보지 않았더라면 말이다. 그렇기 때문에 그가 탁자 위에 박혀 있는 바늘을 만지작거리는 것을 보자마자 나는 그의 손을 잡아끌면서 펜촉에 손전등을 비추도록 했다 ─ 이유는 한 가지였다, 우리가 이곳에 와 있는 목적에 '수색'이라는 명색을 부여하기 위해서였다.

그런데 그 순간 손전등의 불빛이 활기차게 움직이기 시작하더니 잠시 후 또다시 뭔가를 찾아내고야 말았다 ─ 그건 서랍장 위에 놓여 있는 손톱을 다듬는 줄이었는데, 작은 판지상자 위에 박혀 있었다. 그 전에는 이 손톱을 다듬는 줄을 미처 보지 못했는데, 손전등이 내게 보여 준 것이다, 마치 내게 이렇게 묻기라도 하는 것처럼. "자, 이건 어때?"

손톱을 다듬는 줄 ─ 펜촉 ─ 바늘…… 손전등은 마치 냄새를 맡은 개처럼 우리에게 연이어 사물들을 보여 주었다, 우리는 그 후에도 '박혀 있는' 물건을 두 개나 더 발견했다. 판지에 꽂힌 두 개의 옷핀이었다. 단서는 그리 많지 않았다. 그리 많지는 않았지만, 그러나 빈약한 상황에서 그 많지 않은 단서는 우리가 앞으로 수행해야 할 작전의 새로운 방향을 제시해 주었다, 손전등은 이리저리 뛰어다니며, 사방을 비추며 부지런히 제 할 일을 했다…… 그리고 여기, 또 뭔가가 있다…… 벽에 박힌 못, 정말 이상한 건, 바닥에서 불과 몇 센티미터 안 된 곳에 박혀 있다는 사실이었다. 하지만 우리가 그 못을 향해 너무 많은 조명을 비추었기 때문에, 못은 고유한 괴상함을 잃어버리고 말았다. 그 뒤로는 더 이상 아무것도 없었다…… 아무것도…… 우리는 계속해서 찾아보았지만, 우리의 수색 작전은 그걸로 끝이었다, 숨 막히는 작은 방의 동굴 속에서 부패와 타락이 이미 자행되고 있었다…… 그리고 마침내 손전등이 멈췄다…… 다음은 무엇일까?

푹스가 방문을 열었고, 우리는 퇴각하기 시작했다. 방을 빠져나오기 직전 그는 잠시 동안 다시 한 번 카타시아의 입술에 정면으로 불빛을 비추었다. 창문 근처 후미진 곳에 몸을 기대고 있던 나는 문득 손바닥 아래에서 작은 망치의 두드림을 느꼈다, 나는 '망치'라고 속삭여 보았다, 그건 아마도 벽에 박힌 못이 망치와 관련 있기 때문이었을 것이다. 그 이상의 의미는 없었다. 자, 어서 가자. 우리는 방문을 잠그고, 열쇠를 제자리에 놓아두었다, "바람이 위를 향해 불어오네." — 그가 빠르게 흘러가는 뭉게구름 아래에서 속삭였다, 푹스, 쓸모없는 자식, 퇴짜나 맞는, 짜증 나는 놈, 내가 왜 이 친구랑 같이 있는 거지? 모두 내 탓이다, 아무래도 상관없다, 우리 앞에 집이 버티고 서 있었다, 도로 저편에는 커다란 가문비나무들이 역시 말뚝처럼 서 있었다, 정원의 작은 관목들도 역시 꼼짝 않고 그대로였다, 문득 무도회가 떠올랐다, 음악이 끊겨, 춤추던 커플들이 그대로 정지해 버린 무도회, 모든 게 너무나 바보스러웠다.

이제 어떡할까? 돌아가서 잠을 잘까? 급격히 체력이 떨어지고, 모든 것에 대한 피로감이 밀려왔다. 심지어 아무런 감각도 느끼지 못할 정도였다.

그가 무슨 말인가를 하려고, 나를 향해 몸을 돌렸다, 그때 뭔가를 두드리는 소리 — 온 힘을 다해, 울려 퍼지는 두드림이 적막을 깨뜨렸다.

나는 마비 상태가 되었다 — 집의 뒤쪽, 도로가 나 있는 방향, 그곳에서 격렬한 두드림이 뿜어져 나오고 있었다, 누군가 두드리고 있다! 마치 망치로 두들기듯이! 망치의 사나운 두드림, 육중한, 무쇠의, 연타석의 두드림, 쾅, 쾅! 불꽃처럼, 사력을 다해! 쥐 죽은 듯 고요한 한밤중에 울려 퍼지는 무쇠의 굉음은 경악을 금치 못할 정도였다, 그것은 거의 이 세상의 소리 같지 않았다. 우리와 맞서기 위해서일까? 우리는 담벼락 밑으로 황급히 다가섰다, 주변의 모든 것들과 공존할 수 없는 이 두드림이 마치 우리를 겨냥하고 있는 것처럼 느껴졌기에.

두드림은 멈추지 않고 계속되었다. 나는 모퉁이 쪽을 살펴보았다, 그리고 푹스의 소매를 붙잡았다. 포동포동 안주인이었다.

오동통한 안주인! 소맷자락이 넓은 가운을 입은 채, 바람에 소맷자락을 휘날리며, 숨을 헐떡이며, 뭔가를 두드리고 있는 그녀, 커다란 해머 혹은 도끼를 위로 들어 올리고 있는 그녀, 그녀는 완전히 미쳐 날뛰면서 나무줄기를 열심히 두들겨 대고 있다. 거기에다 뭔가를 박고 있는 걸까? 그게 뭘까? 이처럼 절망적이고, 광기 어린 '때려 박음'은 대체 어디에서 비롯된 것일까? 우리가 카타시아의 작은 방에 남겨 두고 왔던 바로 그 박힌 흔적들이…… 이곳에서 갑자기 거대한 광기로 돌변하여, 무쇠의 굉음으로 군림하고 있었다!

우리가 그 작은 방을 막 나서려고 할 때 내 손아귀를 강타했던 작은 망치는 이제 커다란 해머로 변했고, 거기에 박혀 있던 핀과 바늘, 펜촉과 못 들은 이곳의 갑작스러운 해방과 분출 속에서 최대치에 이르렀다. 이러한 연관성에 생각이 미치는 순간, 나는 어처구니없는 생각들을 모두 떨쳐 버렸다, 어서 꺼져 버려, 그런데 바로 그 순간 또 다른 '때려 박음'이 시작되

었다, 마치 우당탕탕, 뭔가가 부서지는 듯한 소리가, 울려 퍼
졌다…… 집의 안쪽으로부터…… 어딘가 위쪽, 아마도 2층에
서 흘러나오는 듯한 그 소음은 점점 빨라지고, 점점 더 빈번해
지고, 바깥의 다른 타격과 어우러지면서, '때려 박음'이 맞는
다는 걸 입증하면서, 내 뇌를 폭발시켰다, 한밤중에 공포가 사
납게 몰아쳤다, 극도의 광란, 그건 마치 지진과도 같았다! 레
나의 방에서 울려 퍼지는 소리가 아닐까? 나는 푹스와 헤어
져 집으로 달음질쳐 갔다, 그리고 서둘러 계단을 향해 뛰어갔
다…… 그건 레나였을까?

하지만 내가 막 계단을 오르는 순간, 주위의 모든 것이 벙어
리가 되었다 — 한걸음에 2층에 도착한 나는 숨을 헐떡이며,
멈춰 서고 말았다, 왜냐하면 나를 이곳으로 이끈 그 시끄러운
소음이 갑자기 중단되었기 때문이었다. 적막. 심지어는 빨리
진정을 되찾고, 우리 방으로 돌아갈까 하는, 지극히 냉정한 판
단마저 들 정도였다. 하지만 복도에서 세 번째, 레나의 방으로
들어가는 문이 바로 내 앞에 있었다, 그리고 내 안에서는 여전
히 두드림, 강타, 때려 박음, 굉음, 해머, 작은 망치, 바늘과 못
들, 박혀 있는 물건들이 뒤섞인 채 요동치고 있었다, 레나의
방문을 세차게 두드리자…… 레나의 방문을 끈질기게 두드리
자…… 오로지 이러한 일념으로 나는 그녀의 문 앞에 서서 주
먹으로 문을 과격하게 두드리기 시작했다! 온 힘을 다해!

적막.

만약 그들이 문을 열면, 내 행동을 어떻게든 정당화하기 위
해 "도둑이야!"라고 외쳐야겠다는 생각이 퍼뜩 머릿속을 스

치고 지나갔다. 하지만 안에서는 아무 반응도 없었다 — 적막은 여전히 계속되었고, 아무런 소음도 들리지 않았다, 전혀, 아무런 소리도 없다, 나는 조용히, 하지만 재빠르게 뒷걸음질 쳐서 아래층으로 내려왔다. 하지만 아래층에도 역시 적막이 감돌고 있을 뿐이었다. 텅 빈 공허. 살아 있는 영혼의 부재. 푹스도, 포동포동 안주인도 없었다. 레나의 방에서 아무도 응답 하지 않았다는 것은, 그들이 방에 없었기 때문일 거라고, 아직 모임에서 돌아오지 않았기 때문이라고, 그러니까 소음은 그 방에서 비롯된 것이 아니라고 설명하면 그만이었다 — 하지 만 푹스는 어디로 갔단 말인가? 포동포동 안주인은? 나는 집 주변을 한 바퀴 돌았다, 아무도 창문에서 내 모습을 볼 수 없 도록 최대한 담벼락 가까이 몸을 붙인 채로 — 극도의 광란은 흔적도 없이 사라졌다, 나무들, 작은 도로들, 빠르게 움직이는 달빛 아래 빛나는 돌멩이들, 그뿐이었다. 푹스는 어디로 갔을 까? 나는 갑자기 울고 싶은 기분에 사로잡혀서, 거의 그 자리 에 주저앉아 눈물을 흘릴 뻔했다.

바로 그 순간 2층의 한 창문에서 번쩍이는 빛이 내 시야를 밝혔다 — 레나와 루드빅의 방이었다.

아하, 그러니까 그들은 방에 있었고, 내가 두드리는 소리 를 들었던 것이다! 그렇다면 왜 문을 열지 않았을까? 이제 어 떻한다? 또다시 할 일이 없어졌다, 할 수 있는 일이 아무것도 없다, 나는 실업자가 되고 말았다. 뭘 하지? 뭘 하면 좋을까? 방으로 가서, 옷을 벗어 던지고, 잠자리에 들까? 여기 어딘 가에 몰래 숨어서 염탐이라도 할까? 뭘 할까? 뭘 하지? 울어

버릴까? 2층에 있는 그들의 창문에는 블라인드가 내려져 있지 않았다, 그래서 불빛이 새어 나왔다…… 그리고…… 그리고…… 마침 창문의 맞은편, 울타리 뒤에는 잎사귀가 무성하고, 가지가 넓게 펼쳐진 가문비나무 한 그루가 서 있었다. 저 나무에 올라가면 방 안을 들여다볼 수 있을 것 같았다…… 다소 엉뚱한 생각이긴 했지만, 그 엉뚱함은 방금 전에 사라져 버린 엉뚱함과 연결되어 있었다…… 하긴 그 밖에 내가 할 수 있는 일이 또 뭐가 있겠는가?

엄청난 소음, 그리고 방금 전에 벌어진 일에 대한 당황함이 나로 하여금 이런 생각을 품게 만들었다, 그리고 그 생각은, 마치 지금 내 앞에 서 있는 나무처럼, 나와 정면으로 마주하고 있었고, 그 밖에 다른 것은 내 앞에 아무것도 없었다. 나는 집 밖으로 나가서 가문비나무 앞에 이르렀다, 그러고는 그 거칠고, 가시도 많은 괴물의 몸뚱이를 부지런히 오르기 시작했다. 레나의 방문을 두드리자! 이제 곧 레나에게 도달한다…… 조금 전 두드림의 잔재가 아직도 내 안에서 쿵쾅거리고 있는데, 나는 또다시 그녀의 방문을 세차게 두드리려 하고 있었다…… 남겨진 모든 것, 카타시아의 방, 그녀의 사진, 핀, 포동포동 안주인의 타격, 이 모든 것들이 내게 있어 가장 핵심이자 동시에 유일한 목적인, 레나를 향한 돌진을 위해 한 걸음 뒤로 물러섰다. 나는 조심스럽게 올라갔다, 가지에서 가지로, 점점 더 높이.

쉬운 일이 아니었다, 꽤 많은 시간이 걸렸고, 내 호기심은 점점 뜨거워져 갔다. 그녀를 본다, 그녀를 본다 — 그와 함께 있는 그녀를 본다 ─ 무엇을 볼 것인가? …… 그 쿵쾅거림 이후에, 그 두드림 이후에 ─ 나는 무엇을 볼 것인가? 불과 얼마 전, 그녀의 방문 앞에서 느꼈던 떨림이 또다시 내 안에서 맹렬하게 전율했다. 벌써 내 시야에는 천장과 벽의 윗부분, 그리고 등불이 들어왔다.

마침내 보았다.

나는 놀라움에 말문이 막혔다.

그가 그녀에게 주전자를 보여 주고 있었다.

주전자.

그녀는 테이블 옆 작은 의자에 앉아 있었고, 마치 숄을 걸친 듯, 등에 목욕 타월을 두르고 있었다. 그는 조끼를 입고 있었는데, 자리에서 일어난 채로, 주전자를 손에 들고, 그녀에게 보여 주고 있었다. 그녀가 주전자를 들여다보았다. 뭐라고 말을 했다. 그도 말을 했다.

주전자.

나는 모든 것을 볼 준비가 되어 있었다. 하지만 주전자는 아니었다. 물 한 방울로 인해 컵에 담긴 물이 넘친다는 것이 무슨 의미인지 이해할 필요가 있다. '너무 많다.'라는 것의 의미가 무엇인지 말이다. 현실적인 과잉 상태에서는 뭔가가 늘어나고, 확장되면 참기 힘든 법이다. 미처 다 셀 수도 없는, 무수히 많은 물건들, 바늘, 개구리, 참새, 막대기, 끌채, 펜촉, 껍질, 판지, 그리고 기타 등등, 굴뚝, 코르크, 긁힌 자국, 배수관, 손, 덩어리, 기타 등등, 기타 등등. 먼지 덩이, 그물, 철사, 침대, 돌멩이, 이쑤시개, 병아리, 뾰루지, 만(灣), 섬, 바늘 그리고 또 기타 등등, 기타 등등, 더 이상 참기 힘들다, 포화 상태, 그런데 이제 저 주전자가 마술 상자에서 튀어나온 것처럼 별안간 나타났다, 아무런 까닭도 없이, 개별적으로, 그 어떤 대가도 치르지 않은 채, 마치 혼돈의 사치처럼, 무질서의 호사(豪奢)처럼. 더 이상은 참을 수 없었다. 목구멍이 막혔다. 나는 도저히 이 모든 걸 다 삼킬 수가 없었다. 됐다. 돌아가자. 집으로.

그녀가 타월을 벗었다. 안에는 블라우스를 입고 있지 않았다. 가슴과 어깨의 나체가 내 시선을 강타했다. 상체를 벌거벗은 채, 그녀가 스타킹을 벗기 시작했다. 남편이 다시 뭐라고 말을 건네자 그녀가 대답을 했다, 그러고는 나머지 스타킹을 벗었다, 남편은 의자 위에 발을 올려놓은 채 구두끈을 풀고 있었다. 나는 돌아가려던 발걸음을 멈추었다, 이제야 비로소 알게 되리라고 생각했다, 그녀는 어떤 모습일까, 알몸으로 남편과 함께 있을 때 그녀는 어떨까, 음탕할까, 천박할까, 더러울까, 미끄러울까, 관능적일까, 성스러울까, 예민할까, 순수할까, 충성스러울까, 싱그러울까, 매력적일까, 혹시 요부 같을까? 어쩌면 그저 쉬울까? 아니면 깊숙할까? 아니, 어쩌면 집요하거나 혹은 실망스러울 수도 있다, 따분하거나, 무심하거나, 뜨겁거나, 교활하거나, 사악하거나, 천사 같거나, 수줍거나, 뻔뻔스러울지도 모른다, 마침내 보겠지! 이제 곧 실체를 드러내리라, 한 번, 두 번, 이제 곧 알 수 있겠지, 결국 뭔가를 알아내겠구나, 이제야 내 앞에 모습을 드러내는구나……

주전자.

그가 주전자를 집어 들더니 테이블에서 선반으로 옮겨 놓왔다, 그러고는 문가로 다가갔다. 불이 꺼졌다.

아무것도 보이지 않았지만, 나는 기를 쓰고 방 안을 들여다보았다, 동굴의 어둠 속에 꽂혀 버린 보이지 않는 시선으로 집요하게 응시했다, 그들은 과연 뭘 할 수 있을까? 뭘 했을까? 그리고 어떻게 했을까? 저기 저곳에서는 모든 일이 벌어질 수 있었다. 모든 종류의 몸짓과 접촉이 가능했지만, 어둠이 너무 짙어 도저히 보이지 않았다, 그녀는 몸부림쳤을까, 몸부림치지 않았을까, 아니면 부끄러워했을까, 사랑했을까, 아니 어쩌면 아무 일도 없었을지 모른다, 아니면 뭔가 전혀 다른 일이 벌어졌을 수도 있다, 어쩌면 꽤 저속한 일이나 끔찍한 공포가 도사리고 있는지도 모른다, 하지만 나는 결코 아무것도 발견할 수가 없으리라. 천천히 밑으로 내려가면서 나는 생각했다, 만약 그녀가 짙은 푸른 눈동자를 가진 어린아이였다면, 그녀는 괴물이 되어 버렸을지도 모른다고 ── 푸른 눈동자의 앳된 괴물. 자, 그러면 이제 뭘 더 알 수 있을까?

나는 그녀에 관해서 더 이상 아무것도 알지 못하리라.

나는 땅바닥으로 뛰어내렸다, 먼지를 툭툭 털고는, 천천히 집을 향해 걸어갔다, 하늘에서는 모든 것이 신속하고, 빠르게 움직인다, 뭉게구름이 이리저리 흩어지며, 빠르게 흘러간다, 구름의 가장자리에서 밝게 빛나는 새하얀 빛, 핵(核)의 검은 빛, 모든 것이 빠르게 유영하고 있다, 역시 서둘러 움직이고, 흘러가고, 활주하고, 어두워지고, 희미해지고, 그러다 완전하게 모습을 드러내는 달빛 아래에서, 세상은 두 개의 서로 상반된 움직임들로 둘러싸여 있었다, 서둘러 몰아치는 움직임과 조용한 움직임 ─ 나는 걸어가면서 계속해서 고민에 빠졌다, 모든 걸 완전히 내던져 버릴까, 밸러스트[25]를 전부 내다 버린 뒤, "통과!"라고 말해 버릴까, 왜냐하면 카타시아의 입술은 그 사진이 증명하듯이, 단순히 기계적인 손상에 불과하기 때문이다. 그렇다면 나한테 이게 다 무슨 소용이란 말인가?

게다가 주전자까지……

무엇 때문에 나는 그녀의 입술에서 카타시아의 입술을 떠올렸던 걸까? 이제 더 이상 이런 짓은 하지 않겠다. 그저 내버려 둬야지.

현관에 벌써 도착했다. 레나의 고양이, 다비덱이 계단 난간 위에 앉아 있다가, 나를 보자마자 발딱 일어난다, 고양이는 내가 자기를 쓰다듬어 줄 수 있도록 몸을 곧추 세웠다. 그러자 나는 갑자기 고양이의 목을 와락 붙잡고 힘껏 조르기 시작했다, 내가 지금 뭘 하고 있나 하는 자각이 번개처럼 머리를 스치고 지나갔지만, 나는 생각했다. 이미 너무 늦었어, 어쩔 수 없는 일이야, 나는 온 힘을 다해 손가락을 조였다. 고양이를 교살했다. 고양이의 몸이 축 늘어졌다.

이제 어떡하지, 앞으로 어떻게 될까, 나는 목 졸라 죽인 고양이를 팔에 안은 채 현관에 우두커니 서 있었다, 이 고양이를 어떻게든 처리해야 한다, 어딘가에 고양이를 내려놓을까, 아니면 몰래 숨겨 놓을까? 하지만 어디로 가져가야 할지 모르겠다. 파묻어 버리는 건 어떨까? 하지만 과연 누가 이런 한밤중

---

25) 배나 열기구에 무게를 주고 중심을 잡기 위해 바닥에 놓는 무거운 물건.

에 땅을 파겠는가! 자동차에 치인 것처럼 위장하기 위해 길에
다 내다 버릴까 — 아니면 참새가 있는 잡목 숲은 어떨까? 나
는 심사숙고했다, 고양이는 내게 무거운 짐이 되었다, 하지만
나는 결정을 내릴 수가 없었다, 사위가 고요했다, 그런데 갑자
기 튼튼한 줄 하나가 내 눈에 들어왔다, 석회 가루를 칠해 놓
은 새하얀 관목들 중 한 그루를 말뚝에 묶어 놓기 위해 사용된
줄이었다, 나는 그 줄을 끌러 올가미를 만들었다, 그리고 누가
쳐다보고 있지는 않은지 사방을 둘러보았다(집은 곤히 잠들어
있었다, 이곳에서 불과 얼마 전에 시끄러운 소음이 울려 퍼졌다는 사
실이 믿기지 않을 만큼 고요했다), 담벼락에 갈고리가 걸려 있었
다는 사실이 갑자기 생각났다, 그게 왜 거기에 있었는지는 나
도 모른다, 아마 속옷을 널기 위해서였겠지, 나는 현관에서 스
무 걸음 정도밖에 떨어지지 않은 그곳으로 고양이를 옮겼다,
그리고 갈고리에 고양이를 매달았다. 고양이는 참새처럼, 막
대기처럼, 완결된 한 세트가 되어 줄에 매달렸다. 이제 어떡하
면 좋을까? 나는 지칠 대로 지쳐 있었다, 하지만 방으로 돌아
가자니 겁이 났다, 만약 푹스가 방에 돌아와 있고, 잠들어 있
지 않다면, 그리고 내게 이것저것 캐묻는다면…… 나는 가능
한 한 살그머니 문을 열었다, 그는 곯아 떨어져 있었다. 나도
바로 잠들었다.

5

내 위에 카타시아가 서서, 한참 동안 수다를 늘어놓는다, 글쎄, 어떤 불한당 같은 놈이, 다비넥을 목매달았어요, 마당에 다비넥이 갈고리에 매달려 있다고요, 누가 매달았을까요, 주여, 자비를 베푸소서, 이런 비열한 짓이 또 어디 있을까요, 레나의 고양이를 목매달다니! 그 말에 나는 정신이 번쩍 들었다. 고양이가 목매달려 있다. 내가 고양이를 목매달았다. 나는 불안한 시선으로 푹스의 침대를 바라보았다, 침대는 역시 비어 있었다, 벌써 고양이에게로 달려간 것이 틀림없었다, 그 사실이 나로 하여금 약간의 고독감을 맛보게 해 주었다, 앞으로 내가 이 문제를 잘 대처해 나갈 수 있도록……

고양이의 교살 소식은 마치 내가 교살자가 아닌 듯 새삼스러운 충격을 내게 안겨 주었다. 꿈속을 헤매고 있다가 갑자기 믿을 수 없는 사실 속으로 껑충 뛰어들고 만 꼴이었다, 맙소사, 대체 무엇 때문에 고양이의 목을 졸랐을까? 지금에 와서야 생각이 났다, 고양이의 목을 조르는 동안, 레나의 방문을 격렬하게 두드리면서 레나를 향해 돌진하는 듯한 느낌을 받았던 것과 동일한 체험을 했다는 사실 — 그렇다, 그녀가 사랑하는 고양이의 목을 조르면서 나는 그녀를 향해 돌진하고 있었던 것이다 — 그리고 광기, 다른 말로는 도저히 내 행동을 설명할 수가 없었다! 하지만 왜 고양이를 갈고리에 걸었을까, 얼마나 경솔한 짓인가, 얼마나 기막힐 노릇인가! 뿐만 아니라 옷을 반쯤 걸친 채, 주름진 얼굴에 수상쩍은 미소를 짓고 있는 내 모습을 거울에 비춰 보면서, 이 기막힌 상황에 대해 곰곰이 생각해 보는 동안, 나는 혼란 못지않게 만족감도 동시에 맛보았다 — 마치 내가 지금 악의 없는 장난이라도 치고 있는 듯. 심지어 나는 기쁨과 환희에 전율하면서 '매달려 있다.'라고 속삭여 보기도 했다. 자, 이제 어떻게 할까? 이 위기에서 어떻게 하면 빠져나올 수 있을까? 저들은 틀림없이 아래층에서 이 사건에 관해 구구절절, 장황하게 이야기를 나누고 있을 것이다 — 과연 아무도 나를 보지 못했을까?

나는 고양이의 목을 졸랐다.

이 사실은 나를 송두리째 뒤흔들어 놓았다. 고양이는 교살되었고, 갈고리에 걸려 있다, 그리고 내게는 아래층으로 내려가서 아무것도 모르는 척하는 것 말고는 아무런 선택의 여지도 남아 있지 않았다, 하지만 여전히 의문이다, 나는 왜 목을 졸랐을까? 너무나 많은 사안들이 산재해 있고, 너무나 많은 쟁점들이 뒤섞여 있다, 레나, 카타시아, 표시와 암호 들, 두드림, 기타 등등, 심지어 개구리나 혹은 재떨이 탓일 수도 있다, 기타 등등, 나는 어지러운 혼란 속에서 길을 잃었다, 심지어 내가 고양이를 죽인 것은 어쩌면 주전자 때문이었는지도, 이 모든 과잉 때문인지도 모른다는 생각이 들었다, 일종의 부록처럼, 추가로, 마치 수레를 끌기 위해 대기하고 있는 여분의 말(馬)과 같이 말이다, 그러니까 목을 조른 것은 주전자의 경우처럼 필요 이상의 과잉이었는지도 모른다. 아니다, 그건 사실이 아니다! 내가 고양이를 목 졸라 죽인 사실과 주전자는 아무 상관이 없다. 그렇다면 무엇과 연관시켜야 할까, 고양이는 무엇과 연계시켜 생각해야 할까? 나는 생각할 시간이 없었다, 어서 계단을 내려가서 상황과 직접 맞닥뜨려야 한다, 이미 일어난 사건, 그것도 한밤에 벌어진 기괴한 사건들의 과잉으로 인해, 고양이가 없어도 이미 형언할 수 없을 만큼, 특별해져 버린 이 상황과 말이다……

　아래층으로 내려갔다. 1층은 텅 비어 있었다, 모두들 정원으로 나간 모양이었다. 하지만 문을 열고, 현관 앞으로 나서기 직전, 나는 커튼 저편의 창밖을 내다보았다. 담벼락. 담벼락 위, 갈고리에 매달린 고양이의 시체. 담벼락 앞에 사람들이 서 있고, 그중에 레나가 있다 — 멀리서 바라보니, 축소된 상태로 보이는 그녀의 모습은 일종의 표상(表象) 같았다. 현관에 모습을 선뜻 드러내는 것은 내게는 쉬운 일이 아니었다, 그건 마치 미지의 공간을 향해 점프를 하는 것과 같았다…… 만약 누군가가 나를 봤다면, 그리하여 잠시 후에 무슨 말인가를 더 듬거리며 늘어놓아야 한다면, 그러다 수치심 때문에 쩔쩔매기라도 한다면 어떡한단 말인가? 나는 조약돌이 깔린 보도를 따라 천천히 걸어갔다, 소스처럼 끈적거리는 하늘, 새하얀 천공(天空) 속에 녹아 있는 태양, 또다시 폭염의 전조가 보였다, 무슨 여름이 이 모양이람! 내가 가까이 다가갈수록 고양이의 모습은 점점 더 또렷해졌다, 혓바닥은 주둥이 한쪽 옆으로 삐져나와 있고, 눈깔은 눈구멍에서 튀어나와 있었다…… 고양이는 매달려 있었다. 나는 차라리 고양이가 아니었으면 훨씬 나았으리라고 생각했다, 고양이는 태생적으로 이미 끔찍한 존재다, 고양이에게는 특유의 보드라움, 폭신함이 있지만, 동시에 날카로운 발톱과 신경질적인 비명, 소름 끼치는 신음 소리, 그렇다, 신음 소리가 장착되어 있다, 고양이는 쓰다듬기에 좋은 동물이지만, 고문을 하기에도 적합한 동물이다, 귀여운 새끼 고양이면서 동시에 무서운 도둑고양이일 수도 있기 때문이다…… 나는 시간을 벌기 위해 일부러 천천히 걸어갔다, 간밤에 저지른 짓을 밝은 아침에 확인하는 것은 끔찍한 일이었다, 그 당시에는 앞이 잘 보이지도 않았고, 한밤중에 체험한 충격과 공포의 감정이 뒤섞이면서 극도의 혼란 상태에 빠져 있었던 것이다. 하지만 게으르고 굼뜬 움직임은 비단 내게만 해당되는 것은 아닌 듯했다, 거기 있는 모두가 가까스로 힘겹게 몸을 움직이고 있었다, 푹스는 몸을 구부린 채 담벼락과 땅바닥을 열심히 들여다보고 있었는데, 그 모습이 여간 우스꽝스럽지 않았다. 하지만 나를 당혹스럽게 만든 것은 레나의 미모였다, 그녀는 갑자기, 말로 표현할 수 없을 만큼 아름다워졌다, 두려움에 떨면서 나는 생각했다. 아, 어제 이후 그녀가 얼마나 아름다워졌는가!

레온이 두 손을 주머니에 넣은 채 물었다. "어떻게 생각하시죠?" 포마드 기름을 잔뜩 발라 덕지덕지 뭉쳐진 머리카락이 그의 대머리 위로 솟구치듯 부풀어 올라 있었다, 마치 전함 위의 망루처럼.

나는 안도의 한숨을 내쉬었다. 저들은 나의 짓인지 모르고 있구나. 아무도 나를 보지 못했다.

나는 레나에게 말을 걸었다. "정말 유감입니다!"

나는 그녀를 쳐다보았다, 커피 색깔의 부드러운 블라우스에 남색 바지 차림, 그녀는 몸을 잔뜩 움츠리고 있었다. 보드라운 입술, 마치 초년병의 팔처럼, 앞으로 쭉 뻗은 두 팔…… 그녀의 손, 그녀의 발, 그녀의 작은 코, 너무나도 작은 귀, 이 모든 것이 처음에는 짜증스러웠다. 나는 그녀의 고양이를 죽였다, 정말 잔인하게도, 그리고 과감하게도 그녀에게 그런 짓을 하고 말았다, 아, 그런데 저 조그만 발들, 정말 너무도 가느다랗구나!

하지만 분노는 환희로 바뀌었다. 왜냐하면 그녀는 — 제발 내 말을 이해해 주기 바란다 — 그러니까 그녀는 고양이에 비해 너무 호리호리했기 때문이다, 바로 그래서 그녀는 수치스러웠던 것이다, 나는 그녀가 고양이 앞에서 부끄러워했다는 것을 이미 확신할 수 있었다! 아! 그녀는 모든 것에 비해 지나치게 호리호리했다, 적정한 사이즈보다 조금 더 작았다, 그리하여 그녀는 단지 사랑을 나누기에만 적합했다, 그 밖에 다른 어떤 일에도 적합하지 않았다, 그래서 그녀는 고양이를 부끄러워했던 것이다…… 자기와 관계되는 일들은, 그게 무엇이든지 애욕의 의미를 갖고 있음을 그녀는 알고 있었다…… 비록 누가 그런 짓을 했는지 짐작하지는 못했지만 말이다, 그녀는 고양이 앞에서 당당하지 못했다, 왜냐하면 그 고양이는 그녀의 고양이였기 때문이다, 그리고 그것은 그녀와 관계가 있는……

하지만 그녀의 고양이는 곧 나의 고양이었다, 나에 의해 목이 졸려진…… 그러므로 그것은 우리 두 사람, 공동의 고양이였다.

기뻐해야 할까? 구역질을 할까?

레온이 물었다.

"선생은 아무것도 모르시오? 누가, 어떻게 이런 짓을 했는지? 아무것도 보지 못했소?"

아니, 나는 아무것도 보지 못했다, 어젯밤 나는 늦은 시각까지 산책을 했고, 자정이 넘은 시각에 방에 돌아왔다, 나는 현관문을 지나 곧바로 집 안으로 들어왔기 때문에, 거기에 고양이가 매달려 있었는지 여부는 전혀 알지 못한다 ─ 대충 이렇게 허위 증언을 늘어놓고 나니, 저들을 멋들어지게 속였다는 생각에 기쁨이 솟구쳤다, 나는 이제 더 이상 저들과 한패가 아니라 당당히 맞서고 있는 중이다, 저들의 '반대편'에 서 있는 것이다. 마치 고양이가 메달의 한쪽 면에서 다른 쪽 면을 뒤집어 보여 준 것처럼, 그리하여 비밀에 싸여 있는 또 다른 영역으로, 상형 문자의 영역으로 나를 인도한 것처럼 느껴졌다. 이제 나는 더 이상 저들과 한패가 아니다. 내 거짓말에 귀를 기울이며, 담벼락 밑에서 열심히 흔적을 뒤지고 있는 푹스를 보니 터져 나오는 웃음을 참을 수가 없었다.

나는 고양이의 비밀을 알고 있었다. 내가 바로 가해자였다.

"목매달다니! 대체 누가 고양이 목을 매달 생각을 했을까!" 포동포동 안주인이 격정적으로 소리치다가, 갑자기 그녀에게 무슨 일이라도 생긴 것처럼 말을 멈추었다.

부엌에 틀어박혀 있던 카타시아가 화단을 따라 우리가 있는 쪽으로 걸어왔다. 그녀의 '손상된' 입술이 고양이의 주둥이를 향해 점점 다가왔다 ― 걸어오는 동안 그녀 스스로가 고양이의 주둥이와 유사한 무엇인가를 갖고 있음을 자각하고 있다는 걸 나는 감지할 수 있었다, 이러한 사실은 갑자기 내게 만족감을 주었다, 마치 나의 고양이가 좀 더 단호하고 명백하게 '반대편'에 놓이기라도 한 것처럼. 입술이 서서히 고양이에게로 다가왔고, 더할 나위 없이 순결한 모습의 사진으로 인해 얼마간 야기되었던 내 모든 의문점이 연기처럼 흩어져 버렸다, 입술은 미끄럽게 빠져나가면서 동시에 다가왔고, 뒤틀리고 어긋났으며, 천박했다, 그리하여 그 기묘한 음탕함 속에서 공통점이 생겨났다 ― 그건 한밤중 어둠 속에서 내 음부를 강타했던 전율과 같은 종류의 것이었다. 하지만 나는 여전히 레나에게서 시선을 떼지 못했다 ― 나는 카타시아의 부패한 입술이 고양이의 바로 위에 놓인 순간, 레나의 수치심이 한층 강렬해지는 것을 느끼면서 놀라움과 감격, 아니 어쩌면 비밀스러운 떨림과 황홀경까지 맛보았다. 수치심은 묘한, 고집스러운 성향을 갖고 있다, 뭔가에 맞서 스스로를 보호하려는 순간에도 그 뭔가를 가장 사적이면서, 가장 은밀한 영역으로 끌어들이기 때문이다 ─ 마찬가지로 레나도 고양이를, 그리고 고양이와 함께 있는 입술을 부끄러워하면서도, 그것들을 자신의 사적이고, 비밀스러운 불가사의 속으로 끌어당겼다. 그리고 그녀의 수치심 덕분에 마치 하나의 톱니바퀴가 다른 톱니바퀴에 꼭 맞물리듯이, 고양이는 입술과 완벽하게 결합되었다. 하지만 나의 소리 없는 승리의 함성은 신음 소리와 포개어졌다, 대체 무슨 일이 일어났기에 그녀의 싱그럽고, 순결한 아름다움이 더러움에 물들어 버렸을까…… 그녀는 자신의 수치심으로 나의 환영(幻影)을 다시금 확인시켜 주었다. 카타시아는 두 손으로 상자를 들고 있었다 ─ 그건 개구리가 들어 있는, 우리의 상자였다 ─ 아하, 아마도 방을 나설 때 상자를 챙긴다는 걸 푹스가 깜빡 잊은 모양이다!

"이걸 제 방에서 발견했어요, 창가에 놓여 있었죠."

"그 안에 무엇이 들어 있지?" 레온이 물었다.

카타시아가 뚜껑을 반쯤 열어 보이며 대답했다.

"개구리요."

레온이 두 손을 절레절레 흔들었다, 하지만 푹스는 예기치 않게 열정적인 태도로, 문제에 개입했다. "실례합니다만……" 그는 카타시아의 손에서 상자를 빼앗았다. "이건 나중에 해결하기로 하죠. 다 밝혀질 겁니다. 지금은 여러분을 식탁으로 모시고 싶군요. 할 말이 있거든요. 고양이는 저대로 그냥 내버려 둡시다, 나중에 여유를 갖고 제가 다시 한 번 살펴보겠습니다."

이 어리석은 당나귀가 탐정놀이라도 하려는 걸까?

우리는 천천히 집을 향해 걸어가기 시작했다, 나, 입을 꼭 다문 채, 비호의적인 태도를 보이고 있는, 화가 잔뜩 난 포동포동 안주인, 그리고 부풀어 오른 머리카락 다발을 머리에 얹은 레온. 루드빅은 없었다, 저녁이 되어야 사무실에서 돌아오기 때문이다. 카타시아는 부엌으로 돌아갔다.

"신사 숙녀 여러분, 우리 솔직해집시다. 여기서 지금 무슨 일인가가 벌어지고 있습니다." 푹스가 식당에서의 회합을 주도했다.

드로즈도프스키, 이 모든 건 드로즈도프스키를 잊기 위해서다, 하지만 그가 이 일에 상당히 열중하고 있으며, 가능한 한 모든 노력을 다 기울여 보겠다는 기세 또한 역력히 드러났다.

"무슨 일인가가 벌어지는 중입니다. 저와 비톨트는 이곳에 도착한 바로 그 순간부터 그것을 알아차렸지요, 하지만 어쩐지 그런 얘기를 꺼내기가 거북했습니다, 게다가 확실한 건 아무것도 없고, 그저 그런 인상만 받았을 따름이니까요…… 하지만 결국은 솔직해질 필요가 있다고 생각합니다."

"실은 말입니다……" 레온이 입을 열었다. "죄송합니다만……" 푹스가 그의 말을 잘랐다, 그러고는 우리가 이곳으로 오는 도중에 처음으로 목매달린 참새를 목격했으며…… 그것은 정말 당혹스러운 현상이었다는 사실을 사람들에게 상기시켰다. 그러고 나서 우리 방 천장에서 화살표와 같은 표시들을 찾아내게 되었다는 사실도 이야기했다. 화살표일 수도 있고, 아닐 수도 있죠, 어쩌면 환각일지도 모릅니다, 그러다 엊저녁에 우리는 또다시 화살표를 본 것 같았습니다, 이곳의 천장에서 말이죠, 여러분도 기억하시나요?…… 화살표, 어쩌면 갈퀴일 수도 있죠…… 물론 일종의 자기 암시일 가능성도 농후합니다, 아텐티![26] 하지만 신사 숙녀 여러분, 우리는 그저 순수한 호기심에서, 단순한 오락거리로, 이 일을 조사해 보기로 결정했습니다."

그는 우리의 발견, 막대기의 위치, 담벼락의 갈라진 틈새 등등에 대해 상세하게 묘사했다, 그리고 눈을 감았다. "흠…… 우리 인정합시다…… 매달린 참새…… 매달린 막대기…… 틀림없이 뭔가가 있어요…… 하필이면 화살표가 가리키는 곳에 막대기가 매달려 있지만 않았더라도……"

나는 줄에 매달린 고양이를 떠올리면서 느닷없는 환희를 맛보았다 — 마치 막대기처럼 — 마치 참새처럼 — 그 꾸준한 일관성이 나를 행복하게 했던 것이다! 레온이 벌떡 일어나서 막대기가 있는 곳으로 가려했다, 하지만 푹스가 말렸다. "기다리세요. 우선 제가 모든 걸 다 말씀드리겠습니다."

푹스는 힘겹게 이야기를 이어 갔다, 수많은 억측과 추론의 거미줄이 그를 옭아매고 있었다, 나는 그가 얼마나 쇠약해져 가는지 지켜보았다, 심지어 어떤 순간에는 자기 자신에 대해, 그리고 나에 대해 큰 소리로 비웃기도 하다가, 또다시 심각해지기도 했다, 순례자처럼 지칠 대로 지친 그가 끝채 이야기를 꺼냈다, 끝채가 뭔가를 겨냥하고 있었다는 것을…… "신사 숙녀 여러분, 확인 한번 해 보는 게 뭐 어려운 일이었겠습니까?

---

26) atenti. 이탈리아어로 '주목하세요.'라는 뜻.

이미 화살표도 살펴본 마당이니, 끌채도 조사해 봐야만 했던 거지요. 우리는 그러니까…… 단지 확인 차원에서 그랬던 겁니다. 혹시 모를 만약의 경우에 대비해서요. 카타시아에 대해 쓸데없는 불신을 갖지 않도록 말이죠…… 그저 확인 차원에서요! 그리고 말입니다, 제가 상자 안에 개구리를 넣어 갖고 있었던 건, 누군가에게 들킬 경우를 대비해서, 장난처럼 보이게 하려고 그랬던 겁니다. 그런데 방을 나설 때 그만 깜빡 잊어버린 거예요, 그래서 카타시아가 상자를 가져오게 된 거랍니다."

"개구리." 포동포동 안주인이 중얼거렸다.

푹스는 아무런 성과 없이 계속해서 조사만 되풀이했던, 우리의 수색 작업에 대한 이야기도 꺼냈다, 정말 아무것도 건지지 못했어요, 아무것도요, 그런데 여러분, 들어 보세요, 우리는 그러다가 마침내 어떤 세부 사항, 사소한 항목, 그러니까 정말 대수롭지 않고, 하찮은 사실을 우연히 발견하게 되었답니다, 그래요, 여러분 말이 맞습니다, 하지만 예상보다 잦은 빈도로 그런 사소한 일들이 되풀이되면, 신사 숙녀 여러분, 그러니까 그런 일들이 적정선을 넘어 자꾸만 반복된다면 어떡하시겠습니까…… 여러분이 직접 판단해 보세요, 제가 지금부터 꼽아 보겠습니다……그리고 그는 나열을 시작했다, 아무런 확신도 없는, 무기력한 목소리로.

바늘이 테이블 위에 박혀 있었다.

펜촉이 레몬 껍질에 박혀 있었다.

손톱을 다듬는 줄이 상자에 박혀 있었다.

옷핀이 판지에 박혀 있었다.

두 번째 옷핀이 판지에 박혀 있었다.

못이 바닥 바로 위, 벽에 박혀 있었다.

아, 따분한 연도(煉禱)[27]가 어찌나 그를 기진맥진하게 만들었던지, 피로와 지루함에 지친 그가 깊은 한숨을 내쉬었다. 그는 동그랗게 치켜뜬 눈 주위를 연신 문질러 댔다. 그러고는 마치 신앙심이 부족한 순례자처럼, 마침내 연도를 멈추었다. 레온은 한쪽 다리 위에 다른 다리를 포개어 얹었는데, 이것은 그의 조바심을 여실히 드러내 주었고, 푹스는 본래부터 자신감이 부족했던 터라 곧바로 겁을 집어먹었다. 드로즈도프스키로 인해 자신감을 상실했던 것이다. 나는 내가 푹스와 같이 사건에 연루되었다는 사실에 또다시 화가 치밀어 올랐다. 바르샤바에 있는 가족들과의 문제, 모든 것이 실망스럽고, 역겹다. 재수가 없으려니, 원…… 어쩔 수 없지……

"바늘, 레몬 껍질……" 레온이 투덜거렸다. 비록 말을 끝맺지는 않았지만, 그것으로도 충분했다. 바늘, 레몬 껍질, 그러니까 쓰레기…… 가치 없는 쓰레기…… 그 더미 위에 올라선 우리 두 사람, 마치 쓰레기꾼처럼.

"기다려 주세요." 푹스가 소리쳤다. "한 가지 주목해야 할 점이 있다고요." 그는 포동포동 안주인을 향해 몸을 돌렸다. "우리가 그곳을 나와 집으로 돌아오는데, 당신도 뭔가를 두들겨 박고 있었잖아요! 해머를 손에 들고 말이죠! 쪽문 근처에

---

27) 선창자를 따라 회중이 제창하는 교회의 기도 형식. 작가는 푹스의 지루하고 단조로운 이야기를 '연도'에 비유하고 있다.

있는 나무의 줄기에다 대고. 그것도 온 힘을 다해서 말이죠!"

레온이 곁눈질로 옆을 보았다. 그는 넥타이를 고쳐 맸다.

"내가 망치질을 하고 있었다고요?"

"네, 당신이요."

"그래서 그게 뭐요?"

"그게 뭐라니요, 거기에 있던 모든 게 어딘가에 박혀 있었는데, 당신도 마침 뭔가를 열심히 박고 있었잖아요!" "나는 아무것도 박지 않았어요, 그땐 그저 나무줄기를 두들기고 있던 거예요."

보이티스 부인은 끊임없이 고통스러워하면서, 무수히 많은 말들 가운데 뭔가 적합한 말을 찾아내려 안간힘을 썼다.

"레나, 우리 딸, 네가 설명을 좀 해 주렴, 그때 내가 왜 나무줄기를 두드리고 있었는지."

그녀의 목소리는 감정이 전혀 실려 있지 않은 채 돌처럼 냉랭했고, 그녀의 시선에는 '내가 지금 간신히 참고 있거든요.'라는 단호한 선언이 담겨 있었다.

레나는 몸을 사리며 움츠러들었다 — 그건 동작이라기보다는 동작인 척하는 꾸밈에 가까웠다, 그녀는 마치 달팽이 같았고, 키 작은 떨기나무 같았으며, 누군가가 만지려고 하면, 뒤로 물러서거나 웅크려 버리는, 그 밖의 모든 사물들 같았다.

그녀는 침을 꿀꺽 삼켰다.

"레나, 어서 저분들에게 사실을 말하렴!"

"그러니까 저희 어머니에게는 때때로…… 발작이 찾아오는데요…… 신경과민의 일종이에요. 이따금 그런 일이 일어나곤 하죠. 그럴 때면, 어머니는 일단 아무거나 움켜잡아요…… 분노를 해소하기 위해서죠. 그러고는 마구 두드리기 시작해요. 만약 그게 유리라면, 바로 깨뜨려 버리죠."그녀는 거짓말을 했다. 아니다, 거짓말을 하지 않았다! 그건 진실이면서 동시에 거짓이었다.

진실이란 건, 그녀가 사실을 말했기 때문이었다. 거짓이란 건, 그녀의 말(나는 일찌감치 알고 있었다.)은 사실 여부와는 상관없이 어차피 중요하지 않기 때문이다, 중요한 건, 그 말이 그녀, 다시 말해 레나에게서 발원되었다는 점이다 — 마치 눈빛이나, 향기와도 같이. 그녀가 하는 말에는 진심이 담겨 있지 않았고, 특유의 여성적 매력도 아무런 소용이 없었으며, 그저 공포에 질려 떨고 있을 뿐이었다, 마치 허공에 위태롭게 매달린 것처럼…… 어머니가 아니면, 과연 누가 그녀의 이런 불편과 곤란을 눈치챌 수 있었으랴? 포동포동 안주인은 늙은 아주머니 특유의, 훨씬 현실적인 말투로 레나의 주장에 부지런히 부연 설명을 달았다.

"신사분들, 저는 일을 합니다, 매일같이, 매년, 아침부터 저녁까지. 고역이죠. 여러분은 벌써 아시잖아요, 제가 아주 침착하고, 재치 있고, 예절 바른 여자라는 걸. 하지만 어쩌다 제가 평정을 잃어버리게 되면…… 그땐 아무거나 되는대로 움켜잡는답니다."

그녀는 생각에 잠겼다가 신중하게 덧붙였다.

"닥치는 대로 아무거나 움켜잡지요……"

그녀는 갑자기 참을 수 없다는 듯, 극도의 흥분 상태로 고함을 질렀다.

"아무거나 손에 잡히는 대로요!"

"여보!" 레온이 끼어들자 그녀는 레온을 향해 소리를 질렀다. "아무거나 닥치는 대로!"

"아무거나 닥치는 대로" 레온이 맞장구를 치자, 그녀가 그 말에 또다시 버럭 소리를 질렀다. "아니, 아무거나 닥치는 대로라고! 아무거나 닥치는 대로라니까!" 그러고는 잠잠해졌다.

나 또한 조용히 앉아 있었다.

"충분히 납득이 가는군요." 푹스는 공손하고 예의 바른 말투에 푹 빠져 있었다. "지극히 당연한 일이죠…… 그렇게 힘든 노동과 온갖 문제들을 겪으셨으니 …… 신경과민! 그래, 그래요…… 모든 게 밝혀졌어요…… 하지만 말입니다, 그러고 나서 얼마 안 있어서 또 다른 굉음이 울려 퍼졌거든요, 마치 집 안에서 흘러나오는 소리 같았어요, 2층 어디쯤에서……"

"그건 저였어요." 레나가 선언했다.

"저 애예요." 보이티스 부인이 끝없는 인내심을 발휘하면서 우리에게 일러 주었다. "나한테 갑자기 무슨 일이 생겨서 뭔가 이상한 낌새를 눈치채게 되면, 저 애는 곧바로 달려와서 내 팔을 붙잡거나, 아니면 일부러 아주 큰 소리를 낸답니다, 내가 정신이 번쩍 들도록 말이죠."

의문이 풀렸다. 레나는 몇 가지 세부적인 내용을 보탰다. 루드빅과 함께 집에 막 도착했을 때, 그녀는 자신의 어머니가 뭔가를 두들기는 소리를 듣고는 남편의 신발 한 짝을 집어 들었다(그때 남편은 욕실에 있었다.), 그리고 그 신발로 탁자를 두드렸고, 그다음에는 트렁크를 내리쳤다…… 모든 게 밝혀졌고, 그날 밤의 수수께끼들은 이제 진술과 해명의 건조한 모래 더미 위에 내려앉아 버렸다 — 하지만 내게 이건 그다지 놀라운 일이 아니었다, 이런 상황을 미리 대비하고 있었기 때문이다, 하지만 한편으로는 비극적이기도 했다, 우리가 직접 생생하게 경험한 사건들이 마치 파편처럼 우리의 손끝에서 흩어져 날아가 버렸기 때문이다, 파편처럼, 모든 것이 우리의 발밑에서 뒹굴었다, 바늘, 못, 망치, 굉음…… 나는 식탁을 쳐다보았다, 받침대에 놓인 유리병과 빵 부스러기를 털어 내는 데 사용하는 반달 모양의 작은 브러시, 레온의 안경(그는 책을 읽을 때 늘 돋보기를 사용했다.) 그리고 그 밖에 다른 물건들이 눈에 들어왔다, 마치 마지막 숨쉬기를 포기한 듯 게으르고 나태한, 그리고 무심한 물건들.

사물들의 무심함 곁에는 사람들의 무심함도 동반되어 있었다, 비호의적이면서, 엄격함에 가까운 그런 무심함 — 마치 우리가 쓸데없이 그들을 귀찮게 하고 있다는 듯한 태도. 하지만 나는 고양이를 떠올리면서 기쁨을 맛보았다 — 거기, 담벼락 위에. 그래도 약간의 공포가 남아 있다는 사실이, 주둥이를 크게 벌리고 있다는 사실이 내게 환희를 안겨 주었다. 그리고 나는 머리를 굴렸다, 비록 두 번의 소란이 지금은 무기력하게 땅바닥에 주저앉아 있긴 해도, 그래도 내 손아귀에는 아직 한 번의 시끄러운 소란이 더 남아 있지 않은가, 심지어는 설명하기 곤란하고, 성가시고, 짜증 나는 소음이…… 내가 그녀의 방문을 두드릴 때 울려 퍼졌던 그 소란을 과연 그녀는 어떻게 변명

할 것인가?

나는 레나에게 물어보았다…… "2층에서는 사실 두 차례에 걸쳐 소란이 벌어지지 않았었나요?…… 한 번의 소란이 잠잠해진 뒤, 다시 한 번 더 말입니다. 확신합니다, 왜냐하면 마침 내가 방문 근처에 있었거든요." 나는 거짓말을 했다. "하필이면 두 번째 두드림이 시작된 바로 그때 말이죠. 그리고 그 두 번째 소리는 확실히 첫 번째와는 달랐어요."

방문을 세차게 두드린다! 레나의 방문을 두드린다! 한밤중에, 그녀의 방문을! 혹시 내가 줄을 너무 팽팽하게 당겨 버린 걸까? 그녀는 이제 뭐라고 대답을 할까? 나는 마치 또다시 그녀의 방 앞에 서서 주먹으로 문을 두드리고 있는 것만 같았다…… 그녀는 과연 누가 자신의 방문을 두드렸는지 짐작할 수 있을까? 지금까지 이 문제와 관련하여 그녀는 왜 한마디도 입 밖에 내지 않았을까?

"두 번째 소란이라고요? …… 아, 네, 실은 잠시 후에 제가 또다시 두드리기 시작했답니다…… 주먹으로 창문의 셔터를 세게 두드렸어요…… 그때는 당황해서 정신이 없었거든요. 어머니가 완전히 진정을 하셨는지 확신할 수가 없어서요."

그녀는 거짓말을 했다.

내가 방문을 두드린 걸 알아차리고 아마도 수치심 때문에 그런 말을 한 걸까?…… 그래, 좋다, 하지만 루드빅은…… 루드빅은 그녀와 함께 있지 않았던가, 분명 내가 방문을 주먹으로 두드리는 소리를 들었을 텐데, 어째서 문을 열지 않았을까? 내가 물었다. "루드빅 씨는요? 당신과 함께 있었나요?"

"루드빅은 그때 욕실에 있었어요."

아하, 루드빅은 욕실에 있었다, 방에는 그녀 혼자 있었던 것이다, 나는 방문을 세차게 두드리기 시작했고, 그녀는 문을 열지 않는다 ─ 어쩌면 알아차렸을지도 모른다, 나라는 걸, 아니면 알아차리지 못했을 수도 있다 ─ 아무튼 간에 그녀는 알고 있다, 누군가가 그녀의 방문을 두드리고 있다는 사실을, 그녀를 향해 돌진하고 있다는 것을. 하지만 그녀는 문을 열지 않는다, 겁에 잔뜩 질린 채. 그리고 이제 두드린 장본인이 자기라고 거짓말을 하고 있다! 아, 얼마나 행복한지, 이 얼마나 대단한 승리인가, 나의 거짓말이 그녀의 거짓말과 충돌했다, 그리고 우리 두 사람은 거짓말 속에서 하나로 결합되었다, 나의 거짓말은 그녀의 거짓말로 늘어나고, 확장되었다!

레온이 질문으로 돌아갔다.

"누가 고양이를 목매달았을까요?"

간밤에 일어난 소란의 전말을 밝혀내려는 더 이상의 시도는 무의미한 일이라는 점을 레온은 정중하게 지적했다. "이제 모든 게 밝혀졌군요." 그의 입장에서는 브리지 게임이 새벽 3시에 끝나서 늦게 귀가했기 때문에 이 문제에 관해 할 말이 없기도 했다. "그런데 누가 고양이를 매달았을까요? 고양이는 왜 목매달렸을까요?"…… 그가 강압적인 어조로 물었다, 하지만 그의 질문은 구체적인 대상을 겨냥했다기보다는 미지의 누군가를 향한 것이었다. "누구 짓일까요? 다시 한 번 묻습니다. 누가 그랬죠?"

번쩍거리는 대머리가 왕관처럼 빛나는 그의 얼굴에는 맹목적인 완고함이 가득했다.

"누가 고양이를 목매달았을까요?" 그는 끝까지 신념을 포기하지 않고, 공정한 어조로 질문을 던졌다. 강하게 밀어붙이는 그의 태도가 갑자기 나를 불편하게 만들었다. 바로 그때 보이티스 부인이 떨림 없는 차분한 목소리로, 허공을 향해 거침없이 입을 열었다.

"레온!"

만약 그녀의 짓이라면? 그녀가 고양이를 죽였다면? 물론 나는 누가 고양이를 살해했는지 알고 있다, 내가 고양이를 죽였다 — 하지만 '레온'이라는 이 한마디로 그녀는 자신에게로 모든 시선을 집중시켰다, 그리고 레온의 끈질긴 추궁은 마치 적절한 방향을 찾은 듯 그녀에게로 고정되었다. 모든 진실에도 불구하고, 그녀라면 충분히 그럴 수도 있었으리라는 '가능성'이 내게 생생하게 다가왔다, 만약 그녀가 분노에 휩싸여 망치질을 했다면, 그러한 분노로 고양이를 죽일 수도 있지 않았을까…… 그녀라면 얼마든지 가능한 일이다, 그녀의 짧은 수족, 두꺼운 관절, 그녀의 땅딸막하고, 뭉툭한 몸통, — 그렇다, 그녀에게는 충분히 그럴 수 있는 '가능성'이 내포되어 있다 — 이 모든 것, 몸통과 수족, 기타 등등이 함께 어우러져서, 고양이를 목 조르고, 고양이를 목매달 수 있는 '가능성'을 형성하고 있는 것이다!

"티-리-리!"

레온이 흥얼거렸다.

…… 순식간에 그쳐 버린 이 짤막한 멜로디 안에는 은밀한

즐거움이 담겨 있었다…… 그리고 적대적인 감정이 그 안에서 울려 퍼졌다…… 매우 적대적인 감정이……

　즐거움이 느껴지는 건, '오동통통 포동포동 안주인'이 자신의 질문을 견디지 못했고, 그녀를 향해 압력이 가해졌으며, 그로 인해 사람들의 시선이 그녀를 향해 집중되었기 때문이 아닐까?…… 그렇다면, 아마도 레온의 짓일지도 모른다, 다른 누구도 아닌, 바로, 그가 저지른 일일 수도 있다, 그가 범인이 아니라는 이유가 뭐가 있겠는가…… 빵 부스러기를 뭉쳐 덩어리 만들기, 그것들에 대한 지나친 애착, 빵 덩어리 가지고 장난치기, 이쑤시개로 덩어리들의 위치 옮기기, 콧노래 흥얼거리기, 사과 껍질에 손톱자국 새기기, 그리고 잔머리 굴리기…… 그렇다면 고양이를 목 조르고, 매다는 일쯤은 얼마든지 할 수 있지 않겠는가? 내가 목을 졸랐다. 그렇다, 내가 매달았다. 내가 목매달고, 내가 목을 졸랐다, 하지만 그에게도 충분히 그럴 수 있는 '가능성'이 있었다…… 그에게는 얼마든지 고양이의 목을 매달 수 있고, 그리고 자신의 부인이 곤경에 빠져 있는 걸 보면서 사악하게 쾌재를 부를 수 있는 '가능성'이 충분히 잠재되어 있었다! 만약 그가 고양이 목을 매달지 않았다면(왜냐하면 내가 고양이를 목매달았으니까), 어쨌든 간에 그는 참새를 매달았거나…… 아니면 막대기를 매달았을지도 모른다!

　왜냐하면 제기랄, 내가 고양이를 매달았기 때문에, 참새와 막대기 또한 여전히 불가사의한 수수께끼로 남아 버렸기 때문이다! 그리고 그것들은 거기, 담벼락과 잡목 숲 속에서, 마치 어둠 속에 위치한 두 개의 중심축처럼 대롱대롱 매달려 있다!

어둠! 나는 어둠이 필요했다! 내가 레나의 방문을 세차게 두드리던 그날 밤의 연장선상으로써 내게는 어둠이 필수 불가결한 요소였다! 그리고 레온 또한 스스로 어둠의 일부가 되어 버렸다, 도저히 불가능할 것만 같은 음탕한 향락의 가능성을 넌지시 풍기면서, 은밀하게 위장되고, 밀봉된 유희의 가능성, 이 유서 깊은 집의 '거친 들판'에서 까불거리며 뛰놀고 있는 쾌락의 가능성을 넌지시 풍기면서. 만약 그가 자신의 비밀이 드러날지도 모른다는 두려움 탓에 서둘러 노래를 멈추지만 않았더라도…… 그의 '티-리-리'에는 망나니 같은 성향과 더불어 자신의 부인에게 재수 없는 일이 벌어진 데 대한 은밀한 기쁨으로 터져 나오는 환희의 휘파람과 같은 기색이 담겨 있었던 것이다…… 푹스 또한 깨닫지 않았을까, 존경받는 아버지이자 남편, 은퇴 후 집에서 소일하고 있는 전직 은행원, 브리지 게임을 할 때만 집 밖에 나가는 이 사람이 온 가족이 둘러앉은 식탁에서, 부인의 면전에서, 지극히 사적인 장난을 벌였다는 사실을…… 빵 덩어리를 주무르며, 즐기는 사람이라면, 천장에 화살표를 넌지시 그려 놓는 일쯤은 얼마든지 할 수 있지 않을까? 곁다리로 또 다른 오락거리도 얼마든지 고안해 낼 수 있었겠지……

사색가! …… 그는, 그러니까 사색가였던 것이다…… 그는 생각에 생각을 거듭하다가 ― 마침내 제법 시시하지 않은 아이디어를 떠올릴 수도 있었으리라……

무엇인가가 덜컹거리며, 흔들린다, 우당탕 시끄러운 소리, 트레일러가 달린, 거대한 트럭 한 대, 도로, 지나쳐 간다, 덤불,

사라져 버린다, 창유리가 잠잠해졌다, 우리는 시선을 창문에서 거두었다, 하지만 이것은 우리로 하여금 '나머지 모든 것'에 대한 인식을 눈뜨게 했다, 우리 패거리를 제외한 나머지, 저 너머에 존재하는, 나머지 다른 모든 것들, 예를 들어 나는 이웃집 정원에서 개들이 짖는 소리를 들었다, 작은 탁자 위에 놓여 있는, 물이 가득 담긴 유리병을 발견했다, 하나도 중요하지 않다, 정말로, 조금도 중요치 않다, 하지만 이건 침투다, 외부에서 유입된, 나머지 온 세상에서 기인한 무엇인가의 침투, 이것 때문에 우리의 계획이 수포로 돌아가 버렸다, 이제 우리는 횡설수설하기 시작한다, 이건 이방인의 짓은 절대 아니야, 왜냐하면 주변에는 개들이 있으니까, 개들이 당장에 덤벼들었을 테니까, 그런데 말야, 작년에 도둑들이 이 주변을 어슬렁거렸을 때 말인데, 그리고 또 이런 일, 저런 일, 기타 등등. 이런 식의 잡담이 꽤 오래 지속되었다, 아무렇게나, 닥치는 대로, 나는 계속해서 '심연에서' 들려오는 또 다른 소리에 귀를 기울이고 있었다, 어딘가에서 누군가가 손바닥을 찰싹찰싹 때리는 것 같은 소리, 그 구릿빛 소리는, 마치 사모바르[28]와 같은 어딘가에서 흘러나오는 것 같았다…… 또다시 개 짖는 소리, 나는 피로했고, 의욕을 상실했다, 바로 그 순간 또다시 뭔가가 좀 더 또렷한 형태로 모습을 드러낸 것 같은 느낌을 받았다.

"누가 네게 그런 짓을 했을까? 대체 무엇 때문에 그랬을까?

---

28) 구리로 만든 주전자로, 러시아나 동유럽 지역에서 사용한다.

아이고, 딸내미야!"

포동포동 안주인이 레나를 끌어안았다. 두 여자는 서로를 꼭 껴안고 있었다. 그 포옹이 내게는 어쩐지 불쾌하게 느껴졌다, 뭔가 내게 대항하는 듯한 느낌, 나는 경각심을 다시금 회복했다, 그리고 그 포옹이 대략 십억 분의 일만큼의 시간만큼 지체되는 순간(그것은 내게 과잉과 연장, 그리고 과장에 대해 자각하게 만들었다.) 나로 하여금 실질적인 경계 태세에 돌입하도록 했다! 그녀는 대체 왜 저러는 걸까? 무슨 목적이람? 포동포동 안주인이 짧은 포옹을 풀고, 레나를 놓아주었다.

"누가 네게 이런 짓을 한 거지?"

그녀는 무슨 짓을 하려는 걸까? 누군가를 겨냥하고 있는 걸까? 레온은 분명 아니다…… 그렇다면 내가 표적일까? 그렇다, 나와 푹스를 노리고 있는 것이다, 그녀는 레나와의 포옹을 통해 고양이를 살해했던 어두운 욕정을 백일하에 드러내 보인 것이다, '누가 네게 이런 짓을 했지?'라는 질문은 다시 말해 '이건 네게 벌어진 일이야, 그리고 네게 이런 짓을 했다는 건, 그 이유가 단지 욕정에서 비롯되었다는 걸 의미하지, 그렇다면 얼마 전에 이곳에 새로 온 두 명의 젊은이 외에, 누구를 의심해야겠어?'라는 뜻이었다. 아, 환희여, 더없는 기쁨이여, 고양이가 '사랑의 고양이'로 탈바꿈하다니! …… 하지만 조심하라, 위험이 도사리고 있다! 나는 동요하기 시작했다, 대체 무슨 말을 해야 할까, 궁지, 막다른 골목, 구멍, 아, 할 말이 전혀 없다, 그런데 그 순간 나는 푹스의 목소리를 들었다, 그는 포동포동 안주인과는 아무 상관없는 일이라는 듯, 침착하고 조용하게 말을 이어 나갔다, 그의 말투는 마치 소리 내어 심사숙고하는 것 같았다. "제일 먼저 누군가가 병아리를 매달았어요. 그다음은 참새였고요. 그러고는 막대기였죠. 다양한 변주의 형태로 교살이 반복되고 있어요. 그것도 꽤 오랫동안 지속되고 있는 중이죠, 첫날, 우리가 발견했을 때, 참새는 이미 악취를 풍기고 있었거든요……" 맞는 말이었다, 푹스가 그렇게 바보는 아니었던 것이다, 그건 아주 적절한 해명이었다, 교살은 우리가 도착하기 전부터 이미 이곳에서 벌어지고 있었던 것이다, 그러므로 우리는 모든 의혹과 혐의로부터 벗어날 수 있었다…… 애석하게도…… 얼마나 안타까웠던지!

"옳은 지적이야." 레온이 눈을 껌뻑거리며 중얼거렸다, 나는 비록 잠시 동안이긴 했지만, 우리를 쏘아보던 그의 눈빛을 떠올렸다.

갑자기 모두가 한마디씩 떠들기 시작했다. "카타시아", 포동포동 안주인이 말했다, "절대 아니에요! 카타시아라니 말도 안 돼요! 어떻게 그런 생각을! 저 애는 지금 비탄에 빠져 있다고요, 다비텍을 너무나 좋아했거든요, 그래서 지금 완전히 풀이 죽은 상태예요, 나는 저 애를 어릴 때부터 잘 알아요, 아이고, 얘야, 만약 내가 저 애를 보살펴 주지 않았더라면, 내 희생이 없었더라면……" 어리석은 주부들, 하숙집 여인네들 특유의 지나치게 유창한 말투로, 그녀가 마구 떠들어 댔다, 자신의 역할을 지나치게 과신하는 건 아닐까 나는 생각했다, 그런데 갑자기 수도꼭지에서 물이 쏟아지는 소리가 들려왔다, 마치 자동차가 어딘가를 향해 출발하는 소리 같기도 했다……

"누군가가 집 안에 몰래 들어온 거요." 레온이 말했다 "고양이를 목매달기 위해서…… 그런데 고양이를 매달기 위해 집 안에 잠입하려는 사람이 과연 있을까요? 게다가 개들도 있는데…… 아마 개들이 가만있지 않았을……" 나는 어깨가 쑤시고 아팠다. 창문 너머를 쳐다보았다, 잡목 숲, 가문비나무 한 그루, 하늘, 폭염, 창틀에는 다른 종류의 나무로 만들어진 널빤지가 덧대어 있었다. 잠시 후 레온은 막대기와 그 밖에 다른 표시들을 둘러보고 싶다고 말했다……

"표시들이라고요? 여기서도 얼마든지 보실 수 있어요."(이건 푹스의 말이었다.)

"미안합니다만, 뭐라고요? 다시 한 번 말해 주시겠어요?"

"더 이상 다른 표시들은 없다고, 누가 선생님께 장담이라도 했나요? 심지어 여기 이곳, 이 방에도 얼마든지 있을 수 있답니다…… 우리가 지금껏 발견하지 못했던 표시들이 말이죠."

"레나 씨의 생각은 어때요? 누구 의심 가는 사람 없어요?" 내가 레나에게 물었다. 그녀는 즉시 몸을 웅크렸다…… "제가 잘못되기를 바라는 사람은 아무도 없는 것 같아요……"(바로 그 순간, 나는 그녀가 잘못되기를 바란 적이 없다는 사실을 깨달았다…… 아, 죽을 것만 같았다! 살고 싶지 않았다! 이 얼마나 큰 부담인가, 이 얼마나 큰 짐인가! 죽고 싶다!)

레온이 우리를 향해 몸을 돌리더니 비통스러운 어조로 입을 열었다.

"이건 그러니까……그러니까…… 얼마나 불쾌한 짓입니까, 신사분들, 얼마나 기분 나쁜 일입니까…… 이 얼마나 악의적인

짓입니까! 대체 지팡이의 어느 쪽 끝을 붙잡아야 할지, 알 수만
있다면 좋으련만, 뭐, 어떡하겠습니까, 도무지 오리무중인걸
요, 담장 저편에서 넘어온 사람 짓도 아니고, 내부의 소행도 아
니고, 오른쪽도, 왼쪽도 다 아니라면, 이런 기막힌 노릇이 또 어
디 있겠습니까, 경찰을 부르고 싶지만, 무슨 소용이 있을까요,
그저 혀나 나불거리는 것 외에는 말이죠, 이건 정말 웃기는 일
이에요, 경찰들에게 고작 비웃음이나 살걸요, 그러니 이건 경
찰조차 부를 수 없는 그런 사건이라고요, 하지만 말입니다, 신
사분들…… 고양이든, 고양이가 아니든 간에 말이죠, 그러니까
여기서 중요한 건 고양이가 아니거든요, 관건은, 이 모든 일들
이 비정상적이고, 미친 짓이고, 일종의 일탈이라는 점이죠, 그
런데 핵심만 말하자면, 이곳에서는 지금 생각의 지평이 열리고
있다는 사실입니다, 뭔가를 생각하고, 고민하게 된다는 거죠,
누군가가 좋아하는 게 무엇인지 추측하게 되고, 누구에게나 의
혹을 품고, 누구에게나 의심의 화살을 돌릴 수 있게 되었죠, 지
금 여기 앉아 있는 사람들 가운데 누군가의 짓이 아니라고 감
히 장담할 수 있는 사람은 아무도 없으니까요, 결국 이건 광기
이고, 타락이고, 탈선입니다, 그러니 누구에게나, 얼마든지 일
어날 수 있는 일인 거죠, 내게도, 내 아내에게도, 카타시아에
게도, 신사분들에게도, 그리고 내 딸아이에게도 말입니다, 만
약 이 모든 게 일탈에서 비롯된 것이라면, 그 누구도 범임이 아
니라고 장담할 수가 없는 거죠, 일탈이란 피아트 우비 볼트[29],

---

29) fiat ubi vult. 라틴어로 '원하는 곳 어디에나 존재한다.'라는 뜻.

하, 하, 하, 흔히들 말하는 것처럼, '어디서드~은'[30] 벌어질 수 있는 일이죠. 누구든, 어떤 사람이든, 어떤 유형이든 죄다 겪을 수 있는, 그런 일이라고요, 하, 하, 흠, 흠! 이 얼마나 사악한 일인가요! 그러니까 이건…… 그러니까…… 일종의 '비열하~암'이고, '추잡하~암'인 거예요[31]…… 이 나이 먹을 때까지 오랜 세월 일구어 온 가정과, 가족이 버젓이 있음에도 불구하고, 여태껏 내가 누구와 함께 살아왔는지 확신할 수 없게 만드는, 내 집에 있으면서도 마치 집 없는 개처럼, 내가 지금 어디에 있는지 알 수 없게 만드는, 내 집이 미치광이들의 수용소라는 사실에 나로 하여금 경악을 금치 못하도록 만드는 그런 '비참하~암'이죠…… 나의 전 생애가 고작…… 미처 헤아릴 수도 없고, 일일이 기억할 수도 없는, 내 모든 노동과, 노력과, 관심사와, 발버둥과, 전 생애를 건 사투가…… 하느님 맙소사, 지난 수십 년간의 세월이, 그 안에 내포된, 셀 수도 없고, 떠올릴 수도 없는, 무수히 많은 달(月)과, 주(週)와, 날(日)과, 시(時)와, 분(分)과, 초(秒)가, 온갖 고난으로 얼룩진, 수많은 초(秒)들이 퇴적된 까마득히 높은 산더미가 고작…… 이런저런 것들 때문이었다니…… 나로 하여금 아무도 믿지 못

---

30) 폴란드어로 '어디서나'에 해당하는 부사 'wszędzie'에다 라틴어를 떠올리게 만드는 접미사 'um'을 붙여서 조어 'wszędziuchnum'을 만들었다. 우리말로는 그대로 옮길 수가 없으나 레온은 대화 도중 수많은 단어에 의미 없이 'um'을 붙이는 버릇이 있는데, 이러한 버릇은 라틴어처럼 들리도록 해서 자신의 박식함을 과시하려는 의도에서 비롯된 것이다.

31) '비열함(świńtusium)'이나 '추잡함(zaświniowatowanko)'과 같은 단어도 강조와 과장의 효과를 노리면서 접미사를 붙여서 조어를 만들었다.

하도록 만들기 위해서? 대체 내가 뭘 잘못했기에? 무슨 이유로? 물론 누군가는 이렇게 말할지도 모르겠네요, 고양이 따위가 뭐가 대단해서 내가 이렇게 극단적으로 행동하고 있느냐고 말이죠, 하지만 생각해 보세요, 신사분들, 이건 상당히 기분 나쁜 사건이랍니다, 매우 불쾌한 일이죠, 왜냐하면 고양이의 단계에서 이제 끝났다고, 고양이 다음에는 더욱 커다란 짐승의 차례가 오지 않을 거라고, 아무도 장담할 수가 없거든요, 만약 이 집에 미치광이가 있다면 말이죠, 대체 뭘 알 수 있겠어요, 물론 저는 사태를 과장하고 싶은 생각은 추호도 없어요, 하지만 자신의 집에서 누군가가 속수무책으로 당하고만 있는 이 사건의 진상이 완벽하게 밝혀지기까진, 더 이상 평화는 기대할 수 없는 법이죠, 다시 한 번 말합니다, 속수무책이라고요……"

"조용히 좀 해요!"

레온이 고통스러운 표정으로 포동포동 안주인을 쳐다보았다. "조용히 할게, 조용히 한다고, 그래, 하지만 나는 생각을 해야 해…… 생각하는 것…… 그것만큼은 그만두지 않을 거야!"

"그만두는 편이 나을 텐데."라고 레나가 지나가는 말처럼 조그맣게 중얼거렸다, 나는 그녀의 속삭이는 듯한 어조 속에서 지금까지의 그녀에게는 없었던, 새로운 뭔가를 감지했다, 하지만…… 대체 뭘 알 수 있단 말인가? 내가 묻는다, 대체 뭘 알 수 있지? 사람들을 태운 낡은 자동차가 도로를 따라 덜컹거리며 지나갔다, 나는 마지막 덤불 너머로 사라져 가는 그들의 머리통만을 보았다, 개들이 짖어 댔다, 위층에는 창문이 있다, 아이가 칭얼거린다, 집의 안쪽에서 들려오는 바스락거리는 소리, 보편적이고, 흔한, 합창과도 같은 소리, 찬장 위에는 유리병 하나, 코르크 조각…… 그녀는 과연 어린아이를 살해할 수 있을까? 저렇게도 온화한 시선을 가진 여인이? 하지만 만약 그녀가 아이를 살해하는 일이 벌어진다면, 이것은 즉시 그녀의 시선과 완벽한 결합체로 어우러져서, 유아 살해범이 이처럼 온화한 시선을 가질 수도 있다는 사실로 널리 판명될 것이다. 하지만 대체 뭘 알 수 있단 말인가? 작은 고양이. 유리병.

"신사분들 또 무슨 일이죠?" 레온이 우쭐대면서 물었다. "선생님께서 좀 적절한 판단을 내려 주시겠어요?" 푹스가 순종적인 태도로 물었다. "화살표와 막대기를 보러 갑시다……"

날씨가 매우 더웠다, 하필이면 아래층 작은 방들에서 찜통더위가 기승을 부리고, 공중에 떠다니는 먼지가 두 눈으로 보이고, 피로가 극에 달하는 시각이었다, 나는 다리가 아팠다, 집은 활짝 열려 있었다, 끊임없이 뭔가가 거기에서, 거기 어딘가에서 벌어지고 있었다, 새들은 날아가 버렸다, 사방에서 윙윙거리는 소리가 들려온다, 푹스가 말했다 "……이 문제에 관해서 저는 은행장님께 동의합니다, 아무튼 간에 우리가 서로를 이해하게 되었다는 것은 바람직한 일입니다, 그리고 앞으로 만약 누군가가 뭔가 새로운 것을 발견하게 되면, 즉시 대화를 나누어야 합니다, 신사 숙녀 여러분, 서로 의견을 교환해야 한다고요……" 드로즈도프스키. 드로즈도프스키, 이 모든 것들 — 끈적끈적한 윤활유의 늪에서 가까스로 벗어난 것들, 간신히 기어서 절반 지점까지 도착했고, 막 무릎을 꿇은 채 일어서려고 하는데, 또다시 나락으로 굴러떨어져 버린 누군가처럼, 군중의 무리 속에서 잃어버린 것들, 고려해야 할 세부 항목들이 이렇게나 많았다, 너무나 많았다…… 문득 내가 아직 아침 식사를 하지 않았다는 사실을 깨달았다…… 머리가 아팠다. 담배를 피우고 싶어서 주머니에 손을 넣었다, 성냥이 없었다. 성냥은 식탁의 반대편, 레온 옆에 놓여 있었다, 부탁을 할까, 말까, 결국 나는 그에게 담배를 보여 주었다, 그가 고개를 끄덕였다, 손을 뻗더니 내가 있는 쪽을 향해 성냥갑을 밀었다, 나는 손을 뻗었다.

6

고양이는 담장 너머, 길옆에 묻혔다. 사무실에서 돌아오자마자 사건의 전말을 듣게 된 루드빅이 매장의 임무를 맡았다. 그는 역겨운 감정을 노골적으로 드러내면서 "정말 야만스러운 일이군."이라고 중얼거렸다, 그리고 레나를 포옹하고는 고양이를 묻기 위해 도랑 근처로 향했다. 나는 빈둥거리며 시간을 보냈다…… 공부 따위는 물론 안중에도 없었다, 나는 거리로 나섰다가, 집으로 돌아와서, 정원을 어슬렁거렸다. 일부러 거리를 두면서, 사람들이 아무 눈치도 채지 못하도록 각별히 주의를 기울였다, 내가 지금 가문비나무를, 보이티스 부인이 두들기던 나뭇가지를, 카타시아의 방문을, 그리고 어젯밤 2층에서 들려오던 소음에 귀를 기울이며 우두커니 서 있었던, 집의 한쪽 구석, 외딴 공터를 바라보고 있다는 사실을 아무도 알아차리지 못하도록…… 이 장소들 안에, 이 사물들 속에, 이 사물들과 장소들의 병렬과 배합 속에, 나를 교살의 충동으로 이끌고 간 경로가 감추어져 있다, 만약 내가 이 사물들과 장소들의 배합을 적확하게 판독할 수 있다면, 내가 고양이를 목 졸라 죽인 행위에 대한 진의를 찾아낼 수 있으리라. 심지어 나는 카타시아의 입을 다시 한 번 확인하기 위해, 자질구레한 핑계를 늘어놓으며 부엌으로 들어가 보기까지 했다. 하지만 애석하게도 거기에는 모든 것이 지나치게 많았다, 사방으로 미로가 뻗어 있고, 수많은 사물과, 수많은 장소, 수많은 사건이 넘쳐 났다, 우리의 삶에서 매 순간 고동치는 맥박은 수백만 개의 세부 항목들로 이루어져 있다, 안 그런가? 그렇다면 무엇을 해야 할까? 바로 그거다, 나는 무엇을 해야 할지 몰랐던 것이다. 속수무책이었다. 일종의 실직 상태나 마찬가지였다.

나는 레나를 처음 만났고, 침대의 철망 위에 얹힌 그녀의 다리를 처음 보았던, 텅 빈 게스트 룸에도 몰래 들어가 보았다, 그리고 돌아오는 길에 복도에서 잠시 멈춰 섰다, 내가 푹스를 찾아 밖으로 나갔던 첫날 밤, 삐걱거리던 마룻바닥의 소리를 다시 한 번 상기하기 위해서였다. 나는 천장 위 화살표를 확인했고, 재떨이를 들여다보았고, 유리 병목에 들러붙어 있는 작은 코르크 조각을 응시했다 — 그러나 이러한 내 일련의 관찰은 하등의 소용이 없는 일이었다, 그저 쳐다보는 것뿐, 그 이상도, 그 이하도 아니었던 것이다, 나는 이 모든 잡다한 세부 항목들 속에서 점차 기력이 쇠하는 것을 느꼈다, 마치 중병을 앓고 난 뒤, 세상이 딱정벌레나 태양의 반점 정도의 크기로 줄어든 것처럼 느끼는 회복기의 환자처럼…… 또한 오랜 시간이 지난 뒤, 미처 가늠하기 힘들고, 이해할 수조차 없었던 자신의 이야기를 새롭게 지어내기 위해 발버둥 치는 누군가처럼(나는 미소를 지었다, 레온이 분(分)과 초(秒)를 운운하는 모습이 떠올랐기 때문이다.) …… 나는 과연 무엇을 찾고 있을까, 내가 찾고 있는 것은 무엇일까? 기본적인 음(音)일까? 아니면 주요 멜로디일까, 다시 말해 그 언저리를 맴돌며 내 삶의 이야기를 새롭게 엮어 내고, 지어낼 수 있도록 '핵심적인 대목'을 찾아 헤매는 걸까? 하지만 내게 내재되어 있을 뿐 아니라 밖에서 유입된 분열과 혼란이, 다양성과 과잉, 복잡한 뒤엉킴에서 기인한 분열과 혼란이 나로 하여금 그 어떤 것에도 집중할 수 없게 만들었다, 하나의 세부 사항이 또 다른 세부 사항에서 튕겨져 나왔다, 모든 것이 골고루 중요하면서, 또한 중요치 않았다, 나는 앞으로 다가갔다가 곧바로 물러섰다…… 고양이. 나는 왜 고양이를 목 졸랐을까? 정원에 나가 흙덩어리들을 살펴보았다, 그것들은 필경 화살표가 가리키는 선을 따라 전진하면서 (내가 푹스의 지시에 따라 빗자루로 방향을 표시해 나갈 때) 푹스와 함께 수색 작업을 벌이는 과정에서 생겨난 것이리라, 그녀에 대한 나의 감정이 조금만 덜 혼란스러웠더라도 답을 찾는 것이 훨씬 수월했을 것이라고 나는 생각했다. 그녀를 향한 내 감정은 과연 무엇일까? ── 그날 이후로 아무것도 변한 것이 없는 풀숲을 헤쳐 나가면서 나는 사색에 잠겼다, 그녀에 대한 내 감정은 무엇일까? 사랑, 사랑이라니 말도 안 된다, 열정, 그렇다, 열정, 하지만 어떤 종류의 열정일까? 나의 무지(無知), 그녀가 누구이고, 어떤 사람인지 내가 알지 못한다는 것,

여기서부터 모든 것이 시작되었다, 그녀는 복잡하고, 추하고, 께름칙했다(나는 천장에 펼쳐진 대륙과 군도, 성운(星雲)을 올려다보면서 생각했다.), 그녀는 닿을 수 없는 존재이고, 피로한 존재였다, 나는 그녀를 이런저런 방식으로, 수백, 수천 가지 상황 속에서 상상해 보았다, 이런 측면, 저런 측면에서 그녀를 파악할 수도 있다가, 다시 그녀를 놓쳤다가, 되찾았다가, 가능한 모든 방법을 동원해서 그녀를 이모저모 살펴보기도 했다, 하지만 (나는 집과 부엌 사이의 공간을 유심히 살펴보고, 튼튼한 밧줄로 말뚝에 묶어 놓은 새하얀 나무들을 주시하면서, 계속해서 생각의 실타래를 풀어 나갔다.) 그녀의 공허함이 나를 빨아들이고, 흡수하고 있다는 것은 의심의 여지가 없는 사실이었다, 그녀였다, 그래 오직 그녀뿐이었다, 맞다, 그렇다, 하지만 휘어지고, 손상된 배수관의 구불구불함 속에서 나는 시력을 잃어버렸다, 그런데 나는 그녀에게서 무엇을 바란 걸까? 그녀를 애무하고 싶었을까? 고문하고 싶었을까? 멸시하고 싶었을까? 숭배하고 싶었을까? 아니면 그녀에게서 음탕함 혹은 숭고함을 바란 걸까? 내게 중요한 것은 무엇일까, 그녀와 함께 뒹굴며 쾌락을 맛보는 걸까? 아니면 그녀의 어깨를 감싸 안고, 그녀를 쓰다듬고 싶은 걸까? 잘 모르겠다, 내가 모른다는 것, 그것이 핵심이다…… 나는 그녀를 내 얼굴 가까이 끌어당기고, 두 눈을 들여다볼 수도 있다, 잘 모르겠다, 내가 원한 게 이런 것인지…… 그리고 그녀의 입을 향해 침을 뱉을 수도 있다. 그녀는 여전히 내 양심을 짓누르고 있지 않은가, 그녀는 꿈속에서처럼 홀연히 나타났다, 길게 늘어뜨린 머리카락처럼, 질질 끌며 지속되고 있는 무거운 절망감과 더불어…… 그리고 그 순간 고양이는 더욱 끔찍스럽게 느껴졌다……

이리저리 헤매고 다니다가, 나는 참새에게도 갔다 ― 참새가 자신의 의미와 좀처럼 부합되지 않는, 턱없이 미약한 역할을 수행하고 있다는 사실이 나를 점점 더 괴롭히고 있음에도 불구하고, 그리고 다른 그 무엇과도 참새를 관련지을 수 없음에도 불구하고, 참새는 여전히 모습을 드러내고 있고, 중심을 벗어난 언저리에서 정지 상태로 무게를 늘어뜨리고 있다. 하지만 (나는 뜨겁게 달아오른 도로를 천천히 건너서, 마른 풀숲 속으로 들어가면서 생각했다.) 고양이와 참새, 그것들은 어떤 관점에서 보면 서로 비슷한 면이 있기 때문에 둘 사이에 뚜렷한 연관성이 존재하고 있다는 사실만큼은 아무도 부정할 수가 없을 것이다, 하긴 고양이는 참새를 잡아먹으니까, 하, 하, 관계의 그물망이란 얼마나 질척거리는지! 이처럼 연상 작용에 있어서 호의적인 경우와 비호의적인 경우가 처음부터 지정되어 있는 것은 무엇 때문일까?

하지만 이것은 부차적인 문제다. 반면에 좀 더 중요하고, 좀 더 성가신 무엇인가가 천천히 사건의 전면으로 부상하고 있는 것이 느껴졌다…… 그것은 내가 고양이를 교살했을 뿐만 아니라 매달았다는 사실에서 기인한 것이다. 동의한다, 나는 고양이를 매달았다, 왜냐하면 시체를 어떻게 처리해야 좋을지 몰랐기 때문이다, 나의 매다는 행위는 거의 기계적으로 이루어졌는데, 그것은 우리가 이미 참새와 막대기로 인해 몇 차례의 소동을 겪었기 때문이다…… 나는 분노와 노여움으로 고양이를 매달았다, 그리하여 나 자신을 어리석은 사건 속으로 몰아넣고 말았다, 복수를 위해서, 속임수를 쓰고 싶어서, 박장대소하려고, 그리고 동시에 의심을 다른 곳으로 돌리기 위해서 — 동의한다, 물론이다 — 아무튼 나는 고양이를 매달았고, 이 매다는 행위(이것은 나의 고유한 행동, 내게서 비롯된 행위였음에도 불구하고)는 참새와 막대기의 매달림과 연관 지어졌다 — 세 번에 걸친 매달림, 이제 매달림은 더 이상 두 번이 아니라는 것, 이것이 바로 사실인 것이다. 적나라한 사실. 세 번의 매달림. 구름 한 점 없는, 이런 폭염 속에서 매달림이 시작되었으므로, 어떻게 매달려 있는지 확인하기 위해 참새가 있는, 잡목 숲 안으로 들어가 보는 것도 전혀 무의미한 짓은 아니었다 — 뭔가가 모습을 드러내고, 세력을 확장하기를 고대하면서 길을 잃고 헤매고 있는 내게 결국 이런 생각이 들었다. 가서 어떻게 매달려 있는지 한번 볼까?…… 나는 잡목 숲의 입구에서 멈춰 섰다, 그리고 풀 위에서 한 발을 다른 발 앞으로 내민 채 우두커니 서 있었다, 가지 않는 편이 낫겠다, 그냥 내버려 두자, 만약 내가 거기에 간다면, 매달림은 더욱더 부각될 것이다, 그러니 조심하는 건, 당연한 일이다…… 혹시 모르지만, 아니, 실은, 어쩌면 거의 확실하다고도 할 수 있는데, 만약 우리가 참새에게 가지 않았다면, 참새는 그렇게 되지 않았을지도…… 그러니 더욱더 조심할 필요가 있는 것이다! 이런 식의 망설임이 사건의 발생지인 잡목 숲 안으로 전진하는 데, 결국은 짐이 된다는 사실을 명확하게 인지하면서, 나는 그 자리에 멈춰 서 있었다…… 안으로 들어섰다. 그림자,

쾌적했다. 나비 한 마리가 멀리 날아갔다. 이미 안으로 들어섰
다 — 덤불로 이어진 반구형의 지붕, 그리고 내부, 점점 어두
워진다, 거기 철사에 매달려 있는…… 아, 여기 있다.

참새는 똑같은 동작을 고수하면서, 여전히 분주한 모습이
었다 — 나와 푹스가 처음 이곳에 들어섰을 때와 같은 모습으
로 매달려 있다 — 매달려 있고, 또 매달려 있다. 나는 말라비
틀어진 작은 '작고 동그란 몸통'을 유심히 들여다보았다, 참
새의 본모습에서 점점 멀어지고 있다, 웃기는 일이다, 큰 소리
로 비웃어 줄까, 아니, 그러지 않는 편이 낫겠다, 하지만 다른
한편으로는 딱히 뭘 해야 좋을지 알 수가 없었다, 왜냐하면 나
는 이곳에 이미 한 번 다녀갔기 때문이다, 단지 쳐다보기 위
해서 이곳에 온 것은 아마도 아닐 테니까…… 적절한 제스처
가 떠오르질 않았다, 손을 흔들며 인사라도 할까, 말을 좀 걸
어 볼까…… 아니다, 그러지 않는 편이 낫겠다, 과장은 금물이
다…… 햇빛이 검은 토양 위에 얼룩을 만들어 낸다! 아, 저기
에 벌레가! 나무줄기, 둥그런 전나무! 내가 여기까지 와서, 내
가 행한 고양이의 매달림을 참새에게 전달했다는 것은 사소
한 일이 아님이 분명하다, 그건 내가 나 자신에게 한 행위이
다, 아멘. 아멘. 아멘. 무더위로 인해 나뭇잎 가장자리가 둥그
렇게 말라 있다. 저 버려진 깡통 안에서는 무슨 일이 벌어지고
있을까? 누가 버렸을까? 아, 개미들, 전에는 미처 보지 못했
다. 자, 이제 그만 가자. 나로 인한 고양이의 매달림을 참새의
매달림과 결합시켰으니, 얼마나 다행인가, 이제는 완전히 다
른 뭔가가 되었다! 어째서 다르냐고? 묻지 마라. 어서 가자, 이

누더기 조각은 뭘까? 나는 집으로 돌아가서, 정원으로 향하는 문을 열었다, 전율하는 하늘에서 작열하는 햇볕이 내리쬐어 살갗이 타들어 가는 것 같았다. 저녁 식사. 늘 그렇듯 레온의 익살 유머, 따끈따끈 피에로기, 포동포동 안주인의 식사 배급, 하지만 뭔가 인위적인 분위기와 긴장감이 고양이로 인해 우리에게 유입되었다, 모두들 자연스럽고 편안하게 행동하려고 최선의 노력을 다하고는 있지만, 그 자연스러움에는 어딘지 모르게 극적인 요소가 배어 있었던 것이다. 그렇다고 그들이 서로를 의심했다는 것은 아니다, 그건 말도 안 되는 일이다, 하지만 그들은 상황 증거라는 그물 속에 갇혀 있었고, 감시의 시선 속에 이미 서로를 옭아매고 있었다, 실체의 불확실성이 일종의 확실성을 만들어 내면서, 서로에게 압력을 가하고 있었다…… 아니다, 아무도 의심하지 않았고, 의심받는 사람도 없었다, 하지만 다른 사람들이 자신을 의심하지 않는다고 장담할 수 있는 사람은 아무도 없었다, 그렇기 때문에 그들은 만약을 위해서 매우 공손하고, 친절하게 서로를 대했다…… 그들은 다소 난처해하고 있었다, 자신들의 노력에도 불구하고, 평소의 자기 모습 그대로를 유지할 수 없었기에, 세상에서 가장 간단한 일이 그들에게는 갑자기 어렵고, 강압적인 과제가 되어 버렸기 때문에. 바로 이러한 이유로 그들의 모든 행동은 일종의 왜곡 상태를 경험하게 되었고, 자신들이 원하건, 원치 않건 간에, 모든 행동이 고양이, 그리고 고양이와 관련된 다른 괴상한 발견들과 연관되기 시작했다, 예를 들어 포동포동 안주인은 레온을, 아니면 레나를, 그것도 아니면 두 사람 모두를 책망했다, 자기에게 뭔가를 상기시켜 주는 것을 잊어버렸다는 이유에서였다, 이것은 그녀의 입장에서 보면, 어떤 점에서는 고양이와 연관이 있다고도 할 수 있는데, 그건 마치 그녀가 짜증을 내는 것이 고양이 때문이라는 듯 당당한 태도였기 때문이다…… 레온이 늘어놓는 수다 벌창에도 저쪽 편을 흘끔거리는, 살짝 병적인 과민의 뉘앙스가 담겨 있었다…… 이것은 내게는 익숙한 광경이었다, 왜냐하면 그들은 내가 걸어온 발자취를 그대로 따라오고 있었기 때문이다, 그들의 시선은 분주해졌고, 낯선 얼굴과의 직접적인 대면을 회피하기 시작했으며, 구석을 뒤지고, 깊은 곳까지 쫓아가고, 선반 위를, 옷장 뒤를, 그 밖의 다른 곳들을 끊임없이 탐색하고, 확인했다…… 그들이 너무나도 잘 아는 집 안의 벽지와 커튼은 갑자기 정글로 돌변하거나, 아니면 천장 위에 펼쳐진 대륙과 군도들의 까마득히 먼 거리로까지 확장되었다. 하지만 만약……하지만 만약에…… 지금까지는 그저 가벼운 망상, 사소한 집착, 하찮은 꾸밈에 지나지 않는다, 아직까지는 결백하다, 그리고 이것은 누군가가 마룻바닥의 네모 칸과 양탄자의 줄무늬를 일일이 세어 보면서, 열병에 걸린 사람처럼, 광기 어린 계산을 반복하는 그런 강박적인 상태와는 거리가 멀다, 적어도 아직까지는, 왜냐하면 만약 뭔가가…… 음, 어쨌든 그들이 고양이에 관한 대화를 회피하지 않는 것은 당연한 일이었다, 그렇다, 실제로 그들은 고양이에 대해서 이야기를 나누었다. 그들이 고양이에 관하여 대화를 한 것은 고양이에 대해서 말하지 않는 편이 고양이에 대한 대화를 나누는 것보다 훨씬 못했기 때문이었다, 기타 등등, 기타 등등.

레나의 손. 늘 그렇듯 식탁보 위, 접시 옆, 포크 바로 가까이, 전등 불빛에 조명을 받은 채로 놓여 있다 — 나는 그 손을 쳐다보았다, 마치 불과 얼마 전에 참새를 쳐다보았듯이, 그녀의 손은 지금 여기, 식탁 위에 놓여 있다, 마치 거기, 나뭇가지에 참새가 걸려 있는 것처럼…… 손은 여기에, 참새는 거기에…… 나는 이것이 내게 상당히 중요한 문제라도 되는 것처럼, 온 힘을 다해 이 사실을 스스로에게 주입시키려 애썼다, 손이 여기에 있는 동안, 참새는 거기에 있다고…… 참새는 거기에 있다…… 막대기처럼, 고양이처럼, 거기에…… 자신의 덤불 속에 있다, 이미 밤이 가까워진 저녁 무렵, 길 저편에, 자신의 잡목 숲 속에, 그녀가, 손이, 여기에, 식탁 위에, 전등불 아래에 존재하는 동안…… 나는 실험의 명목으로, 심지어는 일종의 호기심으로, 하지만 온 힘을 다해서, 정말 피땀 흘려가며, 고군분투했다, 그렇지만 그게 뭐라고, 여전히 참새는 거기에, 손은 여기에 있다, 나의 노력, 나의 시도는 결국 그쯤에서 그치고 말았다, 모든 게 서툴고, 부족했다, 그것들은 도무지 서로 결합하려고 하지 않는다 — 그녀의 손은 침착하게 새하얀 식탁보 위에 놓여 있다. 아무런 까닭도 없이. 아무런 까닭도 없이. 아, 손이 포크를 집어 든다, 집어 들고 있다 — 집어 들지 않는다 — 대신 손가락으로 포크를 감싼다…… 내 포크 옆에 놓인, 나의 손이 포크 가까이 다가간다, 집어 든다 — 집어 들지 않는다 — 대신 손가락으로 포크를 감싼다. 나는 그 순간의 교감으로 인해 잠시 동안 황홀경을 맛보았다,

설사 그것이 나로 인해 꾸며진, 일방적인, 허위 상태의 교감이라 할지라도 …… 그렇지만 그 옆에는 숟가락이 있다, 내 손에서 0.5센티미터 떨어진 곳에, 그리고 하필이면, 그녀의 손으로부터 똑같이 0.5센티미터 떨어진 곳에, 숟가락이 놓여 있다 — 손의 측면을 숟가락에 갖다 대 볼까? 나는 그 누구의 눈에도 띄지 않은 채 그렇게 할 수 있다, 매우 가까운 거리니까. 실행에 옮긴다 — 내 손이 벌써 움직이기 시작했고, 숟가락을 건드린다 — 그녀의 손도 움직이기 시작했고, 맞은편에 있는 숟가락을 건드리는 게 보인다.

이 모든 일이 벌어지는 동안, 마치 공[32]을 두드리는 것처럼, 공명하는 시간이 주위를 가득 채우고 있다, 가장자리를, 폭포를, 돌풍을, 구름을, 벌 떼를, 은하수를, 먼지를, 소리를, 이것저것을, 기타 등등, 기타 등등. 그렇다, 우연과 필연의 마지막 경계선에 놓여 있는 이 사소한 것들, 과연 무엇을 알 수 있으랴, 어쩌면 맞고, 어쩌면 틀리겠지, 그녀의 손이 움직이고 있다, 어쩌면 고의적으로, 어쩌면 절반만 고의적으로, 나머지 절반은 별 생각 없이, 피프티, 피트피. 포동포동 안주인이 냄비의 뚜껑을 연다, 푹스가 잡아당긴다, 자신의 커프스를……

다음 날 이른 아침, 우리는 산으로 소풍을 떠났다.

그건 레온의 아이디어였는데, 뭐, 딱히 새로울 것도 없는 것이, 벌써 오래전부터 우리에게 뭔가 새로운 체험을 제공해 주겠다고 떠들어 댔었던 것이다, 여러분으로 하여금 모국의 산

---

32) 청동이나 놋쇠로 만든 원반형의 타악기.

하(山河)에서 아주 기막힌 달콤함을 맛보게 해 주겠어요, 아주 생생하고, 짜릿짜릿한 식도락을 즐기게 될 거예요, 투르니에나 코시치엘스카 계곡, 모르스키에 오코[33] 따위는 잊으시라니까요, 이런 표현을 써서 죄송합니다만, 그건 그냥 그림엽서용의, 고리타분한 장소들이죠, 이미 수많은 사람들이 핥아먹고, 씹어 먹은 곳이라고요, 히,히,히, 빌어먹을, 거름 냄새나 푹푹 풍기는 구식 스타일의 관광이라고요, 저는 산의 파노라마로, 여러분에게 짜릿한 모험담을 늘어놓을 거예요, 장담합니다, 최상급 절경들이 한 보따리 펼쳐질 거예요, 당신의 영혼이 남은 평생 동안 기뻐 날뛰게 될 거예요, 보물과 꿈, 미라쿨룸 미라쿨로숨[34], 마치 꿈같은, 유일무이한 황홀경을. 내가 과연 이런 아이디어를 어디서 얻게 되었는지 다들 궁금하실 거예요. 대답해 드리죠, 오래전 어느 날, 내가 우연히 길을 잃었었는데, 그러니까 그게 언제였더라…… 아마 이십칠 년 전일 거예요…… 지금 내 기억이 맞는다면 말이죠, 그때가 7월이었는데, 코시치엘스카 계곡에서 길을 잃고 말았어요, 그러다 큰길에서 한 4킬로미터쯤 떨어진, 외딴곳에 이르게 되었는데, 그곳에서 가로수 길이 양옆으로 펼쳐진 멋진 파노라마를 발견하게 되었어요, 마차를 타고 갈 수도 있는 곳이죠, 심지어 산장도 있었답니다, 비록 아무렇게나 방치된 상태이긴 하지만, 은행이 팔렸거든요, 그래요, 그래서 나는 그 문제에 대해서 이

---

33) 자코파네 지역에서 전망과 경관이 좋기로 유명한 관광 명소들.

34) miraculum miraculosum. '기적 중의 기적'이란 뜻으로 레온이 만들어 낸 조어.

리저리 알아보았죠, 개혁이 추진될 거라고 했어요, 그리고 그 사실을 믿지 않는 사람들에게 이야기를 해 주었죠…… 그러니까 그 광경은요…… 자연의 꽃다발로 아름답게 수놓인 풍경이라고나 할까요, 풀잎과 꽃, 나무의 환영(幻影), 시구(詩句)가 시냇물처럼 굽이굽이 흐르고, 어두운 녹음의 정수(精髓)에서 봉우리와 골짜기의 능선이 우뚝 솟아오르는, 그 당당하고, 유일무이한 존엄함이란. 아, 맙소사, 투티 프루티[35], 정말 꿀맛이라니까요! 하루나 이틀 정도, 걸어가도 되고, 마차를 타고 갈 수도 있어요, 침구와 여행용 도시락을 챙겨 갖고 말이죠, 내 명예를 걸고 맹세합니다, 일단 두 눈으로 그 꿈의 실체를 확인하고 나면, 평생 깨어나지 못할 거예요, 평생 동안, 하, 하, 하! 나는 살면서 지금까지 그날의 장관을 잊지 못하고 있답니다, 죽기 전에 다시 한 번 꼭 가 보겠다고 맹세했어요, 이런, 이런, 세월은 자꾸 흐르는데, 대체 언제쯤이나 서약을 지킬 수 있으려나……!

고양이 교살 사건 이후 비로소 그의 열망이 구체화되기 시작했다, 집 안에 있으면 숨이 막혔기에, '기분 전환'이나 '변화'와 같은 말들이 모두에게 매력적으로 들릴 수밖에 없었던 것이다…… 포동포동 안주인은 "생각에 빠져 있더니 결국 뭔가 한 건 해냈나 보군요."라든지 "그만 좀 떠들어요, 레온, 입 좀 다물라고요." 같은 말들을, 다양한 변주로 쏟아 내고는 마

---

35) tutti frutii. 이탈리아어로 '모든 과일'을 뜻한다. 하지만 영어로는 '여러 가지 과일을 잘라 넣은 아이스크림'이란 뜻으로 사용된다. 레온이 자주 언급하는 '피프티, 피프티'와 운율을 맞추려는 표현.

침내 레온의 아이디어에 우호적인 태도를 보이기 시작했다, 특히나 이번 소풍이 자코파네에 와 있는 레나의 두 친구들이 예전에 레나에게 베풀어 준 호의에 대해 사교적으로 보답할 수 있는 매우 유용한 방법이 될 것이라고 레온이 말을 한 순간, 그녀의 태도가 완전히 바뀌었다.

그래서 막대기 — 참새 — 고양이 — 입 — 손 — 기타 등등으로 배열이 이루어지는 동안(모든 곁가지와, 세분화와, 파생물 들과 더불어), 그리고 나의 주장대로, 이 배열이 여전히 지속되고 있는 동안, 소풍을 바라는 매우 신선하고, 건전한 경향이 생겨났고, 모두가 동의를 표했다. 포동포동 안주인은 기분이 좋아진 김에 나와 푹스에게 경고했다. "꽤 달콤하고 짜릿할 거예요.", 왜냐하면 레나의 두 친구가 모두 공교롭게도 결혼한 지 얼마 안 된 신혼이라, 이번 소풍에는 무려 세 쌍의 부부가 '허니문 상태에서' 참여하게 되었고, 따라서 매우 즐겁고, 흥미로운 동행이 예상되며, 다시 말해 이미 '진부해져 버린' 장소나 둘러보는 평범한 관광보다는 훨씬 특별한 시간을 기대할 수 있다는 것이었다. 이 모든 일들을 고양이와 연관 짓는 것은 지극히 당연한 일이었다. 고양이는 스피리투스 모벤스[36]였다. 만약 고양이가 없었더라면 소풍을 가고 싶다는 열망 따위는 싹트지 않았을 것이다…… 아무튼 이 모든 일련의 행위와 작업은 고양이로부터 주의를 딴 데로 돌리기 위해서 비롯된 것이었다…… 안도감이 들었다…… 지난 며칠 동안은 모

---

36) spiritus movens. 라틴어로 '사건의 고안자'란 의미.

두가 둔감 상태에 사로잡혀 있었다, 다들 아무런 행동도 하고 싶어 하지 않았다, 그저 저녁 식사만, 번갈아 가며, 마치 매일 밤 달이 떠오르듯, 아무런 변화도 없이, 되풀이되었다, 그리고 별자리, 집합체, 윤곽 들은 지나치게 소모되어 창백해져 버렸다…… 나는 문득 두려워지기 시작했다, 모든 것이 굼벵이 걸음처럼 느려지기 시작한 게 아닐까, 마치 고질적인 질병처럼, 태생적인 뒤엉킴처럼, 앞으로도 영원히…… 그러므로 무슨 일이든 일어나는 편이 나을 것 같았다, 그게 고작 소풍에 불과할지라도. 한편으로는 이십칠 년 전, 길을 잃었다가 아름다운 풍경을 발견했다던 그날에 대한 레온의 끊임없는 집착이 내게는 놀랍게 느껴졌다.(아, 나를 걷어차고, 때리고, 괴롭혀 주세요, 이 모든 기억의 조각들이 도저히 연결이 안 되네요, 그때 나는 셔츠를 입고 있었어요, 주목하세요, 커피 색깔의 셔츠였답니다, 사진 속에 있는 것과 똑같은 바로 그 셔츠 말예요, 하지만 바지는 어떤 거였더라? …… 맙소사, 신은 아실지 모르겠지만, 나는 까마귀 고기를 먹었나 봐요, 기억이 지워져 버렸어요, 뭐가, 어디에서, 어떻게 되었더라, 그래요, 다리, 내가 다리를 씻었어요, 그런데 어디에서 씻었더라, 무엇으로 씻었지, 아이고, 하느님, 기억이 날 듯 말 듯, 아이고, 생각이 안 나네, 예수님, 성모님, 불쌍한 내 대가리, 생각하자, 생각해 보자…….) 이 모든 일이 내게는 놀랍기만 했다, 하지만 한편으로는 그와 나의 합치점이 점점 특징적이고, 함축적인 양상으로 치닫고 있음을 느낄 수 있었는데, 그러니까 그도 나도 각기 자신만의 방법으로 뭔가에 빠져 있다는 점이었다, 그는 과거 속에, 나는 이 모든 세부 항목들 속에.

그에 대한 나의 의심이 또다시 배가되었음은 말할 필요도 없다, 그의 짓이 아닐까, 그가 관여하지 않았을까, 참새와…… 막대기에…… 난센스라고 대체 몇 번이나 나 자신에게 되뇌었던가! 하지만 그에게는 분명 뭔가가 있었다, 그렇다, 뭔가가 있었다, 벗겨진 머리에다 코안경까지 얹은, 그의 둥그런 얼굴은 잔뜩 찡그려져 있었다, 고통스럽게, 그리고 폭식가의 그것처럼 탐욕스럽게, 그의 식탐은 천연덕스러웠다, 그리고 그 식탐은 교활하기까지 했다…… 그때 그가 식탁에서 벌떡 일어서더니 말라비틀어진 잡초를 들고 돌아왔다. "이것은 거~어~기에서 가져온 거예요! 지금까지 사알~짝 감춰 놓았더랬지요! 거기, 기적 중의 기적이 일어난 그곳에서 말이죠, 아무도 몰랐지요, 그런데 이걸 초원에서 따 왔던가? …… 아님 길가였나?"

그는 대머리를 번쩍거리며, 잡초를 손에 든 채 서 있었다, 내 머릿속에서는 계속해서 뭔가가 빙글빙글 맴돌고 있었다. '잡초…… 잡초…… 막대기? ……'[37]

그리고 아무 일도 일어나지 않았다.

그렇게 이틀, 사흘이 지나갔다. 아침 7시, 우리는 마침내 마차에 올랐다, 누군가의 눈에는 우리가 서로 심각한 불화 상태인 것처럼 보일 수도 있었다, 우리 앞에는 집이 우두커니 서

---

[37] 폴란드어로 잡초는 '바딜(badyl)'이고, 막대기는 '파틱(patyk)'이다. 두 단어가 모두 2음절이고, 마지막 모음이 'y'이기 때문에 어감상으로 비슷한 점이 있다. 주인공이 '잡초'라고 중얼거리다가 '막대기'를 연상하게 되는 것은 바로 그 때문이다.

있었다, 이미 자포자기의 상태로, 위급한 고독의 낙인이 찍힌 채로, 집의 관리는 카타시아의 손에 맡겨졌다, 그녀에게는 이미 무수히 많은 주의 사항이 전달되었다, 그녀가 모든 것을 살피고, 경계하도록, 절대로 문을 열어 놓지 않도록 ── 긴급 상황이 발생하면, 카타시아는 이웃집으로 달려가 문을 두드릴 것이다 ── 하지만 이 모든 지시 사항들은 잠시 후면 우리에게서 분리되어 따로 뒤에 남게 될 것이다. 그리고 실제로 그렇게 되었다. 무심한 새벽, 조랑말들이 움직이기 시작했다, 모래로 뒤덮인 길을 지나, 집을 뒤로한 채, 얼룩무늬의 암말 한 쌍이 달려간다, 산사람이 앞쪽의 마부석에 앉아 말을 몰고 있다, 마차가 흔들리고, 덜컹거린다, 루드빅과 레나, 그리고 나는 푹신푹신한 방석을 깔아 놓은 좌석에 앉아 있다(레온과 그의 부인은 푹스와 함께 첫 번째 마차를 타고 출발했다.), 잠이 부족해 충혈된 눈으로…… 집이 시야에서 사라지고 나자, 남은 건 마차의 움직임뿐이다, 움푹 팬 홈에 빠질 때마다 위로 튕겨 오르는 바퀴의 움직임, 이동하는 내내 들려오는 나른한 소음, 그리고 계속해서 옆으로 지나쳐 가는 사물들…… 하지만 아직 본격적인 소풍은 시작되지 않았다, 젊은 부부 가운데 한 쌍을 데리러 우선 어느 펜션에 잠시 들렀다 가기로 되어 있었던 것이다. 격한 흔들림. 우리가 도착하자, 젊은 부부가 여러 개의 짐 보따리와 함께 마차에 올라탄다, 웃음소리, 레나와 나누는 아직 잠에서 덜 깬 듯한 입맞춤, 대화, 어딘지 내키지 않는 듯한 무심함, 모든 것이 희미하다……

우리는 큰길로 접어들었고, 본격적인 시골 풍경 속으로 들어섰다, 마차는 계속해서 앞으로 나아가는 중이다. 말의 더딘 발걸음. 나무. 가까워졌다가, 지나쳤다가, 사라진다. 담장과 집. 뭔가를 잔뜩 심어 놓은 작은 밭뙈기. 경사진 초원과 둥그런 언덕 들. 화물차 한 대. 술통에 쓰인 글귀, 자동차가 전속력으로 우리를 지나쳐 간다. 마차의 운동은 흔들림과, 덜컹거림, 진동의 연속이다, 두 마리 조랑말의 궁둥이와 꼬리 들, 채찍을 들고 있는 산사람, 그 위로 이른 아침의 말간 하늘과 태양, 벌써 지겨워졌다, 벌써 목덜미가 뜨거워지고, 따끔거린다. 레나가 마차와 함께 위로 튕겨 올랐다가 좌우로 흔들린다, 하지만 그건 중요치 않았다, 마차의 움직임으로 인해 모든 것이 점점 희미해져 가는 가운데, 중요한 건 아무것도 없었다, 무언가가 나를 빨아들이고 있다, 육신과는 전혀 다른 차원의 무엇인가가 나를 흡수하고 있다, 그건 속도와 거리 사이의 상관관계에 관한 문제였다, 가까운 곳에 있는 사물이 다가왔다 사라져 가는 속도는 빠르게 느껴지지만, 먼 곳에 있는 사물의 움직임은 느리게 감지되고, 아주 먼 곳에 있는 사물은 거의 그 자리에 정지해 있는 것처럼 느껴지게 된다 — 이것이 나를 흡수해 버린 것이다. 마차가 이동하는 중에 사물들이 나타나는 건, 사라지기 위해서라는 생각이 들었다, 사물들은 중요치 않다, 마찬가지로 풍경도 중요치 않다, 유일하게 남겨지는 건, 뭔가가 나타났다가 사라진다는 사실 그 자체뿐이었다. 나무. 벌판. 새로운 나무. 그저 지나쳐 갈 뿐이다.

나는 존재하지 않았다, 하긴 (나는 생각했다.) 거의 언제나 나는 존재하지 않았다, 혹은 존재의 요건을 미처 다 충족시키

160

지 못하곤 했다, 그건 우리가 주변의 모든 사물들과 무관심하고, 혼란스럽고, 단정치 못하고, 초라하고, 비열한 관계를 맺고 있기 때문이었다. 한술 더 떠서 이 집단적인 유희, 단체 소풍에 참여한 사람들은(나는 계산을 해 보았다.) 모두가 대략 10퍼센트 정도의 존재감도 확보하지 못하고 있었다. 게다가 사물들의 파도, 풍경들의 파도가 연이어 몰아치고 있었고, 불과 얼마 전까지, 사실상 어제까지만 해도, 흙덩이와 먼지, 건조함과 시끄러움 등등이 빽빽이 들어차 있는 공간 속에서 밀폐되어 있었기에 더욱 그러했다, 고름 물집과 유리잔, 병, 코르크, 기타 등등, 그리고 그것들로부터 생성되는 패턴들, 기타 등등, 파도가 모든 것을 용해시켜 버렸다, 거대한 강물, 범람, 홍수, 측량할 수 없이 깊은 물. 나는 거기에 휩쓸려 사라졌다, 내 옆에서 레나가 사라졌다. 격한 흔들림. 말의 총총걸음. 새로운 커플이 나누는 짧고도 나른한 대화. 사실상 아무 일도 없었다, 단지 내가 레나와 함께 집에서 멀어지고 있다는 것 말고는, 그 집에 카타시아를 남겨 놓았고, 매 순간마다 점점 더 멀어지고 있다는 것, 잠시 후에는 더욱더 멀어져서, 집은 저만치 아주 먼 곳에 놓이게 된다는 것, 마차, 새하얗게 칠을 입혀 말뚝에 묶어 놓은 작은 관목들, 그리고 집은 멀찌감치 떨어져 있고, 우리는 차츰 더 멀어지고 있다는 것.

그러다 우리의 마차가 조금씩 활기를 띠기 시작했다, 새로운 커플, 남편의 이름은 룰루, 아내의 이름은 룰루시아, 그들이 생기를 되찾기 시작했다, 처음에는 그저 몇 마디 "아이코, 룰루, 보온병을 깜빡 잊은 것 같아요." 또는 "룰루시아, 이 배낭 좀 치워 줘, 아파 죽겠어." 같은 말로 시작했지만, 머지않아 그들은 룰루 짓거리에 완전히 빠져들고 말았다!

룰루시아는 레나보다 나이가 어렸고, 풍만한 몸매, 핑크색 피부, 두 뺨에는 귀여운 보조개, 까꿍까꿍 조그만 손가락을 가졌다, 핸드백과, 손수건, 우산과 립스틱, 라이터, 이 모든 것들에 파묻힌 채, 안절부절, 꿈틀거리고 있다, 히-히-히, 그녀가 재잘거린다, 우리는 코시치엘스카 계곡으로 이어지는 도로에 접어들었다, 격한 흔들림, 아, 너무 좋아요, 이렇게 흔들려 보는 게 정말 오랜만이거든요, 룰루, 당신 이렇게 흔들리는 마차에 타 본 적 있나요, 어머, 저 작은 현관은 뭐지, 레나, 저것 좀 봐, 나는 그곳에다 작은 거실을 만들고 싶어요, 그러니까 룰루, 거기 큰 창문이 달린 서재 옆에 말예요, 다만 정원에 있는 난쟁이상은 갖다 버렸으면 좋겠어요, 난쟁이상은 정말 끔찍하거든요, 레나, 너는 난쟁이상이 좋니? 룰루, 설마 그 영화들을 벌써 잊은 건 아니죠? 망원경? 아야, 아야, 이 판때기가 내 궁둥이를 자꾸만 찌르네, 아이고 아파라, 그런데 룰루, 당신 뭐 하고 있어요? 저 산은 뭐지? 룰루는 마침 룰루시아와 꼭 닮았다, 땅딸막한 데다 종아리와 장딴지가 지나치게 두껍긴 했지만…… 그러나 두 뺨은 아주 토실토실했고, 온몸은 흔들리고 있었고, 엉덩이는 상당히 둥글둥글했고, 들창코에다, 줄무늬 양말을 신고, 티롤[38]이 쓰는 것 같은 모자를 쓰고, 손에는 카메라를 들고 있었으며, 푸른 눈동자에, 통통한 손을 가졌고,

---

38) 오스트리아 서부 및 이탈리아 북부의 산악 지대에 살던 종족.

니커스[39]를 입고 있었다. 그들은 자신들이 룰루 커플 — 그는 룰루, 그녀는 룰루시아 — 이라는 사실에 한껏 도취되어 있었다, 그들은 룰루 짓거리에 열중했고, 번갈아 가며 장단을 맞추었다, 그리하여 룰루시아가 아름다운 빌라를 쳐다보면서, 자신의 엄마가 안락한 삶에 길들여져 있다고 강조를 하자, 룰루는 자신의 엄마는 매년 물을 사러 외국까지 나간다고 은근히 자랑을 늘어놓았다, 뿐만 아니라 자신의 엄마는 중국제 전등갓을 수집하는 취미가 있다고 덧붙였다, 그러자 룰루시아가 자신의 엄마는 상아로 만든 일곱 마리의 코끼리상을 갖고 있다고 응수했다. 그들의 이런 흰소리에 억지로라도 웃지 않을 수 없었는데, 그 웃음이 그들의 흥을 돋우는 바람에, 그들은 또다시 헛소리를 늘어놓기 시작했다, 그리고 그 헛소리는 단조롭게 반복되는 마차의 운동이 만들어 내는 무의미함과 자연스럽게 결합되었다, 말의 총총걸음 속에서, 빠르게 혹은 천천히 동심원을 그리며 지표를 쪼개는 마차의 운동 속에서, 어딘가를 향해 점점 멀어져 가고 있는 움직임 속에서. 루드빅이 주머니에서 회중시계를 꺼냈다.

"9시 반이군."

태양. 폭염. 하지만 공기는 상쾌하다. "뭐 좀 먹읍시다."

그리하여 나는 정말로 레나로부터 멀어지게 되었다 — 이건 중요하고, 이상하고, 의미심장한 일이었다, 어떻게 나는 지금까지 이 의미심장함을 깨닫지 못하고 있었을까? 모든 것은

---

39) 무릎 근처를 끈으로 묶게 되어 있는 헐거운 스포츠용 칠부바지.

거기 집 안에, 혹은 집 앞에 두고 오지 않았던가, 그렇게나 많은 것들을, 너무나도 많은 것들을, 침대에서부터 나무에 이르기까지, 심지어는 숟가락과의 마지막 접촉까지…… 그러나 지금 여기에서 우리는 모두 집을 잃은 방랑자들이다…… 다른 곳에서도 마찬가지다…… 집은 별자리와, 윤곽과, 패턴과, 이 모든 소동 들과 함께 멀어지고 있다, 이미 '거기에' 있다, '거기에' 존재한다, 참새는 '거기에' 속해 있다, 잡목 숲 속에, 검은 토양 위 태양의 얼룩이 가득한 곳에, 그 검은 토양 또한 '거기에' 있다…… 아, 이 얼마나 의미심장한가, 다만 이 의미심장함에 대한 나의 생각 역시 끊임없이 멀어지고 있다, 멀어지면서 희미해지고 있다…… 풍경들의 유입으로 인해.(하지만 그와 동시에, 냉정한 분별력을 갖고, 동시에 살짝 곁눈질을 하면서, 나는 주목할 만한 어떤 사실을 포착해 냈다. 참새는 멀어졌지만, 그 존재는 희미해지지 않았다는 것, 그리하여 그것은 멀어져 가는 유일한 존재가 되었다는 것, 이게 전부다.)

"흑빵이랑 보온병은 어디다 뒀어요? 그 냅킨 이리 줘요, 룰루, 저리 가요, 우리 엄마가 준 컵은 어디 있지, 조심해! 당신 정말 멍청해요, 멍청하다고! 호, 호, 호!"

이제 저쪽 편의 일은 더 이상 우리의 현안이 되지 못했다, 하지만 현안이 되지 않음으로써 현안이 되었다. 레나의 작은 얼굴은 매우 가냘팠고, 희미했다, 하지만 루드빅의 얼굴 또한, 마치 죽은 사람의 얼굴처럼, 공간에 의해 산산이 부서져 있었다, 그 공간은 저 멀리 산맥의 방벽까지 뻗어 있고, 그 산맥은 또다시 더욱 멀리 떨어진, 이름 모를 산의 경계선까지 이어져 있었다. 본래 나는 사물의 이름이나 명칭을 대체로 잘 알지 못했다, 내가 바라보고 있는 대상 가운데 적어도 절반쯤은 그 이름을 몰랐다, 산, 나무, 잡초, 채소, 도구, 마을.

우리는 고지대에 도착했다.

카타시아는 뭘 하고 있을까? 부엌에 있을까? 입술과…… 더불어…… 그리고 나는 레나의 작은 입을 흘끗 쳐다보았다, 저쪽 편의 암시와 신호에서 이미 멀리 떨어져 왔는데, 그녀의 입은 괜찮은 걸까? 어떻게 지내고 있을까, 이렇게 떨어져 나왔으니…… 하지만 뭐 상관없다, 소풍을 가기 위해 마차를 타고 여행 중인 입이 있으니까, 나는 칠면조를 한 조각 먹었다, 포동포동 안주인이 준비한 음식들은 맛있었다.

전혀 새로운 삶이 마차에서 조금씩 생성되기 시작했다, 마치 멀리 떨어진 행성에 있는 것처럼, 그리하여 레나가, 심지어 루드빅도, 룰루 부부가 하는 룰루 짓거리에 익숙해지기 시작했다, "루드빅, 지금 무슨 짓을 하는 거예용!" 레나가 소리쳤다, 그러자 루드빅의 대답은 "닥쳐, 여보!"…… 나는 그 모습을 조용히 훔쳐보았다, 믿을 수가 없었다, 저들이 저런 행동을 하다니? 아니면 원래부터 저런 유의 사람들이었을까? 전혀 예상치 못했던, 기이한 여정이었다, 우리는 고지대에서 아래쪽으로 내려가기 시작했다, 길은 점점 더 좁아졌다, 높이 솟았던 지면이 양쪽으로 내려앉아 평평해졌다, 레나는 손가락을 휘두르며 루드빅을 위협했고, 그는 눈만 껌뻑거렸다…… 경솔하고, 피상적인 즐거움, 어쨌든 그들은 그런 즐거움을 만들어 내는 데 소질이 있었다…… 흥미로웠다…… 하지만 궁극적으로 '멀어짐'에는 고유의 권리가 있는 법이다, 결국 나역시 몇 개의 그럴듯한 농담을 생각해 내는 데 성공했다, 제기랄, 어쨌든 우리는 지금 소풍 길에 올라 있으니까!

벌써 오래전부터 조금씩 우리에게 가까워지고 있던 산들이 갑자기 사방에서 튀어나왔다, 우리는 계곡에 들어섰다, 적어도 이곳에는 반가운 그늘이 있다, 그늘은 햇볕을 흠뻑 받아, 녹음이 만발해진 비탈까지 드리워져 있다 — 적막, 어디에서 왔을까, 그야 당연히 사방에서다, 시냇물과 함께 흐르는 냉기, 상쾌하다! 만곡(彎曲), 바위 벽과 정상을 향해 솟아오르고 있다, 급격한 협곡, 지친 돌무덤, 꼼짝도 하지 않는 거대한 움직임. 보드라운 녹음의 둥그런 지붕, 뾰족한 봉우리와 꼭대기, 삐죽삐죽한 산등성이, 수직으로 가파르게 떨어지는 험준한 경사, 거기에 매달린 잡목들, 더 높은 곳에 들러붙은 거석들, 적막 속에 가라앉은 초원, 헤아릴 수 없는, 보편적인, 고정된, 광활한, 그리고 너무나도 압도적이어서 우리의 마차에서 흘러나오는 덜컹거림이나 그것이 굴러가는 미세한 소음 정도는 별개의 소리처럼 느껴지는 고요한 적막. 파노라마는 잠시 고정되어 있다가, 앞으로 나아가며, 잠시 뒤 새로운 얼굴을 드러낸다, 벌거벗었다가, 뒤엉켰다가, 반짝거리다가 때로는 웅대한 모습으로, 거기에는 빽빽한 절벽과 경화된 암석, 바위틈의 균열, 위태롭게 매달린 바위의 다양한 변주가 있는가 하면, 덤불, 나무, 손상(損傷), 상해(傷害), 함몰이 만들어 내는 오르막과 내리막의 역동적인 리듬도 있다, 이따금 목가적인 풍경이 때로는 달콤하게, 때로는 레이스 자락처럼 넘실거리며 펼쳐지기도 한다, 부동(不動)의 거대한 움직임.

"아, 룰루시아, 저런!"

"룰루, 무서워요…… 혼자 잠드는 게 무섭다고요!"

무더기, 소용돌이, 뒤죽박죽,…… 너무 많다, 너무 많다, 너무 많다, 인파, 움직임, 퇴적, 부서짐, 떠밀림, 보편적인 야단법석, 눈 깜짝할 사이 수만 가지 세부 항목으로, 배합으로, 덩어리로, 갖가지 소동들로 쪼개지는 거대한 마스토돈, 그러다 그 모든 것들이 또다시 압도적인 하나의 형상으로 다시 결합되기도 한다! 마치 예전에 그랬던 것처럼, 관목 숲에서나 담벼락 앞에서, 천장에서, 끌채가 놓여 있던 쓰레기 더미 앞에서, 카타시아의 방에서, 벽과 옷장, 선반, 커튼 앞에서, 여러 가지 형상들이 그 모습을 드러냈던 것처럼 ─ 다만 거기에는 사소한 일들이 벌어지고 있었고, 여기에는 물질과 재료의 거대한 포효가 도사리고 있다. 나는 이미 정물의 독자(讀者)가 되어 버렸다, 나도 모르는 새, 조사하고, 탐색하고, 살펴보고 있다, 마치 해독해야 할 무언가가 존재하는 것처럼, 그렇게 나는 우리의 작은 마차가 굴러가는 덜컹거림과 산의 자궁으로부터 되돌아오는 메아리가 서로 결합되면서 생성되는 새롭고 다양한 조합들에도 관심을 기울였다. 하지만 아무것도 없었다, 정말 아무것도. 새 한 마리가 까마득한 창공 위에서 모습을 드러냈다 ─ 가장 높은 위치에서, 미동도 없이 ─ 콘도르, 매, 독수리? 아니, 그것은 참새가 아니었다, 하지만 참새가 아니라는, 바로 그러한 이유로 인해, 그것은 결국 '비(非)참새'였다, 여기서 '비참새'라는 건, 다소 얼마간은 참새라는 뜻이기도 하다……

맙소사! 한 마리의 새가 만물의 위에서 홀로 군림하는 이 광경이 얼마나 내 눈을 즐겁게 했는지! 가장 높은 지점, 지배와 통치의 지점. 정말로? 사실 나는 거기, 집에서 겪었던 무질서와 혼란, 입들의 뒤죽박죽, 고양이의 매달림, 주전자, 루드빅, 막대기, 배수관, 레온, 두드림, 거센 타격, 손, 망치질, 바늘, 레나, 끌채, 폭스의 시선, 기타 등등, 기타 등등으로 몹시 지친 상태였다, 마치 안개 속을 헤매는 것처럼, 마치 혼돈과 과잉으로 가득 찬 '풍요의 뿔'[40]처럼…… 그런데 이곳, 푸른 하늘에는 만물 위에서 군림하는 한 마리의 새가 있다 — 호산나! — 대체 어떻게 저 멀고도, 까마득히 높은 지점을 점령했을까, 혼돈과 아수라장이 발밑에 펼쳐지고 있는 동안, 마치 하늘 높이 발사된 대포와도 같이, 나는 레나를 쳐다보았다. 그녀는 새를 뚫어져라 응시하고 있었다.

그 새는 반원을 그리며 옆으로 비켜서 날아갔고, 우리의 눈앞에는 하늘을 향해 우뚝 솟은 산들이 또다시 나타났다, 그리고 그 뒤에는 또 다른 산들이 기다리고 있다, 암석으로 가득 뒤덮인 다채로운 공간들이 겹겹이 포개어져 각각의 산들을 형성하고 있다 — 대체 암석이 얼마나 될까? — '뒤에' 있던 산들이 진격하는 군대의 전면으로 차례차례 돌진해 왔다, 보편적인 움직임의 부동성이라고밖에는 설명할 수 없는, 기이

---

40) 동물의 뿔 모양에 과일과 꽃을 가득 얹은 장식물. 좋은 것들이 가득 찬 '보고(寶庫)'를 뜻하는 상징적인 의미로 쓰이기도 한다.

한 적막 속에서, 룰루, 와아, 저 바위 좀 봐요! 룰루시아, 저기 저거 보여, 정말 사람의 코 같잖아! 룰루, 저건 꼭 파이프 담배를 입에 문 할아버지 같아요! 왼쪽을 좀 봐, 목이 긴 부츠를 신은 다리 한 짝이야! 누군가를 닮았거나, 뭔가를 모방하거나, 아, 저것은 굴뚝이다! 새로운 만곡이 떼 지어 나타나고, 발코니가 휩쓸리듯 떠밀려 간다, 그러다 또다시 삼각형 — 그리고 갑자기 우리의 눈길을 매혹시키는 한 그루의 나무, 산등성이 어딘가에 매달려 있다, 우리를 매혹시키는 — 수많은 나무들 가운데 하나가 — 하지만 그 풍경은 순식간에 녹아 없어지고, 사라져 버린다. 신부(神父)였다.

그는 카속[41]을 입고 있었다. 그는 길가의 바위에 걸터앉아 있었다. 깊은 산속에서 카속을 입은 채, 바위 위에 앉아 있는 신부라? 갑자기 주전자가 생각났다, 왜냐하면 저 신부는 마치 거기에 있던 주전자 같았다. 게다가 그가 입은 카속 또한 매우 특별한 고급 제품이었다.

우리는 마차를 멈추었다.

"신부님, 태워 드릴까요?

통통한 체격에 나이가 젊어 보였다, 오리의 부리를 닮은 코, 로만 칼라 위로 솟아오른 둥그런 얼굴은 농부를 연상시켰다 — 그가 시선을 바닥으로 내렸다. "신의 자비가 내리시길." 그가 말했다. 하지만 그는 여전히 꿈쩍도 하지 않았다. 그의 머리는 땀에 젖어 뭉쳐져 있었다. 루드빅이 어디까지 데려다

---

41) 성직자들이 입는 긴 검은색 겉옷.

드리면 되느냐고 묻자, 아무 말도 못 들은 양, 그저 감사하다는 말만 중얼거리며 마차에 올라탔다. 말의 총총걸음, 덜컹거림, 그리고 다시 전진.

"등산을 좀 했어요…… 그러다 등산로를 살짝 벗어났죠."

"피곤하시겠어요, 신부님."

"아, 네…… 저는 자코파네에 살고 있습니다." 신부가 입은 카속의 아래 자락은 때가 묻어 더러웠고, 신발은 낡아 빠져 남루했으며, 눈은 충혈이 된 듯 새빨갰다 — 신부는 어젯밤을 산속에서 보낸 걸까? 신부가 천천히 설명했다. 소풍을 나왔는데 길을 잃었다고…… 하지만 카속을 입은 채 소풍에 나섰다고? 골짜기 사이로 버젓이 길이 나 있는 이런 곳에서 길을 잃고 헤맸다니 대체 무슨 말일까? 소풍을 떠난 건, 언제쯤이었는지 신부에게 물었다. 어제 오후라고 했다. 오후에 소풍을 떠나는 사람도 있나? 우리는 더 이상 캐묻지 않고, 싣고 온 식량 가운데 이것저것을 그에게 주었다, 그는 소심하게 음식을 먹었다, 그리고 무기력하게 앉아 있었다, 마차 위에서 그의 몸이 흔들렸다, 작열하는 태양, 더 이상 그늘도 없었다, 우리는 갈증을 느꼈다, 하지만 물병을 꺼내는 수고를 감수하고 싶지도 않았다, 계속되는 이동, 또 이동. 절벽 앞으로 튀어나온 거석과 바위의 그림자가 도로의 양옆에 수직으로 바닥에 내리꽂혔다, 폭포의 굉음이 들려온다. 우리는 계속해서 나아갔다. 아주 오래전부터 일정 비율의 사람들이 카속을 입음으로써 다른 사람들과 구별되면서, 신에게 봉사하는 임무를 수행해 왔다는 사실, 이것은 어쩌면 꽤 흥미로울 수 있음에도 불구하고,

나는 지금까지 단 한 번도 관심을 갖지 않았었다 — 신에 관한 전문가들의 분파(分派), 천국의 관리인, 영혼의 사무원. 하지만 지금 이곳, 산중에서, 검은 옷을 입은 채 우리의 소풍에 갑자기 뒤섞여 버린 이 손님은, 뭔가 잉여의 존재처럼, 이 산속의 혼돈과는 전혀 어울리지 않았다, 그렇다, 그는 일종의 엑스트라였다…… 범람하고, 넘쳐흐르는…… 마치 주전자와 같다고나 할까?

이러한 사실이 나를 낙담하게 만들었다. 흥미롭게도, 저기 저 독수리 혹은 콘도르가 모든 것을 제치고, 하늘을 향해 솟구쳐 올랐을 때, 나는 생기와 활력을 느꼈다 — 그것은 아마도(내 생각에는), 그 독수리 혹은 콘도르가 조류의 하나로서, 참새와 연관되기 때문일 것이다 — 뿐만 아니라, 좀 더 특별한 이유는, 독수리가 저 높은 창공에 매달려 있기 때문일 것이다, 스스로를 '매달림'이라는 측면에서 참새와 연관시키면서, '매달림'의 개념 속에서 매달린 고양이와 매달린 참새를 하나로 결합시키면서 말이다, 그래, 그렇다(나는 이 같은 사실을 점점 더 또렷하게 인지했다.), 저 독수리 혹은 콘도르는 만물의 위에, 위풍당당하게 창공에 걸려 있음으로써, '매달림'이라는 관념에 우위의 성향까지 부여했다…… 만약 내가 (나는 생각했다.) 그러한 관념을 해독할 수 있다면, 그리고 그 속에서 주요한 맥락을 발견할 수 있다면, 분투와 노력을 거듭하고 있는 이 모든 것들의 의미를, 아니 그 가운데 적어도 참새나 막대기, 고양이와 연관된 한 가지 양상만이라도 이해하거나, 뭔가를 감지하기라도 할 수 있다면, 그렇다면 내가 입이나 혹은 그 입을 둘러싼 복잡한 문제들을 대처해 나가는 데, 훨씬 큰 도움이 될 것만 같았다. 왜냐하면(나는 이 제스처 게임의 답을 찾아내려 애쓰고 있었다.), 의심의 여지도 없이(그리고 그것은 매우 고통스러운 수수께끼였다.), 바로 나 자신이야말로, 입과 입술 간의 결합에 관한 숨겨진 비밀을 푸는 열쇠였기 때문이다, 그 비밀은 바로 내 안에서 탄생되었고, 다른 누구도 아닌 바로 내가 그 결합을 만들어 냈기 때문이다 — 하지만 (주의할 것!) 나는 고양이를 매다는 과정을 통해, 참새와 막대기가 속해 있는 또 다른 그룹에 스스로를 접속시켰던 것이다(아마도? 어느 정도의 단계까지는?), 그리하여 나는 양쪽 그룹에 모두 속하게 되었다 — 그렇다면 레나와 카타시아를 참새 또는 막대기와 연결시키는 것 또한, 온전히 나에 의해서만 가능하다는 결론을 내릴 수 있지 않을까? — 나는 고양이를 매달면서, 사실상 다른 모든 것들을 결합시키는 교량의 역할을 수행했던 게 아닐까? …… 그렇다면 어떤 의미에서? 아, 쉬운 문제가 아니다, 하지만 여하튼 간에 뭔가가 형태를 갖추기 시작했고, 어떤 총체의 시발점이 싹트기 시작했다, 그리고 여기 커다란 새 한 마리가 내 위에, 창공에 걸려 있다 — 허공에 매달린 채로. 좋다. 그런데 대체 저 신부는 무엇 때문에 우리의 행군에 끼어들었을까, 바깥에서, 다른 세상에서, 예기치 않게, 불필요하게, 바보스럽게? ……

마치 거기, 저쪽에 있던 주전자처럼! 나의 짜증과 격분은, 나를 고양이 앞에 내던졌던, 저쪽 편에 있을 때에 비해 조금도 줄어들지 않았다…… (그렇다, 사실 나는 확신할 수가 없었다, 그때 내가 고양이에게 돌진한 이유가 넘칠 듯 물이 가득 찬, 주전자 때문이었는지…… 아마도 아무 일이든 간에 실행에 옮김으로써, 현실을 일깨울 필요가 있었기 때문이었으리라, 마치 분명치 않은 뭔가가 꿈틀대고 있는 잡목 숲을 향해 우리가 아무거나 막 내던졌던 것처럼.) …… 그래, 그렇다, 고양이의 목을 조른 것은 주전자의 무의미함에서 비롯된 도발과 자극에 대한 나의 격앙된 답변이 아니었을까?…… 어쨌든 조심해야 한다, 양아치 신부야, 왜냐하면 내가 당신에게 아무것도 던지지 않을 거라고, 내가 당신에게 아무 일도 저지르지 않을 거라고, 그 누구도 장담할 수 없기 때문이다…… 그는 나의 분노에 대해서는 상상조차 하지 못한 채 앉아 있었다, 우리는 계속해서 이동했다, 산 그리고 산, 말의 총총걸음, 폭염…… 그러다 세부 사항 하나가 내 눈에 들어왔다…… 사제가 손가락을 움직이고 있었다……

그는 양손의 살찐 손가락들을 옆으로 쫙 벌렸다가 오므려 깍지를 꼈다. 아래쪽에서, 무릎 사이에서 이루어지고 있는, 벌레와도 같은 손가락 운동은, 고집스러웠고, 불쾌했다.

대화.

"여러분은 이 코시치엘스카 계곡에 처음 오신 겁니까?"

이 물음에 룰루시아가 수줍은 여학생 같은 말투로 대답했다. "네, 신부님, 우리는 지금 신혼여행 중이에요, 바로 지난달에 결혼식을 올렸답니다."

그러자 룰루가 역시나 수줍어하면서도 기쁨에 넘치는 표정을 지으며 끼어들었다. "그러니까 우리는 말 그대로 신혼부부랍니다."

신부는 헛기침을 하면서 당황스러워 어쩔 줄 몰라 했다. 그러자 룰루시아가 여전히 여학생 같은 태도로, 마치 교장 선생님에게 학급 친구를 고자질하는 듯한 말투로 말을 이었다. "저 부부도요." 그녀는 손가락으로 레나와 루드빅을 가리켰다. "저들도 그렇답니다, 신부님!"

"불과 얼마 전에 공식적으로 인가를……." 룰루가 소리쳤다.

그 순간 루드빅이 끼어들었다. "으흠~~~!" 낮은 베이스의 음색, 레나의 엷은 미소, 신부의 침묵, 아이고, 룰루 부부야, 사제 앞에서 고작 이런 말이나 지껄이다니…… 신부는 계속해서 신경질적으로 자신의 두꺼운 손가락을 만지작거렸다, 그 모습은 불쌍하고, 무기력하고, 촌스러웠다, 그리고 내 눈에는 신부가 마치 뭔가 양심에 걸리는 게 있는 듯 보였다, 그는 대체 저 손가락을 갖고 무슨 짓을 했을까? 그리고…… 그리고…… 아하…… 아하…… 아래쪽에서 움직이고 있는 저 손가락들…… 그리고 나의 손가락들…… 그리고 레나…… 식탁보 위에서. 포크. 숟가락.

룰루, 나를 좀 내버려 둬, 저 풋내기 신부는 대체 무슨 생각을 하고 있는 거지! 룰루시아, 말도 안 돼, 저 풋내기 신부가 나쁜 생각 따위를 할 턱이 없잖아! 룰루, 이런, 네 뺨이 얼마나 떨리고 있는지 네가 좀 알았으면 좋으련만! 그러고는 갑자기…… 우리는 모퉁이를 돌았다. 우리는 골짜기를 가로질러 갔다, 평탄치 않은, 잘 보이지도 않는 조그만 샛길로, 산의 측면으로 돌진해 들어갔다! 그러다 갑자기 폭이 좁아지는 깊은 협곡으로 들어섰다, 하지만 그 너머에 좀 더 좁은, 지엽적인 협곡이 한옆으로 펼쳐져 있다, 그리고 우리는 새로운 봉우리들 속에서 달리고 있다, 이제 우리는 한옆으로 비껴나 완전히 격리되었다…… 그리고 이것은 너무나도 부수적이다…… 새로운 나무, 수풀, 바위 들, 똑같지만, 완전히 다른, 새로운, 그리고 큰길에서 벗어나 안으로 꺾어져 들어옴으로써 여전히 우발적이고, 부수적이라는 낙인이 찍혀 있다. 그래, 그렇다, 내 생각대로, 그는 무슨 짓거리든 할 수 있었고, 뭔가 양심에 걸리는 행동을 한 것이 분명했다.

그래서 그게 뭐? 죄악. 어떤 죄악인데? 고양이의 교살. 그건 하찮은 일, 고양이 한 마리쯤 죽였다고 그게 무슨 대단한 죄악이라고…… 하지만 카속을 걸친 채, 신앙 고백과 참회와 기도를 통해, 교회에서 탄생된 사내가 길을 가로막고, 마차에 올라탄다, 그러더니 곧바로 너무도 당연하게 죄악이, 못된 짓이, 양심의 가책이, 참회가 이어진다, 트랄랄라, 트랄라라, 마치 티-리-리 처럼…… 그가 마차에서 내리고, 그리고 죄가 행해진다.

죄악, 사실상 죄악의 동료는 신부다, 살찐 손가락을 조몰락거리며 뭔가 양심에 걸리는 짓을 저지르는 신부이자 동료. 마치 내가 가책을 느끼는 것처럼! 동지애와 형제애, 그의 만지작거림, 저 살찐 손가락의 만지작거림, 그럼 저 손가락들은 어떨까, 역시 목을 조르지 않았을까? 완전히 새로운 쌓아 올려짐과 허물어짐의 공략, 눈부신 녹색의 새로운 비등 작용, 평화로우면서, 어두운 낙엽송 같은, 동시에 소나무 같은 빛깔을 띤, 졸음에 겨운 창공, 레나가 내 앞에 있다, 손과 함께, 그리고 그 손들의 배열 — 나의 두 손, 레나의 두 손, 루드빅의 두 손 — 에 살찐 손가락을 가진, 신부의 손의 형태가 새롭게 삽입되었다, 어째서 나는 저 손에 제대로 주의를 기울이지 못했을까, 마차의 이동 때문에, 산 때문에, 그리고 자연의 부차적인 산물들 때문이었을까, 전능하신 신이여, 자비로우신 신이여, 어째서 우리는 그 무엇에도 제대로 주의를 집중하지 못하는 것일까요, 넘치도록 풍부한, 수백만 가지 세상이 눈앞에 펼쳐져 있는데, 이렇게 부주의해서야 과연 뭘 할 수 있겠습니까, 어이, 산사람, 산 도둑의 춤이나 한 번 춰 보시게, 룰루시아, 그를 좀 내버려 둬, 룰루, 날 가만 놔둬 줘, 룰루시아, 이런, 내 한쪽 다리가 저린다, 가자, 어서 가자, 마차의 이동, 그래, 한 가지 분명한 사실, 저 새는 너무나도 높이 매달려 있다는 것, 그리고 신부이자 동료가 아래쪽에서 뭔가를 만지작거리고 있다는 것, 가자, 어서 가자, 단조로운 움직임, 거대한 강, 밀려왔다 밀려간다, 말의 총총걸음, 덜컹거림, 폭염, 타는 듯한 무더위, 우리는 곧 도착한다.

오후 2시. 주변의 시야가 넓어졌다, 일종의 유곡(幽谷), 초원, 소나무와 가문비나무 들, 초원 위로 우뚝 솟은 수많은 큰 바위들, 집. 베란다가 딸린 목조 건물. 집 뒤편, 그늘에 마차 한 대가 서 있다, 보이티스 부부와 푹스, 그리고 갓 결혼한 또 다른 신혼부부 한 쌍을 태우고 온 마차였다. 그들이 문간에 모습을 나타낸다, 왁자지껄, 인사, 수레에서 하차, 편하게 잘 왔어요, 그런데 꽤 오래 걸렸네요, 잠깐만, 이 가방은 여기다 놓을게요, 우리는 준비가 끝났어요, 레온, 물병 좀 들고 가요……

하지만 그들은 마치 다른 행성에서 온 것 같았다. 그건 우리도 마찬가지였다. 이곳에서 우리가 머문다는 것은 마치 '어딘가 다른 곳에서' 머무르는 것과 같았다 ─ 그리고 이 집은 저쪽의 집과는 사뭇 달랐다…… 저기 저편에 있던 그 집과는 말이다.

7

모든 일은 멀리 떨어진 곳에서 벌어졌다. 사건의 발생지는 우리에게서 멀어진, 저쪽 편에 있는 그 집이 아니었다, 우리는 그 집에서 이미 떠나왔으니까…… 괴기스럽고, 황량한 적막에 파묻힌 여기, 이 새로운 집, 우리의 소란과 야단법석이 아무런 의미도 없이 울려 퍼지고 있는 이 집은 고유한 존재성을 확보하지 못했다, 그저 저쪽 편에 있는 그 집이 아니라는, 딱 그만큼의 의미로만 존재할 뿐이었다…… 마차에서 내리자마자 나는 이 놀라운 사실을 깨달았다.

"이곳은 완전히 황무지로군, 살아 있는 영혼이라고는 그림자도 찾아볼 수 없으니, 집 전체가 우리 거야, 까짓것, 인생을 맘껏 즐기자고요, 먹고 마시면서 말예용, '어이, 매와 같은 내 형제여, 내게 활력을 다오!'[43], 내가 말했었잖아용, 이곳 풍경이 꼭 매와 같을 거라고, 뭐, 나중에 여러분이 직접 두 눈으로 확인하게 되겠죠, 근데 우선 뭐 좀 먹읍시다용, 냠, 냠, 냠, 자, 전진, 전진! Allons enfants de la Patrie![43]"

"레온, 배낭에서 티스푼을 꺼내 주세요, 레나, 냅킨 좀, 아, 어서 오세요, 내 집처럼 편안하게 생각하세요, 모두 앉으세요, 아무 데나 편한 곳에, 고귀하신 신부님은 이쪽으로, 자, 어서요." 그러자 그들이 대답한다. "네, 네, 마담, 바로 행동 개시하겠습니다! 명령만 내려 주세요!" "자, 그러면 앉으세요. 의자 두 개만 더. 제법 성대한 만찬이네요! 자, 룰루시아 씨는 이쪽으로…… 제게 냅킨을 좀 건네주세요!"

홀에 마련된 커다란 테이블 주위에 손님들이 둘러앉았다, 홀에는 객실로 통하는 몇 개의 문과 위층으로 이어진 계단이 있었다, 모든 문들이 활짝 열려 있는 바람에 알몸처럼 헐벗은 상태의 방들이 적나라하게 드러났는데, 거기에는 침대와 유난히 많은 의자들 말고는 아무것도 없었다. 테이블은 음식으로 그득했고, 분위기는 한껏 고조되었다. "와인 더 드실 분 계셔요?" 하지만 이러한 쾌활함은 그저 다른 사람의 기분을 망치지 않기 위해, 모두가 유쾌함을 가장한 데서 비롯된 것이었다, 그리하여 실제로는 다들 얼마쯤은 그 자리에서 부재(不在)된 상태였다, 마치 역에 서서 기차를 기다리는 승객들처럼 — 그리고 그 부재는 예상치 못했던 이 집의 남루함과 초라함, 그러니까 커튼도, 옷장도, 침구도, 그림도, 선반도 없이

---

42) 폴란드에서 널리 불리는 애국적인 정서의 민요 가사.
43) 프랑스 국가인 「라 마르세예즈(La Marseillaise)」의 도입부 첫 구절. '조국의 아이들아, 일어나라.'

창문과 침대, 의자밖에 놓여 있지 않은 결핍의 상태와 딱 들어맞았다. 이러한 공허함 속에서 '말'은 애초에 존재하지 않았다, 단지 시끄럽게 떠들어 대는 사람들만 있을 뿐이었다. 특히 포동포동 안주인과 레온은 마치 진공 상태에서 잔뜩 부풀어 오르기라도 한 듯, 자신들의 위용을 드러내기 위해 큰 소리로 고함을 쳤다, 그리고 그들의 고함 소리에 식사에 열중하고 있는 손님들의 소란이 곁들여졌다, 또한 그 속에는 룰루 부부의 킬킬거림과 더불어, 드로즈도프스키와의 불화 — 나와 부모님 사이의 냉전 상태와 유사한, 그 불쾌한 관계에 대한 근심을 달래기 위해, 술을 퍼마시다가 이미 취해 버린 푹스의 술주정도 뒤섞여 있었다…… 그는 불운의 사내, 희생자, 불안과 초조에 떨고 있는 직원, 눈을 감거나 다른 쪽을 보라고 강요당한 사람이었다. 포동포동 안주인, 샐러드와 훈제 요리를 나눠 주는 훌륭한 분배자, 접대인, 초대하는 사람, 자, 신사 숙녀 여러분, 이것 좀 맛보세요, 음식은 충분하답니다, 여러분이 허기질 일은 절대 없을 거예요, 제가 장담하죠, 기타 등등, 기타 등등 — 모든 것이 우아하게, 그럴듯하게, 최적의 상태를 유지할 수 있도록, 독창적인 여행이자 화기애애한 친목의 자리가 될 수 있게 꼼꼼히 준비하고, 배려하는 사람, 하지만 그 누구도 말하지 않으리라, 배불리 먹었다고, 충분히 마셨다고. 그리고 둘 또는 셋으로 분열을 거듭하는 레온, 암피트리온[44], 지

---

44) 그리스 신화에 나오는 영웅으로, 헤라클레스의 어머니인 알크메네의 남편이다.

휘관, 창시자, 어이, 이봐요, 자, 모두 함께 합시다, 우리가 존재하기도 전에, 이 숲은 이미 있었답니다,[45] 사스카 왕조가 끝나기 전에 흥청망청 먹고, 마시고, 허리띠를 느슨하게 풀어놓읍시다,[46] 알롱, 알롱![47] 하지만 우리의 부산스러운 움직임과 감탄사, 연회의 흥분과 열기, 이 모든 것은 아쉽게도 현존의 요건을 충분히 갖추지 못했다, 마치 구루병이라도 걸린 듯 창백한 데다, 온전치 못한 절반마저도 잘려 나간 것처럼…… 얼마 동안은 내가 먼 곳으로 떨어져 나와 망원경을 통해 나 자신과 다른 사람을 관찰하고 있는 듯한 착각이 들 정도였다. 이 모든 소동이 마치 달 표면에서 벌어지는 일 같았다…… 그리하여 소풍이자 탈주였던 이번 여행은 궁극적으로 아무런 효과도 거두지 못했다, 우리가 멀어지려고 애를 쓸수록, '거기'는 더욱더 강력해진다…… 지겹다, 뭐, 될 대로 되라지, 그럼에도 불구하고, 뭔가가 끊임없이 벌어지고 있다, 나는 이곳과 저곳 사이의 명백한 차이점을 구분하기 시작했고, 동시에 보이티스 부부와 함께 이곳에 도착한 제3의 신혼부부를 보면서, 룰루 커플이 맛보고 있는 희열을 감지할 수 있었다.

이제 막 구워 낸 빵과 같은 저 애처가의 이름은 톨로, 그 사

---

45) 자연과 나무를 사랑하자는 의미의 폴란드 속담 '우리가 존재하기도 전에 숲은 이미 있었고, 우리가 없어져도 계속 존재할 것이다.'에서 인용.

46) 1694~1733년까지 합스부르크 왕조의 지지를 받는 작센 영주가 폴란드를 지배했던 시기. 국가의 발전을 도모하기보다는 폴란드 귀족들의 특권과 특혜를 인정하는 정책을 펼쳐 폴란드의 국력이 점차 쇠퇴하게 되었다. 이 시기, 귀족들은 정부의 묵인하에 사치와 방탕한 생활을 일삼았다.

47) allons, allons. 독일어로 '가자, 갑시다.'라는 뜻.

내는 '기병 대장' 혹은 '기병 대장 달링'이라고 불렸다. 실제로 모든 면에서 그는 완벽한 기병이었다, 큰 키에 넓은 어깨, 순박해 보이는 불그스레한 살결, 밝은 빛깔의 앙증맞은 콧수염, 마치 장난감 병정 같았다! 레온이 그를 향해 "창기병이 그의 초소에 서 있네."[48]라고 노래를 불렀다, 하지만 그는 갑자기 이 대목에서 노래를 중단했다, 그럴 수밖에, 다음 구절은 "산딸기와 같은 소녀가 장미꽃이 가득 담긴 꽃바구니를 들고 가네."였으니까 ― 이번에는 갓 구워진 또 다른 빵, 그의 아내 차례다, 야지우하 혹은 야데츠카[49]로 불리는 여자, 그녀는 남자들에게서 사랑받기를 포기한 듯한 부류의 여자였다, 왜냐하면 그런 여성적인 매력은 자기 몫이 아니라는 걸 스스로 너무나 잘 알고 있는 듯 보였기 때문이다, 그렇다고 그녀가 못생긴 건 아니었다, 몸매가 살짝 지루하긴 했는데, 어딘지 모르게 단조로운 감이 깃들어 있었다, 그럼에도 불구하고, 대체로 모든 부위가 그럭저럭 '제자리에' 위치하고 있었다, 푹스가 팔꿈치로 나를 쿡쿡 찌르면서 내 귀에 대고 속삭였다, 만약 저 여자의 목덜미를 애무하고 싶어 안달이 난 사람이 있다 쳐도, 그녀는 결코 그러한 욕망을 충족시키지 못할 거야. 신체적 이기심? 육체적인 자기중심주의? 그녀의 팔, 다리, 코와 귀는 오로지 자신만을 위해 존재할 뿐이고, 온전히 그녀의 신체 기관에 불과할 뿐이며, 그 이상도, 그 이하도 아님을 누구든 단박에

---

48) 「창기병」이라는 폴란드 노래 도입부.
49) 야지우하와 야데츠카 모두 야드비가의 애칭이다.

느낄 수 있었다, 그리고 자신의 작은 손이 남자에게 얼마나 매력적이고, 자극적인 선물인지를 스스로의 여성성에게 귀띔해 줄 수 있는 관대한 품성이 그녀에게는 결여되어 있었다. 윤리적인 엄격함 때문일까? …… 아니, 아니다, 그보다는 그녀가 가진 육체의 묘한 쓸쓸함 때문이라고 하는 편이 낫겠다…… 그리고 그러한 사실은 룰루시아로 하여금 터져 나오는 킥킥거림을 억누르면서 룰루를 향해 "저 여자는 자기 냄새를 맡아 보고도 아무렇지도 않은가 봐요."라고 속삭이도록 만들었다, 그렇다, 바로 거기에서 그녀의 혐오스러움이 기인하는 것이다, 그녀는 메스꺼웠다, 냄새를 풍기는 당사자만이 역겹게 느껴지는 은밀한 체취와도 같이. 만약 기병 대장 달링이 혈기 넘치는 청년이 아니었다면, 그리하여 그의 밝고 앙증맞은 콧수염 아래, 저 붉은 입술에 입맞춤을 향한 왕성한 충동을 머금고 있지만 않았더라면, 룰루도, 룰루시아도, 발작적으로 터져 나오는 킥킥거림과도 같은 그런 충격은 맛보지 못했을 것이다 — 모두가 다음과 같은 의문에 사로잡혔다, 무엇 때문에 저 청년은 하필이면 저런 여자와 결혼을 했을까 — 야데츠카가 실은 부유한 사업가의 딸이라는 것이 밝혀지면서, 모든 정황이 분명해지자(이 같은 사실은 룰루시아가 내 귀에 대고 속삭여 주었다.) 이제 그들의 질문에는 악의가 담겼다. 히히히! 하지만 스캔들은 여기서 그치지 않았다, 아니, 오히려 이러한 사실은 일종의 도화선이 되었다, 왜냐하면 보다 끔찍한 건, 이 부부가 주위 사람들이 자기들을 어떻게 받아들이고 있는지 너무도 잘 알고 있다는 점이었고(그건 첫눈에 보아도 명백히 알 수

있었다.), 의도의 순수성과 권리의 정당성을 앞세워 사람들의
악의적인 시선에 의연하게 맞서고 있다는 점이었다. "내게 그
정도 권리쯤은 있다고요?" 그녀는 마치 이렇게 말하는 듯 했
다. "내게는 권리가 있어요! 물론 알지요, 그이는 잘생겼고, 나
는 그렇지 못하다는 걸…… 하지만 그렇다고 해서 내가 사랑
을 하지 말아야 한다는 법이라도 있나요? 그렇지 않잖아요!
제발 내 정당한 권리를 막지 말아요! 누구에게나 권리는 있
다고요! 그래서 나는 사랑하는 거예요! 나는 사랑을 하고 있
고, 내 사랑은 순결하고, 아름다워요, 다들 보라고요, 나는 사
랑 앞에서 부끄러워하지 않을 권리가 있어요 — 그러니 나는
당당하다고요!" 그녀는 한쪽 구석에 우두커니 앉아서, 유희에
동참하지 않은 채, 자신만의 감정을 마치 보물과도 같이 차곡
차곡 쌓아 올리고 있었다, 진지하고, 고요하게, 남편에게만 시
선을 고정시킨 채로, 때로는 창밖에 펼쳐진, 우거진 녹음의 아
름다움에 흠뻑 젖은 채로, 이따금 그녀의 가슴이 탄식에 가까
운 깊은 한숨을 내쉬며 흔들렸다. 그녀에게는 정당한 권리가
있었기에 그녀의 입술이 매우 조용하게 '톨렉'[50]이라는 이름
을 내뱉었다, 그리고 그 순간 입술은 그녀의 단 하나밖에 없는
신체 기관이었다. 히히히!

  "룰루시아, 아이고, 나 이러다 배가 터져 버리겠어." 그러
자 레온이 칠면조 다리 하나를 포크에 찍어 들고, 이마에 코
안경을 걸친 채, 다 먹어 치우겠노라고 소리쳤다, 딸그락~따

---

50) '톨로'의 애칭.

닥, 딸그락~따닥[51], 사제는 구석에 조용히 앉아 있었다. 푹스는 뭔가를 이리저리 찾는 중이었고, 포동포동 안주인이 체리를 가져왔다, "자, 어서 드세요, 과일 향기가 식욕을 돋울 거예요." 시끌벅적한 소란이 절대적이고, 개별적이며, 고립되어 있는 침묵을 완벽하게 압도했다. 나는 레드 와인을 마셨다.

톨렉, 우리의 기병 대장 달링도 술을 마셨다. 고개를 높이 쳐든 채로. 실제로 그는 모든 동작을 취할 때마다 고개를 높이 쳐들었다, 그 누구도 그의 사랑에 의심을 품을 권리가 없다는 것을 모두에게 공표라도 하려는 것처럼, 될 대로 되라는 듯 그는 아주 무관심해 보였다, 마치 자신에게 사랑할 권리가 있다면, 다른 여자는 되고, 이 여자는 안 될 이유가 무엇이냐는 듯, 그리하여 이 사랑 또한 다른 모든 사랑과 마찬가지로 아름답노라고 당당히 주장하려는 듯…… 그는 자신의 야데츠카를 부드럽게 감싸 안았다. "여보, 컨디션은 좀 어때, 피곤하지 않아?"…… 그러고는 사랑에 사랑으로 응답하면서 그녀의 황홀경을 최고조로 끌어올리려 애썼다. 하지만 그러한 행동에는 어딘가 희생적이고, 순교자적인 요소가 깃들어 있었다, 게다가…… "룰루시아, 날 좀 붙잡아 줘, 안 그러면 너무 웃겨서 배가 터져 버리겠어!" 룰루 부부는 순진무구한 표정으로, 마치 피에 굶주린 한 쌍의 호랑이처럼, 톨렉 부부의 모든 애정 행각을 예의 주시하고 있었다, 마차에서 불쌍한 애송이 신부

---

51) 원문의 'patataj, patataj'는 어린이들이 장난감 말을 타고 앞으로 나아갈 때 나는 소리를 묘사한 의성어이다.

가 그들에게 적지 않은 환희를 안겨 줬다면, 지금 이 커플, 자신들과 비슷한 처지의 이 신혼부부는 마치 그들로 하여금 실컷 룰루 짓거리를 할 수 있게 특별히 이 자리에 초청된 것처럼, 커다란 희열을 안겨 주는 대상이 되어 주었던 것이다!

포동포동 안주인이 케이크를 손에 들고 권한다, 자, 이것 좀 드셔 보세요, 입안에서 살살 녹을 거예요, 맛 좀 보세요 — 하지만 고양이, 고양이, 아이고, 저런, 나무 밑에 파묻혀 버린[52] 그 고양이, 그 전에는 목이 매달렸었지, 하, 하, 이 모든 것은 고양이를 겨냥하고 있다, 지금 열리고 있는 이 파티는 전부 고양이의 흔적을 지우기 위한 것이다, 그래서 모두들 저렇게나 사교적으로 구는 것이다, 그녀와 레온이! 하지만 고양이는 이 모든 것 속에 또렷하게 각인되어 있다. 나는 비로소 깨달았다. 소풍을 떠나겠다는 아이디어가 얼마나 끔찍한 것이었는지를, 이보다 더 형편없는 계획은 아마 없었으리라는 것을, 물리적인 거리는 그 무엇도 지우지 못했다, 아니 오히려 그것을 어떤 식으로든 더욱 선명하게 만들었고, 확인시켰고, 나아가 우리가 마치 저쪽 편에서 참새와 고양이와 더불어 몇 년간의 세월을 지냈고, 수년의 세월이 흐른 뒤, 이곳에 온 것 같은 착각마저 들게 할 정도였다, 아, 아, 나는 케이크를 먹었다. 마차에 올라타고 집으로 돌아가는 것, 사실상 우리가 할 수 있는 것은, 우리에게 남은 것은 그것뿐이었다…… 하지만 만약 우

---

52) 6장에서는 '담장 너머 길가의 도랑 근처'에 묻혔다고 나온다. 작가의 착오인지, 혼란을 유발하기 위한 장치인지는 확인할 길이 없다.

리가 저쪽 편과의 연관성을 계속 유지하면서, 이곳에 남는다면……

나는 케이크를 먹었다. 나는 루드빅과 톨렉과 이야기를 나누었다. 정신이 어지러웠다, 이 모든 충만과 과잉이 얼마나 넌더리 나는지, 끊임없이 출몰하는 새로운 사람들, 사건들, 사물들, 제발 이 모든 연결과 흐름이 단 한 번만이라도 끊어졌으면, 레나는 테이블에 앉아 있다, 아마 그녀 역시 부드럽게 웃음 짓고 있는 룰루시아의 입과 눈에 싫증이 난 것 같았다(두 여자 모두 이제 막 결혼한 새댁이었다.), 이곳에 있는 레나는 저곳에 있는 레나의 충실한 반영이었다, 저쪽 편에 있는 레나와 연관을 맺고 있는 이쪽 편의 레나(이 '연관성'은 점점 고조되었다, 마치 얼마 전에 그랬던 것처럼, 그때처럼, 두드럼처럼.), 거기에는 드로즈도프스키 때문에 술에 취해서 안색이 누렇고 벌겋게 변한 채, 퉁퉁 부은 눈으로 곁눈질을 하고 있는 푹스도 끼어 있었다, 사교적이고 유쾌한 태도로, 조용히 레나 옆에 앉아 있는 루드빅, 구석에 처박혀 있는 신부…… 테이블 위에 놓인 레나의 손, 포크 옆에, 홀로, 가지런히, 그때 거기서와 똑같은 포즈로 놓여 있는 바로 그 손, 나 또한 내 손을 테이블 위에 올려놓을 수 있었다. 하지만 그러고 싶지 않았다. 그러나 이 모든 것에도 불구하고, 새로운 맥락들이 그 형태를 갖추기 시작했다, 저쪽 편에 있던 것과는 별개로, 완전히 새로운, 이곳의 고유한 동력(動力)이 움트고 있었다…… 하지만 그 동력은 어찌 보면 병적이고, 나약했다…… 갓 결혼한 세 쌍의 신혼부부가 기여한 덕분에 사제의 의미와 중요성이 배가되었다, 그리고 그가 걸치고 있는 카속은 이들 부부에게 혼인의 특성을 더욱 두드러지게 만들어 주었다, 모든 것이 부부 관계를 강조하는 특별한 효과를 가져다주었다, 그리하여 지금 열리고 있는 이 파티가 마치 결혼 피로연인 것 같은 느낌을 자아낼 정도였다, 그렇다, 결혼이 모든 걸 지배하고 있었다. 그리고 신부. 틀림없이 손가락을 만지작거리고 있을, 바로 그 신부가 이 자리에 있었다.(그의 두 손은 테이블 아래 놓여 있었고, 음식을 먹을 때만 손을 들어 올렸기 때문에 확인할 길은 없다.) 아무튼 그는 사제의 본분에 맞게, 룰루 부부의 고약한 장난에 맞서 톨렉 부부를 지지하는 역할을 수행할 수밖에 없었고, 그렇기 때문에 그는 여전히 사제였다. 여기에 덧붙이자면 그의 카속은 고양이 사건 이후, 품위나 예의범절을 매우 중요시 여기는 경향을 드러내고 있는 포동포동 안주인에게도 중대한 효과를 미쳤다 ― 포동포동 안주인은 룰루 부부를 향해 점점 비호감의 눈길을 보냈고, 레온이 너털웃음을 터뜨릴 때마다, 그리고 거기에 (드로즈도프스키 때문에) 술에 취한 푹스의 실소가 곁들여질 때마다 헛기침을 내뱉었다, 그리고 그 헛기침은 점점 더 노골적이 되었다, 우리의 바보 같은 짓거리가 되풀이될 때마다, 여기 이 텅 빈 공간에서, 진공 상태에서, 멀리 떨어진 경계선에서, 산의 자궁, 죽음과도 같은 적막 속에서, 뭔가가 또다시 끼리끼리 연관을 맺고, 관련지어지고, 생성되는 이곳에서, 하지만 무엇을 붙잡아야 할지, 아직은 아무것도 알 수가 없는 이곳에서 ― 그리하여 나는 이것을 혹은 저것을 붙잡았다, 나는 내 앞에 스스로 모습을 드러낸 선(線)을 따라 걸었다, 한쪽 옆에 거대하고 탐욕스러운 나머지 전부를 남겨 둔 채로 ── 우리가 그때, 저편에 있는 집에 머무르는 동안, 그 반대편은 미동도 하지 않은 채 존재를 지속하고 있었던 것이다.

그리고 갑자기 나를 고양이와 연관시키는…… 새로운 장면이 전개되었다…… 신부 때문에……

마치 한밤중 먹구름 속에서 한 줄기 번개가 치듯이, 그것은 저쪽 편과의 연관성을 우리 앞에 뚜렷하게 드러냈다, 이 장면이 출현하기에 앞서 포동포동 안주인의 다음과 같은 논평들이 선행되었다, (매우 친절한 어조로 톨렉에게) "톨렉 씨, 야데츠카 씨의 블라우스에 묻은 설탕을 좀 털어 주세요."(그리고 모두의 귀에 들리도록 큰 소리로 레온에게) "그것 봐요, 레온, 도로 사정이 그렇게 나쁘지는 않았잖아요, 얼마든지 차를 몰고 와도 될 뻔했다고요, 내가 말했잖아요, 타덱 씨에게 이야기해서 차를 빌리자고요, 그랬으면 타덱 씨는 틀림없이 당신의 청을 거절하지 못했을 거예요, 얼마든지 빌려 주겠노라고 이미 몇 번이나 제안했었으니까요……"(매우 신랄한 말투로 룰루시아에게) "맙소사, 낄낄거리고, 키득거리기나 하고, 그런데 룰루시아 씨는 케이크를 전혀 입에 대지도 않는군요." 그 사이에 푹스가 접시를 닦았다 ── 혹시 우리의 신경을 건드리지는 않을까(드로즈도프스키에게 그랬던 것처럼) 불안해하면서, 그는 접시 설거지를 통해 우리에게서 자비심을 구하려고 안간힘을 썼다 ── 하지만 어느 순간 갑자기 벌떡 일어나더니 물고기를 빼닮은, 술 취한 얼굴을 하품으로 일그러뜨리면서 말했다.

"목욕을 하고 싶군요."

목욕, 그것은 룰루가 가장 좋아하는 주제 가운데 하나였고, 룰루시아에게는 더욱더 그랬다 ─ '우리 엄마가'로 이어지는 일련의 이야깃거리만큼이나 ─ 우리는 이미 마차에서 그러한 사실을 알게 되었다, "나는 샤워를 하지 않고는 살 수가 없어." 혹은 "하루에 두 번씩 목욕을 못하게 된다면, 과연 그런 곳에서 어떻게 버틸 수 있을지 상상이 안 가네요." 혹은 "우리 엄마는 레몬주스를 탄 물에서 목욕을 하셨어요." 혹은 "우리 엄마는 매년 카를스바트[53]에 가셨답니다." 등등. 그래서 푹스가 목욕에 대한 화제를 꺼내면서, 씻고 싶다는 의사를 피력하자, 곧바로 룰루시아는 룰루 짓거리를 시작했는데, 만약 사하라 사막에서 마지막 물 한 컵이 남았다면, 그녀는 그걸로 몸을 씻겠다고 떠들어 댔다, "왜냐하면 마시는 물보다 씻는 물이 더 중요하니까요, 룰루, 당신도 아마 씻는 쪽을 선택하지 않겠어요?" 기타 등등…… 하지만 쉴 새 없이 재잘거리는 동안, 그녀는 아마도 깨달았던 것 같았다, 내가 깨달은 것처럼 말이다, '목욕'이라는 단어에는 꺼림칙하게도 특정한 방향, 다시 말해 야데츠카가 있는 쪽을 흘끔거리는 듯한 묘한 뉘앙스가 담겨 있었던 것이다, 그건 그녀가 청결하지 못하다는 의미가 결코 아니었다, 하지만 그녀에게는 뭔가 육체적인 이기주의를 지향하는 특별한 성향이 내재되어 있었다, 그리고 예전에 다른 상황에서 푹스가 이야기했던 '자신의, 자신에 의한, 자신을 위한 것'이라는 말을 떠올리게 만들었다. 그녀는 어쩐 일인지 자

---

53) 체코 서부에 있는 도시로서 광천수로 유명하다.

신의 육체를 스스로 견딜 수 없는 것처럼, 육체의 주인인 그녀가 자신의 육체를 끔찍하게 여기고 있는 듯한 태도를 취했다 (마치 특정한 냄새에 혐오감을 드러내는 것과 유사하다.), 그 결과 그녀는 목욕 따위에는 일말의 관심조차 없는 사람인 것 같은 인상을 풍겼다. 룰루시아는 자신의 조그만 코를 킁킁거리면서 그쪽 방향으로부터 풍겨 오는 뭔가를 감지했는지, 투덜거리기 시작했다, "저는 목욕을 안 하면, 어디가 아픈 것처럼 느껴져요." 기타 등등. 그러자 룰루 또한 고유한 견해를 덧붙였고, 여기에 레온이, 푹스가, 루드빅이, 레나가 끼어들었다, 이런 경우 대부분의 사람들이 그러하듯이, 물에 관해 무관심하다는 혐의가 자신에게 향하는 것을 피하기 위해 다들 안간힘을 썼다…… 반면에 야데츠카와 톨렉은 침묵을 고수했다.

그리고 누군가의 진술과, 다른 누군가의 침묵의 결과로 '야데츠카는 목욕을 하지 않는다.'라는, 일종의 가설과도 같은 뭔가가 만들어졌다…… 그녀는 무엇 때문에 자신의, 자신에 의한, 자신을 위한 것만 챙기려는 걸까?

그때 그녀가 있는 쪽에서 보다 강력한 무언가가 흘러나왔다 ― 냄새나 향기 따위는 결코 아니었다, 그것은 마치 그녀의 체액과도 같은, 뭔가 불쾌하면서 지극히 사적이고 은밀한 것이었다 ― 룰루시아는 마치 냄새를 좇는 사냥개처럼, 지극히 순진무구한 표정으로, 감탄사를 연발했다 ― 그리고 룰루는 2인자의 위치에서 재잘재잘. 신에게 맹세컨대, 야데츠카는 단 한 마디도 하지 않고, 우리의 소동에 끼어들지도 않은 채, 한결같은 태도를 고수했다 ― 다만 지금 이 순간, 그녀의 폐쇄적인 태도가, 느닷없이 목욕에 내재된 고유한 특성과 절묘하게 결합되었을 뿐이다 — 그녀의 침묵보다 더욱 고약한 것은 톨렉의 침묵이었다, 왜냐하면 톨렉은 누가 봐도 물과는 단짝임이 분명해 보였기 때문이다, 필경 그는 타고난 수영 선수일 것이다, 그렇다면 그는 왜 단 한 마디도 하지 않는 걸까? 자신의 부인을 침묵 속에 혼자 내버려 두지 않기 위해서?

"그러니까, 그건 말이죠……" 신부가 갑자기 입을 열었다.

신부는 어디가 불편하기라도 한 듯, 몸을 부자연스럽게 움직이다가 곧바로 작은 의자에 조용히 파묻혀 있던 조금 전의 자세로 되돌아갔다 — 하지만 그의 발언은 그 누구도 예상치 못했던 일이라 적지 않은 효과를 가져왔다, 룰루 부부의 룰루 짓거리를 중단시켰고, 모두로 하여금 신부의 얼굴을 주목하게 만들었다. 잘 모르겠다. 과연 모두가 나와 똑같은 느낌을 받았는지는 — 저 통통한 손가락들, 셔츠 깃 때문에 붉게 물들어 보이는 목덜미의 피부, 육체의 투박한 촌스러움, 그가 안고 있는 골칫거리들, 분열과 권태, 콧대 위에 돋아난 여드름을 포함한 모든 것이 그를 야데츠카와 긴밀하게 결부시켰다. 신부와 야데츠카. 그가 입은 카속의 검은 빛깔, 꼼지락거리고 있는 그의 손가락들, 뭔가를 응시하고 있는 그녀의 눈동자, 그녀의 신뢰, 사랑에 관한 그녀의 권리, 그의 서투름과 미숙함, 그녀의 고뇌, 그의 고통, 그녀의 권리, 그의 절망, 모든 것, 이 모든 것이 분명하지만 동시에 불분명한 유대 속에서 서로 뒤섞였다, 인지할 수 있으면서 동시에 인지 불가능한, 자신들만의 고유한, 공동의 체액 속에서 끼리끼리 자신의, 자신에 의한,

자신을 위한 것만을 추구하면서.

나는 케이크를 먹었다. 나는 먹는 것을 멈추었다, 목구멍이 뻑뻑했다, 나는 입을 크게 벌린 채 들여다보았다…… 그것을…… 그것을…… 아, 대체 뭐라고 불러야 한단 말인가? 내면의 세계로의 귀환, 자신만의 공포, 불결함, 죄악, 아픈 상처, 자아비판, 오, 이기주의! 자신만의 고유한! 그리고 섬광처럼 퍼뜩 떠오르는 사실. 이 모든 것은 결국 고양이에게로 향하고 있다, 야옹아, 이리 와, 어서 와…… 고양이가 곧바로 나를 향해 기어 온다, 나는 고양이를 감지했다. 매장당한 고양이, 목 졸린 고양이를 감지했다 — 저쪽 편에서 참새와 막대기 사이에 매달려 있던 고양이를, 그 참새와 막대기는 정지된 상태로, 자신의 존재감을 과도하게 드러내면서, 자신의 부동성을 팽팽하게 유지하고 있었다, 저쪽 편에서, 남겨지고, 버려진 곳에서. 이 무슨 개 같은 경우란 말인가! 멀리 갈수록, 더욱 가까워지고 있다! 사소하고, 무의미해질수록, 더욱 집요하고, 강력해진다! 이 무슨 함정인가, 이 무슨 악의적인 조합인가, 이런 올가미가 또 어디 있단 말인가!

고양이, 목이 졸리고 — 매달린 고양이!

8

루드빅이 졸음에 겨운 말투로 레나에게 말했다, 눈을 좀 붙이는 게 좋겠다고. 맞는 말이다. 새벽부터 먼 길을 달려온 우리에게는 잠시 동안의 수면이 필요했다. 모두가 자리에서 일어나서 담요를 찾기 시작했다.

"티-리-리!"

레온의 멜로디였다. 하지만 평소보다 소리가 더욱 컸고, 어딘지 도발적이었다.

"당신은 어때요, 레온?"

그는 음식 찌꺼기와 그릇 들로 잔뜩 어질러진 식탁 주변에 앉아 있었다, 대머리, 번쩍이는 코안경, 이마에 송글송글 맺힌 땀방울.

"베르그!"

"뭐라고요?"

"베르그!"

"베르그가 대체 뭐예요?"

"베르그!"

레온에게서 친절과 호의는 그림자도 찾아볼 수 없었다. 파우누스[54], 카이사르, 바쿠스[55], 엘라가발루스[56], 아틸라[57]. 하지만 잠시 후 레온은 코안경 너머로 느닷없이 우호적인 미소를 지어 보였다.

"니체보[58], 늙은 여편네 같으니라고, 그러니까 두 놈의 유대인이 대화를 나누는데 말야…… 자기들끼리 우스갯소리를 주고받았는데…… 음, 다음에 말해 줄게……"

모든 것이 끝나고, 부서졌다…… 잔뜩 어질러진 채 아무렇게나 내버려진 테이블, 의자가 이리저리 옮겨진다, 담요, 텅 빈 방에 덩그러니 놓여 있는 침대들, 무기력감, 포도주, 기타 등등.

오후 5시경, 낮잠을 자고 난 뒤, 나는 집 밖으로 나왔다.

일행 중 대부분은 여전히 잠든 상태 — 밖에는 아무도 없었다. 드넓은 초원에는 가문비나무와 바위가 군데군데 자리 잡고 있었고, 햇볕이 비춰 뜨거웠다, 내 뒤에 있는 집은 잠으로,

---

54) 로마 신화에서 동물과 농경을 수호하는 숲의 신.

55) 로마 신화에서 풍요와 포도주의 신.

56) 로마의 황제. 재위 204(?)~222. 동물과 괴팍한 장난을 좋아한 것으로 유명하다.

57) 훈족의 왕. 재위 434?~453. 트란실바니아를 본거로 대제국을 건설했다.

58) Niczewo. 러시아어로 '아무것도 아니다.'라는 뜻.

파리 떼로 득실거렸고, 내 앞에는 초원이, 더 나아가면 산이, 그리하여 사방이, 주위가 온통 산으로 둘러싸여 있었다, 숲으로 에워싸인, 말 그대로 전형적인 산지(山地), 적막강산 한가운데에 도저히 믿을 수 없을 만큼 빽빽이 숲이 들어차 있었다. 이곳은 나의 공간이 아니다, 내게 이곳이 무슨 소용이란 말인가, 그럼에도 불구하고, 나는 지금 여기에 있다, 그 말은 다른 곳에 있어도 상관없다는 뜻이다, 모든 게 마찬가지다, 나는 알고 있다, 저 산자락 너머에 미지의, 또 다른 세상이 펼쳐져 있다는 걸, 하지만 그렇다고 완전히 낯설지는 않았다, 왜냐하면 나와 풍경 사이에 일종의 무관심이 자리 잡고 있기 때문이다, 그리고 그 무관심은 불쾌감, 심지어 그보다 더한 무언가로 바뀔 수도 있었다. 그럼 무엇으로? 심연 속에서 솟아오르고 있는 이 숲과 초원의 특별한 마취 상태 속에, 낯설고, 개별적이며, 별 흥미도 끌지 못하는 이곳에, 급작스러운 움켜쥠과 비틀기, 질식의 적나라한 가능성이 도사리고 있었다, 하, 하, 목매달기 — 그러나 그러한 가능성은 '너머에', '저편에' 존재한다. 나는 집 앞, 나무 사이, 그늘 속에 서 있었다. 기다란 풀잎을 뽑아 이를 쑤셨다. 무덥긴 했지만, 대기에는 활력이 넘쳤다.

주위를 둘러보았다. 내게서 다섯 발자국 정도 떨어진 곳에 레나가 있었다.

그녀가 서 있었다. 예기치 않게 보게 되니 무엇보다 그녀가 매우 작고, 어린애 같다는 생각이 들었다, 그리고 민소매의 녹색 블라우스가 눈에 들어왔다. 하지만 그건 그저 한순간에 불과했다. 나는 곧바로 고개를 돌려 다른 쪽을 바라보았다.

"아름답네요. 그렇죠?"

그녀가 말을 건넸다, 고작 다섯 발자국 떨어진 곳에 서 있으니 무슨 말이든 해야만 했기 때문이리라. 나는 여전히 그녀에게 시선을 주지 않았다, 쳐다보지 않으려니 죽을 지경이었다, 그녀가 내게 다가왔을까 ─ 내 곁에 ─ 그녀는 나와 뭔가를 시작하고 싶은 걸까 ─ 이 모든 것이 나를 두렵게 했다, 나는 그녀를 보지 않았다, 무엇을 해야 좋을지 아무 생각도 없었기 때문이다, 할 수 있는 게 아무것도 없었다, 서 있었다, 쳐다보지 않았다.

"아니, 왜 꿀 먹은 벙어리가 되었어요? 경치가 너무 황홀해서 그런가요?"

이런, 이건 룰루 패거리들이나 하는 말투였다, 아마 그들에게서 배운 모양이다……

"레온 씨가 이야기한 그 파노라마는 대체 어디 있을까요?"

뭔가를 말해야만 했기에, 내가 입을 열었다…… 그녀의 미소는 고요하고, 부드러웠다 ─ "내가 어찌 알겠어요?" 또다시 침묵, 하지만 이제는 그 침묵이 더 이상 그렇게 두드러지게 느껴지진 않았다, 모든 일이 오 랄랑티[59] 벌어지리라는 걸 고려하고 있었으므로, 더웠다, 다가오는 저녁, 돌멩이, 딱정벌레, 파리, 땅.

그녀가 다시 대답했다. "네, 아버지가 저녁 식사 후에 우리

59) au ralenti. 프랑스어로 '천천히'라는 뜻.

를 데려가 주실 거예요."

　나는 또다시 아무런 말도 하지 않았다, 내 앞에 펼쳐진 땅바
닥만 내려다보았다. 나와 땅 — 그녀는 구석에 서 있다. 어쩐
지 불편했고, 따분하기까지 했다, 나는 그녀가 어서 꺼져 주기
를 바랐다…… 또다시 뭔가 한마디라도 해야 할 것만 같은 순
간이 찾아왔다, 하지만 입을 열기 전에, 나는 곁눈질로 슬쩍,
그녀를 보았다, 그리고 그 짧은 순간에 그녀 또한 나를 보고
있지 않다는 사실을 알아차렸다, 그녀의 시선 역시 딴 곳을 향
하고 있었다, 내가 그렇듯이 — 그리고 나와 그녀, 서로가 시
선을 교환하지 않는 가운데, 뭔가 아주 먼 곳에서 비롯된 것만
같은, 어딘지 불쾌하고 미약한 기운이 나를 휘감았다, 우리는
제대로 충분히 머물지 못했다, 나와 그녀, 그녀와 나, 우리는
마치 저기 저편, 어딘가로부터 이곳에 내던져진 것만 같았다,
아프고 병든 채로, 우리는 이곳에 제대로 머물지 못했다, 마치
꿈속에 출몰한, 눈에는 보이지 않지만 뭔가 다른 것들과 연루
된 허깨비처럼. 그렇다면 그녀의 입은 여전히 거기, 부엌 아니
면 쪽방에 있는 입술의 혐오스러운 미끄러짐과 '연관되어' 있
을까? 확인해 볼 필요가 있다. 나는 슬쩍 눈길을 던졌지만, 그
녀의 입술을 제대로 볼 수가 없었다, 하지만 한 가지 사실만큼
은 곧장 깨달았는데, 그녀의 입은, 그 자체만 놓고 본다면, 저
쪽에 있는 입과 함께 존재한다는 사실이었다, 마치 지도 위에
표시된 두 개의 도시처럼, 별자리를 이루고 있는 두 개의 별
처럼. 그것도 이렇게 멀리 떨어져 있는 지금, 더욱더 긴밀하게
말이다.

"몇 시에 출발하나요?"

"아마 밤 11시 30분경일 거예요. 정확히는 모르겠어요."

나는 왜 그녀에게 그런 짓을 했을까?

나는 그렇게 자책했다…… 대체 왜 그랬을까, 그때, 첫날 밤, 복도에서…… 시작되었다……(우리의 음모는 처음엔 경솔하고, 변덕스럽게 여겨졌다, 마치 메뚜기와 같이, 하지만 그러한 음모들을 자꾸만 반복해서 곱씹어 보니, 그 안에는 격정적이고, 무자비하며, 짐승의 앞발과 같이 뭔가를 움켜쥐려는 본성이 내포되어 있음을 알게 되었다 — 그렇다면 대체 우리가 알 수 있는 게 뭐란 말인가? — 그때, 밤에, 거기에서, 복도에서, 처음으로 그녀의 입술이 카타시아의 입술과 결합되었다, 아, 일시적인 변덕, 환상, 세부 항목, 덧없는 연상 작용이여! 그리고 오늘? 이제 와서 뭘 할 수 있단 말인가? 제기랄, 뭘 해야 하지? 더구나 지금, 나 스스로 이미 그녀를 망가뜨려 놓은 마당에, 그리고 그녀의 입에 다가가서, 그 입을 움켜쥐고, 거기에 침을 뱉기에는 너무나도 멀리 떨어져 있으면서 말이다. 무엇 때문에 나는 그녀를 그렇게 망가뜨렸을까? 그것은 어린 소녀를 겁탈하는 것보다 더 끔찍한 일이었다, 그것은 나 스스로에 대한 겁탈이나 마찬가지였다, 나는 그녀와 나 스스로를 겁탈했다. 이러한 단어가 내 머릿속에 떠오르게 된 이면에는 신부가 자리하고 있었다, 그리고 이건 명백히 죄악의 냄새를 풍기고 있었다, 교회의 시각에서 보자면, 나는 이미 치명적인 죄악의 상태에 빠진 것이 틀림없었다, 그러자 내 눈 앞에 고양이가 보였다, 고양이가 나타났다.)

토양…… 흙덩어리…… 두 개의 덩어리가 몇 십 센티미터 떨어진 곳에 나란히 놓여 있다…… 몇 개인가? …… 두 개,

세 개…… 잠시 좀 걸어야겠다…… 그래, 인정하자…… 공기가…… 또 다른 흙덩어리…… 지름이 몇 센티미터일까?

"점심 식사 후에 낮잠을 잤어요."

그녀가 입을 벌려 말했다, 나는 알고 있었다(더 이상 모를 수가 없었다.), 저쪽에 있는 그 입 때문에 이미 그녀의 입이 망가졌다는 걸, 그리고 그녀의 입은……

이건 그녀가 아니었다. 그녀는 거기에, 집에, 하얗게 석회를 칠한 채, 말뚝에 묶어 놓은 작은 나무들이 있는 정원에 있었다. 나 또한 여기에 없었다. 하지만 바로 그렇기 때문에, 우리는 이곳에서 수백 배는 더 중요해졌다. 우리는 마치 우리 자신의 표상이 된 것 같았다. 토양…… 흙덩어리…… 풀밭…… 나는 알고 있었다, '먼 거리 덕분'이라는 것을, 나는 좀 걸을 필요가 있었다, 나는 왜 지금 여기에 서 있을까, 그 '먼 거리 덕분'에, 오늘, 이곳에서의 비중이 갑자기 광대해져 버렸다. 그리고 명백해졌다. 그 광대함, 그것의 저력은, 아, 그냥 내버려두자, 어서 가자! 광대함, 저 새는 뭘까, 광대함, 해가 벌써 기울고 있다, 산책…… 만약 내가 고양이를 목 졸랐다면 — 나는 그것을 매달았다, 나는 그녀 또한 목 졸라야 한다 — 매달아야 할 것이다, 그녀를…… 나 스스로를……

길가의 관목 숲에, 그것이, 참새가, 매달려 있다, 그리고 담벼락의 우묵한 안쪽에 막대기가 매달려 있다, 둘 다 매달려 있다, 하지만 그러한 부동성 안에 내재된 부동성은 부동성의 모든 경계선을 넘어서고 있다, 하나의 경계선을, 두 번째 경계선을, 세 번째 경계선을 넘어서고 있다, 네 번째, 다섯 번째 경계선을, 여섯 번째 돌멩이, 일곱 번째 돌멩이, 풀잎들……벌써 서늘해졌다…… 나는 주위를 둘러보았다, 그녀는 이미 없다, 자신의 음탕한 입과 함께 사라져 버렸고, 거기 어딘가에 입과 함께 존재할 것이다. 나는 떠났다, 다시 말해 내가 있던 자리를 떠났다, 그리고 풀밭 사이를 걸었다, 태양 아래서, 하지만 햇볕은 이미 덜 고통스럽게 느껴졌다 ― 그리고 깊숙한 산자락, 적막 속을 걸었다. 그 지역의 불쾌한 기운이 나의 주의력을 흩뜨려 놓았다, 풀밭에 널려 있는 돌멩이들이 보행을 어렵게 만들었다, 그녀가 내게 아무런 저항도 하지 않다니 얼마나 유감스러운 일인가, 하지만 다른 한편으로 생각해 보면, 말하는 것을 단지 소리를 내기 위한 구실로 여기는 사람에게 무슨 저항을 한단 말인가, 하, 하, 하, 그때 그녀가 어떻게 고백할 수 있었겠는가, 고양이를 죽인 뒤에, 그래, 어쩔 수 없지, 그녀는 아무 저항도 하지 않았고, 앞으로도 쭉 아무런 저항도 없으리라. 우리의 만남은 얼마나 불쾌했던가, 측면에 선 채로, 서로 쳐다보지도 않고, 마치 두 눈이 멀기라도 한 것처럼 ― 풀밭에는 점점 더 많은 꽃봉오리들이 피어날 것이다, 푸른색과 노란색, 가문비나무와 소나무를 쌓아 놓은 더미, 지대가 점점 내리막을 향하고 있다, 나는 꽤 멀리까지 왔다, 낯섦과 원거리의 이해할 수 없는 실체, 적막 속에서 날갯짓을 하는 나비들, 부드럽게 불어오는 산들바람, 대지와 초원, 산봉우리로 탈바꿈하는 숲, 그리고 나무 아래 대머리와 코안경 ― 레온이다.

그는 나무 그루터기에 앉아 담배를 피우고 있었다.

"여기서 뭘 하고 계신가요?"

"아무것도, 아무것도, 아무것도, 아무것도, 아무것도, 아무것도"

이렇게 대답하면서, 그는 더없이 행복한 미소를 지어 보였다.

"뭐가 그렇게 좋으시죠?"

"뭐가? 아무것도! 바로 이거. 아무것도! 헤헤, 이건 일종의 말장난 같은 거야, 그러니까 말일세, 흠…… 이 '아무것도'가 나를 기쁘게 해, 기억해 두게, 존경하는 이여, 친애하는 동지, 흥청거리는 한량, 할 일 없이 아무 곳이나 기웃거리는 놈팽이, 왜냐하면 이 '아무것도'가 실은 우리가 평생 동안 하고 있는 모든 것에 해당하거든. 어떤 이는 서 있고, 앉아 있고, 말하고, 글을 쓰지…… 아무것도 아닌 게야. 또 어떤 이는 물건을 사거나, 팔고, 결혼을 하거나, 결혼을 하지 않지 — 아무것도 아닌 거야. 그리고 어떤 이는 그루터~기에 앉아 있~기도 하지 — 역시 아무것도 아닌 거야. 샴페인이 아닌 그저 소다수에 불과하다고."

그는 단어들을 일부러 길게 늘여서 발음했다, 귀찮은 듯 무심하게, 내키지 않는 듯.

내가 말했다. "선생님께서는 마치 평생 동안 아무 일도 하지 않은 것처럼 말씀하시는군요."

"지금 일이라고 했나? 무슨 소리! 누구나 다 일을 한다고! 나도 물론! 은행 나부랭이에서! 쥐구멍만 한 은행에서! 코딱지만 한 은행은 찍소리도 못하고 뱃속으로 들어가 버렸지! 고래 뱃속으로 꿀꺽. 흠. 무려 삼십이 년이라고! 그래서 뭘? 결국 아무것도 아니었다고!

그는 잠시 머뭇거리다가 손을 번쩍 들어 올리더니 거기에 대고 입김을 불었다.

"손가락 사이로 빠져나가 버렸어!"

"뭐가 빠져나가 버렸다는 건가요?"

그는 콧소리가 섞인 단조로운 음성으로 대답했다.

"해[年]는 달[月]로 분해되고, 달은 날[日]로, 날은 시(時)로, 분(分)은 초(秒)로, 그리고 초는 다시 뿔뿔이 흩어져 버리지. 당신은 그걸 절대로 못 잡을 거요. 빠져나가 버리니까. 도망가고 있다고. 그럼 나는 뭘까? 나는 결국에는 흩어져 버리는, 일정량의 초가 모인 집합체인 거야. 그러므로 결론. 아무것도 아닌 거야. 아무것도 아니라고."

그는 갑자기 격해져서, 목소리를 높였다. "이건 도둑질이야!" 그는 코안경을 벗어던지고는 부들부들 떨기 시작했다, 늙은 영감탱이, 거리의 모퉁이나 지하철 안에서, 혹은 극장 앞에서 시위를 하는 늙은이들 가운데 한 사람처럼. 그에게 말을 걸어야 하나? 무슨 말이든 해야 할까? 하지만 무슨 말을? 오른쪽으로 가야 할지, 왼쪽으로 가야 할지, 나 자신도 알지 못해 여전히 헤매고 있는 마당에, 너무도 많은 요소와 맥락, 관계와 암시, 만약 내가 모든 것을 처음부터 다시 일일이 따져 본다면, 나는 아마도 어쩔 줄 몰라 우왕좌왕하겠지, 코르크, 컵 받침, 떨리는 손, 굴뚝, 산더미처럼 쌓인, 해독하기 힘들고, 서로 긴밀하게 연결되지도 못하는 사안들과 사물들, 하나의 세부 항목이 다른 하나와 결합되고 맞물리는 순간, 다른 세부 항목들도 서로 관계를 맺고, 또 다른 방향으로 흘러간다 ― 나는 이러한 과정의 반복 속에서 살아왔다, 마치 살아 있지 않은 것처럼, 혼란, 쓰레기 더미, 반죽 덩어리 ― 나는 쓰레기로 가득 찬 자루에 손을 집어넣었고, 아무거나 손에 잡히는 대로 꺼내 보면서, 과연 이걸로 나의 집을…… 지을 수 있을지 들여다보았다…… 특별한 형태를 가진 초라한 작은 집, 그리고 끝없이 계속되는 반복…… 하지만 여기 이 레온은 어떤가? 사실 나는 오래전부터 그런 생각을 해 왔다, 그가 내 주위를 맴돌고, 내 말투를 그대로 흉내 내곤 할 때, 우리 둘 사이에 뭔가 공통점이 존재하지 않을까 하는 의구심이 들었던 것이다, 비록 그는 초(秒) 안에서 헤매고 있고, 나는 세부 항목들 사이에서 길을 잃긴 했지만 말이다, 글쎄, 그리고 고려해 볼 만한 또 다른 증거들이 있다, 저녁 식탁에서 빵 부스러기를 뭉쳐 만든 덩어리들과 또 다른 세부 항목들, 그리고 티-리-리, 이유는 나도 모른다, 하지만 최근에, 또다시 그 역겨운 '자기 만족'(끼리끼리 자신의, 자신에 의한, 자신을 위한 것을 챙기라는)에 대한 공상이 내 머릿속에 떠올랐다, 그것은 톨렉이 있는 쪽에서, 신부가 있는 쪽에서 나를 향해 슬금슬금 기어 왔는데, 어쩐지 레온을 향하고 있는 것 같기도 했다. 이제 와서 참새와 저쪽 편의 집에서 발생했던 괴상한 일들에 관해 넌지시 언급해 본다고 무슨 큰일이 나는 것도 아니고. 레온에게 적용시켜 생각해 보면, 내가 미처 보지 못했던 뭔가를 알게 될 수도 있지 않을까, 나는 마치 수정 구슬이나 연기를 물끄러미 응시하고 있는 점쟁이 같았다.

"선생님께서는 뭔가 좀 불안해 보이네요, 뭐, 이상한 일도 아니죠…… 최근 며칠간 겪은 일들을 떠올려 보면요. 고양이하고 그 밖에 또…… 뭐, 어찌 보면 사소한 일이지만, 수수께끼 같기도 하죠, 사방에 득실대는 바퀴벌레처럼 떨쳐 내기 힘든 골칫거리 말입니다.”

“야옹이요? 야옹이 나비 따윌 걱정한다는 건 정말 하찮은 일이오! 이봐요, 형제님, 저 쇠파리를 좀 봐요, 얼마나 요란스럽게 울어 대는지, 불한당 같으니! 바로 어제까지만 해도 야옹이 시체가 내 신경을 살금살금 건드렸지만 — 하지만 오늘은 어떻죠? 오늘 내 시선은 하늘 높이 우뚝 솟은 산봉우리들을 향하고 있죠 — 오, 저 봉우리들은 꼭 내 딸자식 같군, 헤이, 헤이, 헤이, 근데 그게 그렇게 중요했던가?! 동의합니다. 지금 내 신경에는 분명 일종의 긴장 상태가 도사리고 있어요, 하지만 그건 말입니다, 스릴을 즐기는 거예요, 빰빠라 빰, 빰빠라 빰, 아주 성대하고, 흥겹게 말이죠, 얼씨구 지화자, 잔치로구나, 잔치! 축제! 이봐요, 꼬마 신사 양반, 정말 아무것도 발견 못했나요?”

“뭘 말입니까?”

그는 손가락으로 단춧구멍에 꽂아 놓은 꽃 한 송이를 가리켰다.

“친절을 베풀어 당신의 코를 내게 가까이 갖다 대고, 숨을 들이마셔요.”

나더러 자기 체취를 맡으라고? 레온의 엉뚱한 제안에 나는 도에 넘치게 경악하는 태도를 보였다.

“대체 무엇 때문에요?” 내가 물었다.

"몸에 향수를 살짝 뿌렸거든요."

"손님들을 위해서 향수를 뿌렸다는 말인가요?"

나는 나무 그루터기, 그에게서 조금 떨어진 곳에 자리를 잡고 앉았다. 코안경을 얹은 그의 대머리가 마치 둥근 수정 구슬 같았다. 나는 산들의 이름을 아는지 그에게 물었다, 하지만 그는 모르고 있었다, 계곡의 이름은 무엇인지 물었다, 하지만 예전에는 알았는데, 잊어버렸다고 우물거렸다.

"대체 당신에게 산이 뭔데 자꾸 묻는 거죠? 이름은 또 뭐라고요? 중요한 건 이름이 아닙니다."

그럼 뭐가 중요하냐고 묻고 싶었지만, 나는 질문을 멈췄다. 그가 스스로 입을 열도록 내버려 두는 편이 나으니까. 여기, 이 멀리 떨어진 곳에서 "산 넘고, 물 건너에서 마우고자트카가 산 사나이들과 춤을 추었지!"[60] 아하, 그렇군, 내가 푹스와 함께 담벼락을 향해 걸어갈 때, 거기서 막대기를 발견했을 때, 마치 세상의 끝처럼 멀리 떨어진 곳에서 누군가도 느꼈었구나 — 오줌 냄새와 매우 흡사한, 어떤 냄새를, 그리고 더위를, 담벼락을 — 그리고 지금, 여기, 물어서 뭐하겠는가, 스스로 이야기를 꺼내게 내버려 두자…… 왜냐하면, 지극히 당연하게도, 내 머릿속에서는 또다시 새로운 배열과 조합의 실타래가 펼쳐졌다가 뒤엉키기 시작했기 때문이다…… 하지만 입을 다무는 편이 낫겠다. 나는 마치 내가 그곳에 존재하지 않는 것처럼, 그렇게 앉아 있었다.

---

60) 「마우고자트카(Małgorzatka)」라는 폴란드 전통 민요의 도입부.

"티-리-리."

나의 무반응. 난 그저 앉아 있을 뿐이었다.

"티-리-리."

또다시 이어지는 나의 침묵, 풀밭, 하늘빛, 기울기 시작한 태양, 넓게 드리워진 그림자.

"티-리-리!"

하지만 이번에는 전력을 다해 내는 소리였다, 마치 공격 신호처럼 힘찬 소리. 그러고는 느닷없는 함성.

"베르그!"

강하고 분명한 외침…… 나로 하여금 그게 무슨 뜻인지 묻지 않고는 견딜 수 없도록 만드는.

"뭐라고요?"

"베르그!"

"베르그가 뭐예요?"

"베르그!"

"아, 네, 아까 선생님께서 이야기하셨죠, 두 명의 유대인 말예요…… 그 유대인들의 조크."

"조크라니 무슨 뜽딴지 같은 소리! 베르그! 베르그로, 베르그를 위해, 베르그 하기. ─ 알겠어요? ─ 베르그에 의한 베르그 하기 말입니다…… 티-리-리."

그가 교활한 어조로 덧붙였다.

레온은 손은 물론이고, 심지어 발까지 떨고 있었다 ─ 마치 자신의 내면에서 무언가가 덩실덩실 춤을 추기라도 하는 듯 ─ 승리에 도취된 채로. 그는 닿을 수 없는 심연, 어딘가에서 들려오는 소리마냥 기계적이고, 공허한 음색으로 계속해서 반복했다. "베르그…… 베르그." 마침내 그가 멈췄다. 그리고 기다렸다.

"자, 이제 됐고요, 나는 잠시 좀 걸어야겠습니다."

"앉으세요, 선생님, 이런 뙤약볕 아래서 무슨 산책을 하신다고…… 그늘에 있는 게 훨씬 쾌적해요. 좋잖아요. 이런 사소한 재미야말로 최고라고 할 수 있죠. 짜릿하니까요. 아주 맛이 좋답니다."

"당신이 사소한 재미를 좋아한다는 걸 일찍부터 알고 있었소."

"아니, 어떻게? 지금 뭐라고 하셨죠? 다시 한 번 말씀해 주시겠어요?"

그는 내면으로부터 터져 나오려는 웃음 때문에 매우 흥분된 상태였다.

"내 명예를 걸고 말합니다, 이건 아주 명백한 사실이에요, 지금 당신은 틀림없이 식탁보 위에서 내 배우자가 지켜보는 와중에, 내가 했던 장난들을 생각하고 있죠? 내가 스캔들에 휘말리지 않도록, 즉각적인 조치를 취하기 위해 그녀가 신중하게 지켜보는 가운데 했던 짓들 말예요, 그렇지 않아요? 하지만 중요한 건 말입니다, 그녀가 모르고 있다는 거예요……"

"무엇을 말인가요?"

"그게 베르그란 사실을 말이죠. 나의 벰베르그로, 벰베르그에 의해, 벰베르그를 위해서, 내가 베르그를 한다는 걸!"

"아, 네…… 선생님은 좀 쉬는 편이 좋겠어요, 저는 좀 걸을

게요."

"뭘 그렇게 서둘러 가나, 이 양반아? 잠시만 좀 기다려 보시게, 내 이야기를 해 줄 테니……"

"무슨 이야기요?" "당신이 관심을 갖고 있는 바로 그 이야기 말이오. 당신에게 아주 흥미로운……"

"당신은 불결한 사람이에요. 더럽다고요."

적막. 나무. 그늘. 작은 풀밭. 적막. 나는 조용히 중얼거렸다 — 무슨 상관이람? 최악의 경우라고 해 봤자, 나한테 화가 나서 집에서 쫓아내는 것밖에 더 있겠나. 그게 뭐 대수라고, 잠시 그러고 나면 끝나겠지, 그럼 다른 펜션으로 옮기거나, 아님 바르샤바로 돌아가야겠군, 아버지의 신경을 건드리기 위해, 그리고 날 못 견뎌 하는 어머니를 좌절에 빠뜨리기 위해…… 이런, 그가 화를 내지 않는군…… "당신은 아주 더럽고 추잡한 돼지 같아요." 내가 덧붙였다. 작은 풀밭. 적막. 내 의도는 딱 한 가지였다. 제발 그가 나를 미치게 만들지 않는 것. 문득 그가 정말 미치광이, 호모 멘테 캅투스[61]라면, 그 자신과 그가 지금까지 했던 모든 행동들, 모든 고백들이 그 의미를 상실하게 될지도 모른다는 두려움이 나를 엄습했다, 그러면 나의 사연 또한 비루한 존재의 무분별한 짓거리로 전락하고 말 것이다 — 아주 하찮게 돼 버리는 것이다. 하지만 그가 추잡함에 연루되었다고 단정 짓는 과정에서 얻은 깨달음…… 아, 그곳에서 그를 이용할 수도 있었는데, 거기에서 그가 나를

---

61) Homo mente captus. '정신이 사로잡힌 자'라는 뜻.

야데츠카와, 신부와, 나의 고양이와, 카타시아와 연결시켜 줄 수도 있었는데…… 거기에서 그는 내 작은 집의 외벽을 충실히 지탱하고 있는 벽돌 한 장보다 더 유용했으리라.

"왜 날 비난하는 거죠?" 레온이 대수롭지 않은 듯 태연하게 물었다.

"난 그런 적 없는데요."

자연의 고요함……

하긴, 내가 그를 화나게 했다 치더라도, 그의 분노는 어딘가, 멀리 떨어진 곳에 있었다…… 망원경으로나 간신히 볼 수 있을 만큼 멀리.

"당신이 무슨 권리로 그랬는지 물어봐도 될까요?"

"왜냐하면 선생님, 당신은 호색한이니까요."

"됐어, 됐다고! 이젠 정말 진절머리가 나! 제발 부탁입니다, 당신에게, 존엄하신 재판관에게 정중히 요청하건대, 나, 레온 보이티스, 모범적인 가장, 전과 기록이 하나도 없는 남자, 평생 뼈 빠지게 일하며, 가족의 생계를 위해 돈을 벌었죠, 일요일만 빼고, 밤낮으로, 집과 은행, 은행과 집을 오가다가, 지금은 은퇴했지만, 그렇다고 모범적인 생활을 하지 않는 것도 아니고, 매일 아침 6시 15분에 일어나서, 11시 반에 잠자리에 듭니다(물론 집사람의 허락을 받아 브리지 게임을 할 때도 있지만요.), 친애하는 신사 양반, 나는 배우자와 삼십칠 년간 부부로 지내 왔고, 심지어 단 한 번도, 아내 말고 다른 여자와 그러니까…… 흠, 흠…… 내 말은 아내를 배신한 적이 없다는 겁니다. 단 한 번도요. 삼십칠 년 동안 말이죠. 단 한 번도! 부탁입니다! 나는 너그럽고, 감성적이고, 이해심이 많고, 예의 바르고, 온화한 남편이자, 최고의 아버지입니다, 사랑이 넘치고, 사람들에게 친절하고, 늘 상냥한 태도로, 뭔가를 도와주려고 합니다, 제발 말해 주세요, 내 인생에서 대체 무엇이 당신으로 하여금 그런 판정을 내리도록 만들었는지, 내가 거기에서, 은밀하게, 무슨 짓거리를 저질렀다고 말입니다, 마치 내가 무슨 온갖 불법 행위와 만취 상태의 행패와, 카바레나 들락거리는 방탕한 생활과, 난잡한 술잔치와, 주색과, 사기와, 매춘부들과의 음탕한 짓거리를 모두 저지르기라도 한 것처럼 말이죠. 내가 중국식 등잔을 밝힌 채, 후궁을 끼고, 바쿠스 축제라도 즐겼다는 건가요? 하지만 당신이 두 눈으로 보다시피, 나는 지금 한가로이 앉아 담소를 나누고 있는 중이오, 그리고……"
그가 갑자기 내 얼굴에 대고, 위풍당당하게 소리를 질렀다.
"나는 이미 모든 잘못을 다 만회했소, 그리고 투티 프루티!"
투티 프루티! 이런 불한당이 또 있나!
"선생님, 당신은 자위 행위자입니다."
"뭐라고요? 다시 한 번 말해 주겠어요? 그 말을 내가 어떻게 이해해야 하죠?" "끼리끼리 자신의, 자신에 의한, 자신을 위한 짓 말입니다!"
"그게 무슨 말이오?" 나는 그의 얼굴 가까이에 내 얼굴을 바짝 들이대고 외쳤다.
"베르그!"
효과가 있었다. 무엇보다 그는 이 단어가 외부에서 자신한테 던져졌다는 사실에 놀란 나머지 부르르 떨었다. 아연실색하면서 짜증 섞인 표정으로 나를 쳐다보면서, 그가 비꼬았다.

"당신이 대체 뭘 안다고?"

하지만 금세 내면에서 터져 나오는 웃음으로 몸을 떨었다, 그 웃음 때문에 마치 그의 몸이 잔뜩 부풀어 오른 것 같았다.

"하, 하, 하, 물론 맞아요, 베르그로 베르그를 하는 건, 두 번이고, 세 번이고 얼마든지 할 수 있죠, 비밀스러운-베르그, 은밀한-베르그 시스템의 특별한 작동으로 밤이건 낮이건 아무 때나 가능하죠, 물론 가장 최적의 장소는 가족이 모여 앉은 식탁이에요, 마누라와 딸이 지켜보는 가운데, 몰래 뱀베르그를 하는 거죠! 베르그! 베르그! 이봐, 자네, 정말 날카로운 눈을 가졌는걸! 그나저나 말이오, 친애하는 신사 양반……"

그가 갑자기 진지하게 바뀌더니 생각에 잠겼다, 마치 뭔가를 기억해 내려는 듯했다, 그는 주머니 속으로 손을 집어넣어 뭔가를 꺼내더니 내게 자신의 손바닥을 보여 주었다. 설탕 조각 하나 — 알사탕 두 개 또는 세 개 — 포크에서 부러져 나온 뾰족한 창살 한 개 — 추잡한 사진 두 장 — 그리고 라이터 한 개.

세부 항목들! …… 마치 저쪽 편에 있던 흙덩어리, 화살표, 막대기, 참새처럼 사소한 것들! 나는 단번에 확신할 수 있었다, 그래, 바로 그였다!

"이게 뭡니까?" "뭐냐고요? 고등 법원의 소환장에 명시된 캔디-베르그와 처벌-베르그예요. '엄격한 지방 형벌 학교'의 처벌-베르그와 '맛있는 식료품 제조 학교'의 캔디-베르그. 바로 상과 벌이죠."

"선생님은 누구에게 그렇게 상을 주고, 벌을 내리는 건가요?"

"누구라고요?" 그는 한쪽 손을 앞으로 내민 채, 뻣뻣한 자세로 앉아 있었다, 그리고 '자기의' 손을 쳐다보았다 — 마치 '자기 스스로의' 손가락을 만지작거리는 신부처럼, 그리고 '자기 스스로' 사랑을 하는 야데츠카처럼…… 그리고…… 그리고…… 그리고 '자기 스스로를' 망쳐 버린 나처럼…… 그가 미치광이일지도 모른다는 내 걱정은 이미 사라졌다, 오히려 지금은 우리 둘이 함께 어떤 일을 열심히 도모하고 있는 것처럼 느껴졌다. 그렇다, 그건 아주 힘든 일이었다, 멀리 떨어져서 하는 일, 나는 사실상 건조하기 짝이 없는 이마를 '자기 스스로' 문질러 닦았다.

더웠다, 그러나 참기 힘든 정도는 아니었다……

그는 손가락에 침을 묻혀 자신의 손에다 대고 열심히 문질렀다, 그러고는 깊은 생각에 잠겨 자신의 손톱을 응시했다.

"당신은 스스로 래디시 껍질을 벗기는군요.[62]" 내가 논평했다.

그러자 그가 기뻐서 어쩔 줄 몰라 했다, 기쁨의 기색이 사방으로 뻗어 나가서 마치 앉은 상태에서 덩실덩실 춤을 추는 것 같았다.

"아, 네, 그래요, 내 명예를 걸고 맹세하죠, 나는 스스로 래디시 껍질을 벗기고 있어요."

---

62) "모두가 스스로 래디시 껍질을 벗긴다."는 폴란드 속담에서 인용. 모두들 각자 자신의 이익을 챙긴다는 의미.

"참새를 매단 게 당신인가요?" "뭐라고요? 누구요? 참새요? 아니에요. 말도 안 돼요!"

"그럼 누구 짓이죠?"

"내가 그걸 어떻게 알겠습니까?" 대화가 끊어졌다, 나는 여기, 이 고요한 풍경 속에서 대화를 다시 되살리는 게 좋을지 아닐지 몰라서 망설였다. 나는 바지에 묻은 마른 흙을 털어 냈다. 우리는 이 그루터기에 마치 두 명의 평의원들처럼 나란히 앉아 있었다, 단지 무슨 논의를 해야 좋은지 그 주제를 알지 못할 따름이었다. 내가 또다시 레온에게 말했다. "베르그……" 하지만 이번에는 좀 더 조용하고, 은밀하게 속삭였다, 내 직감은 틀리지 않았다, 그는 나를 경탄의 눈으로 바라보았고, 옷에 묻은 뭔가를 툭툭 털어 내면서, 중얼거렸다.

"베르그, 베르그, 당신에게 베르그-맨다운 자질이 엿보이는군요."

그가 단도직입적으로 물었다.

"당신은 뱀베르그를 하나요?"

그러고는 너털웃음을 터뜨렸다.

"친애하는 신사 양반! 이 귀염둥이 꼬마 신사, 내가 대체 어떻게 당신이 뱀베르그를 할 거라고 생각한 줄 아시오? 사랑스러운 당신의 조그만 머리통에 대체 무슨 생각이 들어 있을까나? 레온 보이티스, 저 얼간이 숙맥 같은 자식이 또다시 아무에게나 베르그 타령을 한다고 생각하겠지? 뭐, 착각은 자유라오! 당신이 그럴 거라고 생각한 이유는……"

"무엇 때문이죠?"

"아, 당신은 정말 호기심이 많군요! 하지만, 뭐, 좋아요, 얘길 해 주죠."

그는 내 귀를 가볍게 잡고는 ─ 귀에다 대고, 입김을 후우 불었다.

"말해 줄게요! 말 못할 이유가 뭐가 있다고? 왜냐하면 당신은 내 딸아이를, 그리고 '보이티스'라는 내 성(姓)을 물려받은, 내 딸 헬레나-레나를 놓고, 스스로 베르그 짓거리를 했으니까요, 베르그의, 베르그에 의한, 베르그를 위한 짓거리! 베르그를 갖고서. 그것도 남몰래 말이죠. 내 눈은 뭐, 폼으로 달려 있는 줄 알았나요? 이 무뢰한 같으니라고!"

"뭐라고요?"

"불량배!"

"당신이 원하는 게 뭡니까?"

"이 망나니 괴짜 같으니! 당신은 내 딸을 놓고 자기 스스로 베르그를 했어요! 교활한-베르그로, 애정 어린-베르그로 말이죠, 그리고 친애하는 당신은 그녀의 치마폭 속에서 뱀베르그를 하고는 그녀와 곧바로 부부 관계를 맺고 싶은 거지요, 사랑의-베르그, 넘버원으로 말이죠! 티-리-리! 티-리-리!"

나무껍질, 옹이와 마디, 잎맥 들, 결국 그가 알아채고 말았다, 어쨌든 간에 짐작을 했다…… 그러므로 내가 갖고 있는 비밀은 더 이상 비밀이 아니었다…… 하지만 무엇을 알았을까? 그와 어떻게 대화를 하지? 통상적으로, 아니면……사적으로?

"베르그." 내가 말했다.

그가 나를 경탄의 눈빛으로 쳐다보았다. 새하얀 작은 나비들의 무리, 빙글빙글 돌고 있는 일종의 구체(球體)가 풀밭 위를 날아간다, 그러고는 개울가의 낙엽송들 너머로 사라졌다. (거기에는 작은 개울이 있었다.)

"당신은 베르그를 했군요? 아하, 당신은 바보가 아니었어요! 나도 베르그를 합니다. 우리는 함께 뱀베르그를 하게 될 거예요! 장담하건대, 이봐요, 동지, 당신 입에 자물쇠를 꽉 채우시오, 그 누구에게도 단 한 마디도 뺑긋해서는 안 되오, 만약 젊은 신사 양반이 내 사랑하는 마누라, 그 여편네에게 한마디라도 뺑긋하는 날엔, 당신은 머리통부터 박살 난 채로, 집에서 쫓겨나게 될 거요, 내 사랑하는 딸의 부부 침대를 정복하겠다는, 불순한 욕정을 품은 대가로 말이오! 내 말이 무슨 뜻인지 알겠죠? 당신을 신뢰할 수 있다고 판단했기 때문에, 나는 중대한 발표를 하기로 결심했소…… b…… b…… 숫자 12. 137, 나의 가장 은밀한 비밀, 내가 뱀베르그한 것을 기념하기 위한 오늘의 축하연에 당신이 동참하는 걸 허락하겠소, 꽃과 향수로 기념하는 뱀베르그-축일 말이오. 바꿔 말하겠소, 친애하는 신사 양반, 당신은 내가 단지 경치나 즐기라고 당신들을 이곳에 초대한 줄 아시오?"

"그럼 우리를 왜 부른 거죠?"

"축하하기 위해서요."

"뭘 말인가요?"

"기념일을."

"무슨 기념일요?"

그가 나를 쳐다보았다, 그리고 경건한 태도로 말했다, 지나치게 걱정스러운 표정을 지으면서.

"무슨 날이냐고? 내 인생에서 가장 큰 환희를 기념하는 날이죠. 이십칠 년 전 그날 말예요."

그가 다시 나를 빤히 쳐다보았다. 마치 순교자의 눈빛과도 같은 거룩하고, 신비로운 시선으로. 그리고 덧붙였다.

"식모하고 말이죠."

"어떤 식모 말예요?"

"그 당시 우리 집에서 일하던 식모 말입니다. 이보세요! 내 일생에 딱 한 번 성공했다고요, 하지만 대단했죠! 나는 그날의 환희를 가장 거룩한 성사처럼 내 마음에 품고 있어요. 일생에 단 한 번이었으니까요!"

내가 산과 산, 바위와 바위, 숲과 숲으로 에워싸인 산세(山勢)를 둘러보는 동안, 그는 또다시 침묵에 잠겼다. 그는 다시 자신의 손가락에 침을 묻히고는 그것을 팔에다 대고 문지른 뒤, 물끄러미 들여다보았다. 그러고는 또다시 천천히, 평소와 같은 말투로, 장황하게 말을 잇기 시작했다.

"내 젊은 시절이 어땠는지 당신은 알아 둘 필요가 있을 것 같군요. 우리는 소코워프라는 작은 도시에 살았어요, 아버지는 협동조합의 조합장이었죠, 항상 조심 또 조심해야만 했답니다, 사람들이 금방 모든 걸 알아 버렸거든요, 당신도 알잖아요, 작은 마을에서 산다는 건, 마치 유리창 저편에 있는 것처럼 모든 게 훤히 들여다보인다는 걸요, 발자국 하나하나, 동작과 시선 하나하나, 모든 것이 마치 양탄자 위에 쭉 진열된 것 같았으니까요, 세상에, 나는 바로 그런 적나라한 시선들 속에

서 자랐답니다, 게다가 고백하건대, 나는 그리 용감한 타입이
못 되었어요, 하, 하, 수줍음이 많고, 조용했지요…… 글쎄요,
나도 모르겠어요…… 물론 이것저것 시도해 보기는 했죠, 뭐,
기회가 주어지면, 사람은 그럭저럭 헤쳐 나가기 마련이니까
요, 하지만 그리 잘나갔다고 말하긴, 힘들 것 같군요. 항상 뭔
가 부족했으니까요. 언제나 시선에 둘러싸여 있었죠. 그러다
가, 당신도 알다시피, 은행에 들어가게 되었고, 장가를 들었어
요, 그러고는 글쎄요, 뭐, 그럭저럭 살았어요, 따분하긴 했지
만, 그렇다고 참기 힘든 정도는 아니었고요, 뭐, 그냥 대충 지
냈답니다, 우리는 주로 작은 도시에서 살았어요. 마치 유리창
너머에 사는 것 같았죠, 모든 게 훤히 들여다보였거든요, 심
지어 지켜보는 시선이 더 많아졌답니다, 왜냐하면 부부 사이
라는 게, 아시다시피, 서로가 서로를 아침부터 밤까지, 밤부터
아침까지 주시하기 마련이니까요, 아내와 자식의 날카로운
시선을 견디며 사는 것이 어떤 것인지 짐작하겠죠, 허, 허, 나
원 참, 은행에서도 사람들이 쳐다보는 건 마찬가지였어요, 근
무 시간 동안에 책상에다 손톱으로 홈을 파서 새기는 것이 내
유일한 낙이었는데, 하루는 우리 부서 상사가 내 자리에 오더
니 손톱으로 대체 무슨 짓거리냐고 묻는 거예요, 맙소사, 뭐,
할 수 없었죠, 그러다 보니 당신도 짐작하다시피, 나는 점점
더 사소한 재미를 찾아 도망칠 수밖에 없었던 거예요, 구석으
로, 거의 보이지도 않는 모퉁이로 말이죠, 신사 양반, 우리가
드로호비츠에 살 때의 일인데요, 여배우 한 명이 초청 공연을
하기 위해 마을에 오게 되었답니다, 보기 드물게 화려한 외모

를 가진 그녀는, 한 마리 암사자나 다름없었어요, 나는 우연히 버스 안에서 그녀의 조그만 손을 건드리게 되었답니다, 그러자 젊은 양반, 과연 어땠을까요? 광란과 발작, 거친 흥분, 아, 그 일이 또다시 되풀이된다면 좋으려면, 하지만 그건 있을 수 없는 일이겠죠, 결국 나는 그 쓰라린 체험 이후 뼈저린 자각을 하게 되었답니다, 생각했죠 ─ 구태여 다른 사람의 손을 찾을 필요가 뭐가 있지, 내게도 멀쩡한 손이 두 개나 있는데 말야, 이보게, 믿어 주시오, 일정한 훈련을 거치고 나면, 한 손으로 다른 손을 만지고 더듬는 데 상당히 숙달된 전문가가 될 수 있거든요, 예를 들면 식탁 아래서 말이죠, 아무도 보지 못하니까요, 아니, 혹시 본다 쳐도, 뭐가 어때서요, 만지작거리는 거쯤은 얼마든지 할 수 있는 짓이잖아요, 손뿐이 아니라 허벅지로도 느낄 수가 있답니다, 아니면 손가락으로 귀를 쓰다듬을 수도 있어요, 왜냐하면 말이죠, 당신의 의도가 전율을 맛보는 것이고, 반드시 그러기를 원한다면, 스스로의 몸을 사용해서 얼마든지 희열을 느낄 수 있거든요, 뭐, 긴 말은 않겠습니다, 버섯이 반쪽이라도 없는 것보다는 훨씬 나은 법, 아, 그야 가능하기만 하면, 오달리스크[63]의 미녀를…… 하지만 그럴 수 없을 경우에는 말이죠……"

그는 벌떡 일어나더니, 절을 하고 나서 노래를 불렀다.

사랑하는 대상이 당신 곁에 없다면,

---

63) 터키 궁정의 여자 노예, 첩.

당신이 가진 걸 사랑하세요.

그는 다시 절을 하고 자리에 앉았다.

"그러므로 나는 불평하지 않겠습니다, 인생에서 적어도 하나는 건졌으니까요, 뭐, 필경 다른 이들은 더 많은 걸 얻었겠죠, 그치만 뭐, 그래서 어쩌라고요? 하지만 누가 알겠어요, 모두들 쉴 새 없이 떠벌리면서 이 여자, 저 여자와 붙어먹었노라고 허풍들을 떨어 대지만, 실제로는 별로 대단할 것도 없거든요, 그렇게 떠들어 대는 작자도 결국엔 집으로 돌아가서, 자리에 앉아, 신발을 벗고, 침대로 가서 홀로 잠자리에 들죠, 그렇다면 뭣 때문에 많은 말이 필요하겠어요, 적어도 나한텐 말입니다, 당신도 알다시피, 인간이 자기 스스로에게 몰두하게 되고, 자신에게 작고, 사소한 재미를 허락하게 되면, 아니, 꼭 에로틱한 즐거움을 말하는 건 아닙니다, 왜냐하면 예를 들어 빵부스러기를 뭉쳐 덩어리를 만들거나 코안경을 닦으면서 파사[64]와 같은 즐거움을 누릴 수도 있으니까요, 나는 이 년 동안이나 이런 짓을 되풀이해 왔답니다, 가족과 사무실의 복잡한 문제들, 정치적 사안들이 나를 괴롭힐 때마다 나는 코안경을…… 그러고는, 아, 내가 무슨 말을 하려고 했더라, 아하, 당신은 이런 사소한 것들이 어떻게 해서 굉장한 의미를 갖게 되는지 전혀 모를 겁니다, 사실 믿기 힘든 일이죠, 인간은 점점 성장하기 마련입니다, 당신이 저기, 멀리 볼히니아, 그 변방에 갔는데, 갑

---

64) 예전 터키에서 신분이 높은 사람을 부르던 호칭.

자기 발뒤꿈치가 근지럽다고 가정해 봅시다, 하긴 발뒤꿈치의 가려움에서 희열을 느끼는 사람도 있겠네요, 모든 것은 결국 관점의 차이에서 비롯되는 것이고, 의도를 어떻게 받아들이느냐에 달려 있으니까요, 이보세요, 만약 물집이 고통을 준다면, 즐거움을 주지 말란 법도 없지 않나요? 어금니 사이로 혀를 밀어 넣고 깨무는 건 어떨까요? 아, 그런데 내가 무슨 말을 하려고 했었죠? 쾌락주의, 희열주의, 어쩌면 이중적인 것일 수도 있습니다. 왜냐하면 프리뭄[65] 멧돼지, 버펄로, 사자, 세쿤둠[66] 작은 벼룩, 날파리, 에르고[67] 큰 규모 또는 작은 규모로, 하지만 만약 작은 규모라면, 잘게 분해하고, 용량을 따져 보고, 적절히 나누고, 재편성하는 능력이 요구되기 마련이죠, 왜냐하면 사탕을 먹는 것은 다음과 같은 단계로 나누어지거든요, 프리뭄 냄새 맡기, 세쿤둠 핥아 보기, 테르티움[68] 입안에 집어 넣기, 콰르툼[69] 혀와 침으로 장난치기, 퀸툼[70] 손에다 침을 뱉고, 들여다보기, 섹스툼[71] 이빨로 깨물기, 하지만 이 모든 단계가 충족되고 나면, 당신도 아시다시피 그럭저럭 견딜 만하게 되죠, 댄싱 파티나 샴페인, 저녁 만찬, 캐비어, 데콜테, 사각사각, 스타킹, 팬티, 유방, 더듬거림, 간지럼 따위가 굳이 없어도 말이죠,

---

65) primum. 라틴어로 '첫째'라는 뜻.
66) secundum. 라틴어로 '둘째'라는 뜻.
67) ergo. 그리스어로 '그래서', '그러니까'라는 뜻.
68) tertium. 라틴어로 '셋째'라는 뜻.
69) quartum. 라틴어로 '넷째'라는 뜻.
70) quintum. 라틴어로 '다섯째'라는 뜻.
71) sextum. 라틴어로 '여섯째'라는 뜻.

히, 히, 히, 아이고, 당신 지금 대체 내 목뒤에서 무슨 짓을 하는 거예요, 히히히, 하하하, 오호호, 깔깔깔. 나는 저녁 식탁에 앉아 우리 가족들, 그리고 손님들과 잡담을 나눕니다, 하지만 머릿속으로는 파리의 노래하는 카페에 와 있는 것처럼 남몰래 상상을 하는 거죠. 어디 한번 내 생각을 맞혀 보라지! 헤,헤,헤, 못 맞히는군! 이 모든 것들은 주어진 부채와 깃털 장식을 갖고, 얼마나 많은 황홀경을 내면에서 만끽하느냐에 따라 달라진다고 할 수 있죠. 마치 위대한 술탄 셸림이 그랬던 것처럼요. 중요한 건 발포하는 겁니다. 그리고 동시에 종을 울리는 거죠."

그는 벌떡 일어나더니, 절을 하고 나서 노래를 불렀다.

사랑하는 대상이 당신 곁에 없다면,
당신이 가진 걸 사랑하세요.

그는 다시 절을 하고 자리에 앉았다.

"당신은 속으로 지금 나를 미치광이라고 단정 짓고 있지요?" "어느 정도는 그렇습니다."

"뭐, 좋아요, 그렇게 생각해요, 그게 문제를 쉽게 만드는 데 도움이 되기도 하니까요. 나 또한 문제를 쉽게 만들기 위해 미치광이 노릇을 할 때도 있거든요. 만약 내가 문제를 쉽게 만들지 않으면, 이 모든 건 아마도 너무나 어렵게 느껴질 겁니다. 당신은 재미를 즐기는 걸 좋아하죠?"

"좋아합니다."

"거봐요, 젊은 양반, 이제야 말이 통하는군요. 단순한 거예요…… 인간이란…… 좋아하니까요…… 뭘? 달콤 짜릿 사랑 놀이를. 달콤 짜릿 사랑 놀이 베르그를.

"베르그." 내가 응답했다.

"뭐라고요?"

"베르그!"

"어떻게 그럴 수가?"

"베르그."

"됐어, 그만해요! 아니에요……" "베르그!"

"하,하,하,하, 당신은 정말로 나를 갖고 벰베르그를 하는군요. 당신은 정말 상상을 초월하는, 엉뚱한 사차원이군요. 누가 상상이나 했겠어요! 당신은 진정한 베르그-베르그맨이에요. 베르굼베르그! 자 가자! 전속력으로! 어서 빨리! 베르그-전진 태세로!" 나는 땅바닥을 뚫어지게 응시했다 — 그리고 또다시 땅바닥을 응시했다, 풀밭이 있고…… 흙덩이가 있다…… 그것도 수십억 개나!

"핥아요!"

"뭐라고요?"

"핥으라니까요, 핥기-베르그…… 아니면 자기 스스로에게 침을 뱉어요!"

"뭐라고요?! 지금 뭐라는 거예요?!" 내가 소리를 버럭 질렀다.

"베르그를 위해 벰베르그로 자신에게 침을 뱉으라는 겁니다!"

초원. 나무. 그루터기. 우연의 일치. 우발적인 사건. 당황하지 말자! 그가 '스스로에게 침을 뱉으라.'라고 한 것은 그저 우연일 뿐이다…… 입에다 뱉으라고는 안 했으니까…… 침착하자! 나에 관한 이야기가 아니다!

"오늘 밤 축하 의식이 벌어질 겁니다."

"무슨 의식이요?"

"오늘 밤에 성지 순례가 예정되어 있거든요."

"선생님은 신앙심이 굉장히 두터우시군요." 내가 논평을 하자, 그가 또다시 예의 그 어딘지 과도한 듯한 걱정의 표정을 지으면서 나를 쳐다보았다, 그러더니 아주 경건하면서 겸손한 어조로 말했다. "내가 어떻게 신앙심이 깊지 않을 수 있겠어요. 신심이란 절-대-적-인 것이고, 가-차-없-이 요구되는 법이잖아요, 아무리 사소한 재미라 할지라도 경건함이 담겨 있지 않으면 아무 소용도 없는 법, 이런, 내가 지금 무슨 말을 하고 있는 거지? 나도 모르겠네, 마치 거대한 수도원에 들어온 것처럼 이렇게 종종 까먹곤 한답니다, 이해해 주세요, 이 모든 건 내 성스러운 희열의 수도 의식이면서 거룩한 미사랍니다, 아멘, 아멘, 아멘."

그가 벌떡 일어서더니, 절을 했다. 그리고 성가의 첫 구절을 영창했다.

이테, 미사 에스트![72]

---

72) Ite, missa est. 라틴어로 '가라, 미사가 끝났다.'라는 뜻. 가톨릭에서 미사의 말미에 사제가 하는 인사.

그가 절을 하고, 자리에 앉았다.

"여기서 중요한 포인트는 말입니다." 그가 단도직입적으로 설명을 덧붙였다.

"젊은 레온 보이티스가 그의 회색빛 인생에서, 단 한 번의 희열을 경험했다는 사실입니다, 단언컨대, 그건 완벽했지요…… 이십칠 년 전, 이 산장에서. 식모하고 말입니다. 그래서 기념일이라는 거죠. 하긴 완벽한 기념일이라고는 할 수 없는 게, 아직 한 달 하고도 사흘이 남았거든요. 그런데 말입니다." 그가 나를 향해 몸을 숙였다.

"저들은 내가 경치를 즐기라고, 자기들을 이곳에 초대한 걸로 알고 있거든요. 하지만 난 일종의 성지 순례로 내가 그 식모와 함께 있었던 곳으로 사람들을 데려온 거랍니다…… 이십칠 년 전, 거기서 한 달 하고도 사흘이 모자란 날에…… 성지 순례를 위해 말이죠. 아내와 딸, 사위, 사제, 룰루 부부, 톨렉 부부, 이 모든 사람들이 내가 희열을 맛본 곳으로, 베르그로 베르그에 의해 재미 보기-베르그를 즐겼던 이곳으로 성지 순례를 오게 된 거죠, 그리고 자정이 되면 나는 계속 베르그를 할 겁니다, 내가 그녀와 베르그, 베르굼, 베르그, 베르굼을 하던 그 바위 밑에 그들이 도착할 때까지 말이죠! 자, 다들 동참하시오! 성지 순례-베르그, 희열-베르그에! 하하, 저들은 아무것도 모르고 있죠! 하지만 당신은 알고 있군요."

그가 미소를 지었다.

"그러니까 당신은 아무 말도 하지 않을 거죠?"

그가 미소를 지었다.

"당신은 뱀베르그를 하죠? 나도 뱀베르그를 합니다. 우리 함께 뱀베르그를 하자고요!"

그가 미소를 지었다.

"자, 이제 그만 가 주세요, 어서요, 경건한 집중 상태와 엄숙한 회상을 통해 내가 이 거룩한 미사를 완벽하게 준비할 수 있도록 말입니다, 신성한 날, 신성한 날, 야호, 최고로 신성한 날, 내가 단식과 기도 속에서 나 자신을 정화시킬 수 있도록, 그리하여 이 기념비적인 날에 내가 맛본, 인생 최고의 희열을 경건하게 기념할 수 있도록…… 자, 그만 가요! 아 리베데르키! [73]"

풀밭, 나무, 산. 저물어 가는 태양이 걸려 있는 하늘.

"나를 나사 풀린 사람이라고 생각하진 말아요…… 내가 미치광이 노릇을 하는 건, 문제를 쉽게 만들기 위해서니까…… 하지만 사실 나는 수도사이고, 주교입니다. 지금 몇 시죠?"

"6시가 넘었네요."

물론 그가 말한 '침 뱉기'는 우연의 일치에 불과하다, 내 안에 있는 레나의 입에 대해서 그는 알 리도 없고, 알지도 못한다, 그럼에도 불구하고 우연의 일치가 예상보다 자주 발생한다는 사실이 흥미로웠다, 마치 뭔가가 다른 뭔가에 끈끈하게 들러붙어 있는 것처럼 끈질기게 반복되는 밀착, 사건과 현상 들, 그것들은 마치 자석과도 같아서, 서로를 찾아 헤매다가, 마침내 가까운 곳에 놓이게 되면, 철커덕…… 달라붙는다…… 그것도 대부분은 닥치는 대로, 아무렇게나…… 하지

---

73) A rivederci. 라틴어에서 유래한 감탄어구로 '잘 가시오, 또 만나세!'라는 뜻.

만 레온은 레나에 대한 나의 열정을 알아차렸다, 뭐, 이상할 것도 없지, 어쨌거나 그는 만만찮은 전문가임에 틀림없다, 그렇다면 그가 참새를 매달았을까, 화살표와 막대기, 끌채를 갖다 놓고 소동을 일으킨 것도 그의 짓일까?…… 아마도 그럴 것이다…… 그래, 그의 짓이다…… 흥미롭다, 하지만 정말로 흥미로운 건, 그게 바로 그의 짓이라는 것이다, 아니면 그의 짓이 아니었을까, 뭐, 이젠 아무래도 상관없다, 그렇다고 바뀌는 건 아무것도 없으니까, 어찌 됐던 간에 참새와 막대기는 거기에 있다…… 똑같은 비중으로 팽팽한 균형을 유지하면서, 어느 한쪽도 열세를 보이지 않으면서, 맙소사, 그렇다면 정말 아무런 방법도 없단 말인가? 흥미롭다, 하지만 정말로 흥미로운 건, 우리 사이에 일종의 연관성이 존재한다는 것이다, 그것은 마치 톱니바퀴처럼 묘하게 맞물리는 관계였는데, 이따금 아주 명백하게 드러나기도 한다, 예를 들면 그도 역시…… 세부 항목에 경탄한다, 그가 벌인 일련의 소동들은 마치 나를 겨냥한 듯도 하다, 그렇다면 우리 사이에는 진짜로 공통점이 존재하는 걸까? — 하지만 어떤 공통점? — 그는 어찌 된 일인지 내 곁에서 맴돌았고, 나를 떠밀었고, 심지어 나를 이곳으로 견인하기도 했다…… 이따금 나는 정말로 그와 함께 일하고 있는 듯한 느낌을 받기도 했다 — 마치 고통스러운 출산을 함께 하는 듯한 — 그러니까 우리 둘이서 뭔가를 낳고 있는 듯한 느낌 말이다 — 잠깐, 잠깐, 하지만 다른 측면에서 생각해 보면(아님 세 번째 측면에서 생각해 보면? 그나저나 대체 측면은 몇 개나 있는 거지?) 그 '자기중심주의'를 잊어서는 안 된다, 그러니까 '끼리끼리 자신의 자신에 의한 자신을 위한 것' 말이다, 그렇다면 거기에 수수께끼의 열쇠가 숨어 있는 걸까, 이곳에서 반죽되고, 부글부글 끓어오르고 있는 것들을 이해하는 열쇠, 아하, 그러니까 '자신의, 자신에 의한 것'이란 이를테면 그가 있는 방향, 사제와 톨렉 부부가 있는 방향에서 밀려오는 파도와 같은 것이다 — 그리고 그 속에는 끔찍하게 고통스러운 뭔가가 있다 — 그것은 마치 저기 저 숲처럼 나를 향해 다가오고 있다, 아하, 숲, 우리는 '숲'이라고 말한다, 하지만 그 의미는 무엇일까, 하나의 잎사귀와 한 그루의 나무가 모여 만들어진, 얼마나 많은 세부 항목들과 하찮은 사안들이 모여야 숲이 완성되는 걸까, 우리는 '숲'이라고 말하지만, 그 단어는 분명치 않고, 익숙하지 않으며, 정립되지 않은 것들에 의해 조성된 것이다. 땅. 흙덩이. 돌멩이들. 맑게 갠 날, 당신은 어릴 때부터 잘 알고 있는 평범하고, 일상적인 사물들 틈에서 휴식을 취하고 있다, 잔디, 덤불, 강아지(혹은 고양이), 의자, 하지만 모든 사물이 거대한 군대나 헤아릴 수 없이 많은 벌 떼와도 같다는 것을 당신이 깨닫는 순간, 그것은 변한다. 나는 마치 트렁크 위에라도 앉은 것처럼, 나무 그루터기에 앉아서 기차를 기다렸다.

"오늘 밤 자정이 되면, 지금으로부터 이십칠 년 전, 한 달 하고도 나흘[74]이 모자란 그날에, 내가 평생 동안 단 하나의, 유일한 희열을 맛본 그 장소로 성지 순례를 갈 겁니다." 하지만 정

---

74) 앞에서는 사흘이라고 했는데 나흘로 바뀌었다. 작가의 치밀한 의도인지 아니면 단순한 실수인지는 확인할 길이 없다.

확한 정보를 전달하기 전에는 나를 보내고 싶지 않은 게 분명한 듯, 그가 서둘러 말을 이었다. "오늘 밤은 은밀하게 그날을 기념하는 벰베르굼이랍니다! 풍경! 풍경은 개뿔! 그 식모와 함께한, 내 위대한 희열의 날을 축하하기 위해 모두가 여기 모인 거죠…… 내가 말했잖아요, 식모와…… 산장에서……" 그가 소리를 질러 댔다, 나는 그의 곁을 떠났다, 풀밭, 나무들, 산들, 콘도르를 닮은 그림자……

나는 걸었다, 향기로운 풀, 노란빛과 붉은빛이 뒤섞인 꽃봉오리들, 향기, 거기에 있던, 혹은 거기에 없던 향기, 마치 내가 푹스와 함께 빗자루로 표시한 선을 따라 작은 정원을 걸어갈 때 풍겼던 향기처럼, 우리는 가까이 다가가고 있다, 말뚝에 묶어 놓은, 석회를 칠한 새하얀 작은 나무들이 늘어서 있는 구역을 지나 멀리 떨어진 경계선에, 잡초와 자갈이 잔뜩 널린 불모지, 황무지가 있는 곳에 이르렀다…… 그리고 오줌 혹은 다른 뭔가의 냄새, 폭염 속에 찌든 오줌 냄새, 그 넌더리 나는 무더위가 뿜어내는 악취 속에서 막대기는 이미 우리를 기다리고 있었다, 나중에 결합하기 위해서, 지금 당장은 아니지만, 나중에, 시간이 지난 뒤에, 끌채, 끌채와 결합하기 위해서, 뜨겁게 달궈진 헛간에서 아무렇게나 나뒹굴던 가죽 벨트, 그리고 고철 더미 속에 놓여 있던 끌채와 결합하기 위해서, 그리고 쓰레기와 결합하기 위해서, 반쯤 열린 헛간 문, 우리를 카타시아의 방과 부엌으로 떠밀었던 바로 그 끌채, 열쇠, 창문, 담쟁이덩굴, 다양한 타격 소리에 이끌려 우리가 도달한, 포동포동 안주인이 나무줄기를 두드리고, 레나가 탁자를 내리쳤던 곳, 그 소리가 나를 가문비나무로, 가지 위로, 아픔으로 내몰았다, 나는 나무를 타고 올라갔고, 거기에는 주전자, 주전자, 주전자, 그리고 나를 고양이 앞으로 내몬 주전자가 있었다…… 고양이, 고양이! 나는 고양이를, 고양이와 함께, 그때, 거기에…… 으, 더러운 요물, 던져 버려야지…… 나는 꿈결처럼 평온하게 이런저런 생각에 잠겼다, 풀밭도 잠들어 있었다, 천천히 걸었다, 발아래를 내려다보았다, 꽃송이들이 보인다, 분명 평지를 걷고 있었지만, 갑자기 함정에 빠지고 말았다.

그건 무(無)에 의해 만들어진 함정이었다, 바보 같으니라고…… 내 앞에 두 개의 그리 크지 않은 돌이 놓여 있다, 한 개는 오른쪽에, 다른 한 개는 왼쪽에, 그리고 왼쪽에 놓인 돌멩이로부터 왼쪽으로 조금 더 떨어진 곳에 개미들이 지나다니면서 토양 위에 생겨난 커피 색깔의 고랑이 있다, 그리고 그보다 더 왼쪽에는 제법 큰, 검은색의, 썩은 뿌리가 보인다 — 모든 것이 한 줄로 나란히 늘어서 있다, 태양 속에서 봉인된 채로, 덤불 속에 감춰진 채로, 빛 속에 가려진 채로 — 나는 두 돌 사이로 걸어가려고 했지만, 마지막 순간에 돌과 고랑 사이로 지나가기 위해 방향을 아주 조금 옆으로 틀었다, 그러니까 그건 최소한의 치우침이었다, 아주 살짝, 이 길로도, 저 길로도 갈 수 있도록 하기 위해…… 하지만 그 미세한 치우침은 정당화될 수 없는 것이었다, 그리하여, 나 스스로를 혼란에 빠뜨리고 말았다…… 그래서 나는 또다시 기계적으로 방향을 살짝 바꾸었다, 내가 애초에 원했던 대로, 두 돌 사이로 지나가기 위해서, 그러나 그 순간 나는 어떤 난관, 그것도 아주 미세한 난관에 부딪쳤다, 그리고 그 난관은 두 차례에 걸친 치우침 이후, 두 돌 사이로 지나가겠다는 내 의도가 이미 일종의 '결심'과도 같은 성향을 보이게 되었다는 사실에 기인하고 있었다, 아주 사소하긴 했지만, 그래도 엄연히 결심은 결심이었다. 하지만 그건 분명 정당화되지 못한 것이었는데, 왜냐하면 풀밭에 있는 사물들의 철저한 무관심은 나에게 결정을 내릴 수 있는 권한을 부여하지 않았기 때문이다, 내가 이쪽으로 지나가든, 저쪽으로 지나가든 무슨 차이가 있겠는가, 계곡은 어차피 숲에 둘러싸여 곤히 잠에 빠져 있고, 활기를 잃고 있었다, 마치 죽은 물고기나 파리의 윙윙거림처럼, 마취 상태에 취해 있었다. 적막. 침잠, 몰두, 열중. 그렇기 때문에 나는 두 돌 사이로 지나가기로 결정했다…… 하지만 결정은 몇 초 동안 망설임의 시간이 흐르는 사이에 더욱더 강한 결정을 요구하게끔 되었다, 하긴 어떤 결정을 내리든 마찬가지이긴 했지만…… 그래서 나는 또다시 멈추었다. 그리고 격분을 참지 못한 채, 조금 전 내가 원했던 대로, 돌과 고랑 사이로 지나가기 위해서 다시 한쪽 발을 옮겼다, 하지만 무려 세 번에 걸친 출발 시도 끝에 내가 돌과 고랑 사이를 지나간다면, 그것은 이미 평범한 통과가 아닌, 매우 심각한 의미를 갖게 된다는 것을 깨달았다…… 그래서 나는 썩은 뿌리와 고랑 사이로 지나가기로 결정했다…… 하지만 그렇게 하면, 마치 내가 겁을 집어먹은 것처럼 보일 수도 있다는 걸 깨달았다, 그래서 다시 돌과 고랑 사이를 통과하기로 결심했다, 하지만 제기랄, 이게 무슨 일이란 말인가, 대체 뭔가, 나는 여기, 이 평지에 더 이상 서 있고 싶지 않았다, 무슨 꼴인가, 나는 지금 유령과 싸우고 있는 걸까, 하느님 맙소사…… 뭐란 말인가? 무슨 꼴인가? 햇볕을 받아 뜨거워진 달콤한 잠의 기운이 허브와 꽃과 산을 온통 휘감았고, 풀잎 하나, 꽃잎 하나 움직이지 않았다. 나도 움직이지 않았다. 멈춰 섰다. 하지만 나의 정지는 점점 더 무책임한 것이 되었고, 심지어는 미친 짓거리처럼 느껴지기까지 했다, 내게는 서 있을 권리가 없었던 것이다, 그리하여 그것은 **불가능한 일이 되었다, 나는 가야만 한다**……하지만 나는 여전히 서 있다. 그리고 그때, 그 정지 상태에서, 나의 부동성은 거기 잡목 숲에 있는 참새의 부동성과 동일시되었고, 거기 그 자리에 꼼짝도 하지 않은 채 참새-막대기-고양이에 의해 이루어진 배열의 부동성과 일치되었다, 그리고 마치 내가 지금 여기 풀밭에서, 나의 부동성이 점점 견고해지고 있는 가운데, 꼼짝도 못 하고 서 있는 것과 마찬가지로, 부동성이 점점 높이 쌓여 가고 있는 그곳에서 끊임없이 조합을 만들어 내고 있는 죽은 사물들의 배열과도 하나가 되었다…… 그 순간 나는 움직였다. 한순간에 나는 내 안에 있는 모든 불가능을 떨쳐 버렸다, 그러고는 지극히 유연하게 그곳을 통과했다, 심지어는 어디로 가는지조차 인식하지 못했지만, 그건 아무 의미도 없었기에 중요치 않았다, 머릿속으로는 이미 다른 생각을 하고 있었다, 이곳은 태양이 일찍 저무는구나, 왜냐하면 산속이니까. 해는 벌써 거의 기울고 있었다. 나는 풀밭을 지나 집 쪽을 향해 걸었다, 휘파람을 불었다, 담배 한 대를 태웠다, 미처 말끔히 치우지 못한 찌꺼기처럼, 이 작은 소동의 희미한 기억만이 내 안에 남았다. 벌써 집에 왔다. 아무도 없다. 창문, 대문, 훤히 열려 있다, 비어 있다, 나는 침대에 누웠다, 휴식을 취했다, 내가 다시 아래층으로 내려왔을 때, 포동포동 안주인이 알코브 근처를 서성거리고 있었다.

"다들 어디 갔나요?"

"산책 나갔어요. 코블러[75]를 좀 드시겠어요?"

그녀가 내게 코블러를 따라 주었다, 그리고 침묵이 흘렀다 — 어딘지 우울하고, 피로하고, 체념의 기운이 감도는 침묵 — 우리 둘 다 말을 하고 싶지 않고, 말을 할 수도 없다는 사실을 굳이 감추려 들지 않았다. 나는 천천히, 홀짝홀짝 코블러를 마셨다, 그녀는 창턱에 앉아 쉬면서 창밖을 내다보았다, 마치 오랜 시간 행군을 해서 기진맥진한 사람처럼 보였다.

"비톨 씨." 그녀는 내 이름 '비톨트'에서 마지막 '트' 자를 아예 발음하지도 않고, 나를 불렀다, 그녀가 뭔가 긴장했을 때 나오는 버릇이었다. "저런 아무 데서나 굴러먹은 듯 헤픈 여자, 어디서 또 본 적 있으신가요? 심지어 성직자조차 가만 내버려 두지 않는군요! 설마 저들이 나를 매춘굴 마담이라고 여기는 건 아니겠죠?!" 그녀가 극도의 흥분 상태에서 소리쳤다. "난 못 참겠어요! 저 사람들에게 남의 집을 방문할 때 지켜야 할 예절을 가르쳐 줘야겠군요! 그런데 저 헐렁한 니커스를 차려입은 멋쟁이[76]는 정말 최악이네요, 아, 이 세상은 공포 그 자

75) 포도주에 설탕과 레몬 등을 섞고 얼음을 넣어 차게 해서 마시는 음료.
76) 룰루를 지칭한다.

체로군요, 비톨 씨, 만약 그녀가 혼자서 교태를 부리고, 유혹을 했다면, 뭐, 그런대로 봐주겠어요, 그런데 그게 아니라 저 니커스 바람의 멋쟁이하고 그녀가 함께 저지른 일이랍니다, 버젓이 남편과 함께 그 부인이 다른 남자를 유혹한다는 게 말이나 되나요? 도저히 믿기지 않는 일이죠, 아, 글쎄 저 남자가 저 여자를 그의 무릎에 앉혔다니까요, 이건 완벽한 스캔들이죠, 남편이 자기 아내를 낯선 남자의 품으로 들이밀다니, 그것도 신혼 기간 중에 말예요, 내 딸아이가 저렇게 도덕 관념도 없고, 못 배운 친구들과 사귈 줄은 정말 꿈에도 생각지 못했답니다, 모든 게 야데츠카에 대한 앙심 때문에 벌어진 일이에요, 다들 그녀의 신혼을 망치려고 작정을 한 거죠, 비톨 씨, 나는 그동안 정말 볼 꼴, 못 볼 꼴 많이 봤지만, 살다 살다 이런 꼴은 난생 처음 봐요, 난 정말 이런 매춘부는 눈감아 줄 수가 없네요."

그녀가 물었다.

"레온을 보셨나요?"

"네, 조금 전에 그를 만났어요. 앉아 있었죠, 나무 그루터기에……"

나는 또다시 느릿느릿 코블러를 마셨다, 무슨 말을 더 할까 싶기도 했지만, 그녀도, 나도 딱히 그러고 싶은 마음이 들지 않았다, 쇠약한 기력, 말이 뭐가 필요한가, 그러니까…… 우린…… 너무 멀리…… 산 너머, 숲 반대편에……와 있었던 것이다…… 우리는 어딘가 다른 곳에 있었다.

하지만 이런 느낌은 부재(不在)와 결핍에 의해 비롯된 것이었다, 마치 아무것도 느끼지 못하는 것 같은 그런 느낌…… 나는 유리잔을 한쪽 옆에다 밀어 놓고 몇 마디 더 지껄이다가, 집 밖으로 나왔다.

나는 또다시 풀밭에 나왔다, 하지만 이번에는 반대 방향으로 걸어갔다 — 그들을 찾기 위해. 주머니에 두 손을 집어넣고, 고개를 숙인 채, 골똘히 생각에 잠겼으나, 아무런 생각도 떠오르지 않았다 — 마치 누군가 내게서 생각이란 걸 모조리 빼앗아 가 버린 것만 같았다. 깃털 장식처럼 나무가 군데군데 자라 있고, 외투와도 같이 숲으로 빙 둘러싸인, 그리고 잔등이에 돋아난 혹처럼 생긴 산봉우리가, 계곡-골짜기가 뒤쪽에서부터 나를 엄습해 왔다, 마치 와르르 돌 더미가 무너져 내리는 소리처럼, 멀리서 쏟아져 내리는 폭포의 굉음처럼, 구약 성서에 나오는 대사건처럼, 아니면 별빛처럼. 내 앞에는 초원이 끝도 없이 펼쳐져 있었다. 나는 고개를 들었다 — 룰루 부부의 킬킬거리는 소리가 내 귓전을 때렸다 — 일행이 나무 뒤에서 모습을 드러냈다, 헤이, 룰루, 우린 정말 죽이 잘 맞는 것 같아요, 룰라, 날 좀 지나가게 내버려 둬, 안 그러면 손가락으로 당신을 쿡쿡 찌를 거야, 블라우스, 스카프, 손수건, 니커스, 모두가 정신없이 지나가고 있다, 그들은 나를 발견하자 손을 흔들었다, 나 역시 손을 흔들었다.

"어디 계셨어요? 길을 잃고 헤맨 거예요? 우리는 저기 저 언덕까지 쭉 걸어갔었답니다……" 나는 그들의 무리에 끼어들었다, 그리고 그들과 함께 이제는 자취를 감춰 버린 태양이 걸려 있던 쪽으로 걸어갔다 — 태양이 남긴 건, 찬란하고 눈부신 무(無)였다, 마치 숨겨진 우물처럼 산의 저편에서 비취 오는 희미한 섬광의 흔적, 일종의 태양의 공허라고 해야 할까 — 잔광이 하늘을 보랏빛으로 물들였다, 내부에서 뿜어져 나오는 그 희미한 광채는 더 이상 대지의 표면에 와 닿지 못했다. 나는 주위를 둘러보았다, 아직 빛의 여운이 남아 있긴 했지만, 아래쪽의 모든 것이 변했다 — 그리고 열쇠를 돌려서 자물쇠를 잠그듯, 무관심과 체념, 과밀(過密)의 기운이 갑자기 솟아났다, 산, 언덕, 나무, 바위 들은 자신의 종말을 드러내면서 단지 독자적으로 존재할 뿐이었다. 그리고 우리 일행의 명랑 쾌활함은 마치 불협화음과도 같았다⋯⋯ 유리가 깨질 때와 같은 소음, 아무도, 그 누구와 함께 걷지 않는다, 제각기 개별적으로 움직이고 있다, 룰루 부부는 한옆에서 걷는다, 그녀가 앞장서고, 그가 뒤를 따른다, 환희에 찬 표정을 지으면서, 하지만 그들의 표정에서 곤충의 침과 같은 것이 흘러나오고 있다⋯⋯ 한가운데에 레나가 루드빅, 푹스와 함께 자리를 차지하고 있다, 그보다 조금 떨어진 곳에 톨렉과 야데츠카, 그들의 뒤를 신부가 따른다 — 모두가 띄엄띄엄 떨어져 있다. 나는 그들이 너무 많다고 생각했다. 나는 근심스럽게 생각했다, 이 사람들 모두와 함께 대체 뭘 하면 좋을까?

⋯⋯ 그리고 푹스가 나를 놀라게 했다, 그는 펄쩍펄쩍 뛰고, 기뻐 어쩔 줄 몰라 하면서, 소리쳤다. "레나 씨, 제 입장을 좀 옹호해 주세요!" 그러자 룰루시아가 말했다. "레나, 이 양반을 도와주면 안 돼, 그는 신혼이 아니라고!" 그러자 푹스가 말한다. "나는 언제나 신혼이에요. 내게는 매일매일이 허니문이라고요!" 룰루가 말했다. "아니, 저 양반은 왜 자꾸 월경 타령을

하는 거야, 지겨워 죽겠군그래!"

레나가 조그맣게 웃음을 터뜨렸다……

아, 꿀…… 이 세 커플의 끈적끈적한, 허니문의 꿀…… 야데츠카의 손에 의해 그 꿀은 스스로의 고유한 집에서 만든 꿀로, 혹은 오로지 자신만을 위한 꿀로 바뀌었다, 몇몇 특정한 체취들이 그러하듯이, 왜냐하면 그녀가 '스스로 자신의 냄새를 맡는다 해도, 그녀는 아무렇지도 않을 것이며' 그녀는 본래 목욕을 하지 않기 때문이다, 뭐 하러 목욕 따윌 하겠는가, 설령 목욕을 한다손 쳐도, 정말 진지하게 몸을 씻는다 해도, 그건 단지 자기 자신을 위해서, 위생을 위해서 하는 일뿐, 누군가를 위한 행위는 아닌 것이다. 룰루 부부는 푹스를 공격했지만, 그들이 겨냥한 건 사실 야데츠카였다, 푹스는 단지 당구의 쿠션에 불과할 뿐이었다…… 푹스는 그러한 사실을 잘 알고 있었지만, 누군가가 마침내 자신에게 농담을 던졌다는 사실에 감격한 나머지, 얼굴이 시뻘개질 정도로 황홀경에 빠져 거의 춤이라도 출 것처럼 기뻐 날뛰었다, 이 남자, 드로즈도프스키의 희생양은 지금 이 비루한 환희 속에서 아양을 떨고 있는 중이다. 그가 톨렉 부부의 옆에서 덩실덩실 춤을 추는 동안 본질적이고, 혐오스러운 적막이 깃들었다. 내 발밑에는 풀밭이 ── 꼬임, 감아올림, 기울어짐, 구부러짐, 부러짐, 버려짐, 말라서 버석버석해짐과 같은 ── 각각의 입장과 상태에 놓인, 줄기와 잎사귀로 이뤄진 ── 또 다른 풀밭이 모습을 드러냈다, 반짝거리며, 달아나며, 하나의 풀밭으로 흡수되면서, 풀밭은 산을 향해 숨을 헐떡이며 달음질치고 있었다, 하지만 풀밭은 이미 자물쇠를 채운 채 고립되어 있었고, 풀이 죽어 있었고, 스스로를 비난하고 있었다.

우리는 천천히 걸었다. 푹스의 웃음소리는 룰루 부부의 킬 킬거림 때문에 더욱 바보스럽게 들렸다! 나는 그의 이 바보 같 은 짓거리가 예기치 않게 점점 크레셴도가 되어 가고 있다는 사실이 사뭇 당혹스러웠다, 하지만 보다 더 난처한 것은 꿀이 었다. 꿀이 점점 더 늘어나고 있었던 것이다. 이 모든 건 '허니 문'에서 비롯되었다. 하지만 지금 '꿀'은 (야데츠카 덕분에) 점 점 더 '고유하고', '본질적인' 것이 되었고…… 더욱더 역겨운 것이 되었다…… 거기에는 신부도 한몫했다…… 손가락의 만 지작거림을 통해서……

사랑의 꿀, 하지만 동시에 메스꺼운 꿀은 또한 나와도 어느 정도 연관이 있었다. 그래, 연관성. 아, 연관 짓는 것은 이제 그 만 ― 연상도 그만.

서두르지 않고 터덜터덜 걷는 발걸음은 우리를 목가적인 풍경의 작은 시냇가로 인도했다. 푹스가 앞장서서 달려가더 니 시내를 건너가기에 적합한 지점을 찾아내고는 "이쪽으로." 라고 소리쳤다. 불빛의 부재(不在)가 안쪽으로 자꾸만 깊숙이 파고들어 가, 산비탈에 자리 잡은 숲의 프레임이 만들어 낸 어 스름한 빛줄기를 관통했다. 룰루시아가 외쳤다. "룰루, 제발 내 슬리퍼를 아깝게 여겨서 날 좀 업어 줘요, 업고 냇물을 건 너가 줘요! 아이고!"

룰루가 거만한 어조로 대답했다. "톨렉 씨, 당신이 그녀를 좀 업어 주시오!"

톨렉이 대답 대신 헛기침을 하자, 룰루시아는 자신의 작은 엉덩이를 흔들면서 이 세상에서 가장 순진한 여학생과 같은, 진지하기 짝이 없는 표정을 지어 보였다. "제게 자비를 좀 베풀어 주세요, 저는 너무 지쳤답니다. 정말이에요, 완전히 녹초가 되었다고요!"

그러자 이 사건은 다음과 같이 전개되었다. 룰루시아는 룰루를 향해 소리를 질렀다. "이 야비한 놈아!" 그러고는 거의 춤을 추듯이 톨렉에게 달려들었다. "톨렉 씨, 날 좀 불쌍히 여겨 주세요. 남편이 나를 내팽개쳤답니다. 제발 제 슬리퍼를 아깝게 여겨 주세요!" 그러고는 자신의 다리 한쪽을 앞으로 내밀었다. 룰루가 말했다. "톨렉 씨, 자, 하나, 둘, 셋, 어차피 벌어질 일은 벌어지게 되어 있어요, 정말입니다!" 그러자 룰루시아의 응답. "하나, 둘, 셋!" 그러고는 그의 팔에 매달렸다. 룰루가 말한다. "자, 어서 갑시다, 어차피 일어나게 될 일이라니까요. 하나, 둘, 셋!" 나는 이러한 소동을 필요 이상으로 주시하진 않았다, 그보다는 우리를 에워싸고 있는 주변 환경에, 혹은 저기 먼 곳에서 준엄하게 우리를 감싸고 있는 거대한 산세에 정신을 빼앗기고 있었던 것이다, 산은 구불구불 넘실대는 숲으로 둘러싸여 더욱 장엄해 보였다.(물론 우리 머리 위 저 높은 곳에 광채가 있었지만, 그러나 그건 이미 단절된 상태였다.) 그럼에도 불구하고 나는 똑똑히 볼 수 있었다, 룰루 부부는 출전 (出戰)의 춤을 추고 있고, 기병 대장은 아무것도 하지 않았으며, 푹스는 더없는 행복감을 만끽하고 있고, 루드빅은 아무것도 하지 않았으며, 신부는 서 있고, 레나는…… 나는 왜 그때,

첫날 밤에, 복도에서, 카타시아의 입술로 그녀를 망쳐 놓았을까? 그리고 나는 왜, 그다음 날 그 사실을 잊어버리는 대신, 다시 되돌아가서, 기억을 되새겼을까?…… 나는 한 가지 사실이 궁금했다, 한 가지 사실이 내 흥미를 끌었다, 그러니까, 그러한 연상 작용은 내 일시적인 변덕에서 비롯된 것일까, 아니면 내가 무의식중에 감지했던 그 입술과 그녀의 입 사이에는 정말 어떤 연관성이 존재하는 걸까? — 하지만 어떻게? 도대체 어떻게?

오만 방자한 변덕? 변덕의 자유를 위한 결단? 아니다. 나는 스스로 잘못했다고 느끼지 않았다. 분명 내게 벌어진 일이긴 하지만, 그렇다고 내가 한 일은 아니다…… 내가 무엇 때문에 의도적으로 그녀를 혐오스럽게 만들었겠는가, 그녀가 없다면 내 삶도 더 이상 조화롭고, 신선하고, 생동감 넘칠 수가 없을 텐데, 그저 무감각하고, 부패하고, 기괴하고, 혐오스러운 삶만 지속될 뿐일 텐데, 지금 여기, 황홀한 매력을 갖고 눈앞에 서 있지만, 쳐다보고 싶지는 않은 그녀가 없다면 말이다. 나는 그녀보다는 풀밭을 쳐다보는 편이 좋았고, 머릿속으로는 계곡을 생각하는 편이 나았다. 하지만 카타시아와의 그 음탕한 연계성 때문에 내가 더 이상 그녀를 사랑할 수 없게 된 것은 아니다, 절대 그렇지 않다, 요점은 그게 아니다, 아니 오히려 내가 그녀를 사랑할 수 없게 된 것보다 훨씬 더 나쁜 경우에 해당한다, 나는 단지 아무런 욕구도 느낄 수가 없었던 것이다, 아무런 느낌이 없었다. 왜냐하면, 그건 마치 내 몸에 뾰루지가 잔뜩 돋아난 것과 비슷한데, 여기저기 뾰루지가 난 상태에서는 세상에서 가장 아름다운 비너스가 눈앞에 있어도, 아무런 감정도 느끼지 못할 것이기 때문이다. 그리하여 나는 그녀를 쳐다보지 않았다. 뭔가 거북하고, 기분이 좋지 않았다, 그래서 원치 않았던 것이다…… 잠깐…… 잠깐만…… 그렇다면 혐오스러운 존재는 나였을까, 그녀가 아니라? 그렇구나, 내가 바로 혐오감 유발자였던 것이다, 내 잘못이다. 더 이상 파헤치지 않겠다. 추측도 그만하리라…… 잠깐, 잠깐만, "그녀를 업어 주세요.", 줄무늬 양말을 신은 룰루의 종아리, "톨렉 씨, 그녀를 좀 업어 주세요, 친구 사이에 그 정도쯤이야. 당신도 우리처럼 신혼이잖아요!"

그러자 야데츠카의 목소리, 가슴 깊은 곳에서 울려 퍼지는 듯 깊고, 믿음직스럽고, 고상한 음성!

"톨렉, 부탁이에요, 그녀를 업고 길을 건너가 줘요!"

나는 쳐다보았다. 톨렉은 이미 룰루시아를 시냇가의 건너편 풀밭에 내려놓고 있다, 소동은 끝났다, 우리는 또다시 걷는다, 천천히 풀밭 위를 걷는다, 꿀, 왜 하필 꿀인가, 꿀과 사제의 손가락, 나는 걸었다, 마치 바스락거림과 그림자들과 뿔뿔이 흩어진 알 수 없는 형체들로 가득한 숲 속을 한밤중에 걷는 것처럼, 마치 모든 사물들이 날카로움을 잃고, 초점 잃은 눈으로 아무것도 분간할 수 없는 깊은 물속에 빠진 것처럼, 그리고 레온, 베르그에 의한, 베르그를 위한, 벰베르그를 하는 레온은 어떤가? 우리는 얼마나 더 오랫동안 이 비밀스러운 행군을 계속해야 하는가? 야수는 과연 어디에서 불쑥 튀어나올 것인가?

풀밭에서, 우리를 폐허와 공터로 묵묵히 인도하는 산, 보이지 않는 거대한 침전물과 부재(不在)의 온상, 맹인과 벙어리의 요새가 켜켜이 쌓여 있는 산으로 에워싸인 이곳, 이 풀밭에서 나무 뒤편에서, 집이 아닌 집이 모습을 드러냈다, 그것은 단지 집이 아니기 때문에 존재했다…… 그것은 저쪽 편에 있던 그 집이 아니었으므로, 거기, 자신의 내부에 배열, 그러니까 매달린 참새 — 매달린 막대기 — 목이 졸린 채로, 매달리고, 파묻힌 고양이로 이어지는 배열의 시스템을 내포하고 있던 곳, 바로 그 집이 아니었으므로. 거기서는 모든 것이 카타시아의 '손상된' 입에 의해 철저한 관리와 보살핌을 받고 있다, 부엌이나 정원, 아니면 현관에 있을지도 모를 그 입에 의해.

여기 이쪽 편의 집을 통한 저기 저쪽 편에 있는 집의 현현(顯現)은 성가시기 짝이 없었다 — 하지만 동시에 병들어 있었다, 그것도 아주 철저하고도 끔찍하게 — 게다가 단지 아프기만 한 것이 아니라 약탈적인 성향까지 띠고 있었다 — 더 이상 아무 방법이 없다고, 나는 생각했다, 뭐, 할 수 없지, 저기 저 별자리, 형상, 배열과 시스템, 그것은 이미 헝클어뜨릴 수 없는 것이다, 끊을 수도 없고, 벗어날 수도 없다, 모든 게 불가항력이다. 그렇다. 그렇기 때문에 나는 그저 풀밭을 걸었다, 루드빅이 내게 물었다, 면도칼을 좀 빌려 줄 수 있느냐고. "물론입니다, 당연하죠. 얼마든지 쓰세요!" 그리고 (나는 생각했다.) 이것은 도저히 극복할 수 없는 일이다, 왜냐하면 이것에 맞서기 위한 모든 종류의 저항이나 회피의 시도는 오히려 우리를 더욱더 복잡한 혼란에 빠뜨리고 말기 때문이다, 마치 움직이면 움직일수록 더욱 깊이 빠져드는 수렁과도 같이……

뭐, 누가 알겠는가, 이 모든 일이 내게 일어난 것은 아마도 내가 그것에 맞서 스스로를 방어했기 때문이 아닐까, 그렇다, 어쩌면 나는 지나치게 두려워했는지도 모른다, 카타시아의 입술과 레나가 처음으로 내게서 뒤엉켰을 때, 그 첫 번째의 경련이 나를 휘어잡아 버렸던 것이다, 그리고 거기에서부터 모든 것이 시작되었다…… 그렇다면 나의 방어가 공격보다 앞서 시도되었더라면 어땠을까?…… 하지만 확신할 수 없다…… 아무튼 지금은 이미 너무 늦었다, 종양이 나의 경계선 어딘가에 돋아났고, 우리 사이에 싹튼 허위와 오류는 내가 그것을 없애려고 할수록 더욱더 견고해졌다.

우리 앞에 있는 집은 석양에 의해 이리저리 물어뜯겨서, 그 형체만 보일 뿐, 기본적인 자재(資材) 따위는 이미 분간할 수가 없었다. 그리고 계곡은 마치 모조품 성배(聖杯)나 독이 든 꽃다발처럼 무기력함으로 가득 차 있었다, 하늘은 사라졌다, 커튼이 드리워지고, 닫혔다, 저항력은 자꾸만 커져 간다, 사물들은 이제 더 이상 동참하려 들지 않았다, 그것들은 굴속으로, 소멸로, 절망으로, 붕괴로, 분열로, 종말로 기어들어 가고 있다 ─ 비록 아직까지는 희미한 빛이 남아 있긴 하지만 ─ 시각 그 자체의 악의적인 힘에 이리저리 휘둘리고 있다. 나는 미소를 지었다, 왜냐하면 어둠이 꽤 적절하고, 편리하다고 느껴졌기 때문이다, 아무것도 보이지 않는 한, 다가갈 수 있고, 만질 수 있고, 감쌀 수 있고, 껴안을 수 있고, 광기에 이를 때까지 사랑을 나눌 수도 있기 때문이다, 하지만 어쩌겠는가, 나는 아무런 욕구도 느끼질 못했다, 아무것도 원치 않았다, 내게는 습진이 있었다, 나는 아팠다, 아무것도, 아무것도, 그저 침을 뱉고 싶다, 그녀의 입에다 침을 뱉고 싶다, 그것 말고는 원하는 것이 아무것도 없었다.

난 정말로 하고 싶지 않았다.

"보세요!" 나는 그 돼지 같은 불결함이 자신의 단 하나밖에 없는, 유일한 사랑에게 말하는 소리를 들었다, 조용히, 하지만 경건하게 (나는 그들을 쳐다보진 않았지만, 그 말은 지평선의 보랏빛 어스름을 가리키고 있다는 걸 확신할 수 있었다.) "보세요!" 그녀가 자신의 기관인 입을 사용해서 다정하고도 기품 있게 말했다, 그러자 곧바로 들려왔다, "보고 있소." 낮은 바리톤의, 역시 다정한 음성을. 하지만 사제는? 사제와 그의 손은 어떻게 되었지?! 그쪽 편에서는 무슨 일이 벌어지고 있을까?

집 앞에서 푹스는 누가 먼저 대문에 도착하는지 룰루와 시합을 벌였다.

우리는 집 안으로 들어갔다. 포동포동 안주인은 부엌에 있었다. 레온이 수건을 들고, 옆방으로 사라졌다.

"자, 준비, 망주시움![77], 반짝반짝 빛날 때까지 나를 박박 문질러 줘요, 자, 망주시움! 냠냠, 쩝쩝, 오줌 쌀 시간도 없네요, 어서 먹읍시다, 어이, 형제, 헤이, 아싸, 헤이, 산 사나이, 내게 과일 타르트를 줘요, 꿀꺽, 꿀꺽, 꿀꺽, 하느님 아버지, 우리 뱃가죽을 두둑하게 해 주십사옵고!"

---

77) manżusium. 프랑스어로 '먹다.'라는 뜻의 동사 manger에다 라틴어식으로 'sium'을 붙여 조어를 만들었다.

루드빅이 다시 한 번 내게 면도칼을 빌려 달라고 했다. ─ 그러자 바로 레온이 나를 팔꿈치로 툭툭 치면서 손목시계를 빌려 줄 수 없는지 물었다, 자신의 시계를 믿을 수 없다면서. 나는 그에게 손목시계를 건네주었고, 그에게 시간을 정확히 맞추는 것이 그렇게 중요하냐고 물었다, 그러자 그가 모든 것이 분 단위로 진행되어야 한다고 대답했다! 잠시 후 루드빅이 돌아왔다, 그러고는 나더러 노끈을 좀 빌려 줄 수 있느냐고 물었다, 하지만 내게는 노끈이 없었다. 나는 생각했다. 손목시계, 면도칼, 노끈, 한 사람이 요청하고, 또 다른 사람이 요청한다, 이것은 무엇인가, 저쪽 편에서 뭔가가 또다시 시작되려는 걸까?…… 얼마나 많은 사안들이 나와 관련되어 모습을 드러내는 걸까, 또한 나와는 상관없이 얼마나 많은 의미들이 생겨나게 될까? ─ 가까스로 모습을 드러내고는, 애벌레와 같은 잠재적인 단계를 거쳤다가, 어쩌면 사라지거나, 어쩌면 다른 모습으로 변형될 수도 있으리라 ─ 그리고 예를 들어 저 사제는 어떻게 되는 걸까?

테이블은 이미 부분적으로 세팅이 완료되었다, 집 밖을 휘감고 있는 석양이 더욱 짙어졌다, 계단 언저리에는 이미 밤이 찾아왔다, 하지만 위층에 있는 우리 방, 푹스가 창틀에 걸터앉아 손거울을 보면서 머리를 매만지고 있는 이곳에는 아직도 빛의 흔적이 남아 있었다 ─ 여기서 대략 2킬로미터쯤 떨어진, 산비탈에 있는 숲 속에서 뿜어져 나오는 검은 기운이 도둑처럼 살금살금 창문을 통해 방 안으로 기어들어 오고 있었다. 집 주변에 있는 나무들이 버스럭거렸다, 바람이 살랑살랑

불고 있었다. "유쾌한 광경이군!" 폭스가 계속해서 말을 이었다. "저들은 지금 만족스러워 어쩔 줄 몰라 하고 있어, 확실하다니까, 너도 두 눈으로 봤잖아, 하지만 산책 도중에 무슨 일이 일어났는지는 아마 짐작도 못 할 거야, 아주 가관이었어, 하지만 저들이 누군가를 쳐다보고 있는 꼴을 보노라면, 너는 웃느라고 배꼽이 빠질걸, 뭐, 별로 권장하고 싶지는 않지만, 엄연히 사실이야, 뭐, 별로 놀랍지도 않다는 것을 인정할 수밖에 없군…… 제일 고약한 게 뭔 줄 알아…… 그건 그녀가 그처럼…… 감동을 받았다는 거야…… 제발 친절을 베풀어 거울을 좀 잡아 줘…… 하긴 룰루시아의 행동도 그리 놀라울 건 없지, 결국 아버지의 돈으로 저런 훤칠한 청년을 차지해 버린 야데츠카의 수완은 약간 짜증스럽긴 하지만, 무엇보다 둘이 서로 잘 어울려야 할 텐데 말이지…… 레나에겐 좀 당혹스러운 일일 거야, 결국 저들은 그녀의 손님이니까, 둘 다 그녀의 친구들이고, 게다가 그녀에게는 이 모든 걸 감당할 능력이 없잖아, 거기에 루드빅은 아예 없는 거나 마찬가지니, 원, 괴상한 사내지, 그저 바깥일에나 어울리는 타입이라고 해야 할까, 멀끔하게 잘 차려입은 기능인 같아, 대체 레나가 왜 그런 남자와, 역시 의문이야, 음, 하지만 사람들은 종종 우발적으로 파트너를 선택하곤 하지, 하지만 곧 후회해, 세 쌍의 신혼부부, 신경 쓰지 말아야겠어, 아무래도 불결함을 벗어나진 못할걸, 하지만 한편으로는 인정해야만 해, 너무 자주, 너무 많이 하는 건 건강에 해롭다는 걸, 룰루시아가 복수심에 사로잡혀 있는 것도 나는 별로 놀랄 일이 아니라고 봐…… 알겠어, 그녀는 룰루와 함께 야데츠카를 덮쳤어…… ”

"덮쳤다니, 어떻게 말이야?"

"내가 이 두 눈으로 똑똑히 봤어. 그러니까 아침 식사 때였을 거야. 성냥개비를 줍기 위해 몸을 숙였다가 보고야 말았지. 그의 손이 테이블 밑 무릎 위에 놓여 있었고, 야데츠카의 손은 1센티미터 정도밖에 안 떨어진, 아주 가까운 곳에 놓여 있었어, 그것도 꽤 부자연스러운 자세로. 나머지 스토리는 네가 알아서 짐작할 수 있을 거야."

"환영을 본 거군."

"사실이야! 나는 그쪽 방면에 꽤 소질이 있거든. 하지만 룰루시아 또한 그 사실을 눈치채고 말았지…… 그녀의 표정을 보고 알아챌 수 있었어…… 아무튼 그렇게 해서 지금은 그녀와 룰루, 둘 다 야데츠카에게 화가 단단히 났어……"

나는 더 이상 논쟁을 하고 싶지 않았다, 나는 과잉에 넌더리가 났다, 만약 뭔가가 이러이러하다면, 왜 이러이러하지 않을 수는 없는 것인가, 야데츠카가 이런 여자라면, 야데츠카는 왜 이런 여자가 아닐 수는 없는 걸까, 아, 결국 나는 그녀가 바로 이러이러할 수밖에 없는 정당성을 뒷받침하는 수천, 수만 가지 이유를 찾아내리라…… 그렇다면 푹스가 헛갈리거나 혼동했을 확률도 있지 않겠는가, 그는 환영을 본 것이 틀림없었다…… 어쩌면 내가 알지 못하는 어떤 타당한 이유로 그런 이야기를 지어냈을지도 모른다…… 나는 아팠다, 아팠다, 정말 아팠다. 그리고 그 두 개의 손이 서로에게 응답했을까 봐, 서로를 끌어당겼을까 봐 두려웠다, 그러한 두려움은 나로 하여금 스스로의 손을 꽉 움켜쥐게 했다. 얼마나 많은 위험이 도사리고 있는지! 그는 계속해서 지껄이면서, 셔츠를 갈아입고, 자신의 붉은 얼굴을 앞으로 쑥 내밀었다, 그는 자신만의 붉은 방법으로 계속해서 수다를 떨었다, 하늘은 무(無)를 향해 저물었다, 아래층에서는 레온이 계속해서 아내와 레나를 찾으면서 움, 움 거리는 소리가 들려왔다. 나는 날카롭게 물었다.

"그럼 드로즈도프스키는?"

그가 갑자기 시무룩해졌다.

"제기랄! 내게 그걸 상기시키다니, 이 개자식! 이제 며칠 안 있으면 그 가련한 드로즈[78]와 또다시 마주쳐야 한다는 걸, 그것도 하루에 여덟 시간이나, 무려 여덟 시간이나 그 트집쟁이와 보내야 한다는 걸 생각만 해도 역겨워서 토할 것 같은데, 내 신경을 건드리는 그 비상한 재주가 대체 어디서 나오는 건지 정말 알 수가 없단 말야…… 그 사람이 시시콜콜 내 다리를 걸고, 나를 괴롭히는 꼴을 네가 두 눈으로 봐야 하는데! 하지만 그게 뭐 어때서, 카르페 디엠, 흥청망청, 이 순간을 즐기고 놀아야지, 레오눔[79]이 말했듯이 말야, 재미와 쾌락이 있는 곳에 내가 있다, 어때, 내 말이 옳은가, 그른가?"

아래층에서 포동포동 안주인의 음성이 들려왔다.

"자, 내려오세요, 테이블에 먹을거리가 준비되어 있습니다."

그녀의 목소리는 나무처럼 아무런 감정도 섞여 있지 않았

---

78) 드로즈도프스키를 줄여서 부르는 말.
79) 레온 뒤에 'um'을 붙인 말.

고, 심지어는 돌처럼 냉정하기까지 했다. 지금 내 앞에 있는 창문 옆의 벽은 다른 여느 벽들처럼, 알록달록했다…… 나뭇결과 비슷한 줄무늬, 붉은색 점무늬, 두 줄의 긁힌 자국, 엷게 벗겨진 칠, 거의 자취를 감춘 가느다란 선, 이 모든 것들이 그리 많지는 않았지만, 그래도 엄연히 존재했다, 지난 세월로 인해 축적된 것들, 그리고 바로 여기 그물에 걸려 가라앉은 것들, 나는 푹스에게 카타시아에 대해 물었다, 궁금했던 것이다, 카타시아가 어떻게 지내는지, 별일은 없는지, 너는 어떻게 생각해? 나는 잠시 동안 내가 던진 질문에 귀를 기울였다……

"그곳에서 뭐, 별일 있겠어! 너는 내 생각이 어떤지 알고 싶은 거로군? 내 의견은 간단해, 만약 우리가 이번 휴가를 보이티스 부부의 집에서 이렇게 따분하게 보내지 않았더라면, 아무 일도 일어나지 않았으리라는 것, 그게 바로 내 의견이야. 이보게, 동지, 권태란 본래 공포보다 더 큰 눈동자를 가지고 있는 법이야! 누군가가 따분해하는 순간, 그가 무슨 생각을 하고 있는지 당장에 신(神)이 알아차려 버리거든! 자, 내려가……"

아래층은 어두컴컴했다, 게다가 비좁고 갑갑했다, 현관은 보기 흉했고, 튀어나온 두 개의 붙박이 의자 탓에 테이블은 한쪽 구석으로 밀려날 수밖에 없었다, 일행 중에 일부는 벌써 거기 앉아 있었다 — 그들은 당연한 듯 킬킬거리면서 시시덕거렸다. "어둡고 비좁군, 신혼부부들에겐 안성맞춤이야", 그러자 포동포동 안주인이 등유 램프 두 개를 가져와서 불빛과도 비슷한 뭔가를 만들어 냈다. 잠시 후 램프 한 개가 선반 위에 놓이고, 다른 한 개가 찬장 위에 놓이자 불꽃은 훨씬 강하게 피어올랐다, 그러자 대각선에서 마주 보며 비스듬히 비치는 두 개의 광선이 테이블 주위에 둘러앉은 우리의 육체적 현존을 더욱 거대하게 만들고, 모든 걸 몽환적으로 탈바꿈시켰다, 커다란 그림자들이 뭉게구름처럼 한데 뭉쳐 흔들리면서 벽에다 이리저리 붓질을 했다, 빛은 어둠 속에 파묻힌 얼굴과 토르소의 부분 부분을 날카롭게 포착해 냈다, 그리고 나머지 부위들은 연기처럼 사라졌다, 혼잡함과 비좁음이 더욱 심해졌다, 말 그대로 덤불이었다, 그렇다, 빽빽했다, 그리고 그 속에 파묻힌 손과 옷소매, 목 들의 형상이 점점 더 커지고, 점점 더 강해졌다, 고기를 향해 내미는 손들, 보드카를 따르는 손들, 그리고 거기에는 마치 하마나 마스토돈이 출몰하기라도 한 듯 착시와 환영의 가능성이 떠돌고 있었다. 램프는 바깥의 어둠을, 그 어둠의 야수성을 더욱 강렬하게 만드는 효과를 자아냈다, 나는 룰루시아의 옆자리에 앉았다, 레나는 야데츠카와 푹스 사이에 앉았다, 제법 거리를 둔 반대편에서, 몽환적인 장면들이 펼쳐지는 가운데, 머리들이 서로 결합되었고, 접시를 향해 뻗은 손들이 마치 뒤엉킨 나뭇가지처럼 벽면에 나타났다. 그 자리에는 식욕 또한 충분했다, 그들은 멈추지 않고, 음식을 먹어 치웠다, 햄과 송아지 고기, 로스트비프, 그리고 겨자가 테이블 위에서 끊임없이 빙글빙글 돌고 있다. 나 또한 식욕이 충만한 상태였다, 하지만 입에다 침을 뱉어야 한다, 침 뱉기가 음식을 먹는 데 방해가 되었다. 야데츠카가 무아지경에 빠진 채, 톨렉으로 하여금 그녀의 접시에 샐러드를 덜어 주는 것을 허락했다, 나는 머리가 터져 버릴 것만 같았다, 어떻게 그녀는 내가 생각했던 것과 이처럼 다를 뿐 아니라, 푹스가 말했던 것처럼 이러이러할 수가 있을까, 하지만 그건 전혀 불가능한 일은 아니었다, 그녀는 충분히 이러이러할 수 있었던 것이다, 자신의 기관인 입과 함께, 그리고 자신의 황홀경과 함께, 왜냐하면 모든 건 항상 가능하기 때문이다, 수백만 개의 있음직한 이유 속에서 언제든지 개별적인 조합의 정당화를 위한 근거를 발견할 수 있기 때문이다, 하지만 사제, 저기서 단 한마디도 하지 않고, 클루스키[80] 혹은 오트밀을 먹고 있는 저 사제는 대체 뭘까, 그는 귀찮은 듯 느릿느릿 먹는 중이다, 음식을 먹는 그의 매너는 완전히 시골 사람 같았고, 빈약해 보였으며, 뭔가에 짓밟힌 듯 주눅 들어 보였다, 마치 바퀴벌레와도 같이(하지만 나는 모른다, 내가 제대로 아는 건 아무것도 없었다, 나는 천장을 쳐다보았다), 저 사제는 대체 어떤 작자일까, 그가 앉아 있는 쪽에서 과연 뭔가가 형성될 수 있을까? 무슨 일이 벌어지게 될까? 나는 음식을 충분히 먹었다, 하지만 메스꺼웠다, 하지만 메스꺼워하고 있는 게 바로 나였다, 송아지 고기가 아니라, 아, 이 얼마나 유감스러운 일인가, 망가짐으로 인해 스스로를 망가뜨려 버리다니, 나는 스스로 모든 것을 망쳐 놓았다…… 하지만 크게 걱정스럽진 않았다, 이렇게 멀리 있는데, 걱정할 게 뭐가 있겠는가? 레온 역시 멀리서 식사를 하고 있는 중이다. 그는 마침 붙박이 의자 근처의 한쪽 구석에 앉아

---

80) 수제비와 비슷한 경단으로 주로 스프에 넣어 먹는다.

있었다, 그의 둥그런 두개골 아래쪽에서 앞으로 불거져 나온 코안경이 마치 두 개의 물방울처럼 반짝거렸다, 그의 얼굴이 접시 위에서 둥둥 떠다니고 있었다, 그는 빵과 햄을 잘게 잘랐다, 그리고 그의 절차가 시작되었다, 포크로 두드리기, 입으로 가져가기, 삽입하기, 혀로 맛보기, 씹기, 삼키기, 그가 입 속에서 각각의 조각을 완전히 해치우기까지는 꽤 많은 시간이 소요되었다. 이상한 일이다, 그가 아무 말도 하지 않다니, 아마도 테이블에서 그의 말에 선뜻 반응을 보일 만한 사람이 없었기 때문이리라, 그들은 그저 입에다 음식을 쑤셔 넣고 있었다. 음식을 먹으며 그는 만족해했다. 음식을 먹으며 자위행위를 했다, 물론 그건 꽤 피곤한 일이었다, 게다가 기병 대장 옆에 앉은 야데츠카의 만족감, 비록 비슷하지 않은 것들이 서로 비슷해지긴 했지만(끼리끼리 자신의 자신에 의한 자신들을 위한 행위), 그녀의 식사와는 별개로 거기에는 사제의 식사도 개입되어 있었다, 시골 사람처럼 우걱우걱 씹어 먹는, 어딘지 모르게 불결한 식사. '먹는 행위'는 '입'과 연결이 되었다, 이 모든 것에도 불구하고, '입'이 또다시 등장했다, 입에다 침을 뱉기, 입에다 침을 뱉기…… 나는 꾸역꾸역 음식을 먹었다, 심지어 식욕이 없는 것도 아니었다, 이렇게 식욕을 느낀다는 건, 내가 나의 침 뱉기에 익숙해졌다는, 꽤 끔찍스러운 증거였다, 하지만 두려움은 나를 두렵게 만들지 않았다, 그것은 멀리 있으니까……

　나는 차갑게 조리한 송아지 고기와 샐러드를 먹었다. 보드카.

"11일."

"11일은 화요일이에요."

"…… 아래쪽을 은도금했군. 뭐, 나쁘지 않은걸……."

"…… 적십자사로 갔는데, 그들이 말하기를……"

대화. 다양한 어휘들, 여기저기서 "아니면 땅콩을 좀……
짭짤한 맛으로……", "안 될 게 뭐가 있어요, 자, 가져가요.",
"법이란 원래 가차 없는 법이죠.", "누구 거죠?", "어제저녁
에"…… 덤불이 점점 자라나고 있었다, 나는 생각했다, 덤불
이 끊임없이 자라나고 있다고, 계속해서 뭔가 다른 것들이 끊
임없이 모습을 드러내는, 우글거리는 거대한 무리 속에 있었
다, 누가 이 모든 걸 죄다 기억하고, 붙잡겠는가? 너무 많아,
너무 많아, 맨 처음부터 그랬다, 철제 침대, 그녀가 누워 있던
침대, 마치 어딘가로 걸어가다 길을 잃고 쉬고 있는 듯한 다리
가 그 위에 턱 하니 놓여 있었지, 계속해서 예를 들자면, 코르
크, 거실에 놓여 있던 코르크 조각, 그것도 역시 슬그머니 자
취를 감춰 버렸다, 그리고 계속해서, 두드림, 혹은 예를 들어
포동포동 안주인이 말한 백작 부인, 루드빅이 언급한 닭고기,
철망에 싸인 재떨이, 아니 심지어는 계단, 그래, 계단, 작은 창
문, 굴뚝, 그리고 배수관, 맙소사, 끌채와 연관된 자질구레한
사항들, 그리고 그 옆에, 이런, 깜짝이야! 포크, 숟가락을 드
는 손, 그리고 손들, 그녀의 손, 나의 손, 또는 띠-리-리, 어이
쿠! 푹스, 푹스와 관련된 모든 것들, 예를 들면 블라인드의 틈
사이로 빼꼼히 보이는 태양, 혹은 예를 들어 빗자루의 선을 따
라갔던 우리의 행군, 그리고 작은 막대기, 아니면 폭염 속에

서 그곳까지 걸었던 일, 그때, 하느님 맙소사, 피로와 기진맥진, 냄새, 남김없이 마셔 버린 차(茶)…… 그리고 포동포동 안주인이 늘 말하는 "우리 딸", 이런, 뿌리 깊이 파고들기, 글쎄, 나도 모르겠다, 카타시아의 방에 있던 비누, 비누 조각, 아니면 주전자, 마치 미모사처럼, 움츠리는 듯한 그녀의 시선, 쪽문, 자물쇠를 채운 그 쪽문의 사소한 항목들, 이런, 이런, 아이고머니, 거기 창문에 있던 모든 것, 담쟁이덩굴 속에서, 혹은 예를 들어 그때 그녀의 방에서 불이 꺼지던 바로 그 순간, 나뭇가지, 내가 나무에서 기어 내려왔던 것, 심지어는 길에서 만난 신부, 그리고 가상의 선(線)들, 그것들의 연장, 이런, 맙소사, 매달린 참새, 구두를 벗던 푹스, 식탁에서 벌어진 우리를 향한 그의 심문, 어리석고, 바보스러웠지, 또는 우리가 여행길에 올랐던 것, 카타시아가 있는 집, 예를 들면 처음 발을 디뎠던 현관과 대문, 무더위, 루드빅이 사무실에서 일한다는 사실, 혹은 집의 구조에 따른 부엌의 배치, 누르스름한 돌멩이 한 개, 작은 방으로 들어가는 열쇠, 아니면 개구리, 개구리를 두고 온 곳이 어디였더라, 천장의 부분적인 손상, 그리고 거기, 길가의, 두 번째 나무에 우글거리던 개미들, 그리고 모퉁이, 우리가 지나쳐 온, 하느님 맙소사, 키리에 엘레이손, 크리스테 엘레이손[81], 거기, 벼랑 끝에 서 있던 나무, 옷장 뒤의 비좁은 공간, 그리고 우리 아버지, 아버지와의 골치 아픈 문제들, 뜨겁

---

81) Kyrie eleison, Christe eleison. 라틴어로 '주여 자비를 베푸소서, 그리스도여 불쌍히 여기소서.'라는 뜻.

게 달구어진 담벼락에 놓여 있던 철사, 키리에 엘레이손……

레온은 손가락으로 소금을 조금 집어 들더니 입으로 가져
갔다, 그리고 혓바닥 위에 올려놓고는, 다시 혀를 안으로 쑥
집어넣었다……

"……그들이 억지로 쓸어 내 버렸어요……" "……비스트
쥐차 강[82] 근처에서……" "실은 2층에 있어요……"

어휘의 과잉과 범람…… 더러운 벽지나 천장의 얼룩과도
같은……

식사를 마친 레온은 자신의 둥그런 두개골에 붙어 있는 얼
굴과 더불어 계속해서 의자에 앉아 있었다…… 그 얼굴은 마
치 두개골에 매달린 것 같았다…… 다른 사람들이 말을 많이
한 것은 아마도 그가 줄곧 침묵을 고수했기 때문이었을 것이
다. 그의 침묵이 틈을 만들었다. 그가 손가락으로 소금 부스러
기를 꾹 눌러서 손끝에 들러붙게 만들고는 손가락을 들어 올
렸다 — 그것을 들여다보았다 — 혀를 쑥 내밀었다 — 혀끝
을 손가락에 갖다 댔다 — 입을 다물었다 — 맛을 보았다.

야데츠카가 포크로 오이 피클 조각을 푹 찔렀다.

사제는 몸을 숙인 채, 두 팔을 테이블 아래 내려놓고 있었
다. 카숙.

레나. 말없이 앉아 있다, 그사이 사소한 동작들의 다양한 단
계들이 그녀에게서 포착된다. 냅킨을 펴고, 술잔을 움직이고,
뭔가를 털어 내고, 푹스에게 잔을 밀어 놓고, 미소를 짓는다.

---

82) 폴란드 남동부에 위치한 루블린 시 근처에 흐르는 강.

룰루시아가 벌떡 일어섰다. "꽝!"

포동포동 안주인이 거실로 들어와 잠시 서 있었다, 땅딸막하다, 테이블을 쳐다본다, 부엌으로 돌아갔다.

나는 사실을 기록한다. 다른 그 무엇도 아닌 바로 이 사실을. 그렇다면 왜 하필 이것인가? 나는 벽을 바라본다. 작은 반점들, 습진. 뭔가가 나타난다, 마치 형체처럼. 아니다, 형체는 사라졌다, 종적을 감췄다, 혼란, 그리고 더러운 과잉만 남아 있을 뿐, 저 사제는 대체 뭔가, 푹스는 또 어떻고, 꿀과 야데츠카, 루드빅은 어디로 갔을까.(왜냐하면 그 자리에는 루드빅이 없었다, 저녁 식사에 참석하지 않았던 것이다, 나는 그가 면도를 하고 있다고 생각했다, 레나에게 물어보려고 하다가, 묻지 않았다.) 그리고 우리를 이곳으로 데려온 저 산들은 어떤가? 얽히고설킴. 대체 뭘 알 수 있단 말인가? 느닷없이, 꽝, 나를 강타했다, 거기, 외부, 문 밖에서 무엇인가가, 모든 변화의 양상을 포괄한 채 저기에 있는 산, 그 너머에 있는 산까지 멀리 뻗어 있는 영토, 도로에 바람이 휩쓸고 지나간다, 고통스러운 길, 포악한 길, 나는 왜 고양이를 목 졸랐을까? 무엇 때문에 고양이를 교살했을까?

레온이 눈꺼풀을 들어 올려 생각에 잠긴 나를 응시했다, 주의 깊게, 심지어 아주 강렬하게 ― 그러고는 포도주가 담긴 술잔을 들어 입으로 가져갔다.

그의 육체노동, 주의력이 그대로 내게 전달되었다. 나도 술잔을 들어 입으로 가져갔다. 마셨다.

그의 눈썹이 경련을 일으켰다.

나는 눈꺼풀을 내리깔았다.

"독신 남성분들!" "이런 고약한 사람, 신혼부부 앞에서 총각 타령이라니?" "좋아요, 그러면 우리 독신 남성분들!" "자, 그에게 술을 따라 줍시다, 그가 비통함을 잊고 술에 취할 수 있도록!" "룰루, 무슨 짓이에요!" "룰루시아, 뭐 하는 거야!"

레온이 두개골에 걸친 코안경을 번뜩이면서 손가락을 들어서 소금 부스러기를 꽉 누르더니, 다시 입에다 집어넣었다 ── 소금 부스러기는 그의 입안에 그대로 들어 있었다.

야데츠카가 술잔을 입으로 가져갔다.

사제가 목구멍에서 그르렁거리는, 괴상한 소리를 냈다. 그리고 몸을 움직였다.

아주 작은 창문…… 빗장이 있다.

나는 술에 취했다.

그가 눈꺼풀을 들어 올렸다.

"친애하는 레온 씨, 무슨 사색에 그렇게 잠겨 계신가요?"

"레온 씨, 무슨 생각 하고 계세요?"

룰루 부부가 입을 모아 물었다. 그때 포동포동 안주인이 물었다.

"레온, 대체 뭘 그렇게 생각하고 있어요?"

그녀는 부엌문 앞에 서서 두 팔을 양옆에 늘어뜨린 채, 표독스럽게 다그쳤다, 그녀는 자신의 적의를 감추려고 하지 않았다, 마치 주사기로 우리에게 공포심을 주입시키기라도 하려는 듯, 나는 생각했다, 생각했다, 최대한 깊이, 최대한 열정적으로, 하지만 생각의 실마리조차 떠오르지 않았다.

레온은 마치 사안에서 한 발짝 비켜서 있기라도 한 듯 담담하게 말했다.

"그녀가 묻는군, 내가 지금 무슨 생각하느냐고."

꿀.

그의 가느다란 입술 사이 작은 틈 사이로 혀끝이 보였다, 그의 혀는 입술 사이에 있었다, 코안경을 걸친 나이 많은 남자의 혀, 혓바닥, 입술에다 침 뱉기, 마치 섬광과도 같은 혼란과 소용돌이 속에서 레나의 입은 카타시아의 입과 함께 표면 위로 떠오르고 있었다, 그것은 한순간이었다, 나는 그 입들을 표면 바로 위에서 보았다, 마치 바닥으로 떨어지는 폭포의 물거품 속에서 새하얀 종잇조각 같은 것이 보이듯이…… 그리고 혀는 사라졌다.

나는 격정에 사로잡히지 않으려고, 한 손으로 의자 다리를 꽉 붙잡았다. 하지만 그 동작은 이미 너무 늦었다. 그건 그저 수사적(修辭的)인 행동일 뿐이었다. 허세.

사제.

포동포동 안주인은 아무 짓도 하지 않았다. 레온. 룰루시아가 어딘지 처량한 목소리로 말했다. "레온 씨, 대체 이 소풍이 뭐죠? 우리가 여기 왜 온 거예요? 한밤중에, 어둠 속에서? 도대체 우리가 보려는 풍경이 어떤 건가요?"

"어둠 속에서는 거의 아무것도 안 보이잖아요." 푹스가 참지 못하고, 예의 없이 불쑥 끼어들었다.

"내 아내" 레온이 말했다(그가 이 단어를 말하는 순간, 참새와 막대기는 거기에 있었다!), "내 아내" 그가 덧붙였다(제기랄, 맘소사!), "내 아내."(나는 내 한쪽 손으로 다른 손을 꽉 움켜잡았다!)

"이런, 이런, 다들 네르보시움[83] 하지 마세요!" 그가 유쾌하게 소리쳤다. "네르보시움 할 이유가 아무것도 없다고요! 모든 것은 엔 오르드레, 비테[84], 제발 부탁입니다, 우리는 지금 신의 명이라도 받은 듯 여기에 앉아 있습니다, 모두들 자신의 엉덩이를 깔고 앉은 채로 말이죠, 신이 내려 주신 선물을 물어뜯고 있습니다, 게다가 콸, 콸, 꿀꺽, 꿀꺽, 독한 술과 포도주도 함께 말입니다, 한 시간 후면 여러분은 나의 안내를 받으며, 가벼운 행진을 하게 될 겁니다, 내가 말했던, 기적의 파노라무시움[85]이 펼쳐지게 될, 유일무이한 환희가 존재하는 곳으로, 언덕과 골짜기, 산봉우리, 계곡 속에서 달빛의 기적이 사방을 비추는 곳으로, 얼씨구, 절씨구, 차차차, 친애하는 신사분들, 내 눈앞에 나타났답니다, 이십칠 년 전, 한 달 하고도 나흘이 모자란 그날에 말이죠, 나는 한밤중, 바로 그 시각에, 그 유일한 장소에서 길을 잃고 헤매다가 마침내 보았답니다……"

"빨아라!" 그는 이 말을 덧붙이고는 얼굴이 창백해졌다. 숨이 가쁜 듯했다.

"구름이 몰려오고 있군요." 룰루시아가 거칠고, 퉁명스럽게 말했다, "아무것도 안 보일 거예요, 먹구름이 꼈잖아요, 밤

---

83) nerwusium. '신경질적이다.'라는 뜻의 폴란드어 'nerwowy'(영어로는 nervous)에 'sium'을 붙인 조어.

84) en ordre, bitte. 라틴어 '질서(en ordre)'에다 독일어 'bitte'를 붙여서 '질서를 지키세요.'라는 뜻으로 사용.

85) panoramusium. '전경(全景)'을 뜻하는 'panorama'에 'sium'을 붙인 조어.

은 아주 캄캄할 거예요. 우리는 아무것도 못 볼 거라고요."

"구름", 그가 중얼거렸다. "구름이라…… 뭐, 괜찮아요. 그때도 역시…… 약간 구름이. 기억나요. 집으로 돌아오는 길에 봤거든요. 기억한다고요!" 그가 참을성 없이 소리를 버럭 질렀다, 마치 뭔가를 서두르는 사람처럼, 그러다 금세 다시 생각에 잠겼다……

나는 어땠냐 하면, 나 역시 생각을 거듭했다…… 쉬지 않고, 온 힘을 다해서. 포동포동 안주인(조금 전에 부엌으로 사라졌던)이 또다시 문 앞에 서 있었다.

"소매를 조심해요!"

레온의 말에 나는 펄쩍 뛰어 옆으로 몸을 피했다, 겁에 질린 채 그가 외쳤다. "소매, 소매!" 하지만 그 말은 푹스를 향한 것이었다, 푹스의 소매가 마요네즈 소스가 담긴 작은 접시를 살짝 스쳤던 것이다. 별일도 아니었다. 평온. 루드빅은 왜 보이지 않는 걸까, 대체 어디에 갔을까, 레나는 왜 루드빅을 놔두고 혼자 있는 걸까?

참새.

막대기.

고양이.

"내 아내는 나에 대한 신뢰가 전혀 없어요."

레온이 오른쪽 손가락 세 개를 집게손가락부터 차례로 들어 보았다.

"신사 숙녀 여러분, 내 아내는 내가 무슨 생각을 하는지 알고 싶어 합니다."

그는 허공에서 세 손가락을 부지런히 움직였다, 그동안 나는 양손을 깍지 껴서 손가락들을 서로 뒤엉키게 만들었다.

"여러분, 아마도 이건 어느 정도 내게 상처가 된 것 같습니다, 내 아내가 삼십칠 년간의 결백하고 청렴한 부부 생활 끝에, 이렇게 신경질적으로 내 생각에 대해 추궁을 하다니요."

사제가 입을 열었다. "치즈를 좀 주세요.", 모두의 시선이 그를 향했다, 그가 반복했다, "치즈를 좀 주세요.", 룰루가 그에게 치즈를 건네주었다, 하지만 그는 자기 앞에 놓인 치즈를 먹기 좋게 써는 대신 다시 입을 열었다, "테이블을 조금만 옆으로 밀면 안 될까요, 너무 좁아서요."

"테이블은 얼마든지 옆으로 밀 수 있소." 레온이 말했다. "근데 내가 무슨 말을 했었죠? 뭐에 관해 얘기했더라? 아하, 오랜 세월 흠 없는 결혼 생활을 유지했다는 이야기를 했었군요.

오점 없이,

모범적으로,

의무에 충실하게,

헌신적으로……

그렇게 여러 해 동안 말이죠! 해(年), 달(月), 주(週), 분(分), 초(秒)…… 신사분들, 아십니까, 내가 연필을 손에 쥐고, 그동안 부부생활을 유지해 온 시간을 직접 계산해 봤거든요, 그랬더니 해를 기준으로 모두 몇 초였는지 아세요, 1억 1491만 3984초가 됩니다, 더도 아니도 덜도 아니고, 정확하게, 바로 오늘 저녁 7시 30분까지 말입니다."

그가 벌떡 일어나서 노래를 불렀다.

사랑하는 대상이 당신 곁에 없다면,

당신이 가진 걸 사랑하세요.

앉았다. 생각에 잠겼다.

"만약 여러분이 테이블을 옆으로 밀고 싶다면…… 근데 제가 무슨 말을 했던가요? 뭐에 관해 얘기했었죠? 아하, 아내와 딸의 빈틈없는 시선 속에서 내가 그처럼 오랜 세월을 지내야만 했다는 얘길 했었죠, 그렇지만, 슬프도다, 누가 생각이나 했겠는가

누가 생각이나 했겠는가

누가 생각이나 했겠는가

누가 생각이나 했겠는가

내 아내가 내 생각을 믿지 않게 될 줄이야!"

그가 또다시 사색에 잠겼다, 모든 게 갑자기 중단되었다, 그의 사색은 적절치 못한 타이밍에 찾아왔기에, 극심한 혼돈이나 무질서, 혹은 그와 유사한 아수라장을 연상시켰다, 어쩌면 그의 연설 탓만은 아닐 수도 있다, 아마도 모든 것이 어우러져, 총체적으로 그런 느낌을 자아내게 했을 것이다…… 다시…… 다시…… 그는 또 다른 방식으로 기념을 하고 있는 것이다. 참새. 막대기. 고양이. 요점은 이게 아니다. 그러므로 이것이 요점이다. 요점은 이게 아니다. 그러므로 이것이 요점이다. 마치 연도(連禱) 의식처럼, 아니면 종교적인 제례처럼 그는 지금 기념하고 있는 것이다, 마치 다음과 같이 선언이라도 하는 것처럼, "내가 당신들로 하여금 주목받지 않으려고, 얼

마나 많은 주의를 기울이고 있는지 다들 보시오……" "내 아내는 내 생각을 믿지 않아요, 다들 좀 보세요, 보시라고요, 내가 그렇게 잘못한 건가요? 아니잖아요, 인정합시다, 하긴, 그렇잖아요, (모두들 테이블을 옆으로 좀 밀어 줘요, 나도 갑갑하니까, 자리가 너무 딱딱한데, 그건 뭐 할 수 없는 일이니까), 그래요, 사실이죠, 누구든 동의할 거예요, 이런 경우에는 모르는 게 당연하다는 걸, 다른 사람 머릿속에 무슨 생각이 있는지 누가 알겠어요…… 예를 들어 보죠. 모범적인 남편이자 아버지인 내가 지금 이 조그만 달걀 껍데기를 손에 집어 든다고 합시다……"

그가 손가락으로 달걀 껍데기를 집어 올렸다.

"지금 내 손가락에는 껍데기가 들려 있습니다…… 그리고 나는 이것을 이렇게 빙빙 돌릴 겁니다…… 천천히…… 당신들의 눈앞에서…… 이건 뭔가, 때 묻지 않은 짓입니다.

악의가 없고,

누구에게도 해를 끼치지 않는 그런 짓.

한마디로 '파스팅'[86]인 거죠. 네, 그러면 여기서 한 가지 의문이 발생합니다. 내가 이것을 어떻게 돌렸는가?…… 왜냐하면 기억하세요, 결국 나는 이 껍질을 천진난만하게, 그리고 정숙하게 돌릴 수 있습니다…… 하지만 내가 원하면, 이걸 돌릴 수가 있어요, 조금 더…… 흠…… 뭐냐고요? 그래요, 조금 더요. 물론입니다, 예를 들어서, 숭고한 남편이 자신의 배우자가

---

86) pass-temps. 프랑스어로 '오락, 기분 전환'을 뜻한다.

지켜보는 앞에서 껍데기를 돌리는 경우를 보여 주기 위해서
말입니다, 그러니까 이와 같은 방법으로 말이죠……"

그의 얼굴이 붉어졌다. 믿을 수 없을 만큼. 선홍색이었다!
정말 엄청나게도! 그 사실을 알고 그는 눈을 질끈 감았다, 하
지만 굳이 감추려 하지 않았다, 오히려 장엄하게 자신의 부끄
러움을 모두가 보는 앞에서 공개적으로 드러내 보였다. 마치
성체 현시대(聖體顯示臺)처럼.

그는 홍조가 사라지길 기다렸다. 계속해서 껍데기를 빙빙
돌렸다. 마침내 눈을 뜨고는 안도의 숨을 내쉬었다. 그가 말
했다.

"뭐, 별거 아니군."

모두들 긴장이 풀렸다…… 물론 램프의 불빛이 뒤섞인 이
구석의 밀집 상태는 여전히 소심하고, 나약했다…… 하지만
동시에 무거워 보였다…… 그들이 그를 쳐다보았다, 틀림없
이 그가 약간 미친 거라고 생각하겠지…… 그리고 아무도 말
이 없었다.

바깥에서, 집 뒤쪽 어딘가에서, 마치 뭔가가 바닥으로 떨어
지기라도 한 듯 꽈당 하는 소리가 났다…… 뭘까? 그건 특별
한 소리였다, 나를 빨아들여 버리는, 필요 이상의 잉여의 소
리, 나는 그 소리에 대해 오랫동안 깊이 생각에 잠겼다 ― 하
지만 나는 스스로가 무슨 생각을 하는지, 어떤 생각을 하는지
알지 못했다.

"베르그."

그가 침착하고 공손하게, 그리고 정성껏 말했다. 나도 그에

못지않게 공손하고 분명하게 말했다.

"베르그."

그가 나를 잠시 동안 쳐다보다가 눈꺼풀을 아래로 떨궜다. 우리 두 사람은 '베르그'란 단어에 집중하면서 조용히 앉아 있었다…… 마치 땅속에 갇혀 바깥세상의 불빛을 전혀 보지 못하는 파충류처럼…… 그리고 지금 그것은 여기에 있었다, 모두의 눈앞에. 그들이 그것을 보았다, 나는 생각했다…… 갑자기 모든 게 앞으로 나아가고 있다는 느낌이 들었다, 마치 홍수처럼, 눈사태처럼, 깃발을 앞세운 행진처럼, 결정적인 한 방, 방향을 제시해 주는 밀어붙이기! 우당탕! 가자! 앞으로! 만약 그가 '베르그'라는 말을 입에 담은 유일한 사람이었다면, 그건 별로 대단한 일도 아니었을 것이다. 하지만 나 역시 '베르그'라고 말했다. 그리고 나의 베르그가 그의 베르그(비밀스러운, 개인적인)와 연결되면서, 그의 베르그를 비밀스러운 영역에서 밖으로 끄집어냈다. 이제 그건 더 이상 괴짜가 사용하는 사적인 단어가 아니었다. 이제 진정한 뭔가가 되었다…… 실제로 존재하는 어떤 것이 된 것이다! 우리 앞에서, 이곳에서. 그리고 갑자기 전력을 다해 발사되었고, 앞으로 튀어 나갔고, 우리를 굴복시켰다.

잠시 동안 나는 보았다, 참새를, 막대기를 고양이를, 입과 더불어…… 부글부글 끓어오르는 냄비 속의 불필요한 거품 찌꺼기와 같은 — 그리고 사라졌다. 나는 모든 것이 베르그의 방식대로 앞으로 나아가길 기대했다. 나는 군대에서 총사령관 휘하의 장교였다. 어린 시절에는 미사 진행을 도왔다. 보잘것없지만, 잘 훈련받은 복사(服事)였고, 건실한 일꾼이었다. 앞으로! 가자! 전진!

그런데 갑자기 룰루시아가 소리를 질렀다. "브라보, 레온 씨!"

그녀는 나를 무시한 채 지나쳐 버렸다. 하지만 나는 확신하고 있었다, 그녀가 소리를 지른 건, 그와 협력하는 게 견딜 수 없어서 두려웠기 때문이라고. 모든 것이 조각조각 흩어지고, 붕괴되었다, 킬킬거림이 시작되었다, 모두가 떠들어 댔고, 레온이 커다랗게 박장대소했다, 흐흐흐흐, 엄마의 술병은 어디에 있니, 술병 이리 내, 코냑을 홀짝홀짝, 꼴깍꼴깍! 얼마나 유감스러운 일인가, 사건이 꼬리에 꼬리를 물고, 달음질쳐 나가던, 긴박한 순간이 지나간 후, 절망과 분열, 느슨함이 출몰하다니, 벌 떼의 윙윙거림이 돌아오고 있다, 내게 보드카를 좀 줘요, 숙녀분은 통 마시질 않네요, 코냑 한 방울, 사제, 야데츠카, 톨렉, 룰루, 룰루시아, 푹스, 그리고 레나와 그녀의 아름답게 조각된, 싱그러운 입술, 구경꾼의 무리. 모든 것이 무너졌다. 별거 아니다. 다시 모든 것이 더러운 벽과 같이 되었다. 혼란.

참새.

막대기.

고양이.

나는 그것들을 떠올려 보았다, 왜냐하면 그것들에 관해 잊어버리는 중이었기 때문에. 내게로 돌아왔다, 왜냐하면 내게서 멀어졌었기 때문에. 사라졌다. 그래, 그렇다, 나는 내 안에서 참새와 막대기, 고양이를 찾아야만 했다, 이미 사라져 버린 그것들을, 찾아서 내 안에 간직하기 위해서! 그리고 생각 속에서 거기, 그곳들을 둘러보기 위해 안간힘을 썼다, 관목 숲 속을, 도로변을, 담벼락을.

사제가 미안하다고 중얼거리면서 의자에서 간신히 몸을 일으켰다, 그는 혼자서 테이블을 밀었다, 그의 카속이 방바닥 위를 휩쓸고 지나갔다. 그가 문을 열고, 현관으로 나갔다.

나는 베르그 없이는 뭔가 거북하고 난처했다. 무엇이 그런지는…… 나도 몰랐다. 나는 생각했다. '나도 밖으로 나가서 신선한 공기를 좀 마셔야겠다.'

나는 자리에서 일어섰다. 문 쪽으로 몇 발자국 걸어갔다.

밖으로 나갔다.

현관으로 나가니 ── 신선한 기운. 달. 층층이 싸인 뭉게구름, 바위산처럼 울퉁불퉁한, 밝게 빛나는 구름, 그 아래쪽으로 마치 허공을 향해 치솟아 오르는 분수를 연상시키는, 매우 어두운 잿빛의 화석으로 이루어진 산이 보인다. 동화와 같은 풍경이, 풀밭이, 융단이, 꽃다발처럼 무리를 이룬 나무들로 북적대는 벌판이, 성대한 행렬이, 가든파티가 사방을 에워싸고 있다, 마치 야외극과 퍼레이드, 게임이 한창 벌어지고 있는 공원에 와 있는 것 같았다, 모든 것이 달빛 바로 아래에서 가라앉아 있었다.

계단 근처 난간에 기댄 채 사제가 서 있다.

그가 거기 서서 입으로 뭔가 이상한 짓을 하고 있었다.

9

이 이야기가 이후 어떻게 전개되었는지를 설명하기는 힘들 것 같다. 왜냐하면 근본적으로 이것이 이야기인지조차 알 수 없기 때문이다. 이렇게 연속적이면서…… 다양한 구성 요소들이…… 한데 모였다가 뿔뿔이 흩어지는…… 이런 것을 과연 이야기라고 부를 수 있을까……

현관에 나서자마자 입으로 뭔가 이상한 짓을 하고 있는 사제를 본 순간, 나는 소스라치게 놀랐다! 뭐지? 뭐란 말인가? 땅이 갈라진다든지 아니면 땅속에 있던 유충들이 지표면으로 기어 나오는 광경보다 더욱 놀라웠다. 농담이 아니다! 비밀을 알고 있는 건 오직 나뿐이었다. 나 말고는 어느 누구도 레나의 입술과 관련된 그 비밀스러운 소동에 연루된 적이 없었다. 저 사제는 그러한 사실을 알 턱이 없다! 그건 온전히 내 것이었다! 대체 무슨 권리로 그는 자신의 입을 함부로 내 비밀에다 쑤셔 박는 것일까?!

알고 보니 그가 구토 중이라는 게 금방 드러났다. 그는 토하고 있었다. 그의 구토는 추하고, 비루했지만, 정당성을 갖고 있었다.

과음을 한 것이다.

흠! 별거 아니군!

그가 나를 보더니 미소를 지었다, 어쩐지 계면쩍어하고 있었다, 그에게 어서 가서 푹 쉬라고 말하려는 순간, 누군가가 현관으로 나왔다.

야데츠카. 그녀가 내 옆을 지나치더니, 풀밭 속으로 몇 발자국 걸어갔다, 멈췄다, 손을 들어 입으로 가져갔다, 달빛 아래서 나는 구토하는 그녀의 입술을 보았다. 그녀는 토하고 있었다.

그녀는 구토 중이었다. 내 눈에 비친 그녀의 입술은 구토의 정당성을 확보하고 있었다 — 그렇기 때문에 나는 그 입술을 보고 있는 중이었다 — 신부도 구토를 한 마당에, 그녀라고 구토하지 말란 법이 어디 있겠는가? 그렇지 않은가? 두말하면 잔소리. 좋다. 하지만. 하지만, 하지만, 하지만, 만약 신부가 구토를 했다면, 그녀는 구토를 해서는 안 되는 것이었다! 그리고 그녀의 입술은, 일종의 한층 더 강렬해진 신부의 입술이었다…… 마치 막대기의 매달림이 참새의 매달림을 더욱 강렬하게 만든 것처럼 — 마치 고양이의 매달림이 막대기의 매달림을 더욱 강렬하게 만든 것처럼 — 마치 두드림이 격렬한 타격으로 이어진 것처럼 — 마치 내가 나의 베르그로 베르그를 더욱 강렬하게 만든 것처럼.

무엇 때문에 구토를 하는 그들의 입이 나를 엄습했을까? 저 입들은 내가 내 안에 은밀히 감추고 있는 입에 관해 무엇을 알고 있을까? 저 미끄러질 듯한 파충류의 입은 대체 어디서 생겨난 것일까? 어쩌면 가장 좋은 방법은 — 떠나는 것일지 모른다. 나는 그 자리를 떠났다. 집이 아니라 풀밭이 있는 쪽으로, 모든 게 진절머리가 났다, 밤은 내부를 헤집고 유영하는 달빛에 의해 오염되었다, 죽어 버린 달빛, 나무의 꼭대기들이 환하게 빛나고 있었다, 그리고 그 주변에는 헤아릴 수 없이 많은 무리와 행렬, 집적(集積), 속삭임, 회합과 유희가 도사리고 있었다 — 밤은 그야말로 몽상에 잠겨 있었다. 돌아가지 말자, 돌아가지 말자, 나는 기꺼이 돌아가고 싶지 않았다, 바로 마차에 오른 뒤, 말을 채찍질해서 영원히 이곳을 떠나 버릴까…… 음, 그럴 수는 없다…… 근사한 밤. 어찌 됐건 이 모든 것에도 불구하고, 나는 꽤 그럴듯하게 즐기고 있는 중이다. 아름다운 밤. 하지만 이 밤을 연장하는 건 불가능한 일이다, 나는 정말 아팠다. 아름다운 밤. 아프다, 아프다, 하지만 심각하진 않다. 집은 어느새 언덕 너머로 자취를 감췄다, 나는 시냇가 주변의 부드러운 목초지를 따라 천천히 걸었다. 이 나무는 어떤가, 저 나무는 무엇인가, 이 나무는 또 어떻고……

나는 갑자기 멈춰 섰다. 거기에는 잡목 숲이 있었다, 그리고 그 속에, 여느 나무들과는 확연히 다른 한 그루의 나무가 있었다, 사실 다른 나무들과 별반 다르지 않았지만, 그 나무에는 분명 나의 주의를 끄는 특별한 뭔가가 있었다. 그 나무는 눈에 잘 띄지는 않았다, 잡목 숲의 안쪽 깊숙한 곳에 있었고, 다른 나무들로 둘러싸여 있었으니까, 하지만 틀림없이 내 주의를 끌었다, 뭔가, 그러니까 그건 일종의 두께나 무게, 아니면 하중(荷重)과 연관된 느낌이었는데, 나는 그런 기운을 느끼면서 그 곁을 지나쳤다, 나는 '너무나도 무거운', 정말 끔찍하게도 '무거운' 그 나무를 지나쳤다. 멈춰 섰다, 그리고 돌아섰다.

잡목 숲 속으로 들어갔다, 거기에 분명 뭔가가 있으리라는 확신이 있었다. 그 잡목 숲은 군데군데 흩어져 있는 몇 그루의 자작나무들에서 시작되었는데, 그 뒤를 이어 소나무들이 밀집되어 있어, 갈수록 빽빽해지고, 어두워졌다. 마치 나를 짓누르며 놓아주지 않는 '육중한 무게' 속으로 빨려 들어가는 듯한 느낌이었다.

나는 사방을 이리저리 둘러보았다.

신발 한 짝.

다리 한 짝이 소나무에 매달려 있다. 나는 '다리'라고 생각했지만, 확신은 없었다…… 그리고 나머지 한쪽 다리. 거기에는 사람이…… 매달려 있었다…… 자세히 보니 분명 사람이었다…… 다리, 신발, 그보다 위쪽으로 의심의 여지가 없는 사람의 머리가 보였다, 옆으로 비스듬히 기울어진 채로, 나머지 부위는 줄기 속에, 가지의 어둠 속에 파묻혀 있었다.

나는 주변을 이리저리 둘러보았다, 아무도 없었다, 적막, 침묵, 나는 다시금 자세히 들여다보았다. 사람이 매달려 있다. 누런 신발이 낯익었다, 루드빅의 구두가 퍼뜩 떠올랐다. 나는 나뭇가지를 옆으로 젖혔다, 루드빅의 점퍼와 그의 얼굴이 보였다. 루드빅.

루드빅.

벨트에 매달린 루드빅. 자신의 허리춤에서 빼낸, 자신의 벨트에 목매달려 있다.

루드빅? 루드빅. 그가 매달려 있다. 이 사실에 익숙해지기까지 얼마 동안의 시간이 흘렀다. 그리고 또 얼마 동안, 나는 이 사실 ─ 루드빅이 나무에 매달려 있다는 사실에 익숙해지기 위해 애썼다. 이렇게 매달려 있다는 건, 결국 이 일이 벌어질 수밖에 없었음을 뜻하는 것이다, 그리하여 나는 천천히 생각에 잠겼고, 이리저리 따져 보았다, 그는 지금 매달려 있다, 누가 그를 매달았을까? 스스로 목을 맨 것일까. 그때, 저녁 식사 직전에 그를 보았을 때, 그는 내게 면도칼을 빌려 달라고 했다, 그 당시 그는 아주 침착했다, 산책 길에서도 평소와 다름없이, 행동했다…… 그런데 목매달려 있다…… 한 시간도 채 지나지 않아 이런 일이 일어났다…… 그는 매달려 있다…… 그리고 그건 결국 이러한 일이 벌어질 수밖에 없었음을 뜻한다, 필경 어떤 이유가 있을 것이다, 단지 내가 생각해 내지 못하고 있을 뿐, 아무것도, 아무것도 모르겠다, 내가 미처 알지 못했던 이 모든 사항들을 싣고서 유유히 흘러가던 강물에 느닷없이 소용돌이가 휘몰아친 게 틀림없다, 뭔가 걸림돌에 부딪친 모양이다, 어떤 연관성이나 연결 고리가 생길 수밖에 없었던 것이다…… 루드빅! 왜 하필이면 루드빅일까? 레온이나 신부, 야데츠카가 더욱 그럴듯한데, 심지어 레나도 아니고 ─ 루드빅이라니! 하지만 엄연한 사실, **실제(實際)**가 매달려 있다, 매달려 있는 실제, 목매달린 루드빅적인 실제, 머리를 두들겨 맞은 실제, 거대하고, 무겁고, 대롱대롱 매달린, 고삐 풀린 황소와도 같은 실제, 신발과 더불어 소나무에 매달린 거대한 실제……

언젠가 치과 의사가 내 이를 뽑으려 한 적이 있었다, 하지만 그 치과 의사는 좀처럼 자신의 펜치로 내 이빨을 집어내질 못했다, 이유는 나도 모르겠지만, 이빨들이 자꾸만 펜치에서 미끄러져 달아난 것이다…… 지금 어렵사리 매달려 있는 실제도 이와 비슷한 경우였다, 나는 그 실제를 도저히 잡을 수가 없었다, 자꾸만 미끄러져 달아났다, 나는 무기력했고, 접근 불가능했다, 틀림없다, 이런 일이 벌어졌다는 건, 어찌 됐든 이런 일이 벌어질 수밖에 없었기 때문이다…… 나는 이리저리 둘러보았다, 매우 조심스럽게 사방을 살펴보았다. 마음이 진정되었다. 그건 아마도 내가 이해했기 때문이리라……

루드빅.

참새.

마침 나는 예전에 거기, 그곳의 잡목 숲에서 참새를 바라보았을 때와 똑같은 방식으로 지금 여기 매달린 인간을 바라보고 있지 않은가.

그리고 빰, 빰, 빰, 빰! 하나, 둘, 셋, 넷! 매달린 참새, 매달린 막대기, 교살당해 매달린 고양이, 매달린 루드빅! 모든 것이 얼마나 절묘하게 들어맞는가! 이 얼마나 교묘한 연관성인가! 어리석은 시체가 논리적인 시체로 변모했다 — 비록 그 논리가 너무 무거운 데다…… 지나치리만큼 나의 고유한 영역에 속해 있긴 했지만…… 그러니까 그건 아주…… 개별적이고…… 개인적인…… 논리였다.

생각하는 일 말고는 내게 더 이상 남은 게 없었다. 나는 생각했다. 이 와중에 나는 뭔가 명확한 스토리를 도출해 내기 위해 애썼다 — 나는 생각했다 — 만약 참새를 매단 장본인이 루드빅이라면? 그가 화살표를 그렸고, 막대기를 매달았고, 이 모든 장난과 수수께끼를 꾸며 낸 것이라면…… 일종의 광기, 매다는 것에 대한 집착이 스스로를 목매달도록 이곳까지 그를 인도했다면…… 세상에 이런 광적인 마니아가 또 있겠는가! 레온이 내게 한 말이 떠올랐다, 우리가 함께 나무 그루터기에 앉아 있을 때, 그는 꽤 솔직한 어조로 말했다, 그는, 그러니까 레온은 이 모든 일들과 아무런 연관이 없노라고. 그렇다면 루드빅일까? 광기, 망상, 착란……

아니면 다른 가능성도 고려해 볼 수 있다, 역시 정상적인 논리의 연장선상에서 — 사실 그는 협박, 혹은 복수의 희생양이었던 것이다, 누군가가 그를 지속적으로 괴롭혀 왔고, 다양한 상징과 암시를 통해 그를 압박해서, 목을 매달도록 유도했을 수도 있다…… 하지만 그렇다면, 과연 그게 누구란 말인가? 집안 내부자의 소행일까? 포동포동 안주인? 레온? 레나? 카타시아?

역시 '정상적인' 차원에서 또 다른 가능성이 존재한다. 어쩌면 루드빅 스스로 목을 매단 것이 아닐 수도 있다. 그렇다면 그는 살해당한 것일까? 어쩌면 먼저 목을 졸린 뒤 나중에 허리띠에 매달린 것인지도 모른다? 사소한 것들을 매다는 일에 재미를 느낀 누군가가, 그러니까 일종의 마니아가, 광기에 사로잡혀, 결국에는 막대기보다 훨씬 무거운 뭔가를 매달기를 갈망했는지도 모른다…… 누굴까? 레온? 카타시아? 그렇지만 카타시아는 거기, 그곳에 남지 않았는가…… 하지만 그게 과연 평계가 될 수 있을까? 그녀는 남몰래 얼마든지 이곳에 올 수도 있다, 수많은 이유 때문에, 수많은 방법으로, 왜 아니겠는가, 얼마든지 일어날 수 있는 일이다, 연상과 조합의 가능성은 끝이 없었다…… 그렇다면 푹스는? 어느 틈에 매다는 행위에 자연스럽게 동화되어서, 그러한 행위를 자신의 독자적인 것으로 만들어 버렸을지도 모른다…… 그리고…… 그리고 얼마든지 그럴 수 있다. 하지만 그는 쭉 우리와 함께 있지 않았는가. 그렇다고 그게 뭐 대수인가? 만약 정말로 그가 저지른 짓이 맞다면 ─ 그는 주어진 시간 속에서 얼마든지 빈틈을 찾아낼 수도 있었으리라, 다양한 사건들이 끊임없이 뒤섞여 들끓고 있는 도가니 속에서는 필요하다면 모든 것을 찾아낼 수 있다! 그렇다면 신부는? 그의 손가락을 매달린 시체와 연결시켜 줄 수백만 개의 실들은 얼마든지 존재한다……

역시 얼마든지 가능하다…… 산 사나이들은 어떨까? 우리를 이곳까지 데려다 준 산사람들은 지금 어디에 있지? 나는 난처하고, 복잡하고, 혼란스러운 현실에 직면했을 때, 정신이 얼마나 무기력해지는지를 조용히 생각하면서, 달빛 속에서 미소를 지었다…… 불가능한 조합은 아무것도 없다…… 모든 조합이 다 가능하다……

그렇다…… 단지, 관계를 연결하는 끈들이 미약한 것이다…… 미약하다…… 그런데 여기 한 사람이 매달려 있다, 잔혹한 시체가! 그리고 그 매달림의 잔혹함은, 빰, 빠라, 빰, 빰, 절묘하게 연결이 되어 있다, 빰, 빠라, 빰, 빰, 참새 — 막대기 — 고양이와, 그건 마치 a, b, c, d 혹은 하나, 둘, 셋, 넷의 순차적인 나열과 유사했다! 이 얼마나 교묘한 연관성인가! 이 얼마나 강렬한 논리인가, 하지만 한편으로는 지하에 은밀하게 감춰져 있다! 두 눈을 강타하고 있지만, 지하에 은밀하게 감춰진 이 명백함.

그렇지만 두 눈을 강타하는, 빰, 빠라, 빰, 빰, 그렇지만 지하에 은밀하게 감춰진 논리는 서서히 사라지고 있는 중이다, 마치 안개 속을 헤매는 것처럼(나는 생각했다.), 마치 누군가가 그것을 일반적인 논리의 범주에 억지로 끼워 맞추기라도 하는 것처럼. 이 문제에 관해 나는 푹스와 얼마나 많이 토론을 했는가! 참새와 막대기, 그리고 우리 방 천장, 간신히 눈에 띄는 화살표 사이에 어떤 논리적인 연관성이 존재한다고 단언할 수 있을까? — 그 화살표는 너무나도 희미해서 우리 또한 우연한 기회에 발견하게 되었다 — 그것은 너무나도 미약해서 우리 스스로가 상상력을 발휘해서 보완하고, 덧칠해야만 했다 — 바로 그 화살표를 찾아내서, 막대기가 있는 곳으로 가는 것 — 그것은 마치 건초 더미 속에서 바늘 하나를 찾아내는 것과 다를 바가 없다! 과연 누가 — 루드빅이든, 아니면 다른 누군든 — 그처럼 희미하고 덧없는 신호들의 그물망을 일부러 쳐 놓았을까?

참새와 막대기는 실제로 고양이와 어떤 관계가 있는 걸까, 고양이를 매단 건 나 자신인데. 빰, 빠라, 빰, 참새, 막대기, 고양이, 세 번의 매달림? 물론이다, 세 번, 하지만 그 세 번째는 내게서 비롯되었다, 세 번째 장단은 나 자신이 만들어 낸 것이다.

환상. 미망(迷妄). 그렇다! ─ 하지만 지금은 사람이 매달려 있다, 빰, 빠라, 빰, 빰, a, b, c, d, 하나, 둘, 셋, 넷! 나는 가까이 다가가서 만져 보고 싶었다, 하지만 살짝 물러섰다. 미세한 움직임에도 나는 소스라치게 겁을 먹었다, 마치 시체의 앞에서 움직인다는 것이 뭔가 경솔하고, 바람직하지 못한 행동이라도 되는 것처럼. 상황의 끔찍함 ─ 왜냐하면 그것은 정말 끔찍했으니까 ─ 은 다음과 같은 이유에서 비롯되었는데, 이곳에서 나와 시체와의 관계는 저곳에서 나와 참새의 관계와 완전히 똑같다는 사실 때문이었다. 잡목 숲과 잡목 숲. 매달린 사람과 매달린 참새. 나는 사방을 둘러보았다…… 풍경! 켄타우로스와 백조, 범선, 빛나는 갈기를 지닌 사자의 모양을 한 구름들로 점점이 아로새겨진 하늘, 그 검푸른 수면 위로 산봉우리들이 죽은 듯이 내던져져 있다. 그리고 그 아래에는 전율하는 백색의 그물에 걸린 초원과 꽃다발의 셰에라자드, 아, 태양으로부터 빌려 온 빛에 휩싸여 빛을 발하는 죽은 천체 ─ 이 부차적이고, 연약하며, 야행성인 광휘는 마치 질병처럼 감염되고, 오염되어 있었다. 그리고 저 하늘의 별자리는 허위로 꾸며지고, 억지로 만들어진, 빛나는 하늘의 망상이었다!

하지만 여기서 중심을 독차지하고 있는 시체는 달이 아니라 루드빅이었다 ─ 나무에 매달린 시체, 담벼락에 매달린 죽은 고양이처럼! 빰, 빠라, 빰, 빰, 빰.(바늘의 꽂힘이 망치의 두드림으로 바뀌던 그날 밤, 멀리서 들려오던 진동 소리 때문에 더욱 강렬해진 짐승의 시체처럼.) 나는 마치 이 자리를 아주 떠날 것처럼 몸을 움직이기 시작했다 ─ 하지만 쉽진 않았다! ─ 아직 때가 아니었기에……

뭘 해야 하나? 가장 현명한 방법은…… 아무것도 보지 못한 척하면서, 문제를 그냥 내버려 두는 것이다…… 공연히 문제에 휩쓸릴 필요가 뭐가 있겠는가? 입술이 내 앞에 나타났을 때 나는 그런 생각을 했다. 입술은 희미하게 내 앞에 모습을 드러냈다, 입맛을 다시는 레나의 입술, 구토하는 입술, 카타시아, 레나, 그 모든 입술들, 과하지는 않게, 아주 살짝. 하지만 분명 그 입술들이 내게 덤벼들었다. 나는 내 입술을 움직였다.

나는 내 입술을 움직였다, 마치 덤벼드는 저 입술들을 뿌리치고, 쫓아 버리기라도 하려는 듯이. 하지만 뭔가에 몹시 화가 난 상태로 분명치 않은 어떤 생각들이 머릿속에 떠올랐다, 그러니까 그건 '입술을 움직이지 마…… 여기선 안 돼……'라는 일종의 경고와도 같은 것이었다. 그렇다, 시체 옆에서 굳이 입술을 움직일 필요가 뭐가 있겠는가, 시체 옆에서의 움직임은 이미 일상적인 움직임이 아니다. 나는 공포에 떨면서 이제 그만 가야겠다고 생각했다.

이제 그만 가야겠다고 생각하는 순간, 약 일 분가량 전부터 두려워하던 그 일이 벌어지고야 말았다. 시체의 입을 들여다보는 것을 상상했던 것이다. 어쩌면 나를 정작 두려움에 휩싸이게 했던 건, 그러한 상상이 아닐 수도 있다, 하지만 나는 분명 다음과 같은 예감을 품고 있었던 것이다…… 시체에서 벗어나고 싶은 나의 욕구가 어쩌면 시체를 향해 다가가고픈 욕구를 불러일으킬지도 모른다는……

나는 그것이 두려웠던 것이다, 그리고 그 순간 그러한 욕구가 더욱더 강하게 나를 향해 엄습해 왔다…… 물론……

하지만, 그건 그리 쉬운 일이 아니었다 ― 나뭇가지를 헤치고, 그의 얼굴을 달빛이 비치는 방향으로 돌려놓고, 들여다보는 일. 게다가 나무에 올라가지 않은 채로 입을 볼 수 있을지도 의문이었다. 상당히 복잡한 일이었다. 어쩌면 아예 시체를 건드리지 않는 편이 나을지도 모른다.

하지만 나는 건드리고야 말았다, 얼굴을 돌렸고, 입을 들여다보았다.

그의 입술은 검게 변해 있었다, 윗입술이 심하게 말려 올라가서 이가 훤히 드러나 있었다. 구멍, 동굴. 물론 나는 이미 벌써부터 내 안에 도사리고 있는 생각과 가설을 상세히 꿰뚫어 보고 있었다, 그러니까 어쩌면 나 또한 뭔가를 매달아야 할지도 모른다는 생각…… 나 자신을 매달거나 아니면 그녀를 말이다. 매달기가 사방에서 나를 빤히 쳐다보고 있었다, 그리고 거기에는 이러한 매달기와 관련된 다른 조합들도 있었다…… 대부분은 어쩐지 어색하고 서툴렀다…… 나는 이미 고양이를 매달지 않았는가. 하지만 고양이는 고양이일 뿐. 지금 여기서 나는 처음으로 죽은 사람의 입을 살펴보고 있는 중이다. 대롱대롱 매달린 ― 인간의 입속, 동굴 안을. 흠.

갈 것이냐, 말 것이냐.

갈 것이냐. 여기에 이대로 남을 것이냐. 이건 나와 상관없는 일이다, 대체 내가 이 일과 무슨 상관이 있단 말인가. 내게는 지금 눈앞에 벌어진 일을 지켜봐야 할 의무가 없다, 인간은 손바닥에 모래 한 줌만 움켜쥐어도, 헤아릴 수 없고, 가늠할 수 없는 거대한 더미에 깔린 것처럼 무기력하게 허우적댄다……
과연 어떻게 내가 이 모든 연관성을 해독한단 말인가, 어쩌면 그가 스스로 목을 맨 것은 이를테면 레나가 이따금 레온과 잤기 때문인지도 모른다…… 과연 뭘 알 수 있을까, 아무것도 알수가 없다, 알 수 있는 게 전혀 없다…… 나는 떠날 것이고, 나는 남을 것이다. 하지만 나는 움직이지 않았다, 그리고 심지어는 다음과 같은 식으로 생각을 했다, '그의 입술을 쳐다보다니 얼마나 유감스러운 일인가, 이제 나는 떠날 수가 없겠구나.'

이러한 생각이 이 훤한 달밤에 나를 깜짝 놀라게 했다…… 하지만 그건 꽤 정당한 것이었다. 만약 내가 시체와 관련해서 평소와 다름없이 행동했더라면, 나는 미련 없이 떠날 수도 있었을 것이다, 하지만 내 입으로, 그리고 그의 입으로 뭔가를 하고 난 이상…… 나는 이제 선뜻 떠날 수가 없었다. 그러니까 떠날 수는 있었지만, 개별적으로…… 이 일에 연루되지 않았다고…… 더 이상 말할 수가 없게 된 것이다……

나는 고민했고, 깊이 생각했다, 지칠 줄 모르고, 끊임없이, 그러나 아무런 생각도 없이, 그리고 이제는 두려워하기 시작했다, 정말로 두려웠다, 나는 시체와 함께 있는 것이다, 시체와 나, 나와 시체, 나는 헤어 나올 수가 없었다, 정말이었다, 그의 입을 들여다본 뒤로는……

나는 한 손을 내밀었다. 내 손가락을 그의 입에 집어넣었다.

쉽지는 않았다, 턱이 이미 어느 정도 굳어 버렸기 때문이다 — 하지만 간신히 옆으로 밀어낼 수 있었다 — 나는 손가락을 집어넣었다, 낯설고도 이상한 감촉의 혀가 내 손끝에 닿았다, 그리고 입천장, 내게는 마치 조그만 다락방의 천장처럼 낮게만 느껴졌고, 차가웠다, 손가락을 뺐다……

나는 손수건으로 손가락을 닦았다.

주위를 둘러보았다. 아무도 보지 않았겠지? 그래, 보지 못했다. 나는 매달린 시체를 이전의 상태로 되돌려놓았다, 그리고 최선을 다해 나뭇가지로 시체를 가렸다, 풀밭에 찍힌 내 흔적을 모조리 지웠다, 서둘렀다, 점점 더 서둘렀다, 공포, 신경과민, 두려움, 도망치자, 나는 잡목 숲을 헤치며 앞으로 나아갔다, 눈앞에 보이는 거라고는 고집스럽게 흔들리고 있는 달빛뿐이었다, 점점 멀어지기 시작했다, 빨리, 빨리, 더 빨리! 하지만 나는 결코 뛰지 않았다. 나는 집을 향해 걸었다. 속도를 늦췄다. 그들에게 뭐라고 말할까? 어떻게 이야기할까? 갑자기 이 순간이 난감하게 느껴졌다. 나는 그를 매달지 않았다. 그를 매단 건 내가 아니다, 하지만 매달린 사내의 입안에 들어갔던 손가락은 나의 손가락이다……

동시에 나는 깊은 만족감을 느꼈다, 드디어 '입'이 '매달기'와 결합된 것이다. 내가 그것들을 서로 연결시켰다! 마침내. 마치 내게 주어진 임무를 이제야 완수한 것만 같았다.

이제 레나를 매달아야 한다.

놀라움은 내게서 한 발자국도 물러서지 않았다, 나는 솔직히 놀랄 수밖에 없었다, 왜냐하면 뭔가를 매달겠다는 생각은 지금까지와 마찬가지로 내게는 이론적인 선택 사항에 불과했기 때문이다, 그리고 입안에 손가락을 집어넣은 뒤에도 그런 성향은 변하지 않았다, 그건 여전히 궤도를 벗어난 일이었고…… 그래서 심지어는 진부하기까지 했다…… 하지만 매달린 거대한 몸집으로 하여금 내게 돌진하게 만든 힘, 그리고 나로 하여금 그 매달린 사내를 향해 돌진하게 만든 그 힘이 모든 것을 산산이 부수었다. 참새가 매달렸다. 막대기가 매달렸다. 고양이가 매달렸다.(매장되기 전까지는.) 루드빅이 매달렸다. 매달기. 내가 바로 매달기였다. 나는 불현듯 발걸음을 멈췄다, 생각하기 위해서, 사실 누구나 자기 자신으로 존재하길 원한다, 그러므로 나 또한 나 자신으로 존재하고 싶다, 예를 들어 매독을 좋아하는 사람이 있다고 치자, 물론 매독을 좋아하는 사람은 아무도 없을 것이다, 하지만 매독 역시 온전한 자기 자신으로 존재하고 싶으리라, 매독 그 자신으로서, "다시 건강해지고 싶다."라고 말하는 것은 쉬운 일이다, 하지만 그 말은 마치 "나는 나 자신이 되고 싶지 않아요."라고 말하는 것처럼 어딘지 낯설게 들린다.

참새.

막대기.

고양이.

루드빅.

이제는 레나를 매달아야 한다.

레나의 입술.

카타시아의 입술.

(사제와 야데츠카의, 구토하는 입술.)

루드빅의 입술.

이제는 레나를 매달 차례다.

이상한 일이다. 한편으로는 모든 것이 하찮고, 불분명하고, 심지어는 비현실적으로 느껴졌다, 여기, 산 넘고, 물 건너, 멀리 떨어진 곳에서. 하지만 또 다른 한편으로는…… 매달려는 각고의 노력, 입의 필사적인 노력이…… 하는 수 없다. 누군가는 해야 할 일이다.

나는 주머니에 양손을 집어넣고 걸었다.

나는 집을 향해 내려가는 언덕 위에 서 있었다. 목소리, 노랫소리…… 1킬로미터쯤 떨어진 반대편 언덕에서 손전등 불빛이 깜박이는 게 보였다 ─ 그들이었다. 그들은 레온의 인도를 받으며 노래를 부르고, 농담을 지껄이며, 즐거움을 만끽하고 있었다. 거기에 레나가 있었다.

여기, 언덕에서 바라보니 내 앞에 펼쳐진 광경은 마치 클로로포름에 마취된 것처럼 흔들리고 있었다. 바로 그 자리에 갑작스레 레나가 놓여 있다는 것은 마치 내가 엽총을 들고 사냥을 위해 벌판에 나섰는데, 멀리 뛰어가는 토끼 한 마리를 발견한 것과 같았다. 그래서 나는 웃음을 터뜨렸다. 나는 들판을 가로질러 그들이 있는 곳으로 걸어갔다. 참새는 매달려 있고, 나는 걸어간다. 막대기는 매달려 있고, 나는 걸어간다. 나는 고양이를 매달았고, 걸어가고 있다. 루드빅은 매달려 있고, 나는 걸어간다.

덤불에 가려 잘 보이지 않는 작은 오솔길을 따라 그들이 집

을 향해 내려가기 시작할 때쯤 나는 일행에 합류했다. 길에는
잡목과 덤불, 날카로운 돌멩이가 유독 많았다. 손전등을 손에
든 레온이 앞장을 섰고, 그 뒤를 따라 다들 조심조심 앞으로
나아가는 중이었다. 그들이 고함을 지르며, 가벼운 언쟁을 주
고받았다. "보스, 잘 좀 이끌어 주세요!" "내려가고 있군, 위로
올라가는 게 아니었나?" "아래쪽 경치는 어때요?" "난 좀 앉
아야겠어! 더 이상은 못 가겠다고."

　"다들 진정, 진정! 참을성을 좀 가지시라니까요, 짠, 짜잔,
이건 어떠신가요, 자, 이제 멀지 않았다고요, 영차, 영차! 이제
그음~~~~방…… 이쪽으로…… 제군들, 날 따라오세용,
내게 맡겨 줘요! 자, 인사드립니다!"

　나는 그들의 뒤를 따라 걸었다, 그들은 내가 온 것을 알아차
리지 못했다. 마침 레나가 약간 옆으로 떨어져서 걷고 있었다,
그녀에게 접근하는 것은 그다지 어려운 일이 아닐 듯했다. 그
녀에게 다가가리라, 물론 교살자이면서 동시에 교수형 집행
자의 역할을 수행하기 위해서. 그녀를 한옆으로 끌어당기는
것은 그리 힘들어 보이지 않았다.(왜냐하면 우리는 이미 서로를
사랑하고 있었으므로, 그녀 또한 나를 사랑했던 것이다, 내가 그녀를
죽이고 싶어 한다는 것은, 의심의 여지없이 그녀가 나와 사랑에 빠
져 있음을 뜻한다.) 그녀를 옆으로 끌어당기고 나면 그녀의 목
을 조르고, 매달 수 있을 것이다. 나는 살인자가 된다는 것이
어떤 것인지 이해하기 시작했다. 살인이 손쉬운 일이 되었을
때, 그리고 그보다 더 나은 일을 찾을 수 없을 때, 살인은 벌어
진다. 다른 모든 가능성이 고갈되어 버렸을 때 말이다. 참새가

매달려 있고, 막대기가 매달려 있고, 루드빅이 매달려 있고, 나 또한 마치 고양이를 매달았듯이 그녀를 매달 것이다. 나는, 물론, 그녀를 매달지 않을 수도 있다, 하지만…… 무엇 때문에 그런 실망감을 자초한단 말인가? 짜 놓은 계획에 굳이 혼선을 초래할 이유가 뭔가? 그 모든 소동과 노고, 배열과 배합의 과정을 다 겪은 뒤에 드디어 매달기가 온전하게 그 모습을 드러냈고, 나는 가까스로 그것을 입과 연결시켰는데 ─ 왜 지금 여기서 꽁무니를 빼면서 매달기를 포기해야 한단 말인가?

안 될 일이다. 나는 그들의 뒤를 따라 걸었다. 그들은 손전등으로 장난을 쳤다. 극장에서 영화를 보면 가끔 익살맞은 장면이 등장한다, 사냥꾼이 권총을 들고, 방아쇠를 당길 준비를 하며, 조심스럽게 앞으로 나아가고 있는데, 괴물 같은 짐승, 거대한 곰이나 집채만 한 고릴라가 살금살금 그의 뒤를 밟고 있는 장면. 그건 바로 사제였다. 내 뒤를 바짝 따라오고 있었던 것이다, 살짝 옆쪽에서, 아마도 제일 끝에 뒤처져서 일행을 따라가고 있었는지 모른다, 무엇 때문인지, 어디로 가는지도 알지 못한 채, 어쩌면 혼자 집에 남는 것이 무서웠기 때문일 수도 있다 ─ 처음에 나는 그를 미처 보지 못했는데, 어느 틈에 그가 내게 들러붙어 버렸다 ─ 자신의 촌사람 특유의 손가락과 함께, 만지작거리고, 더듬거리는 손가락과 함께. 카속을 입은 채로. 천국과 지옥. 죄악. 거룩한 가톨릭교회, 우리의 성모님. 고해소의 냉기. 죄악. 인 사에쿨라 사에쿨로룸.[87] 교회.

─────────────

[87] In saecula saeculorum. 라틴어로 '영원무궁하게'라는 뜻.

고해소의 냉기. 교회와 교황. 죄악. 천벌. 카속. 천국과 지옥. 이테, 미사 에스트. 죄악. 선행. 죄악. 고해소의 냉기. 세쿠엔티아 산크티……[88] 교회. 지옥. 카속. 죄악…… 고해소의 냉기.

나는 그를 세게 밀쳤다, 어찌나 강하게 밀쳤는지 그가 비틀거릴 정도였다.

그를 밀치는 순간 나는 극심한 공포에 사로잡혔다 — 내가 지금 무슨 짓을 하고 있는 건가?! 엉뚱한 기행, 악의 없는 장난! 그가 버럭 호통을 칠지도 모른다!

하지만 사제는 그러지 않았다. 내 손길은 너무도 비참한 소극성과 무저항에 부딪쳤고, 그리하여 나는 곧바로 냉정을 되찾았다. 그는 발걸음을 멈췄지만, 나를 쳐다보지 않았다. 우리는 둘 다 그 자리에 서 있었다. 나는 그의 얼굴을 똑똑히 보았다. 그리고 입을 보았다. 나는 손을 들어 올렸다, 그의 입에 내 손가락을 집어넣고 싶었다. 하지만 그는 이를 꽉 물고 있었다. 나는 왼손으로 그의 턱을 움켜쥐고는 입을 억지로 벌리게 한 뒤, 거기에 내 손가락을 집어넣었다.

손가락을 뺐다, 그리고 손수건으로 닦았다.

이제 행렬을 따라잡기 위해서는 서둘러야 한다. 사제의 입에 손가락을 집어넣은 건 결과적으로 내게 좋은 일이었다, (나는 생각했다.) 시체의 입에 손가락을 집어넣는 것과, 살아 있는 누군가의 입에 손가락을 집어넣는 것은 완전히 달랐으므로, 그건 마치 내 망상들을 현실 세계로 불러오는 것 같은 느낌이

---

88) Sequentia sancti. 라틴어로 '거룩한 복음의 시작'이라는 뜻.

었다. 나는 활기를 되찾았다. 그러고는 이 모든 과정 덕분에 잠시나마 참새와 기타 등등에 대해 내가 잊고 있었다는 사실을 깨달았다. 그래서 나는 거기, 약 30킬로미터쯤 떨어진 저곳에, 참새가 있고 ─ 막대기가 있고 ─ 고양이가 있다는 사실을 다시금 나 자신에게 상기시켰다. 그리고 물론 카타시아에 대해서도.

"존경하는 산책 동지 여러분, 신사 숙녀 여러분, 괜찮으시다면, 여기서 좀 쉬겠습니다! 자, 휴식을 좀 취하십시오! 잠깐 동안 숨을 돌리겠습니다."

그는 잡목이 무성하게 우거진 협곡 위로 불쑥 튀어나온 거대한 암석 아래에 서 있었다. 암석의 정면에는 조그만 개간지가 있었는데, 사람들이 자주 다녀간 듯했다, 나는 또다시 어떤 흔적 같은 것을 발견한 듯했다…… 잔가지들 몇 개와 풀잎 한 포기. "룰루, 나 여기 있기 싫어요, 하필 이런 곳이라니!" "대령님, 여긴 앉을 자리도 없다고요" "대표님, 지금 맨땅에 앉으라는 겁니까?"

"네, 네, 좋아요", 레온의 목소리는 애처로웠다, "단지 이 아빠가 여기에서 커프스단추를 잃어버렸거든요. 커프스단추, 제기랄…… 커프스단추 말입니다. 손전등을 갖고 계신 분은 이리로 좀 와 주세요."

참새.

막대기.

고양이.

루드빅.

신부.

레온, 몸을 구부린 채, 커프스단추를 찾고 있다, 룰루가 그에게 손전등을 비춰 준다, 문득 카타시아의 작은 방이 생각났다, 푹스와 내가 함께 손전등을 비추던 그곳. 그는 커프스단추를 찾아 헤맸고, 결국 룰루에게서 손전등을 건네받았다, 하지만 나는 잠시 후 손전등의 불빛이 바닥에 고정되는 대신, 계곡과 다른 바위들을 은밀하게 훑어보는 데 사용되고 있음을 깨달았다, 마치 불빛을 비추어 그 작은 방의 벽을 이리저리 훑어보던 나와 푹스와 마찬가지로. 그는 정말로 커프스단추를 찾고 있었던 걸까? 어쩌면 커프스단추를 찾기 위해서가 아니라 바로 그 장소로 우리를 데려오고 싶었던 건지도 모른다, 이십삼 년[89] 전의 바로 그곳으로?…… 하지만 그는 확신이 없어 보였다. 그곳을 잘 알지 못하는 듯했다. 그날 이후로 필경 새로운 나무들이 자라났을 테고, 땅은 내려앉았을 것이며, 바위 또한 움직였을 것이다, 그는 손전등을 갖고, 점점 더 열정적으로 수색 작업에 임했다, 마치 그때 그 작은 방에서 방황하던 우리와 마찬가지로, 자신의 입까지 올라오는 수심의 물에 빠진 것처럼 허둥거리며, 확신을 잃은 그를 보면서, 우리는 그 모습이 바로 나와 푹스, 천장과, 벽과, 화단에서 길을 잃고 헤매던 우리의 모습과 똑같다는 사실을 깨달았다. 벌써 오래전 일이다! 모두가 기다렸다. 아무도 입을 열지 않았다, 어쩌면 호기심 때

---

89) 앞의 내용에 의거하면 이십칠 년이 맞지만, 이것은 착각이 아니라 곰브로비치의 의도인 것으로 추측된다. 삼십칠 년, 이십칠 년, 이십삼 년은 곰브로비치 개인사와 밀접한 관련을 맺고 있다.

문이었을 것이다, 풀밭에서 과연 무엇이 발견되는지 확인하고 싶다는 호기심. 나는 레나를 보았다. 입을 갖고 있는 그녀는 연약하고 섬세하고 레이스처럼 정교했다, 막대기 참새 고양이, 카타시아, 루드빅, 그리고 사제.

궁극적으로 레온은 스스로 문제를 해결하지 못했다. 길을 잃은 것이다. 그는 암석의 아래쪽을 열심히 살펴보았다. 사방이 고요했다. 그가 몸을 일으켰다.

"바로 여깁니다."

룰루시아가 종알거렸다, "뭐가 여기라는 거예요, 레온 씨, 여기라니요?"

정중하게.

레온은 겸허하게, 조용히 서 있었다.

"이 무슨 우연의 일치란 말입니까…… 기막힌 우연입니다, 유례를 찾기 힘든 아주 독특한 우연이지요! 나는 커프스단추를 찾고 있었는데, 알고 보니, 글쎄, 이 바위는 말이죠…… 내가 전에 왔던 곳이었습니다…… 지금부터 이십삼 년 전 바로이 자리에 말이죠…… 이곳에!"

갑자기 미리 주문이라도 한 것처럼 그가 몽상에 잠겼다, 그리고 오래도록 침묵이 이어졌다. 손전등의 불빛이 꺼졌다. 침묵의 순간이 질질 끌며 계속되었다. 아무도 그를 방해하지 않았다, 그리고 몇 분 후 마침내 룰루시아가 부드럽고, 다정하게 말을 걸었다, "그때 무슨 일이 일어났었는데요, 레온 씨?" 그가 대답했다, "아무 일도요."

나는 그때 포동포동 안주인이 그곳에 없다는 사실을 깨달았다. 집에 남아 있는 걸까? 그렇다면 그녀가 루드빅을 매단 것일까? 난센스. 그는 스스로 목을 매단 것이다. 왜? 아직은 아무도 모르고 있다. 그들이 그 사실을 알게 되면 어떻게 될까?

참새.

막대기

고양이.

루드빅.

그것은 꽤 힘들면서, 많은 노력을 요구하는 일이었다, 30킬로미터나 떨어진 거기, 그곳과의 관련 속에서 지금, 여기서 벌어지고 있는 일에 관해 스스로를 이해시킨다는 건. 그리고 나는 레온에게 화가 났다, 그가 제1 바이올린을 연주하고 있는 데 대해서, 그리고 모두가(나까지 포함해서)······ 그의 관객이 되었다는 사실에 대해서······ 우리가 여기에 있는 건, 그러니까 직접 보기 위해서······

그가 불확실한 어조로 중얼거렸다.

"여기였어요. 내가 한 여자와······"

또다시 몇 분간의 침묵이 찾아왔다, 꽤 오랜, 몇 분의 시간 동안 음탕한 기운이 흘러넘쳤다, 그것은 일종의 고백이었다, 왜냐하면 아무도 말을 하지 않는다는 건, 우리가 여기에 온 이유가 오로지 그로 하여금 우리가 지켜보는 가운데, 자신의 문제를 해결할 수 있도록 하기 위해서라는······ 그러니까 그의 고유한······ 자기만족 때문이라는······ 자신의, 자신에 의한, 자신을 위한······ 우리는 그가 이야기를 끝마치기를 기다렸다. 시간이 흘렀다.

레온이 갑자기 예기치 않게 손전등으로 자신의 얼굴을 비췄다. 코안경, 대머리, 입, 그리고 모든 것을. 감긴 두 눈. 방탕한 사내. 순교자. 그가 말했다.

"다른 풍경은 더 이상 없습니다."

그가 손전등의 불빛을 껐다. 칠흑 같은 어둠에 나는 소스라치게 놀랐다, 내가 예상했던 것보다 훨씬 더 어두웠다, 아마도 우리 머리 위에 먹구름이 몰려와 있는 모양이다, 암석 아래 서 있는 그의 모습은 거의 보이지 않았다. 그는 뭘 했을까? 거기서 아마도 뭔가 자신만의 역겨운 짓을 했을 것이다, 흥분하고, 자신의 유일한 매춘부였던 과거의 그녀를 떠올리고, 맹렬히 시도하고, 안간힘을 쓰고, 자신의 타락을 기념했을 것이다. 하지만…… 만약 그에게 이곳이 맞다는 확신이 없었다면? 만약 그가 마구잡이로 아무 데서나 기념을 한 것이라면? 아무도 그 자리를 떠나지 않는 것이 내게는 도리어 이상하게 여겨졌다, 그들은 아마도 벌써 깨달았을 것이다, 그가 그들을 이곳에 데려온 이유가 자신을 거들게 하기 위해서, 자신을 지켜보게 하기 위해서, 구경하는 시선을 통해 스스로를 흥분시키기 위해서라는 걸. 자리를 뜨는 것은 매우 쉬운 일이었다. 하지만 아무도 그러지 않았다. 예를 들면 레나는 얼마든지 레온에게 다가갈 수 있었지만, 그러지 않았다. 그녀는 꼼짝도 하지 않았다. 레온이 숨을 헐떡이기 시작했다. 매우 리드미컬하게 헐떡거렸다. 그가 무슨 짓을 하고 있는지, 어떤 상태인지, 아무도 볼 수가 없었다. 하지만 그 누구도 그곳을 떠나지 않았다. 그가 신음했다. 그의 신음 소리는 음탕했다, 하지만 사실상 굉장히 성실하고 근면했다, 그것은 스스로 방탕하게 즐기기 위한 신음 소리였다. 그는 신음했고, 날카롭게 비명을 내뱉었다. 그의 비명, 잔뜩 억눌린 듯한, 목구멍에서 비집고 나오는 그 소리는 그가 스스로 음탕한 행위를 하는 걸 도왔다, 아, 어찌나 열심히 시도했는지, 어찌나 안간힘을 썼는지, 스스로를 어찌나 더럽혔는지, 얼마나 기념하고, 또 얼마나 축하했는지…… 그는 열정적으로 시도했다. 안간힘을 썼다. 숨을 헐떡였다. 비명을 질렀다. 안간힘을 쓰고 있다. 시도하고 있다. 우리는 기다렸다. 그러고 나서 그가 말했다.

"베르그."

내가 대답했다.

"베르그."

"벰베르그로 베르그를 향해 벰베르그 하기!" 그가 탄성을 내질렀다, 나 역시 흥분하여 외쳤다. "벰베르그로 베르그를 향해 벰베르그 하기!"

그가 마침내 완전히 흥분을 가라앉혔고, 뒤이어 아무런 소리도 들리지 않았다, 나는 생각했다, 참새 레나 막대기 레나 고양이 입속으로 꿀 입술 말려 올라가다 벽 먼지 덩어리 긁힌 자국 손가락 루드빅 잡목 숲 매달리다 매달린 입술 레나 혼자 거기 주전자 고양이 막대기 담장 도로 루드빅 신부 담벼락 고양이 막대기 참새 고양이 루드빅 매달리다 막대 매달리다 참새 매달리다 루드빅 고양이 내가 매달 것이 ─ 갑자기 비가 쏟아지기 시작했다. 헐겁고도 조밀한 빗방울들, 우리가 고개를 들어 올린다, 비가 쏟아졌다, 물이 폭포수처럼 쏟아지기 시작했다, 갑작스레 바람이 휘몰아쳤다, 공황 상태, 각자 가까운 나무 밑으로 달려간다, 하지만 소나무 가지에서 물이 새어 나오고, 물방울이 떨어진다, 뚝뚝 떨어지는 물방울, 물, 물, 물, 젖은 머리카락, 등, 허벅지, 그리고 우리 앞에 펼쳐진 시커먼 어둠, 떨어지는 물방울이 만들어 낸 수직의 벽면, 절망에 허덕이는 손전등의 불빛이 그 벽을 휘젓고 있다, 그 순간 손전등 불빛 사이로 비가 쏟아지고, 물이 떨어지는 광경이 보인다, 그리고 개울, 폭포, 호수, 졸졸 흐른다, 뿜어져 나온다, 철벅철벅 튀긴다, 호수, 바다, 콸콸콸, 흐르는 물의 조류, 그리고 지푸라기, 막대기, 물에 떠내려가는 잎사귀, 사라져 버린다, 시냇물의 합류, 강의 탄생, 작은 섬들, 장애물들, 방벽과 소용돌이, 위쪽보다 더 높은 까마득한 위쪽에선 대홍수, 쏟아진다, 떨어진다, 아래쪽에서는 돌진하듯 굴러가는 나뭇잎 하나, 어디론가 사라져 버린 나무껍질 한 조각, 이 모든 것들로 인한 오한, 독감, 고열, 레나가 편도선염에 걸렸다, 자코파네에서는 택시를 불러야만 했다, 질병, 의사들, 그 뒤로는 완전히 다른 세상, 나는 바르샤바로 돌아왔다, 부모님, 또다시 아버지와의 전쟁, 거기서 불거진 또 다른 일들, 문제들, 분쟁들, 난관들. 오늘 점심 식사에는 닭고기 요리가 나왔다.

인간이 세계를 만날 때

곰브로비치의 생애와 작품 세계

비톨트 곰브로비치(Witold Gombrowicz, 1904~1969)는 사르트르, 카뮈와 더불어 소설에 실존적 고민과 철학적 성찰을 접목시키는 획기적인 시도로 20세기 유럽 문학의 새로운 지평을 연 선구자이다. 폴란드 문단에서 곰브로비치는 브루노 슐츠(Bruno Schulz, 1892~1942), S. I. 비트키에비치(Stanisław Ignacy Witkiewicz, 1885~1939)와 더불어 '모더니즘의 3대 거장'으로 손꼽힌다. 노벨 문학상 수상 작가인 체스와프 미워시(Czesław Miłosz, 1911~2004)는 곰브로비치를 가리켜 '폴란드 문학의 기념비'라고 칭송했고, 체코 출신의 소설가 밀란 쿤데라 역시 '우리 시대 가장 위대한 작가 중 하나'라는 찬사를 아끼지 않았다.

1904년 폴란드 남동부에 위치한 마워시체에서 부유한 유대인 지주의 아들로 태어난 곰브로비치는 부친의 권유로 바르샤바 대학교에서 법학을 전공하고, 파리에서 경제학과 철학을 공부했다. 하지만 문학을 향한 애틋한 꿈을 접지 못하고, 1933년에 자비를 들여 단편집 『미성숙한 시절의 회고록(Pamiętnik z okresu dojrzewania)』을 출판하면서 작가의 길로 들어섰다. 1937년에 발표한 첫 장편 소설 『페르디두르케(Ferdydurke)』는 파격적인 형식과 실험적 시도로 보수적인 평단에서 혹독한 비난을, 젊은 지식인들 사이에서는 열광적인 지지를 얻었다.

이후 곰브로비치는 이탈리아를 거쳐 아르헨티나로 취재 여행을 떠나는데, 그곳에서 2차 대전 발발 소식을 듣고 망명을 결심했고, 영원히 조국으로 돌아오지 못했다. 그는 낯선 타국에서 언어 문제와 생활고 등으로 시련을 겪으면서도 창작 활동을 멈추지 않았다. 냉전 시대, 서방으로 망명한 폴란드 작가들의 구심점 역할을 했던 문예지 《쿨투라(Kultura)》[1]의 발행 및 편집에도 관여했다. 1969년 프랑스 방스에서 세상을 떠날 때까지 『트란스 아틀란틱(Trans-Atlantyk)』(1957), 『포르노그라피아(Pornografia)』(1960), 『코스모스(Kosmos)』(1965) 등의 장편 소설과 「부르고뉴의 공주 이보나(Iwona, księżniczka

---

1) 이 잡지는 폴란드 이민 공동체의 주도하에 프랑스 파리에 설립된 '폴란드 문학 연구소(Instytut Literacki)'에서 발행되었는데, 곰브로비치 외에도 체스와프 미워시, 스와보미르 프로제크(Sławomir Mrożek) 등 저명한 작가들이 필진으로 참여했다.

Burgunda)」(1938), 「결혼(Ślub)」(1953) 등의 희곡, 자전 에세이『일기(Dziennik)』(전 3권. 1957, 1962, 1966) 등의 걸작을 남겼다.

곰브로비치는 1961년 2월 부에노스아이레스에서 마지막 소설인『코스모스』의 집필을 시작했고, 1964년 12월 프랑스 방스에서 탈고했다.『코스모스』는 1965년 곰브로비치 사망 직전에 파리의 폴란드 문학 연구소에서 망명 출판을 통해 출간되었고, 모국인 폴란드에서는 1980년대 중반에 이르러서야『곰브로비치 전집(Dzieła zebrane Witolda Gombrowicza)』(1986~1988)을 통해 독자들과 만날 수 있었다.

곰브로비치의 작품들은 사회주의 국가로 변모한 폴란드에서 30여 년 동안 출판이 금지되는 불운을 겪었다. 그는『페르디두르케』,『일기』등의 작품에서 날카로운 풍자와 패러디 기법을 동원하여 폴란드 문학이 안고 있는 고질적인 문제점에 통렬한 비판을 가했다. 민족의 운명에 지나치게 집착하는 폴란드 문학의 특성이 오히려 개인의 창조적인 진보나 독립성을 방해한다는 점을 지적하면서 보수적인 틀에 갇힌 민족주의적 전통은 불필요한 허식, 공허한 집단행동에 불과하다고 역설했다.

오랫동안 외세로부터 지배당하는 수난의 역사를 겪으면서 문학의 사명을 유달리 강조해 왔던 폴란드 문단에서 곰브로비치의 이러한 냉소적인 태도는 일종의 반역 행위로 여겨졌고, 사회주의 정부는 그의 저서들을 금서 목록에 올렸다. 그러나 해외 문단에서의 평가는 달랐다. 민족적 특수성을 넘어서 인간 본성의 문제를 집요하게 파고들었던 곰브로비치는 '실존주의 문학의 원조', '20세기 유럽 문학의 진정한 거장'이라는 찬사를 들으며 열렬한 환호를 받았다. 대표작『페르디두르케』의 경우 1947년 작자 자신에 의해 스페인어 번역본이 출판된 이래 30개 국어로 번역되어 전 세계 독자들의 사랑을 받았다.

일찍이 곰브로비치는『일기』에서 "예술가의 역할은 철학을 마법에, 즉 매혹 속에, 아름다움에 빠뜨리는 것"이라고 단언했는데, 그의 작품 속에는 바로 이러한 작가의 예술관이 고스란히 투영되어 있다. 곰브로비치는 철학적인 주제를 익살스러운 형식으로 포장하여 풍자적 필치로 그려 냄으로써 현대인의 삶에 내재된 상투적 속성과 인지의 허상을 날카롭게 포착하였다. 그의 작품 속에는 성숙과 미성숙, 완성과 미완성, 전체와 부분, 정상과 비정상 간의 대립 구조가 공통적으로 등장하는데, 이는 관념적 이분법의 허구성을 폭로하고, 질서와 규율의 이름으로 다스려지고 있는 현대 사회의 모순을 다층적으로 드러내기 워한 장치라고 할 수 있다. 인간의 욕망을 '정상'이라는 이름의 획일적인 틀에 끼워 맞추려는 모든 제도와 이데올로기에 보내는 일종의 장엄한 '조소'이자 실존에 관한 절실한 '물음'인 셈이다. 그로테스크와 난센스, 유머를 적절히 반죽해 인위적인 가벼움을 표방하고 있지만, 그의 작품 앞에 어김없이 '철학 소설'이라는 수식어가 붙는 것도 바로 이 때문이다.

곰브로비치는 이미 첫 번째 장편 소설『페르디두르케』의

대단원에서 틀에 박힌 고정 관념을 단호히 거부하면서 발상을 뒤집는 전복적인 시도에 대한 의지를 다음과 같이 표명하고 있다.

이제 끝이다, 만세! 이 책을 읽은 자여, 그대는 바보!

곰브로비치에 따르면 인간은 결코 스스로의 힘으로 온전한 자신이 될 수 없으며, 타인에 의해 '만들어지는' 존재다. 인간은 자신에게로 향하는 주위의 기대 혹은 선입견에 따라 행동하고, 그 틀에 자신을 맞추면서 스스로를 '가면'으로 무장하고 있다. 작가는 말한다. 사회 속에서 관습이나 문화의 이름으로 끊임없이 타인에 의해 형상화되고 구속당하는 것이 인간의 운명이기에 우리 모두는 '가면'으로 상징되는 '형식'의 굴레에서 도망칠 수 없노라고.

곰브로비치의 작품에 등장하는 주인공들은 타인과 어울리기 위해 쓴 가면과 자신의 내면에 감춰진 자아의 균열 사이에서 발생하는 비극적인 불균형에 맞서 맹렬하게 저항하지만, 번번이 실패하고 만다. 21세기를 살아가는 우리들 역시 가면으로 얼굴을 가리고 있으면서도 타인과의 진정한 소통을 갈망하며 끊임없이 외부를 향해 신호를 보내고 있다. 다소 엉뚱하고 발칙하며 우스꽝스럽고 대담한 곰브로비치의 작품이 세기를 건너 변함없이 감동과 공감을 전하는 이유가 바로 여기에 있다.

『코스모스』의 구성과 주제

곰브로비치는 『코스모스』를 구상하면서 소설을 여는 일종의 도입점으로 서로 아무런 연관성이 없는 두 가지 플롯 — 첫째는 목매달린 참새, 둘째는 한 여자의 일그러진 입을 보면서 또 다른 여자의 입을 떠올리는 주인공 — 을 염두에 두고 있었다고 술회하였다.[2]

『코스모스』의 주인공 비톨트는 현실에 온전히 스며들지 못한 채 눈앞에 펼쳐지는 현상과 존재 들을 낯설게 바라보는, 유리되고 단절된 주체이다. 폴란드의 평론가 카지미에쉬 바르토신스키는 '참새-막대기-고양이'로 이어지는 마치 장난감과도 같은 유아적인 대상에 대한 비톨트의 집착을 통해 주인공의 불완전한 의식, 미완성의 정신세계를 엿볼 수 있다고 지적했다.[3] '미성숙'의 관점을 통해 심각하고 철학적인 문제에 접근하려는 시도는 첫 장편인 『페르디두르케』를 필두로 곰브로비치의 소설에서 일관적으로 발견되는 모티프라고 할 수 있다.

『코스모스』는 셜록 홈스 스토리로 대표되는 탐정 소설을 떠올리게 만드는 낯익은 형식을 표방하고 있지만, 그 안에 담겨 있는 이야기는 상당히 낯설고, 모호하고, 기괴하며, 음험하

---

2) Witold Gombrowicz, "Dziennik 1961-1966", *Dzieła t. IX*, Kraków, 1986, p. 202.
3) Kazimierz Bartoszyński, "Lektury Kosmosu", (w:) Witold Gombrowicz, *Kosmos*, Wydawnictwo Literackie, 2007, p. 157.

기까지 하다. 의식의 바깥으로 눈을 돌려 현상을 응시하는 작가의 독특한 관점은 정형화된 규범이나 틀을 철저히 거부한다. 흥미로운 점은 이러한 시도를 통해 획일적 메커니즘에 길들여져 있으며, 지극히 사소한 일상에까지 억압과 통제가 자행되는, 가식과 위선으로 가득한 현실 세계의 모순이 오히려 더욱더 선명하게 조명된다는 점이다.

『코스모스』는 그 제목을 통해서도 미루어 짐작할 수 있듯이 미크로코스모스(Microcosmos)에 해당하는 '개인'이 마크로코스모스(Macrocosmos)에 해당하는 '세계'를 인식하는 과정에서 작동하는 다양하고 복잡한 메커니즘에 대한 성찰을 시도한 작품이다.[4]

내 주위에서 발생하는 무수히 많은 현상들 가운데서 나는 한 가지만을 분리시켜 인식하게 된다. 예를 들어 내가 탁자 위에 놓여 있는 다양한 물건들 가운데 재떨이를 선택했다고 치자. (이제 나머지 다른 사물들은 그림자 속에 머물게 된다.)

이러한 내 행동을 스스로 인식하고 난 뒤, 다음과 같은 논리를 들어 그 당위성을 설명한다면, 아마 별다른 이의가 제기되지 않을 것이다. "내가 재떨이에 주목한 이유는 피우고 있던 담배의 재를 털기 위해서였다." 혹은 "나는 그저 우연히 재떨이에

---

4) 마크로코스모스는 큰 세계(대우주)를 의미하고, 이에 대응하는 대립 개념으로 미크로코스모스는 작은 세계(소우주), 즉 인간을 가리킨다. 인간과 우주를 대비시켜서 생각하는 이러한 사상은 고대 그리스 시대의 철학자 데모크리토스에서 비롯되었다.

시선을 고정시켰는데, 이제 더 이상 재떨이에 신경 쓰지 않을 것이다.”라고 대답한다면, 그러한 대답 또한 별 문제가 되지 않을 것이다. 하지만 만약 내가 알 수 없는 이유로 재떨이를 주목했다는 것을 스스로 깨닫고 난 뒤에도, 전혀 아무런 의미도 없이 또다시 재떨이를 바라본다면, 그때는 문제가 발생하게 된다.

만약 그것이 정말 아무런 의미가 없는 일이라면 나는 왜 다시 재떨이를 바라보게 되었을까? 그렇다! 재떨이를 향해 또다시 시선을 던진 바로 그 순간부터 나와 재떨이 사이에 어떤 의미가 작동하기 시작한 것이다. 당신이 아무런 이유 없이 어떤 현상이나 사물에 1초보다 조금 더 길게 관심을 기울였다는 단순한 사실로 인해서 그 대상은 이제 당신에게서 나머지 다른 대상들과 구별되는 특별한 가치를 획득하게 된 것이며, 당신의 의식 속에 존재하게 된 것이다.[5]

『코스모스』에서 곰브로비치가 주목하는 것은 ‘인간’과 그 인간을 둘러싼 ‘세계’와의 관계, 그리고 ‘실제’와 ‘가상’, ‘의식’과 ‘무의식’의 상호 작용이다.

내게 있어 『코스모스』는 검고 어두운, 그 무엇보다 검고 어두운 작품이다, 소용돌이와 홍수를 동반한 시커먼 조류와 같다고나 할까, 수천 가지 부스러기를 품에 안은 채 솟구쳐 오르는 검은 물줄기, 그리고 그 물줄기를 바라보는 인간, 물줄기를 주

---

5) Witold Gombrowicz, ibid, 1986, p. 203.

시하다가 어느 틈에 그 속에 휩쓸려 버린 인간, 하지만 어떻게든 이해하고, 의미를 찾기 위해, 그리고 이 모든 조각들을 결합시켜 보려고 안간힘을 쓰고 있는 인간…… 어둠과 공포, 그리고 밤. 거대한 욕망과 타락한 사랑으로 얼룩진 밤.

　　　　　　　　—『유서. 곰브로비치와의 대화』중에서[6]

　주인공이자 작중 화자인 비톨트는 집과 직장이 보장되어 있고, 가족과 사회라는 울타리에 의해 보호받고 있는, 이른바 '정상적인 세계'를 상징하는 바르샤바로부터 도피하여 자코파네라는 전혀 새로운 세상에 발을 들여놓는다.

　어디서 왔는지, 무슨 목적인지, 할 말은 많지만, 솔직히 말해서 나는 아버지와 어머니 때문에, 아니 실은 가족 탓에 지칠 대로 지쳐 있었다, 게다가 나는 적어도 한 과목의 시험 정도는 뒤로 늦추어 제대로 치르고 싶었고, 변화 속에서 안도감을 맛보고 싶었으며, 어딘가 먼 곳에 가서 지내고도 싶었다. 그래서 자코파네로 오게 되었고.(본문 7쪽)

　그 뒤로는 완전히 다른 세상, 나는 바르샤바로 돌아왔다, 부모님, 또다시 아버지와의 전쟁, 거기서 불거진 또 다른 일들, 문제들, 분쟁들, 난관들. 오늘 점심 식사에는 닭고기 요리가 나왔다.(본문 293쪽)

---

6) D. de Roux, *Testament. Rozmowy z Gombrowiczem*, Paryż, 1969, p. 124.

소설의 마지막 문장에서 '닭고기 요리'를 먹었다는 비톨트의 고백을 통해 알 수 있듯이 그가 그토록 도망치길 염원했던 바르샤바의 일상에서 '새'는 단순히 요리의 재료이지만, 소설 속의 공간적 배경인 자코파네에서 '새'는 '목매달린 참새'라는 괴이한 형상으로 출몰한다. 그리고 이러한 기괴한 새의 이미지는 결국 주인공으로 하여금 고양이에 대한 교살 충동을 품게 만드는 결정적인 동기로 탈바꿈하게 된다. 『코스모스』는 표면적으로는 '자코파네'라는 폴란드의 대표적 휴양지, 다시 말해 매우 구체적이고 현실적인 공간을 배경으로 설정하고 있지만, 정작 텍스트 내부의 서사적 공간은 의식과 무의식의 애매한 경계선에 위치하고 있다고 볼 수 있다. 곰브로비치는 존재의 근원적 실체에 보다 가깝게 다가서기 위해 역설적이게도 일상 속에 잠재되어 있는 무의식의 영역을 일깨우는 방식을 선택한 것이다.

이곳은 나의 공간이 아니다, 내게 이곳이 무슨 소용이란 말인가, 그럼에도 불구하고, 나는 지금 여기에 있다, 그 말은 다른 곳에 있어도 상관없다는 뜻이다, 모든 게 마찬가지다, 나는 알고 있다, 저 산자락 너머에 미지의, 또 다른 세상이 펼쳐져 있다는 걸, 하지만 그렇다고 완전히 낯설지는 않았다, 왜냐하면 나와 풍경 사이에 일종의 무관심이 자리 잡고 있기 때문이다, 그리고 그 무관심은 불쾌감, 심지어 그보다 더한 무언가로 바뀔 수도 있었다. 그럼 무엇으로? 심연 속에서 솟아오르고 있는 이 숲과 초원의 독특한 마취 상태 속에, 낯설고, 개별적이며, 별 흥미도 끌지 못하는 이곳에, 급작스러운 움켜쥠과 비틀기, 질식의 적나라한 가능성이 도사리고 있었다, 하, 하, 목매달기 ─ 그러나 그러한 가능성은 '너머에', '저편에' 존재한다.(본문 196쪽)

곰브로비치 스스로가 『코스모스』를 가리켜 '검은 소설(czarna powieść)'이라고 명명했듯이 텍스트 속의 등장인물들은 항상 어둠에 둘러싸여 있고, 자신의 내면에 짙은 어둠을 간직하고 있다. 여기서 어둠은 있는 그대로의 '검은색'이기보다는 다양하게 변주된 형태로 나타난다. 이를테면 작품의 도입부에서 주인공은 한낮의 눈부신 태양 속에서도 그 안에 도사리고 있는 어둠의 그림자를 감지하고 있다. 그리고 이러한 불가사의한 어둠은 작품 전체를 관통하는 정서적인 톤으로 작용한다.

토양, 바퀴 자국, 유리알처럼 빛나는 조약돌, 광채, 폭염의 웅웅거림, 이글대는 열기, 태양 아래 사방이 온통 시커멓다, (중략) 소나무와 담장, 가문비나무와 작은 집 들, 잡초와 초원, 오솔길과 도랑, 벌판과 굴뚝…… 그리고…… 공기를 보았다…… 햇살을 받아 빛났지만, 시커먼 빛깔이었다, 나무의 검은 빛, 대지의 회색빛, 땅바닥에 움터 있는 식물의 녹음(綠陰)조차도 모조리 검은빛이었다.(본문 8쪽)

『코스모스』에서는 주요한 사건이 발생할 때마다 어김없이 밤하늘이나 잡목 숲, 덤불, 바위 등을 배경으로 어둠의 이미지가 등장한다.

　이 모든 것은 밤으로 둘러싸여 있었다, 마치 어제의 암흑에 잠겨 있는 것처럼.(본문 34쪽)

　희미함, 불확실성, 무실체(無失體)는 우리를 후퇴하게 만들었다, 나는 내 필기 노트로, 그는 자신의 메모로 돌아갔다, 하지만 내 머릿속 혼란스러움은 가시질 않았고, 저녁 무렵이 되면 더욱 커졌다, 정원의 끝, 그리고 도로 저편의, 그 두 지점에 도사리고 있던 어둠이 우리가 켜 놓은 램프의 밝은 빛 속에 투영되었다.(본문 61쪽)

　문 밑에서, 덤불 속에서, 낯익은 어둠, 낯익은 향기, 우리는 우리가 알고 있는 장소를 향해 다가갔다, 하지만 우리의 시선은 헛되이 어둠을 향해 부딪쳤다, 아니 그건 어둠이라기보다 모든 것을 지워 버리는, 무수히 많은, 어둠의 다양한 모습들과 부딪쳤다고 해야 옳을 것이다.(본문 95~96쪽)

이처럼 『코스모스』에서 다채로운 빛깔로 출몰하고 있는 검은 색조는 단순한 암흑이라기보다는 모호하고 불투명한 카오스를 상징한다. 자신의 본질에 대해서, 그리고 앞으로 다가올 운명이나 스스로의 미래에 대해서 아무것도 알지 못해 불안에 휩싸여 있는 인간의 어두운 정신세계를 대변하고 있는 것이다.

오토픽션 글쓰기의 관점에서 본 『코스모스』의 장르적 특성

『코스모스』의 구성에서 눈길을 끄는 것은 이 소설이 '자전적' 요소와 '허구적' 요소가 혼재되어 있는 오토픽션(auto-fiction)[7]의 형식을 취하고 있다는 점이다. 오토픽션이란 소설과 자서전 사이에 위치하는 새로운 장르로서 그 내용이 작가의 삶과 현실을 충실하게 반영하기는 하지만, 전통적인 자서전이 추구하고 있는 이야기의 연속성이나 회고적인 문체 등으로부터 자유로운, 참신한 자전적 글쓰기의 형태를 의미한다. 오토픽션의 가장 두드러진 특징은, 소설이라는 허구성에 기반을 두고 있지만, 작가-화자-주인공의 이름이 완벽하게 일치하고 있다는 점이다. 또한 르카름에 따르면 "인격과 실존의 가공"이자 "경험의 본질 그 자체의 허구화"라는 특징을 가지며, 내용과 형식 전반에 걸친 "기억과 상상력의 복합적 유희"를 의미한다.[8] 인생의 시간이 서술의 시간으로 응축되고 변이된 장르, 그리고 체험된 경험이 단어들로 재구성되고, 문체를 통해 체계화되면서 더욱 견고해지는 장르가 바로 오토

---

7) '오토픽션'이라는 용어는 소설가이자 비평가인 세르주 두브로프스키 (Serge Doubrovsky)가 자신의 소설 『아들(Fils)』(1977)이 출간된 직후, 저자-화자-주인공이 동일한 이 작품이 자기 자신의 삶에서 자의적으로 비롯된 것임을 스스로 밝히면서 사용하기 시작했고, 1984년 『세계백과사전 (Encyclopaedia Universalis)』의 표제어로 등재되면서 새로운 문학 용어, 새로운 장르로서의 성립 가능성을 인정받게 되었다.

8) Jacques Lecarme, "L'autofiction: un mauvais genre?", *Autofictions & cie*(Colloque de Nanterre, 1992), RITM, n° 6, Université Paris X, 1993, p. 228.

픽션인 것이다.[9]

곰브로비치가 『코스모스』를 집필했던 1960년대는 '메타픽션(metafiction)'이라는 장르가 새롭게 각광받던 시절이었다. 주지하다시피 메타픽션이란 픽션과 리얼리티 사이의 관계에 의문을 제기하면서 스스로가 하나의 '인공품'임을 의식적, 체계적으로 드러내는 소설 쓰기를 일컫는다. 기존의 소설이 추구하던 전통적인 플롯 전개와 시점, 서술 방식 등을 거부하면서 예술과 언어의 재현 가능성에 대한 불신을 드러내고 있다는 점, 그리고 언어나 문학 형식, 창작 행위에 대해 극도의 자의식을 표명하고 있다는 점에서 메타픽션과 오토픽션 사이에는 어느 정도의 유사성이 발견되기도 한다. 하지만 메타픽션의 경우에는 텍스트에 내재된 허구적 장치와 관련 요소들을 의도적으로 가시화함으로써 텍스트가 픽션임을 독자들에게 공공연하게 드러내고 있고, 창작과 비평의 기능을 동시에 수행하는 패러디와 태생적으로 불가분의 관계를 맺고 있다는 점에서 오토픽션과는 근본적인 차이를 나타낸다. 『코스모스』가 발표된 1960년대 중반, 문학계에서는 오토픽션이라는 용어나 이러한 새로운 장르의 성립 가능성에 대한 논의는 전혀 이루어지지 않고 있었다. 그런 의미에서 본다면 곰브로비치의 『코스모스』는 메타픽션의 시대에 이미 한발 앞서 오토픽션의 가능성을 모색한 선구적인 작품이었다고 평가할 수 있겠다.

---

9) 이가야, 「자서전 이론에 대한 몇 가지 고찰: 필립 르죈의 이론과 그 반향을 중심으로」, 《프랑스문화예술연구》 제23집, 2008, 295쪽.

곰브로비치의 작품을 통틀어 오토픽션 글쓰기의 진수를 보여 주는 작품은 3부작으로 구성된 『일기』일 것이다. 하지만 자신의 마지막 소설인 『코스모스』에서도 곰브로비치는 모순성, 혼종성, 애매성을 특징으로 하는[10] 오토픽션적인 요소를 적절하게 활용하고 있다.

평론가들에 의하면 자아의 타자성, 언어의 불환원성, 현실의 재현 불가능성은 전통적인 의미의 자서전 대신에 오토픽션이라는 장르가 존재할 수밖에 없는 당위성을 입증하는 중요한 논리적 근거라고 할 수 있는데,[11] 소설이라는 외피를 두르고 있는 『코스모스』에서도 바로 이러한 한계들에 대한 작가의 고민과 성찰이 곳곳에 드러나 있어 눈길을 끈다.

일인칭 시점으로 전개되는 『코스모스』에서 '비톨트'는 작품의 '주인공'이면서 서술을 담당하는 '화자'이지만, 한편으로는 글쓰기의 주체, 즉 저자인 '비톨트 곰브로비치'의 페르소나이기도 하다. 따라서 비톨트의 내레이션에는 자아를 대상화하여 바라보려는 시도, 다시 말해 자아를 분열시키고, 소외시키고, 타자화시키려는 흔적이 곳곳에서 발견된다.

의심의 여지도 없이(그리고 그것은 매우 고통스러운 수수께끼였다.), 바로 나 자신이야말로, 입과 입술 간의 결합에 관한 숨겨진

---

10) 변광배, 「오토픽션의 이론: 기원과 변천 및 글쓰기 전략」, 《세계문학비교연구》 제36집, 2011, 219쪽.

11) 류은영, 「오토픽션의 논리: 오토=픽션의 미학과 현대성」, 《외국문학연구》 제46호, 2012, 155쪽.

비밀을 푸는 열쇠였기 때문이다, 그 비밀은 바로 내 안에서 탄생되었고, 다른 누구도 아닌 바로 내가 그 결합을 만들어 냈기 때문이다 ─ 하지만 (주의할 것!) 나는 고양이를 매다는 과정을 통해, 참새와 막대기가 속해있는 또 다른 그룹에 스스로를 접속시켰던 것이다(아마도? 어느 정도의 단계까지는?), 그리하여 나는 양쪽 그룹에 모두 속하게 되었다 ─ 그렇다면 레나와 카타시아를 참새 또는 막대기와 연결시키는 것 또한, 온전히 나에 의해서만 가능하다는 결론을 내릴 수 있지 않을까? ─ 나는 고양이를 매달면서, 사실상 다른 모든 것들을 결합시키는 교량의 역할을 수행했던 게 아닐까? …… 그렇다면 어떤 의미에서? 아, 쉬운 문제가 아니다.(본문 172쪽)

주체의 해체란 궁극적으로 자의식적인 시선을 마련하는 초석이 되고, 해체된 주체에 의해 창조된 예술 작품은 자기 성찰적 성향을 띠게 마련이다. 바꾸어 말하면 오토픽션처럼 자의식적 특성이 두드러진 소설에서 화자이면서 동시에 저자인 '나'는 '또 하나의 나'인 타자를 의식하는 자아에 다름 아니다. 그렇기 때문에 자꾸만 자신의 모습을 되돌아볼 수밖에 없으며, 서술 형식이나 시점에 있어서도 빈번한 분열을 초래하게 되는 것이다.

한 편의 소설을 독해하는 과정에서 독자가 따라가는 건 당연히 '화자'의 서술이다. 그런데 독자는 이따금 화자의 음성에서 또 하나의 소리를 듣게 된다. 바로 '저자'의 음성이다. 저자와 화자 사이의 내적인 상호 접촉을 통해 울려 퍼지는 두 가지 소리를 동시에 들으면서 어느 것이 저자의 소리인지 가려내는 것은 독자의 몫이다. 『코스모스』에서도 화자인 '나'의 진술 속에 '저자'인 곰브로비치의 자의식이 직접적으로 드러나는 대목들이 종종 등장한다.

　이 이야기가 이후 어떻게 전개되었는지를 설명하기는 힘들 것 같다. 왜냐하면 근본적으로 이것이 이야기인지조차 알 수 없기 때문이다. 이렇게 연속적이면서…… 다양한 구성 요소들이…… 한데 모였다가 뿔뿔이 흩어지는…… 이런 것을 과연 이야기라고 부를 수 있을까……(본문 268쪽)

곰브로비치는 이처럼 독자의 눈앞에 문학적 허구, 즉 픽션이 탄생하기까지 '글쓰기의 과정'을 적나라하게 드러내 보인다. 바꾸어 말하면 소설을 창작하면서 동시에 소설의 창작에 관한 진술을 시도하고 있는 것이다. 그리고 이러한 이중적인 진술을 통해 스스로의 텍스트에 대한 불신과 의혹, 상상, 환상 등의 감정을 적극적으로 표현함으로써 자신의 글쓰기 행위에 대해 비판하고 반성하는 자의식이 텍스트 내부로부터 발현되도록 유도한다.

　나는 이것을…… 그러니까 이 이야기를…… 어떻게 풀어놓아야 좋을지 모르겠다, 왜냐하면 내가 지금 이야기하는 건 '엑스 포스트'이기 때문이다. 화살을 예로 들어 보겠다…… 예를 들어, 화살은…… 그때 저녁 식사에서 거론되었던 그 화살은 그 당시에는 레온의 체스나 신문, 차(茶)보다 더 중요한 건 아니었다, 모든 것이 동일선상에 놓여 있었고, 모든 것이 주어진 순간을 차곡차곡 구성하고 있었다, 일종의 화음처럼, 벌떼의 윙윙거리는 합창처럼. 하지만 지금, '엑스 포스트'의 시점에서 나는 알고 있다, 화살이 무엇보다 중요하다는 것을, 그러므로 이 이야기를 하면서 나는 무수한 획일적 사실들 가운데, 화살을 선두에 놓고, 미래의 윤곽을 뽑아내 본다. 어떻게 하면 '엑스 포스트'를 배제한 채 이야기를 전달할 수 있을까? 그렇다면 자신의 고유한 익명의 상태를 고스란히 유지하면서 표현되고, 전달되는 것은 정말 아무것도 없는 걸까? 탄생의 순간, 그 서투른 옹알거림을 있는 그대로 고스란히 전달할 수 있는 사람은 없는 걸까? 혼돈 속에서 태어난 우리가 그 혼돈과 다시는 마주할 수 없다는 아이러니를 어떻게 설명할 수 있을까? 혼돈을 인지하는 바로 그 순간, 곧바로 질서와…… 형태가…… 만들어지고 만다……
(본문 44~45쪽)

곰브로비치는 서사의 틀 안에서 사실을 완벽하게 재현하는 것이 궁극적으로는 불가능하다는 한계를 솔직하게 인정하고 있다. 왜냐하면 글쓰기를 수행하고 있는 '현재'의 실재(實在)가 내가 쓰고자 하는 대상인 추상적이고 상징적인 모델로서의 실재를 '재현'하는 과정에 개입하는 것은 필연적인 과정이기 때문이다. 그러므로 오토픽션의 글쓰기는 바로 이 두 개의 '나'를 분리시키는 '정교한 분석(analyse bien con-duite)'을 시도하는 작업이라고 할 수 있다.[12]

구현된 리얼리티가 실체가 될 수 없다는 사실을 받아들이는 것은 결국 글을 쓰는 '나'와 작품 속의 '나'는 다르다는 것을 인정하는 것이다. 저자는 결코 자기 자신을 작품 속에서 볼 수가 없다. 과거는 기록하는 현재에 의해 평가되고, 그 현재조차도 깨닫는 순간, 이미 지나간 과거의 경험이 되어 버리기 때문이다.

곰브로비치는 특정한 대상 혹은 현상을 기술함에 있어서도 상반되는 해석과 이율배반적인 관점이 얼마든지 가능하다는 것을 솔직하게 토로하고 있다. 『코스모스』가 픽션도, 논픽션도 아닌 '상호 해체적인 애매성'을 특징으로 하는 오토픽션적인 속성을 갖고 있음을 보여 주는 예라고 할 수 있다.

그녀가 그를 사랑하는지 증오하는지 실망했는지 매료당했는지 행복한지 행복하지 않은지 나는 다시 생각한다, 아마도 이 모든 걸 동시에 할 수 있는 '가능성' 또한 존재하리라, 하지만 그것은 명백하게도 그녀가 이 모든 것 중에 아무것도 할 수 없음을 뜻하기도 한다.(본문 69쪽)

곰브로비치는 『일기』에서 텍스트의 세계가 열려 있음을 보여 주기 위해, 다시 말해 소설 속의 현실이 일정한 법칙이나 정해진 플롯에 의해서 탄생하는 것이 아님을 보여 주기 위해 『코스모스』를 썼다고 고백한 바 있다.

---

12) 변광배, 앞의 글, 220쪽.

매끄럽지 못하고, 인위적이라고? 이렇게 말하는 사람들은 『코스모스』가 비극적인 사랑과 같은 일관된 스토리를 전달하는 일반적인 의미의 소설이 아니라는 사실을 파악하지 못한 것이다. 이것은 스스로 스토리가 만들어지는 과정을 보여 주는 소설이다. 다시 말해 하나의 이야기가 생성되는 과정, 현실이 실체로 드러나는 과정에 관한 소설인 것이다.

이 소설은 어떤 현실이 우리의 생각 속에서 비록 서투르고, 온전치 못하지만, 조금씩 그 형태를 갖추어 나가는 일련의 과정을 그리는 데 초점을 맞추고 있다. (중략) 그런 의미에서 본다면 『코스모스』는 집필 과정에서 스스로 탄생된 작품이라고 할 수 있다.
　　　　　　　　　　　　　 ─『유서. 곰브로비치와의 대화』 중에서[13]

작가의 고백처럼 『코스모스』를 '소설이 형성되는 과정을 그린 소설'이라고 본다면, 작품에 내재되어 있는 오토픽션적인 속성이 더욱 뚜렷하게 드러난다. 그리고 이러한 속성은 데카르트의 '코기토(Cogito)'를 반박하며 '나'의 허구성을 폭로한 프로이트의 정신 분석학, 그리고 '내가 말하는 것(Je parle)'이 아니라 '나는 말해진다(Je suis parlé)'라는 사실을 인정하는 후기 구조주의 언어학의 개념들과도 깊은 연관을 맺고 있다.[14]

곰브로비치는 『코스모스』의 독특한 집필 과정에 대해 다음과 같이 언급한 바 있다.

---

13) D. de. Roux, ibid, 1969, p. 133.
14) 변광배, 앞의 글, 223쪽.

글쓰기를 막 시작하는 단계에서는 내레이션의 모든 요소들이 거의 똑같은 잠재적 에너지를 갖는다. 하지만 차츰 어느 한 가지 요소가 다른 요소들을 밀어내면서 그 형상이 점점 더 또렷해진다. 그리고 마침내 다른 요소들을 모두 제치고 그 모습을 드러내게 된다. 『코스모스』는 이러한 방식으로 완성되었다.[15]

"예술가란 즉흥적으로 작품을 지어내는 사람"[16]이라는 신조를 갖고 있던 곰브로비치는 『코스모스』를 집필하는 과정에서 하나의 완결된 스토리나 전체적인 구성을 미리 계획하지 않았다. 대신 평론가 안토니 리베라의 분석에 따르면 개별적인 주제의 첫머리, 그 시작점만을 독자들에게 제시해 보이는 독특한 방식을 선택했다. 그는 그 시작점을 마치 '씨앗'과도 같이 과거가 아닌 현재의 토양 위에 뿌려 놓았고, 그 씨앗들은 스스로 싹을 틔우고 자라서 각각의 개별적인 스토리를 만들어 냈다.[17] 그리고 독자로 하여금 관계적 사유를 지향할 것을 요구하면서 독서의 순간마다 텍스트를 새롭게 만듦으로써 소설의 세계를 현재의 것으로 탈바꿈시켰다.

사르트르는 『코스모스』가 구축한 새로운 형식, 그리고 그

15) P. Sanavio, "Gombrowicz: forma i rytuał"(tłum. K. Bielas o F.M. Cataluccio), (w:) *Gombrowicz filozof*, wybór i oprac. F.M. Cataluccio i J. Ulg, Kraków, 1991, p. 59.

16) ibid, p. 48.

17) Antoni Libera, "Kosmos: wizja życia-wizja wszechświata", (w:) *W. Gombrowicz i krytycy*, red. Zdzisława Łapińskiego, Wydawnictwo Literackie, Kraków-Warszawa, 1984.

철학적 가치를 다음과 같이 강조했다.

> 곰브로비치의 『코스모스』처럼 소설이라기보다는 '소설인
> 듯 보이는' 독특한 종류의 소설이 있다. 곰브로비치는 프로이
> 트의 정신 분석학과 마르크스주의, 그 밖에 다양한 사상들에 정
> 통한 작가이다. 하지만 그러한 기존의 사상들에 대해 줄곧 회의
> 적인 성향을 고수하면서, 작품의 골격이 구축되고 만들어지는
> 단계에서 바로 그것을 해체해 버림으로써 분석적이면서 동시
> 에 유물론적인 전혀 새로운 유형의 소설을 창조해 냈다.[18]

곰브로비치는 『코스모스』를 통해 개인이 세계와 접촉하고,
세계를 인식하는 방식에 대한 정교한 성찰을 보여 주고 있는
데, 그 과정에서 오토픽션적 글쓰기를 시도함으로써 리얼리
티와 픽션의 관계를 새로운 시각으로 조명하는 동시에 '소설'
이라는 장르의 한계와 그 기능에 대한 치열한 고민을 형상화
했다. 사실의 재현은 궁극적으로는 왜곡을 전제로 할 수밖에
없지만, 그래도 결국 재현 불가능한 현실의 재현은 필연적으
로 허구를 통할 수밖에 없음을 『코스모스』를 통해 우리에게
보여 주려 했던 것이다.

---

18) Jean-Paul Sartre, "Sartre par Sartre", *Le Nouvel Observateur*, n° 272 (27.01),
1970.

존재의 근원적 불가해성에 대한 자각과 인간의 극복 의지

『코스모스』에서 주인공인 비톨트는 자신을 둘러싸고 벌어지는 다양한 사건과 현상, 그리고 주변의 수많은 사물을 놓고, 그것들 사이의 관계를 규명하고, 연관성을 찾기 위해 끊임없이 추리를 시도한다. 참새는 무엇 때문에 목매달렸을까, 푹스와 함께 발견한 퍼즐과도 같은 '표징들'(천장 위의 화살표, 실에 매달린 막대기, 레몬 껍질에 박힌 펜촉 등등)은 과연 어떤 의미를 갖고 있을까.

  손톱을 다듬는 줄 ── 펜촉 ── 바늘…… 손전등은 마치 냄새를 맡은 개처럼 우리에게 연이어 사물들을 보여주었다, 우리는 그 후에도 '박혀 있는' 물건을 두 개나 더 발견했다. 판지에 꽂힌 두 개의 옷핀이었다. 단서는 그리 많지 않았다. 그리 많지는 않았지만, 그러나 빈약한 상황에서 그 많지 않은 단서는 우리가 앞으로 수행해야 할 작전의 새로운 방향을 제시해 주었다, 손전등은 이리저리 뛰어다니며, 사방을 비추며 부지런히 제 할 일을 했다…… 그리고 여기, 또 뭔가가 있다…… 벽에 박힌 못, 정말 이상한 건, 바닥에서 불과 몇 센티미터 안 된 곳에 박혀 있다는 사실이었다. 하지만 우리가 그 못을 향해 너무 많은 조명을 비추었기 때문에, 못은 고유한 괴상함을 잃어버리고 말았다. 그 뒤로는 더 이상 아무것도 없었다…… 아무것도…… 우리는 계속해서 찾아보았지만, 우리의 수색 작전은 그걸로 끝이었다, 숨막히는 작은 방의 동굴 속에서 부패와 타락이 이미 자행되고 있

었다…… 그리고 마침내 손전등이 멈췄다…… 다음은 무엇일까?(본문 102~103쪽)

  나는 문득 손바닥 아래에서 작은 망치의 두드림을 느꼈다, 나는 '망치'라고 속삭여 보았다, 그건 아마도 벽에 박힌 못이 망치와 관련이 있기 때문이었을 것이다.(본문 103쪽)

  주인공은 눈앞에 산재해 있는 무수한 사실의 더미 속에서 취사선택과 판단, 결정을 수행해야 하는 딜레마에 직면해 있다. 하지만 한창 진행 중에 있는 일련의 배열들이 미처 매듭을 짓기도 전에 그의 앞에는 또다시 새로운 형태의 수수께끼가 제시된다. 그런 의미에서 본다면 작품 속의 자코파네는 아래 곰브로비치의 진술처럼 단절과 모순, 소외가 반복되는 부조리와 카오스의 공간, 즉 공(空)의 영역이라고 볼 수 있다.

  『코스모스』에서는 태동 단계에 놓인 여러 가지 희미한 형상들이 어렴풋이 암시되어 있다. 그리고 그 형상들은 점차 또렷해진다. (중략) 나의 주인공은 그 흔적들을 맹렬히 쫓아간다, 뭔가가 곧 그 명확한 모습을 드러낼 것이라 기대하면서. (중략) 하지만 결국 그 형상들은 매번 카오스의 늪으로 가라앉고 만다.[19]

19) Witold Gombrowicz, "Dziennik 1967-1969", *Dzieła t. X*, Kraków, 1993, p. 64.

곰브로비치가 강조했듯이 『코스모스』의 주인공은 혼돈과 부조리의 세계 속에서 방황하면서도 그 속에서 뭔가를 찾기 위한 시도를 끊임없이 반복하고 있다. 문제는 자신이 찾고 있는 대상이 무엇인지 정작 스스로도 잘 모르고 있다는 사실이다. 특정한 개체들을 서로 연결시켜 주는 유사성을 찾고 있는 것일까? 그렇다면 이러한 사실들 간에 상호 비슷한 대목들을 찾아내고 나면, 그다음엔 뭘 해야 하는가? 만약 서로 유사한 사실들의 순차적인 나열이 확고한 '무엇'인가를 지칭하고 있다면, 그 '무엇'이란 과연 '무엇'일까? 그 '무엇'의 본질이 '무엇'인지는 어디에도 명확하게 제시되어 있지 않고, 알아낼 수도 없다. 왜냐하면 만약 인간이 정말 뭔가를 발견하기 위해 찾고 있다면, 그 대상은 이미 자신에게 알려지고, 익숙한 범주에 포함된 것이기 때문이다. 그 반대의 경우, 다시 말해 자신이 알지 못하는 미지의 대상을 찾아 헤매는 경우, 인간의 의식은 혼란에 빠질 수밖에 없다. 그럴 때 인간은 옷핀이나 바늘, 펜촉과 같은 사소하고, 익숙한 대상을 갑자기 낯설고, 두렵게 느끼게 된다. 이처럼 존재의 근원적 불가해성(不可解性)과 맞닥뜨리게 된 인간은 일상적인 대상에서 낯선 섬뜩함 — 프로이트나 하이데거의 개념을 빌리자면 '운하임리히(Unheimlich)' — 을 실감하게 되고, 서늘한 공포를 체험하게 된다. 그렇기 때문에 곰브로비치는 나와 세계, 진실과 거짓, 완성과 미완성, 자유와 필연성을 놓고 도그마적인 구분을 지으려는 섣부른 시도를 단호하게 거부한다. 익숙한 삶에 내재된 낯섦, 존재의 불확실성이 주는 공포와 불안, 그리고 해석의

미결정성이 주는 혼란과 불편함을 문학으로 형상화하는 것, 그것이 곰브로비치의 목적이었던 것이다.

하지만 흥미로운 것은 저자인 곰브로비치가 존재의 근원적 불가해성을 냉철하게 인지하고 있음에도 불구하고, 그의 페르소나이자 작중 화자인 비톨트는 이러한 '낯선 섬뜩함'을 오히려 매력적인 것으로 받아들이고, 이 불가능한 독해를 끝까지 포기하지 않고 있다는 점이다.

> 잡목 숲의 새, 정원의 제일 끝, 작은 굴 속에 있던 막대기. 새와 막대기 사이에 놓인 나는 마치 북극과 남극 사이를 떠돌고 있는 것만 같았다, 그리고 지금 여기, 식탁에, 등불 아래 모인 이 사람들은 새와 막대기와 '관련을 맺고 있는' 또 다른 조합의 특별한 작용으로 내 앞에 나타난 것처럼 느껴졌다, 나는 그 새와 막대기를 굳이 거부하지 않았다, 왜냐하면 그것들에 내포되어 있는 섬뜩함은 또 다른 섬뜩함으로 이어지는 길로 나를 인도했고, 비록 나를 고달프게 만들긴 했지만, 다른 한편으로는 매료시키기도 했던 것이다.(본문 71쪽)

폴란드의 문학 평론가인 보이치에흐 카르핀스키에 따르면 『코스모스』의 주인공 비톨트는 세상을 마치 온갖 의미가 가득 적혀 있는 '열린 책'과 같다고 인식하고 있다. 그렇기 때문에 그는 적절한 방법을 동원하여 반드시 그것을 읽어 내야 한다는 강박 관념에 사로잡혀 있는 것처럼 보이기까지 한다.[20]

나는 과연 무엇을 찾고 있을까, 내가 찾고 있는 것은 무엇일까? 기본적인 음(音)일까? 아니면 주요 멜로디일까, 다시 말해 그 언저리를 맴돌며 내 삶의 이야기를 새롭게 엮어 내고, 지어 낼 수 있도록 '핵심적인 대목'을 찾아 헤매는 걸까? 하지만 내게 내재되어 있을 뿐 아니라 밖에서 유입된 분열과 혼란이, 다양성과 과잉, 복잡한 뒤엉킴에서 기인한 분열과 혼란이 나로 하여금 그 어떤 것에도 집중할 수 없게 만들었다, 하나의 세부 사항이 또 다른 세부 사항에서 튕겨져 나왔다, 모든 것이 골고루 중요하면서, 또한 중요치 않았다, 나는 앞으로 다가갔다가 곧바로 물러섰다……(본문 145쪽)

『코스모스』를 단순히 실존주의적 해석에 입각하여 '무의미와 부조리한 세계에 사는 현대인의 실존적 방황에 대한 비관적인 진단'으로만 단언할 수 없는 이유가 바로 여기에 있다. 실제로 곰브로비치는 『일기』에서 당시 유행하던 실존주의 철학에 대한 자신의 이율배반적인 입장을 다음과 같이 고백한 바 있다.

실존주의에 대한 나의 태도는 고통스러울 정도로 불명확하면서, 팽팽한 긴장 상태에 놓여 있다. 실존주의를 연구하고, 실

---

20) Wojciech Karpiński, "Gombrowiczowska przestrzeń", (w:) *W. Gombrowicz i krytycy*, red. Zdzisława Łapińskiego, Wydawnictwo Literackie, Kraków-Warszawa, 1984.

천하고는 있지만, 사실 믿지는 않는다.[21]

사르트르는 "우리는 자유롭지 않을 자유가 없다."고 주장
하면서도 "인간에게 자유는 저주와도 같다."고 토로했다. 곰
브로비치는 인간과 세계와의 관계를 고찰한 자신의 마지막
소설 『코스모스』에서 삶의 구체적인 방향성을 제시하지 못했
던 실존주의의 한계를 극복하기 위해 인간의 자유 의지를 강
조했던 고대의 철학, 에피쿠로스의 원자론(原子論)과 클리나
멘의 개념을 도입하기에 이른다.

사물의 생성 원리로서 원자의 자유 운동을 역설했고, 감각
과 쾌락을 긍정하는 삶을 권고했던 에피쿠로스의 사상은 루
크레티우스가 기원전 50년경에 쓴 것으로 추정되는 장시(長
時) 『사물의 본성에 관하여(De rerum natura)』[22]를 통해 세상
에 알려지게 되었다. 자연 과학자이자 철학자인 에피쿠로스
는 원자론을 설파하면서 태초에 더 이상 분할될 수 없는 작은
입자인 원자들이 무한한 우주 공간 속에서 서로 평행 상태를
유지하면서 비처럼 수직으로 떨어지다가 몇몇이 평행 상태에
서 살짝 이탈해 다른 원자와 충돌하면서 일어나는 연쇄 반응

---

21) Witold Gombrowicz, "Dziennik 1953-1956", *Dzieła t. VII*, Kraków,
1986, p. 287.
22) 루크레티우스의 『사물의 본성에 관하여』는 헬레니즘 시대의 중요한 철
학 사조 가운데 하나인 에피쿠로스학파의 물리학, 우주론, 윤리학을 집대
성한 소중한 자료로 평가받고 있다. 루크레티우스는 자신의 시적 상상력
을 가미하여 에피쿠로스의 추상적인 논의들에 구체적인 예시와 비유를 곁
들이고, 당대의 여러 가지 제의와 관습들을 상세히 묘사하였다.

에 의해 우주 만물이 생성됐다고 주장했다. 루크레티우스는 이러한 에피쿠로스의 가설을 시적으로 그려 내면서, 평행 상태에서 이탈해서 경로를 벗어나게 만드는, 아주 미세한 운동을 '클리나멘'이라고 명명하였다. 이처럼 작은 각도 혹은 편차로서의 클리나멘이 생겨나면, 원자는 다른 원자와 우연히 부딪치게 되고, 이렇게 마주친 두 원자는 또 다른 원자들과 계속 부딪칠 수밖에 없으며, 이런 반복적인 마주침의 과정을 거쳐 마침내 거대한 우주가 생성되었다는 것이다.

'원자가 궤도로부터 자유롭게 이탈한다.'는 새롭고도 획기적인 사고방식은 르네상스 운동의 기폭제가 됐고, 근대 계몽주의의 확립에 영향을 미쳤다. 또한 봉건 제도의 속박에서 벗어나려는 자유주의 사상가들에게도 큰 영감을 주었을 뿐 아니라 마르크스 유물론의 이론적 토대가 되었다.

곰브로비치는 『코스모스』를 통해 개인이 세계와 접촉하고, 세계를 인식하는 방식에 대한 성찰을 시도했고, 그 과정에서 당시 유행하던 실존주의나 현상학 대신 고대의 철학자이자 자연 과학자인 에피쿠로스의 사상을 작품 속에 적용시켰다. 에피쿠로스의 철학은 마치 미로 속을 헤매는 것처럼 난해하고, 복잡하기 짝이 없는 곰브로비치의 소설 『코스모스』를 독해하고, 분석하는 과정에서 일종의 나침반이 되어 준다. 그렇다면 그 구체적인 예를 살펴보기로 하자.

'무리'와 '조합' — 개인이 세계와 접촉하는 지각의 시발점

『코스모스』에서 곰브로비치는 사건이나 현상뿐만 아니라 인간이나 사물을 묘사하는 과정에서도 완결된 형태로서의 '전체'가 아니라 미완성의 상태인 '일부' 혹은 '부분'에 집중하고 있다. 참새와 고양이, 막대기와 끌채, 펜촉과 옷핀, 주전자와 망치, 진흙과 풀밭, 식탁보와 사제의 카속 등 파편화된 대상들이 끊임없이 출몰하는 기괴한 풍경 속에서 인간 또한 단지 세부 항목에 불과한 존재이며, 앞에 열거한 생명체나 무기물과 동등한 비중을 지닌 구성원에 다름 아니다. 에피쿠로스의 원자론을 적용시켜 해석해 보자면, 인간이 바라보고 있는 세계는 자신을 구성하고 있는 것과 똑같은 원소들의 집합체로 이루어진 물질계이기 때문이다. 그리고 인간이란 존재 또한 물질계에서 벌어지는 조금 더 큰 단위의 '물질 순환 과정의 일부'에 불과하다는 것이다.

그래서일까. 『페르디두르케』에서와 마찬가지로『코스모스』에서도 인간의 육체는 종종 특정한 '부위' 혹은 '부분'으로 단절되거나 분해된 형태로 등장한다. 작중 화자인 비톨트가 저녁 식사 때마다 레나의 손에 필요 이상으로 집착하고, 카타시아를 떠올릴 때마다 그녀의 입술에 대해 지속적이고, 끈질긴 혐오감을 드러내는 것이 그 대표적인 예이다.

레나의 손. 늘 그렇듯 식탁보 위, 접시 옆, 포크 바로 가까이, 전등 불빛에 조명을 받은 채로 놓여 있다 — 나는 그 손을 쳐다보았다, 마치 불과 얼마 전에 참새를 쳐다보았듯이, 그녀의 손은 지금 여기, 식탁 위에 놓여 있다, 마치 거기, 나뭇가지에 참새가 걸려 있는 것처럼……(본문 152쪽)

테이블 위에 놓인 레나의 손, 포크 옆에, 홀로, 가지런히, 그때 거기서와 똑같은 포즈로 놓여 있는 바로 그 손, 나 또한 내 손을 테이블 위에 올려놓을 수 있었다. 하지만 그러고 싶지 않았다.(본문 187쪽)

『코스모스』에서 사건이나 대상, 현상에 대한 주인공의 인식은 이처럼 '부분'과 '세부 항목'이 '전체'를 압도하면서, 그것들이 비현실적으로 팽창된 형태로, 일종의 과잉처럼 스스로의 존재를 과시하는 순간에서 출발한다. 그리고 이러한 순간들은 '무리(rój)'와 '조합 (kombinacja)'이라는 방식을 통해 '결합'과 '재결합'을 반복하면서 주인공의 의식 속에 현현(顯現)하게 되고, 이 두 가지 형식은 주인공이 외부 세계와 접촉하는 첫 단계에서 지각의 시발점으로 작동하고 있다. 에피쿠로스의 개념을 빌리자면 우주 공간에서 끊임없이 움직이면서 해체와 결합을 반복하는 것이 원자의 속성이기 때문이다.

먼저 대상이나 사물이 '무리'의 형태로 결합되어 거대한 덩어리로 인식되는 경우를 살펴보자.

레나의 손바닥이 찻잔 옆, 식탁보 위에 출몰했다. 사건들과 끝도 없이 이어지는 팩토이드의 거대한 야단법석, 마치 연못에서 개골거리는 개구리 떼 같다, 모기 떼, 별 무리, 구름이 나를 에워싼다, 나를 지워 버린다, 나와 함께 흘러간다, 천장에는 다도해(多島海)와 반도 들, 창가의 블라인드 위쪽까지 따분한 백색을 위협이라도 하듯 번져 있는 얼룩과 반점 들…… 세부 항목들의 풍성함, 어쩌면 그것은 푹스와 나의 흙덩어리, 우리의 막대기와 관련 있을지도 모른다…… 그리고 어쩌면 그것은 레온의 소소한 항목들과 연결되어 있는지도 모른다…… 잘은 모르지만, 아마도 나 자신이 평소에 세부 항목들에 치우치는 경향이 있다고 생각해 왔기 때문은 아닐까…… 잘게 부서졌다…… 아, 그래, 나는 그렇게 부서져서 산산조각이 났다……!(본문 75~76쪽)

'떼' 혹은 '무리'를 이루어 주인공의 의식을 파고든 대상들은 때로는 서로 합쳐지고, 뭉쳐져서 하나의 덩어리로 인식되기도 하고, 때로는 거대한 포효처럼 청각적 이미지로 다가오기도 하다가, 다시 뿔뿔이 흩어져 해체되는 일련의 과정을 되풀이한다.

무더기, 소용돌이, 뒤죽박죽,…… 너무 많다, 너무 많다, 너무 많다, 인파, 움직임, 퇴적, 부서짐, 떠밀림, 보편적인 야단법석, 눈 깜짝할 사이 수만 가지 세부 항목으로, 배합으로, 덩어리로, 갖가지 소동들로 쪼개지는 거대한 마스토돈, 그러다 그 모든 것들이 또다시 압도적인 하나의 형상으로 다시 결합되기도 한다! (중략) 여기에는 물질과 재료의 거대한 포효가 도사리고 있다. 나는 이미 정물의 독자(讀者)가 되어 버렸다.(본문 167쪽)

땅. 흙덩이. 돌멩이들. 맑게 갠 날, 당신은 어릴 때부터 잘 알고 있는 평범하고, 일상적인 사물들 틈에서 휴식을 취하고 있다, 잔디, 덤불, 강아지(혹은 고양이), 의자, 하지만 모든 사물이 거대한 군대나 헤아릴 수 없이 많은 벌 떼와도 같다는 것을 당신이 깨닫는 순간, 그것은 변한다.(본문 228쪽)

에피쿠로스에 의하면 우주는 무한한 시공간 속에서 이루어지는 원자의 끝없는 결합과 재결합의 결과로 탄생된다. 본래 이들 원자들은 무수히 많은 문장들로 결합될 수 있는 가능성을 내포한 알파벳 체계의 개별적인 철자와도 같은 것이다. 이처럼 구체적인 형태를 만들기 위해 모아졌던 원자들은 언젠가는 흩어져서 다시 개체의 입자 상태로 되돌아간다. 그렇기 때문에 『코스모스』에서 사물과 대상 들은 때로는 서로 어우러지고, 연결되면서 '조합'의 형태로 주인공에게 인식되기도 한다.

입과 일련의 암호들 사이의 '조합' —— 을 놓고 생각해 볼 때, 상호 간에 아무런 연관이 없다고 단언할 수 있을까? 난센스! 그래, 이건 난센스다! 하지만 카타시아의 입술로 인한 레나의 타락만큼 강렬하게 내 안에서 꿈틀대고 있는 이 뭔가를 과연 환각이라고 단정 지을 수 있을까?(본문 92쪽)

카타시아의 일그러진 입술이 레나의 탐스러운 입술과 연결되는 순간, 두 여자의 입술은 '나'의 내면에서 실체를 알 수 없

는 강렬한 꿈틀거림으로 확고하게 각인된다. 마찬가지로 숲
속에 존재하는 수많은 대상들 가운데 세 가지 개체, 즉 참새,
개구리, 카타시아는 마치 '삼중주'처럼 유기적으로 결합되어
주인공의 의식을 파고들고 있다.

고요한 어둠 속에서, 우리와 함께 있던 개구리가 응답하기
시작했다, 그건 소리를 내기 위함이라기보다는 일종의 존재 증
명이었다, 참새의 존재로 인해 스스로의 현존을 자각한 존재
가 자신을 알리기 위한 신호였다. 우리는 개구리와 함께 있었
다…… 개구리는 여기에 있었다, 참새의 현존 속에서, 개구리-
참새의 영역에서 개구리와 참새는 서로 한패거리였다, 그리
고 이곳에서 개구리는 미끄럽게 달아나는 입으로 나를 인도했
다…… 그리하여 참새-개구리-카타시아로 이루어진 삼중주는
나를 그녀의 입속 동굴로 밀어 넣었다.(본문 96쪽)

주인공의 의식 속에서 레나의 입술이 카타시아나 신부의
입술과 연결되고, 막대기의 매달림이 참새의 매달림, 그리고
고양이의 매달림과 결합되는 과정에 대한 반복적인 묘사는
독립되고, 분절되어 있던 개체들이 서로 결합을 이루며 하나
의 세계를 태동시키는 과정을 형상화시킨 것이다.

그녀의 입술은, 일종의 한층 더 강렬해진 신부의 입술이었
다…… 마치 막대기의 매달림이 참새의 매달림을 더욱 강렬하
게 만든 것처럼 — 마치 고양이의 매달림이 막대기의 매달림을

더욱 강렬하게 만든 것처럼 — 마치 두드림이 격렬한 타격으로
이어진 것처럼 — 마치 내가 나의 베르그로 베르그를 더욱 강
렬하게 만든 것처럼.(본문 269쪽)

이처럼 『코스모스』에서 '무리'와 '조합'이라는 방식을 통해
끊임없이 주인공의 의식을 두드리고 있는 원자의 운동은 '인
간'인 내가 '세계'와 접촉하는 시작 단계에서 인식의 작동을
예고하는 일종의 신호라고 해석할 수 있을 것이다. 존재의 근
원적 불가해성에 대한 일종의 극복 의지로 작동하기 시작한
인간의 미세한 인식 작용은 마침내 원자 비(雨)의 향연을 암
시한 대단원에 이르러 개인의 소우주에 균열을 일으키고, 그
러한 균열은 또 다른 연쇄 작용을 양산하면서 대우주인 세계
에 대한 궁극적인 인식을 가능케 만들어 준다.

원자 비의 향연, 그리고 클리나멘과 인간의 자유 의지

『코스모스』의 결말에서 '헐겁고도 조밀하게 쏟아지는 비'
가 내리는 장면은 에피쿠로스의 원자론과 클리나멘의 개념을
적용시켜 보면 보다 명확하게 이해된다.
  루크레티우스는 『사물의 본성에 관하여』에서 세계는 물질
적인 원자들의 우발적인 마주침에 의해 탄생된 것이고, 의미
는 무의미의 공간 속에서 우연히 생성된 것이므로 어떤 현상
을 놓고 선재(先在)된 의미나 필연성을 강조하는 것은 불필요

한 일이라고 강조했다.[23] 『코스모스』에서 주인공인 비톨트가 참새-막대기-고양이로 이어지는 '매달린 대상들'을 놓고, 구체적인 인과 관계를 규명하기 위해 끊임없이 시도하지만, 끝내 정해진 법칙이나 필연적인 요인을 발견해 내지 못하는 것도 바로 이 때문이다.

『코스모스』의 대단원에서 자코파네에서 벌어진 일련의 사건들은 '봉합'이라는 익숙하고, 안정된 결말을 거부한 채 미완의 단계에 머물며, 원자 비와 같은 형태로 허공 속에서 수직으로 낙하하면서 결말의 여백을 채우고 있다.

참새 레나 막대기 레나 고양이 입속으로 꿀 입술 말려 올라가다 벽 먼지 덩어리 긁힌 자국 손가락 루드빅 잡목 숲 매달리다 매달린 입술 레나 혼자 거기 주전자 고양이 막대기 담장 도로 루드빅 신부 담벼락 고양이 막대기 참새 고양이 루드빅 매달리다 막대 매달리다 참새 매달리다 루드빅 고양이 내가 매달 것이다 ── 갑자기 비가 쏟아지기 시작했다. 헐겁고도 조밀한 빗방울들, 우리가 고개를 들어 올린다, 비가 쏟아졌다, 물이 폭포수처럼 쏟아지기 시작했다, 갑작스레 바람이 휘몰아쳤다, 공황 상태, 각자 가까운 나무 밑으로 달려간다, 하지만 소나무 가지에서 물이 새어 나오고, 물방울이 떨어진다, 뚝뚝 떨어지는 물

---

23) 이러한 사상은 사물의 존재에 앞서 사물이 보이게끔 하는 의미, 본질 혹은 형이상학이 먼저 존재한다고 주장했던 플라톤의 우주 발생론에 정면으로 반기를 든 것이다. 바로 이런 이유로 인해 에피쿠로스의 원자론은 서양 철학사에서 오랫동안 비주류로 취급받을 수밖에 없었다.

방울, 물, 물, 물, 젖은 머리카락, 등, 허벅지, 그리고 우리 앞에 펼쳐진 시커먼 어둠, 떨어지는 물방울이 만들어 낸 수직의 벽면, 절망에 허덕이는 손전등의 불빛이 그 벽을 휘젓고 있다.(본문 292~293쪽)

하지만 여기서 주목해야 할 것은 클리나멘의 속성이다. 무게라는 속성 때문에 아래를 향해 수직으로 낙하할 수밖에 없는 원자가 정해진 직선 경로로부터 방향을 전환하여 옆으로 틀어질 수 있도록 만드는 '미세한 움직임'이 바로 클리나멘이다. 직선을 요동치게 하는 극미한 이탈, 수학적으로 말하면 '미분적인 기울기'를 만들어 내는 것이 바로 클리나멘인 것이다.

그대가 알기를 원하노라,
즉 물체들이 자체의 무게로 인하여 허공을 통해 곧장 아래로 움직이고 있을 때, 아주 불특정한 시간, 불특정한 장소에서 자기 자리로부터 조금,
단지 움직임이 조금 바뀌었다고 말할 수만 있을 정도로, 비켜났다는 것을.
하지만 만일 그들이 기울어져 버릇하지 않았더라면,
모든 것은 아래로 마치 빗방울들처럼, 깊은 허공을 통하여 떨어질 것이고,
충돌도 생기지 않았을 것이고, 기원을 일깨우는 타격도 일어나지 않았을 것이다.

그리하여 자연은 아무것도 창조하지 못했을 것이다.[24]

클리나멘의 발견은 카오스로부터 태동하는 새로운 세계의 발견이기도 하지만, 동시에 인간의 자유 의지에 관한 발견이기도 하다. 왜냐하면 이것은 관성이나 타성, 중력으로부터 벗어나려는 적극적이고 능동적인 의지를 뜻하며, 동시에 우주 만물을 탄생시키는 원동력으로 탈바꿈되는 순수하고 근원적인 에너지이기 때문이다. 그렇기 때문에 곰브로비치는 사건과 현상들 간의 조합에서 비밀을 풀고, 의미를 찾아내는 열쇠는 결국 다른 누구도 아닌 바로 '나 자신'에게 달려 있다고 강조했던 것이다.

의심의 여지도 없이(그리고 그것은 매우 고통스러운 수수께끼였다), 바로 나 자신이야말로, 입과 입술 간의 결합에 관한 숨겨진 비밀을 푸는 열쇠였기 때문이다, 그 비밀은 바로 내 안에서 탄생되었고, 다른 누구도 아닌 바로 내가 그 결합을 만들어 냈기 때문이다.(본문 172쪽)

마르크스는 자신의 박사 학위 논문 「데모크리토스와 에피쿠로스 자연 철학의 차이」(1841)에서 두 철학자들 사이의 차이점을 설명하면서, 데모크리토스의 경우에는 원자들의 운

---

24) 루크레티우스, 강대진 옮김, 『사물의 본성에 관하여』(아카넷, 2012), 125~126쪽.

동에 있어서 낙하 운동과 원자들의 충돌에 의한 직선 운동만을 인정한 반면, 에피쿠로스는 여기에 원자 자체의 '편위(declination)', 다시 말해 '미세한 치우침'에 의한 운동을 더했다고 분석하였다. 원자가 오로지 외적인 관계에 의해서만 운동하는 것이 아니라 내적인 힘에 의해서도 운동을 한다는 사실을 설명해 주는 열쇠가 바로 이 '편위 운동'이기 때문이다. 마르크스는 이를 '원자의 저항과 고집' 또는 '원자의 영혼'이라고 설명하였다. 다시 말해 편위의 개념은 일체의 결정론을 근원에서부터 부정하는 원리이면서 동시에 현재가 항상 열려 있다고 보는 현존철학의 근간이라고 할 수 있다.[25]

이러한 관점에서 본다면 '일탈(swerve)'이야말로 자유 의지의 원천이다. 정해진 법칙에 의거한 원자들의 틀에 박힌 운동이 만들어 낸 인과적인 결과물로서의 '운명'에서 인간이 어떻게 하면 벗어날 수 있는지를 설명해 주고 있기 때문이다. 편위, 즉 클리나멘이라는 개념이 필연과 숙명에 맞서는 자유의 개념과 연결되는 지점이 바로 여기에 있다.[26]

『코스모스』에는 평행으로 놓여 있는 두 개의 돌과 고랑 사이에서 어떤 경로를 선택할지 망설임을 거듭하던 주인공이 결국 틀에 박힌 직선 운동(돌과 돌 사이를 똑바로 직진해서 통과하는 것)을 거부한 채, 고랑 쪽을 향해 '미세한 치우침'을 선택

---

25) 조광제, 『철학라이더를 위한 개념어 사전』(생각정원, 2012), 165쪽.

26) 루크레티우스는 이러한 일탈을 declinatio(미끄러짐), inclinatio(기울어짐), clinamen(경사 운동) 등으로 다양하게 표현하고 있는데, 이것은 가장 최소의 움직임(nec plus quam minimum)을 가리키는 말이다.

하기 위해 고민하는 과정을 그린 에피소드가 등장한다.

나는 두 돌 사이로 걸어가려고 했지만, 마지막 순간에 돌과 고랑 사이로 지나가기 위해 방향을 아주 조금 옆으로 틀었다, 그러니까 그건 최소한의 치우침이었다, 아주 살짝, 이 길로도, 저 길로도 갈 수 있도록 하기 위해…… 하지만 그 미세한 치우침은 정당화될 수 없는 것이었다, 그리하여, 나 스스로를 혼란에 빠뜨리고 말았다…… 그래서 나는 또다시 기계적으로 방향을 살짝 바꾸었다, 내가 애초에 원했던 대로, 두 돌 사이로 지나가기 위해서, 그러나 그 순간 나는 어떤 난관, 그것도 아주 미세한 난관에 부딪혔다, 그리고 그 난관은 두 차례에 걸친 치우침 이후, 두 돌 사이로 지나가겠다는 내 의도가 이미 일종의 '결심'과도 같은 성격을 보이게 되었다는 사실에 기인하고 있었다, 아주 사소하긴 했지만, 그래도 엄연히 결심은 결심이었다.(본문 230~231쪽)

주인공인 비톨트는 보편적이고, 획일적인 경로 대신 '미세한 치우침'을 선택했고, 때문에 그는 의식의 혼란을 경험한다. 하지만 이러한 혼란은 우주 공간에서 원자의 클리나멘으로 인해 충돌의 연쇄 작용이 일어나는 과정에서 수반되는 일종의 '진동'이나 '흔들림'과도 같은 것이라고 볼 수 있다. 그리고 이러한 혼란은 스스로의 행동에 능동적으로 개입하고자 하는 주체의 자유 의지를 태동시키는 실마리가 되어 준다.

인간의 자유가 성립될 수 있는 것은 인간을 포함한 만물을 구성하는 원자들 속에 관성의 법칙에 따른 규칙적인 운행에서 이탈할 수 있는 무한한 가능성이 내포되어 있기 때문이다. 그렇기 때문에 곰브로비치는 『코스모스』에서 '인간의 빈약한 사고에 실은 가공할 만한 놀라운 에너지가 깃들어 있다.'고 단언했던 것이다.

빈약한 사고(思考)에 내포된 야성의 힘이여! 광포하게 휘몰아치는 미풍이여!(본문 68쪽)

장대비가 쏟아지는 『코스모스』의 결말에서 곰브로비치는 평행으로 낙하하는 수직의 움직임을 묘사하면서 중간중간에 "물에 떠내려가는 잎사귀"라든지 "굴러가는 나뭇잎"과 같은 수직에서 벗어난 '편위 운동'을 의도적으로 삽입하고 있다. 루크레티우스가 묘사한 원자의 직선 운동을 떠올리게 만드는 난장판과도 같은 물의 향연 속에서 클리나멘의 개입으로 인해 주인공의 의식 속에서 하나의 코스모스가 탄생되는 과정을 시각적 이미지로 조형화한 것이다.

개울, 폭포, 호수, 졸졸 흐른다, 뿜어져 나온다, 철벅철벅 튀긴다, 호수, 바다, 콸콸콸, 흐르는 물의 조류, 그리고 지푸라기, 막대기, 물에 떠내려가는 잎사귀, 사라져 버린다, 시냇물의 합류, 강의 탄생, 작은 섬들, 장애물들, 방벽과 소용돌이, 위쪽보다 더 높은 까마득한 위쪽에선 대홍수, 쏟아진다, 떨어진다, 아래쪽에서는 돌진하듯 굴러가는 나뭇잎 하나, 어디론가 사라져 버린 나무껍질 한 조각, 이 모든 것들로 인한 오한, 독감, 고열, 레나가 편도선염에 걸렸다, 자코파네에서는 택시를 불러야만 했다, 질병, 의사들, 그 뒤로는 완전히 다른 세상, 나는 바르샤바로 돌아왔다, 부모님, 또다시 아버지와의 전쟁, 거기서 불거진 또 다른 일들, 문제들, 분쟁들, 난관들. 오늘 점심 식사에는 닭고기 요리가 나왔다.(본문 293쪽)

자코파네에서 작중 화자가 목격한 다양한 사물과 현상, 그와 마주친 여러 인물들, 그리고 직간접적으로 연루되었던 일련의 사건들은 서로 유기적으로 결합되지 못한 채 단절되고, 뿔뿔이 흩어져 있는 듯 보이지만, 사실은 클리나멘의 무한한 가능성을 잉태한 채 지상으로 쏟아져 내리는 원자들이나 마찬가지라고 할 수 있다. 그리고 그 쏟아지는 빗방울 속에서 '무리'와 '조합'이라는 방식을 통해 작동하기 시작한 미세한 편위 운동은 주인공의 인식을 두드렸고, 그것이 또 다른 연쇄 반응으로 이어지면서 마침내 하나의 개별적인 세계를 태동시킨 것이다. 이제 그 세계는 마치 뫼비우스의 띠처럼 바르샤바라는 별개의 시공간과 긴밀하게 연결되면서 또 다른 세계의 태동을 예고한다.

내가 타자(세계)와 접촉하는 것은 나 자신으로 다시금 돌아오기 위함이며, 그러한 과정을 거쳐야만 비로소 하나의 의미가 생성될 수 있다. 바흐친의 개념을 빌리자면, 나와 타자(세계)와의 관계는 주체가 객체와 부딪치고, 만나고, 되돌아와야 비로소 의미가 생성되는 일종의 '굴절(?) 관계'이기 때문이다.『코스모스』의 주인공 비톨트도 자코파네라는 미지의 공간에서 낯선 세상과 부딪쳤고, 새로운 세계와 만났으며, 의식의 균열을 경험하고, 다시금 바르샤바의 일상으로 복귀한 뒤, 비로소 자신만의 '소우주'에서 벗어나 보다 넓은 세계, '대우주'에 대한 자각에 이르게 된다.

기원전 4세기 '원자들의 우발적인 마주침이 우주를 만들었다.'고 주장한 과학자 에피쿠로스의 가설이 시인 루크레티우스에 의해 한 편의 시로 세상에 알려졌고, 오랜 시공간의 장벽을 뛰어넘어 마침내 곰브로비치라는 걸출한 소설가를 통해『코스모스』라는 철학적 우화로 재탄생한 것이다.

'베르그(berg)'의 시니피에

『코스모스』에서 자신의 의지를 가장 능동적으로 표현하고, 욕망을 솔직하고 과감하게 드러내면서, 스스로의 정당성을 입증하기 위해 나름대로의 방식으로 고군분투하는 유일한 인물이 바로 레온이다. 또한 그는 '인생의 최고 목표는 쾌락의 증진에 있다.'는 에피쿠로스의 쾌락주의를 철저하게 신봉하는 인물이기도 하다. 그는 주인공인 비톨트와 대척점에 위치하면서, 외부의 시선으로 비톨트를 관찰하기도 하고, 자신이 설정한 게임에 그를 끌어들이기도 한다. 주인공인 비톨트가 레온과의 접촉을 통해서 가장 큰 충격과 의식의 변화를 경험하게 된다는 점에서, 그리고 지금까지 작중 화자의 내레이션

만으로는 드러나지 않았던 현실의 또 다른 이면이 레온의 개입으로 인해 그 윤곽을 나타내게 된다는 점에서 레온은 비톨트와 더불어『코스모스』의 플롯에서 가장 핵심적인 인물이라고 할 수 있다.

비톨트의 세계에 나타나기 시작하는 균열의 조짐은 레온의 입을 통해 여러 가지 유형으로 변주되어 언급되는 비밀스러운 낱말 '베르그(berg)'를 통해 가시화된다.

"베르그!"

강하고 분명한 외침…… 나로 하여금 그게 무슨 뜻인지 묻지 않고는 견딜 수 없도록 만드는.

"뭐라고요?"

"베르그!"

"베르그가 뭐예요?"

"베르그!"

(중략)

"조크라니 무슨 뚱딴지 같은 소리! 베르그! 베르그로, 베르그를 위해, 베르그 하기. ― 알겠어요? ― 베르그에 의한 베르그 하기 말입니다…… 티-리-리."

그가 교활한 어조로 덧붙였다.

레온은 손은 물론이고, 심지어 발까지 떨고 있었다 ― 마치 자신의 내면에서 무언가가 덩실덩실 춤을 추기라도 하는 듯 ― 승리에 도취된 채로. 그는 닿을 수 없는 심연, 어딘가에서 들려오는 소리마냥 기계적이고, 공허한 음색으로 계속해서 반

복했다. "베르그…… 베르그."(본문 207~208쪽)

『코스모스』에서 레온에 의해 언급되기 시작해서 종국에는 주인공인 비톨트에게까지 전이되는 이 '베르그'라는 낱말은 다각적인 측면에서 살펴볼 필요가 있다.

우선 '베르그'라는 낱말이 폴란드어에서는 의미론적으로 전혀 기원을 찾을 수 없는 생소하고 이질적인 어휘라는 점에 주목해야 한다. 하지만 그렇다고 해서 '산(山)'이라는 뜻을 갖고 있는 독일어 단어 '베르크(berg)'라든지, 아니면 거기에서 유래하여 '하이델베르크(Heidelberg)'나 '요하니스베르크(Johannisberg)'처럼 복합어 지명을 만드는 데 사용되는 접미사와 특별한 연관성이 발견되는 것도 아니다.

폴란드 평론가들 사이에서는 곰브로비치가 1916년부터 1922년까지 수학했던 중등학교가 바르샤바의 '베르그 거리'[27]에 위치하고 있었는데, 아마도 학교의 주소에서 영감을 얻어 베르그라는 단어를 소설 속에서 사용했을 것이라는 추론이 가장 큰 설득력을 얻고 있다. 하지만 이처럼 텍스트 바깥에서 '베르그'의 어원이 밝혀졌다고 해도, 정작 『코스모스』에서 언급되고 있는 '베르그'의 의미를 고찰하는 데는 별다른 도움이 되지 않는다. 왜냐하면 『코스모스』의 '베르그'는 텍스트 내부에 묘사되어 있는 특정한 상황이나 맥락과 연결 지어

---

27) 현재 바르샤바의 '베르그 거리(ulica Berg)'는 '로무알트 트라우구트 거리(ulica Romualda Traugutta)'로 그 명칭이 바뀌었다.

질 때 비로소 그 함의를 유추할 수 있는 유동적인 속성을 지닌 어휘이기 때문이다. 그런 의미에서 본다면 『코스모스』에서의 '베르그'는 발생이나 기원과 관련된 그 어떤 연상 작용도 철저하게 차단된 미지의 낱말, 단순히 소리나 음가(音價)로서의 기능만을 수행하는, 순수한 무명(無名)의 기표(시니피앙, signifiant)로 이해하는 것이 적절할 듯하다. '베르그'의 이러한 익명성은 무의미하고 파편화된 현실의 허상, 실체에 대한 인식론적 한계, 객관적 진실에 대한 모호함을 상징적으로 대변해 준다.

한 가지 주목할 것은 이 낱말을 사용하는 주체인 레온이란 인물이 평소 자신의 학식과 교양을 뽐내기 위해 라틴어를 필두로 이탈리아어, 독일어, 프랑스어, 러시아어 등 다양한 외국어를 말끝마다 의도적으로 사용하고 있다는 점이다.

하지만 레온이 시도 때도 없이 남발하는 이러한 외국어 어휘들은 상황을 고려하여 적재적소에 사용되고 있다기보다는 그저 화자의 얄팍한 지식을 드러내 보이는 과시용에 머물고 있기 때문에 오히려 그의 속물적인 마카로니즘(macaronism)적인 성향을 강조하는 역효과를 가져온다. 그렇기 때문에 곰브로비치의 표현 방식을 빌리자면, 오로지 '레온의, 레온에 의한, 레온을 위한' 어휘인 '베르그'는 독자들로 하여금 의미론적으로 명확한 개념을 가진 어휘라기보다는 레온의 입에서 즉흥적으로 튀어나오는, 무수히 많은 공허한 말장난 가운데 하나에 불과하다는 느낌을 자아내게 한다. 이처럼 신뢰할 수 없는 화자의 엉뚱하고 이질적인 발화는 독서 과정에서 아이러니를 유발시킨다.

'베르그'라는 어휘의 또 다른 특징으로는 다양한 어형 변화를 통해 자유자재로 조어(造語)의 기능을 수행하는 형태의 '비고정성'과 '가변성'을 들 수 있다. 이 낱말은 문장 속에서 주어, 서술어, 목적어, 보어 등 여러 가지 기능을 수행하면서, 품사적인 측면에서도 동사, 형용사, 부사, 심지어는 접미사에 이르기까지 다채로운 어형 변화 형태를 보여 준다. 『코스모스』의 폴란드어 원문을 살펴보면 'berg'라는 어간에서 파생된 변화형만 무려 서른두 개에 이르고 있다. 이러한 각양각색의 변화형들은 구문 속에서 구호(슬로건)의 기능을 담당하기도 하고, 의문이나 감탄, 암시나 은유, 진술이나 간청 등 상황에 따라 다양한 역할을 수행하기도 한다.

'베르그'라는 낱말과 거기에서 파생된 유사 변화형들의 또한 가지 특징은 하나의 구문 속에서 적어도 2~3회 이상 반복적으로 사용됨으로써 집중적인 나열의 형태로 등장하는 경우가 빈번하다는 점이다.

"당신은 진정한 베르그-베르그맨이에요. 베르굼베르그! 자가자! 전속력으로! 어서 빨리! 베르그-전진 태세로!"(본문 223쪽)

발화자인 레온에 의해 의도적으로 강조되고 있는 '베르그'의 리드미컬한 반복은 수신자인 독자들로 하여금 이 어휘를 음성학적 가치에 중점을 두고 있는 '의성어'처럼 느껴지게 만들기도 한다.

"내가 그녀와 베르그, 베르굼, 베르그, 베르굼을 하던 그 바위 밑에 그들이 도착할 때까지 말이죠!"(본문 225쪽)

이처럼 '베르그'와 그의 동종 어휘들이 일종의 동의어 반복처럼 집중적인 나열을 되풀이하는 동안, 독자들은 막연하고 모호하긴 하지만, 이 어휘들을 서로 연결시켜서 균일화되고, 동종화된 범주 안에 묶어 두고 있는 일종의 테두리를 어렴풋이 감지하게 된다. 하지만 그 피상적인 테두리의 내부를 채우고 있는 보다 구체적이고 본질적인 단서들은 소설의 전개 과정에서 점진적으로 드러나는 다양한 요인들, 이를테면 '베르그'라는 낱말이 발화되는 과정을 둘러싼 사건의 정황, 등장인물의 행동이나 심리 상태, 나아가 작중 화자의 관점과 저자의 의도, 독자의 자의적인 해석 등이 복합적으로 결합되면서 조금씩 그 형상을 갖추어 나가게 된다. 그러므로 '베르그'라는 단어의 함축적인 시니피에(signifié)에 다가서기 위해서는 스토리 라인에 등장하는 작중 인물들의 세계뿐만 아니라 플롯과 내레이션, 글쓰기 등 다양한 층위의 개별적인 세계들이 복합적으로 얽혀 있다는 전제하에 이 세계들 간의 '관계의 그물망'을 통해 접근하고, 파악하려는 시도가 필요하다. 그런 의미에서 본다면 "플롯에 직접 참여하고 있는 작중 인물인 레온, 스토리를 전달하는 내레이터인 비톨트, 글쓰기의 주체인 곰브로비치의 역할을 서로 유기적인 상응 인과론의 관점에서 바라볼 때 비로소 '베르그'라는 낱말의 의미와 그 가치에 대한 해석이 가능해진다."[28]면서 담론의 다층성에 대해 지적한 폴란드 평

론가 알렉산드라 오코피엔-스와빈스카의 주장은 타당성을
갖고 있다고 판단된다.

일찍이 라캉은 "무의식은 언어처럼 구조되어 주체를 지배
한다."[29]고 했다. 억압된 무의식은 라캉의 용어로는 '욕망'이
고, 데리다의 용어를 빌리자면 '흔적들(traces)'에 해당된다.
'베르그'의 직접적인 발화자인 레온은 욕망 대상의 영원한 부
재(不在)로 괴로워하는 '결핍'과 '욕망'의 주체이다. 그는 과거
에 아내가 아닌 젊은 가정부와 관계를 맺음으로써 생애 처음
으로 맛보았던 절정의 쾌락과 희열을 잊지 못한 채, 산장 식구
들을 이끌고 이십칠 년 만에 불륜의 현장이었던 코시치엘스카
계곡을 찾는다.

> "젊은 레온 보이티스가 그의 회색빛 인생에서, 단 한 번의 희
> 열을 경험했다는 사실입니다, 단언컨대, 그건 완벽했지요…….
> 이십칠 년 전, 이 산장에서. 식모하고 말입니다. 그래서 기념일
> 이라는 거죠. (중략)"
> "저들은 내가 경치를 즐기라고, 자기들을 이곳에 초대한 걸
> 로 알고 있거든요. 하지만 난 일종의 성지 순례로 내가 그 식모
> 와 함께 있었던 곳으로 사람들을 데려온 거랍니다…… 이십칠

---

28) Aleksandra Okopień-Sławińska, "Wielkie bergowanie czyli hipoteza
jedności Kosmosu", (w:) *W. Gombrowicz i krytycy*, red. Zdzisława
Łapińskiego, Wydawnictwo Literackie, Kraków-Warszawa, 1984.
29) 김승철, 「라깡의 무의식과 언어」,《라깡과 현대정신분석》제9권 1호,
2007, 287쪽.

년 전, 거기서 한 달 하고도 사흘이 모자란 날에…… 성지 순례를 위해 말이죠. 아내와 딸, 사위, 사제, 룰루 부부, 톨렉 부부, 이 모든 사람들이 내가 희열을 맛본 곳으로, 베르그로 베르그에 의해 재미 보기-베르그를 즐겼던 이곳으로 성지 순례를 오게 된 거죠, 그리고 자정이 되면 나는 계속 베르그를 할 겁니다, 내가 그녀와 베르그, 베르굼, 베르그, 베르굼을 하던 그 바위 밑에 그들이 도착할 때까지 말이죠! 자, 다들 동참하시오! 성지 순례-베르그, 희열-베르그에! 하하, 저들은 아무 것도 모르고 있죠! 하지만 당신은 알고 있군요."(본문 225쪽)

레온이 자신의 은밀한 욕망을 타인에게 드러내는 순간, 의식과 무의식의 경계에서 반복적으로 사용되는 '베르그'라는 낱말은 정상적인 발화 체계의 범주를 벗어나 있으며, 화자의 무의식적 충동과 언어적 유희를 통해 끊임없이 미끄러지고[30], 빗나가면서 고정된 의미화를 거부한다. 라캉의 정신 분석학적 비평을 적용한다면, 위의 텍스트 속에서 '베르그'는 억압된 무의식의 발현이라고 볼 수 있다.

아마도 '베르그'라는 어휘를 그저 작중 인물인 레온의 담론적 층위에서만 이해하고, 여기에 가장 간단하고 단순한 해석을 적용한다면, '자위행위' 또는 '성적인 자기만족' 정도의 해석도 가능할 것이다. 실제로 소설 속의 몇몇 대목 예를 들면

---

30) 라캉은 언어의 불환성을 강조하며 '언어의 미끄러짐(le glissement du langage)'이라는 표현을 사용했다.

비톨트가 레온을 향해 '자위 행위자(onanista)'라고 정면으로 비난하는 장면이라든지 결말에서 레온이 산장 식구들을 바위 근처로 데려가서 어둠 속에서 신음을 내뱉으며 스스로를 흥분시키는 모종의 은밀한 행위를 하는 장면에서는 '베르그'라는 단어에 깃들어진 에로티시즘적인 속성이 드러나기도 한다. 하지만 그렇다고 해서 복합적이고도 유동적인 속성을 가진 이 비밀스러운 낱말을 단순히 에로스의 틀 안에 국한시켜 버리는 것은 지나치게 단편적이고, 일차원적인 접근이 아닐 수 없다. '베르그'라는 어휘 속에는 에로티시즘을 초월하여 보다 높은 차원의 쾌락과 자기만족을 지향하려는 인간의 솔직한 본성과 근원적인 욕망이 집약되어 있기 때문이다.

곰브로비치의 '베르그 철학'이 전하는 메시지는 결핍과 소외, 고립의 존재인 개인이 가슴속에 품고 있는 생을 향한 원초적인 충동, 고통을 멀리하고, 기쁨과 희열을 추구하려는 강렬한 삶의 의지에 있다. 그리고 이러한 사고는 '인생의 최고 목표는 쾌락의 증진과 고통의 경감이다.'라고 단언했던 에피쿠로스의 쾌락주의와 일맥상통하는 대목이라고 할 수 있다.

나는 맛의 즐거움, 사랑의 쾌락, 듣는 즐거움, 아름다운 모습을 보아서 생기는 즐거운 감정들을 모두 제외한다면, '선 (agathon)'을 무엇이라고 생각해야 할지 모르겠다.

— 에피쿠로스, 「인생의 목적에 관하여」 중에서[31]

---

31) 에피쿠로스, 오유석 옮김, 『쾌락』(문학과지성사, 1998), 40쪽.

즉 우리가 쾌락의 부재로 인해 고통을 느낄 때에는 쾌락을 필요로 하지만, 고통을 느끼지 않는다면 더 이상 쾌락을 필요로 하지 않는다. 이런 이유 때문에 우리는 쾌락이 행복한 인생의 시작이자 끝이라고 말한다. 왜냐하면 우리는 쾌락을 우리에게 타고난 첫 번째 선이라고 인식하며, 선택하고 기피하는 모든 행동을 쾌락으로부터 시작하기 때문이다. (중략)

그러므로 우리가 '쾌락이 목적이다.'고 할 때, 이 말은, 우리를 잘 모르거나 우리의 입장에 동의하지 않는 사람들이 생각했던 것처럼, 방탕한 자들의 쾌락이나 육체적인 쾌락을 의미하는 것이 아니다. 내가 말하는 쾌락은 몸의 고통이나 마음의 혼란으로부터의 자유이다.

── 에피쿠로스, 「메노이케우스에게 보내는 편지」 중에서[32]

이처럼 '베르그'라는 낱말 속에는 익명을 지향하는 에너지, 그리고 텍스트 바깥에서의 일방적인 개입과 해석을 단호히 거부한 채, 텍스트의 안과 밖이 긴밀하게 연결된, 구체적인 상황과 맥락 속에서 스스로 그 개념을 규정하고자 하는 '자아 인식(self-definition)'의 에너지가 내포되어 있다. '베르그'라는 단어에 내포된 유동적인 속성과 어디에도 얽매이지 않는 자유로움은 이 새로운 어휘를 관습적이고 획일적인 의미화나 개념화의 범주에서 벗어날 수 있게 만드는 근거가 되어 준다. 그리고 여기에서 한 걸음 더 나아가 작품을 감상하는 독자의

---

32) 같은 책, 45~47쪽.

적극적이고 능동적인 참여와 해석을 요구한다. 하나의 예술 작품은 창조자, 작품 자체, 감상자, 그리고 그것을 둘러싼 주변 상황이라는 상호 관련 속에서 비로소 온전히 탄생되기 때문이다. 그러므로 '베르그'라는 낱말은 창조자와 등장인물, 작중 화자, 그리고 독자 간의 역동적 대응 관계에 의해 창출되는 다양한 의미 생성의 가능성과 그 무한한 잠재력을 보여 주기 위한 시니피앙이라고 볼 수 있다.

연관과 부딪침을 통해 비로소 의미를 생산해 내는 '베르그'의 잠정적이고, 유동적인 속성은 존재의 무명성(無名性)과 개방성을 주장한 하이데거의 현상학을 통해 설명할 수 있다. 하이데거는 "오로지 사유될 것의 요구에 부응하는 것을 통해서만 남아 있게 되는 사유의 가능성"을 역설하면서 의식과 현상의 대면은 무명(無名)의 비밀 속에서 이루어진다고 주장했다.[33] 이처럼 무명을 통해 체험되는 존재의 개방성과 그 안에 깃든 신비는 당연하게도 직설법의 언어를 무력화시킨다. 곰브로비치는 '베르그'를 통해 언어 체계를 통해 포착하기 힘든, 아니 어쩌면 언어로 표명한다는 것 자체가 불가능한 미지의 영역이 우리의 삶에 버젓이 존재한다는 것을 보여 주고자 했다. 그러므로 곰브로비치의 '베르그'는 하이데거가 이야기한 존재에 내포된 무명의 비밀을 하나의 코드 속에 수렴시킨 대표적인 예라고 할 수 있다. 또한 말해진 것에서 말해지지 않은 것을 찾는, 그리고 틈새에서 의미를 찾는 부재의 무한한 가능

---

33) 김상환, 『해체론 시대의 철학』(문학과지성사, 1997), 83쪽.

성과 잠재력을 상징하는 기표이기도 하다.

모더니즘과 포스트모더니즘의 경계에서

곰브로비치는『코스모스』를 통해 개인이 세계와 접촉하고, 세계를 인식하는 방식에 대한 정교한 성찰을 보여 주고 있는데, 그 과정에서 오토픽션적 글쓰기를 시도함으로써 리얼리티와 픽션의 관계를 새로운 시각으로 조명하고, '소설'이라는 장르의 한계와 그 기능에 대한 치열한 고민을 형상화했다. 또한 결론 없는 서술, 애매한 표현, 모호한 어휘와 문장을 반복적으로 사용함으로써 실체의 혼돈과 불안정성을 부각시켰다. 평론가 바르토신스키의 견해를 빌리자면『코스모스』는 단순히 '철학적인 소설'에 그치는 것이 아니라 '철학하는 과정에 관한 소설', 다시 말해 능동적인 사유를 촉구하는 새로운 형태의 소설이기 때문이다.[34)]

우리의 존재가 인과론적이고, 기계적인 차원을 넘어서 성립한다고 굳게 믿었기에, 그리고 우리의 삶이 타인과 상호 의존적 관계에서 서로 영향을 주고받으며 끝없이 변하는 '과정'이라고 믿었기에, 곰브로비치는『코스모스』의 열린 결말을 통해 '열려 있는 현재'에서 그 '열려 있음'을 가능하게 만드는 원리로 원자의 일탈을, 클리나멘을, 주체의 자유 의지를 강조했

---

34) Kazimierz Bartoszyński, op. cit., p. 168.

다. 일찍이 루크레티우스가『사물의 본성에 관하여』를 통해 인간과 세계는 서로를 반영하는 닮은꼴임을 역설했듯이『코스모스』를 통해 곰브로비치가 궁극적으로 말하고자 했던 것 역시 인간과 세계, 미크로코스모스와 마크로코스모스 사이의 소통과 교감이었던 것이다.

곰브로비치는『코스모스』에서 전통적인 소설 작법을 과감히 거부하고, 담론의 다층화, 서사 진행의 의도적인 차단을 시도함으로써 독자로 하여금 관습적인 독서나 획일적인 해석을 지양하도록 했다. 또한 소설의 의미는 결국 독자와 텍스트 간의 능동적인 소통 과정을 통해 완성된다고 믿었기에 곰브로비치는 수동적인 위치에서 텍스트를 '읽는' 역할만을 수행할 것이 아니라 일종의 생산자로서 텍스트를 '만드는' 행위에 능동적으로 참여할 것을 독자에게 촉구했다. 역동적인 텍스트의 생산은 기표의 가치를 파악하는 독자의 기능에 달려 있다는 롤랑 바르트의 말처럼 텍스트 자체에 이미 어떤 고정된 의미가 담겨 있는 것이 아니라 독자가 그것을 밝혀내고, 해석함으로써 비로소 여백이 채워지고, 작품이 완결되기 때문이다.[35]

일찍이 곰브로비치는 "문학이란 아마도 다른 모든 예술 장르를 통틀어 가장 열려 있고, 가장 자유로운 장르일 것이다. 문학 속에서는 모든 것을 할 수 있다."[36]고 단언했는데, 그의 이러한 문학관이 가장 뚜렷하게 반영된 작품이 아마도『코

---

35) 피종호,『해체미학 ― 니체에서 후기구조주의까지』(뿌리와 이파리, 2005), 223쪽.
36) P. Sanavio, op. cit., p. 47

스모스』가 아닐까 한다. 정형화된 소설의 관습적인 작법에서 과감히 탈피했다는 점에서 '자유'를 추구했고, 전혀 철학적이지 않은, 오히려 즉흥적이기까지 한, 혼란스러운 서술 구조 속에 심오하고 철학적인 내용을 담아냈다는 점에서 '모든 것을 할 수 있는' 무한한 가능성을 보여 주었기 때문이다. 그런 의미에서 본다면 소설이란 독자와의 역동적 대응 관계에 의해 창출되는 의미 생성 과정이라고 믿었던 곰브로비치야말로 모더니즘 시대의 대표적인 작가이며, 동시에 포스트모더니즘 시대를 예시한 선구자였다고 단언할 수 있을 것이다.

작가 연보

1904년   8월 4일 폴란드 남부 마워시체의 부유한 귀족 가
문에서 사남매의 막내로 출생.

1927년   바르샤바 대학교에서 법학 석사 학위를 받음.

1928년   프랑스 파리에서 철학과 경제학을 공부.

1929년   집안의 뜻에 따라 바르샤바에서 변호사로 개업한
이후 틈틈이 집필 활동.

1933년   첫 번째 단편집『미성숙한 시절의 회고록(Pamiętnik
z okresu dojrzewania)』출간. 변호사업을 접고 창작
에만 전념하기 시작.

1935년   첫 번째 희곡 작품인「부르고뉴의 공주 이보나
(Iwona, księżniczka Burgunda)」상연.

1937년   첫 번째 장편 소설인『페르디두르케(Ferdydurke)』
출간.

1939년	아르헨티나에 대한 기사를 쓰기 위해 부에노스아이레스로 이주.
	2차 세계 대전이 발발하고 폴란드가 침공당하자 귀국을 포기하고 은행원으로 팔 년간 근무.
1946년	희곡「결혼(Ślub)」집필.
1947년	아르헨티나의 동료들과 함께 『페르디두르케』의 스페인어 번역에 착수.
1951년	폴란드 망명 문학의 산실이었던 문예지《쿨투라(Kultura)》간행에 참여.
1957년	두 번째 장편 소설인 『트란스 아틀란틱(Trans-Atlantyk)』출간.
	『트란스 아틀란틱』과 『바카카이(Bakakaj)』등 일부 작품이 폴란드에서 출간되나 곧 금서로 묶여 30여 년 동안 판금됨.
1958년	『페르디두르케』가 프랑스에서 출간.
1960년	세 번째 장편 소설 『포르노그라피아(Pornografia)』출간.
1963년	포드 문화 재단의 지원으로 아르헨티나를 떠나 독일의 베를린에서 체류. 이곳에서 귄터 그라스(Günter Grass), 잉게보르크 바흐만(Ingeborg Bachmann) 등의 작가들과 교류.
1964년	프랑스 남부의 방스로 이주.
1965년	네 번째 장편 소설 『코스모스(Kosmos)』출간.
1967년	희곡「오페레타(Operetka)」출간.

『코스모스』로 '국제 문학상(International Prize for Literature)' 수상.

1968년   노벨 문학상 후보에 오름.

1969년   7월 24일 프랑스 방스에서 향년 65세로 별세.

세계문학전집 **335**

코스모스

1판 1쇄 펴냄 2015년 5월 29일
1판 7쇄 펴냄 2022년 11월 2일

지은이 비톨트 곰브로비치
옮긴이 최성은
발행인 박근섭, 박상준
펴낸곳 (주)민음사

출판등록 1966. 5. 19. (제 16-490호)
서울특별시 강남구 도산대로1길 62(신사동) 강남출판문화센터 5층 (우편번호 06027)
대표전화 02-515-2000 팩시밀리 02-515-2007
www.minumsa.com

한국어 판 © (주)민음사, 2015, 2021. Printed in Seoul, Korea

ISBN 978-89-374-6335-8 04800
ISBN 978-89-374-6000-5 (세트)

세계문학전집 목록

세계문학전집은 계속 간행됩니다.